ACERO BAJO LA PIEL

MARÍA JOSÉ TIRADO

ACERO BAJO LA PIEL

Serie Hombres de Acero

TITANIA

Argentina • Chile • Colombia • España
Estados Unidos • México • Perú • Uruguay • Venezuela

1.ª edición Mayo 2017

Aribau, 142, pral. – 08036 Barcelona
www.titania.org
atencion@titania.org

ISBN: 978-84-16327-32-4
E-ISBN: 978-84-16990-51-1
Depósito legal: B-9.038-2017

Fotocomposición: Ediciones Urano, S.A.U.
Impreso por Romanyà Valls, S.A. – Verdaguer, 1 – 08786 Capellades (Barcelona)

Impreso en España – *Printed in Spain*

Para Hugo, Eric y Antonio,
mis tres grandes amores.

A ti, mi pequeña estrella.

Índice

1

¿Dónde te habías metido?

Recién se estrenaba el verano en California y las calles de San Clemente se mostraban bulliciosas, llenas de jóvenes que buscaban diversión. Era la primera vez que Sean y sus compañeros abandonaban la base de la isla de San Clemente desde que llegaron hacía tres semanas del campamento de San Diego, en el que habían pasado los últimos seis meses. Un barco les había dejado en Camp Pendelton y los futuros SEAL se disponían a disfrutar de su primer fin de semana libre en dos meses, ansiosos por pasar un buen rato.

Casi sin darse cuenta habían acabado en un bar en el que los alumnos de la Soka University celebraban su fiesta de graduación. Craig y Mitchell se integraron con rapidez entre la maraña de estudiantes alocados.

Sean se miró un instante en el reflejo del largo espejo que se extendía tras la barra del bar. A pesar de los tres años que llevaba con ese aspecto, no acaba de acostumbrarse a esa cabeza pelada como una bola de billar que parecía emerger de sus anchos hombros. Echaba de menos su larga melena azabache y en ocasiones se había sorprendido tratando de peinarla hacia atrás con los dedos. Su imagen actual le resaltaba la nariz, algo ancha en la punta, y el mentón cuadrado. Sonrió al pensar que pronto no tendría que volver a raparse, en cuanto completase las semanas de entrenamiento de cualificación que aún le quedaban por delante; cuando al fin pudiese lucir el Budweiser, la insignia dorada que le distinguiría como SEAL.

Su sueño comenzaba a hacerse realidad y todo el esfuerzo, todo el sufrimiento, habían merecido la pena.

A pesar de su juventud, su aspecto era bastante rudo o esto debía pensar James, que le dio un codazo tratando de cambiar su rictus serio habitual.

De todo el grupo, el único al que conocía con anterioridad a su alistamiento era James Akona. Un amigo de la infancia que, como él, se había criado en la reserva de Sisseton Wahpeton Oyate, en Dakota del Sur, y también portaba sangre *sioux* en las venas.

A Sean, convertirse en marine le había costado que su propio padre, Brian Redcloud, uno de los jefes de la tribu, le retirase la palabra durante casi un año, pero él siempre tuvo muy claro que su futuro estaba allá donde pudiese luchar por su país, donde pudiese demostrar que podía ser algo más que aquello para lo que, a ojos de su familia, estaba predestinado: ser el nuevo jefe de la tribu, algún día.

Por eso, cuando logró entrar en la Marina se sintió el hombre más afortunado del planeta. A sus dieciocho años creyó que el mundo se abriría para recibirle al otro lado de la reserva. Quería viajar, quería implicarse, quería llevar al límite sus capacidades y cumplir su sueño de ser marine, y no uno cualquiera, uno de los mejores. Y Akona, seducido por sus palabras, había decidido seguir sus pasos poco después. Habían pasado casi dos años sin verse, cada uno en un extremo del mundo, pero se habían reencontrado en el BUDs, la base de entrenamiento de San Diego, después de retarse mutuamente a convertirse en SEAL. Y, por increíble que pareciese, ambos habían logrado superar las duras pruebas de admisión.

Ahora, con veintiuno y dos misiones en el golfo Pérsico a sus espaldas, no solo había logrado convertirse en marine, sino que estaba a un paso de formar parte del mayor cuerpo de élite de los Estados Unidos.

Acababan de concluir la tercera fase de su entrenamiento aplicando en la isla todo lo aprendido en el BUDs, y pronto comenzarían el entrenamiento cualificado, después del cual serían asignados a uno de los Teams y, con casi total probabilidad, sus caminos volverían a separarse.

—Venga, tío, ¿es que no vas a cambiar esa cara?

—Es la que tengo de nacimiento. Deberíamos regresar ya —dijo Sean.

—Joder, no seas aguafiestas. ¡Es el primer y último fin de semana en no sabemos cuánto tiempo! Mira cuántas tías, vamos, ¿o es que no tienes ganas de echar un polvo?

Sean resopló, un par de copas más y James no sería capaz de encontrarse la polla, tendría que arrastrarlo a un taxi para volver al motel de carretera en el que se hospedaban.

De no ser por el sentido de la responsabilidad que le unía a su amigo, ya haría un par de horas que habría regresado. Craig y Mitchell, por lo que los había conocido en los meses que llevaban juntos, tenían pinta de saber apañárselas muy bien solos. James, sin embargo, poseía más cuerpo que espíritu. Siempre le había tratado como a un hermano menor. Y no porque careciese de estos, tenía tres hermanos, todos menores, dos chicos y una chica. El que le seguía tenía precisamente la edad de James, un año menor que él, veinte.

—¿Cómo te llamas, grandullón? —preguntó una voz femenina a su espalda, dándole un pequeño golpe sobre el hombro. Sean se volvió y descubrió a una joven rubia que le miraba con sus grandes ojos verdes. Pero entonces los suyos capturaron a otra joven que permanecía sentada junto a la barra, con un vaso lleno de un licor transparente ante ella. Era una auténtica preciosidad. Tenía el cabello largo, muy lacio, del color del sol del atardecer. Sus rasgos eran finos y delicados, y sus labios delineados aunque voluptuosos—. ¿Es que no me entiendes?

—¿Qué?

—Que cómo te llamas.

—Sean, se llama Sean. Y yo, James —interrumpió su amigo, sonriendo a la rubia.

—Disculpadme un momento —pidió el primero caminando en dirección a la joven pelirroja sin detenerse un instante a pensarlo. Cuando la alcanzó se detuvo a su lado, apoyando el codo en la barra—. ¿Dónde te habías metido? —le preguntó. La muchacha le miró a los ojos, desconcertada, sin entenderle.

—¿Nos conocemos?

—Por supuesto.

—Creo que no —dudó enarcando una de sus delineadas cejas cobrizas.

—Eres la mujer de mis sueños, llevo veintiún años soñando contigo —se lanzó, haciéndola reír. Su sonrisa era preciosa, unas coquetas pecas doradas salpicaban su nariz y sus mejillas.

—¿Ah, sí?

—Sí. Y en mis sueños te llamabas…

—Nicole.

—Exacto. Nicole.

—¿Y tú?

—Yo me llamo Sean, y estoy encantado de conocerte al fin en carne y hueso —dijo ofreciéndole la mano. Ella la miró y se decidió a estrecharla.

—No eres de aquí, ¿verdad?

—¿Cómo lo has adivinado?

—Porque ningún chico de aquí se presentaría de esa forma —admitió con una sonrisa. Sus ojos eran grandes y azules, profundos, y estaban rodeados de unas largas pestañas doradas.

—Soy de Dakota del Sur.

—Estás muy lejos de casa.

—Pero acabo de encontrar un motivo para quedarme.

—No te andas con rodeos, ¿eh? —Rio coqueta.

—Me refería a este bar, me ha gustado —bromeó haciéndola reír de nuevo—. ¿Y tú? Eres de aquí.

—Sí, soy de San Clemente.

—Parece una ciudad tranquila.

—Para ser un lugar turístico es bastante tranquila, sí. Es una ciudad bonita, aunque Dakota también debe serlo.

—Lo es.

—¿Y qué haces en San Clemente?

—Cumplir con mi deber mientras busco a la mujer de mi vida —sugirió volviendo al ataque. Nicole sonrió, su sonrisa era deliciosa, suave y cálida, como el sol de aquellas tierras. Ese que le había abrasado la nuca pelada en los entrenamientos.

—Pues mira a tu alrededor, tienes bastantes candidatas donde elegir.

—Creo que ya he elegido —apuntó con una sonrisa cargada de picardía.

Entonces un joven alto y rubio se acercó a ambos, era de su edad, atlético aunque delgado. Se situó entre ellos, interrumpiéndoles de modo grosero, le dedicó una mirada de la cabeza a los pies y se dirigió a la chica.

—¿Qué haces hablando con este marine? —le preguntó y volvió a mirarle con cara de asco—. Lárgate, tío.

—No, hasta que me lo pida la señorita.

—William, por favor. Déjale en paz.

—¿Esto es lo que quieres, eh? ¿Liarte con un puto marine? —Sin duda, por su corte de pelo era demasiado evidente de dónde procedía.

—¿Y a ti qué te importa? ¿Es que te piensas que eres mi padre? Creo que será mejor que nos vayamos de aquí, Sean —dijo, y ante su sorpresa le agarró del brazo y le condujo hacia la salida. El otro chico los alcanzó y la agarró del hombro—. Déjame, Will.

—Haz caso a la señorita y déjala en paz —advirtió Sean dándole un empujón que lo forzó a soltarla. El joven fue a lanzarse hacia él y Sean se preparó para golpearlo, sus pupilas se dilataron como las de un gran oso pardo antes de un ataque, pero la muchacha se situó entre ambos.

—Por favor, no. Estaos quietos. William, esta discusión acaba aquí. Me voy con él y tú no eres nadie para impedírmelo —pidió, sosteniendo su brazo de nuevo. Cuando Sean se giró para seguirla, el otro joven le lanzó un puñetazo por la espalda, golpeándole en la mejilla izquierda, y lo tiró sobre el pasamanos de acero de la pequeña escalinata de acceso al local. Se revolvió, incorporándose veloz con intención de cobrarse el golpe.

—¡¡Eres un gilipollas, Will!! ¡No vuelvas a acercarte a mí en tu vida! ¡Vete a la mierda, imbécil! —le gritó la joven, y este, furioso, se marchó apretando la mandíbula—. Dios mío, te has cortado —dijo Nicole indicando la mancha carmesí que comenzaba a formarse en su camisa celeste de algodón—. Cuánto lo siento.

—No es nada.

—¿Nada? Estás sangrando.

—Es un pequeño corte.

—¿Tienes coche? ¿Te llevo a casa o prefieres ir a urgencias?

La posibilidad de pasar con ella un rato a solas le pareció recompensa suficiente a la pequeña herida que se había hecho en el pecho con uno de los soportes del pasamanos. Hizo una señal a James, que acababa de aparecer por la puerta, de que no se acercase, mientras ella buscaba en su bolso las llaves de su automóvil. Y caminó a su lado en dirección al parquin dejando a sus amigos atrás como si no los conociese de nada. Nicole presionó el mando y un Toyota rojo castañeteó en la distancia.

—Siento muchísimo lo que ha pasado.

—No es nada. Ese tío… ¿es tu novio?

—No, es un amigo. Somos vecinos desde niños y nuestros padres trabajaban juntos. No sé qué mosca le ha picado. Ayer se enrolló con mi mejor amiga y, cuando le he dicho que les deseaba lo mejor, se ha enfadado conmigo no sé por qué.

—Porque le gustas.

—No, ni hablar.

—Estoy seguro.

—Pero si es como un hermano para mí, como un hermano imbécil, pero nada más.

—¿Y por eso estabas sola?

—Hemos quedado aquí con todos nuestros amigos, la mayoría ya se han ido, pero William me pidió que me quedase porque necesitaba hablar conmigo. Y entonces me ha soltado una charla sobre que estoy ciega, que tengo que darme cuenta de a quién le importo de verdad y se ha mosqueado conmigo… Vaya. Puede que sí que fuese una encerrona. ¿Pero cómo va a querer nada conmigo si se ha enrollado con Sarah?

—Para ponerte celosa. Aunque jamás se me ocurriría intentar poner celosa a una mujer con su mejor amiga, pero yo no entiendo mucho de mujeres, no sé…

—No es buena idea, no. ¡Será idiota! —Se quedó pensando un instante—. Bueno, ¿adónde te llevo?

—Adonde quieras.

—En serio, hay que desinfectarte esa herida, ¿dónde vives?

—En la base militar, pero no creo que nos dejen pasar ahora.

—¿Así que es verdad que eres un marine? —preguntó muy seria, y él pudo leer en sus ojos su desconfianza.

—Sí, lo soy, ¿qué problema hay?

—Ninguno, siempre que no creas que soy una de *esas*.

—¿De esas *qué*?

—Lo mismo te resulta extraño, pero no soy la típica chica que se abre de piernas ansiosa por cazar a un marine para que la lleve a conocer mundo. Si es lo que esperas, ya puedes bajarte del coche.

—Lo mismo te resulta extraño, pero las chicas no acostumbran a abrírseme de piernas con tanta facilidad y, lo que a lo mejor te parece más increíble aún, no me interesa que lo hagan. Me gustan las mujeres difíciles. Sobre todo las que tienen pinta de problemáticas, como las que son protegidas por un amigo psicópata, por ejemplo —aseguró, provocando que sus mejillas se arrebolasen y una sonrisa tímida acudiese a sus labios.

—Te llevaré a mi casa para curarte y después te traeré de vuelta. No vayas a pensar en ninguna otra cosa.

—No lo haré. Lo juro ante Wakan Tanka.

—¿Wakan qué…? —dudó, poniendo el motor en marcha.

—Wakan Tanka, el Gran Misterio, la fuerza creadora del universo.

—¿Eres un nativo? —Él asintió orgulloso.

—Lo soy… Cincuenta por ciento *sioux*, cincuenta por ciento cheroqui, me he criado en la reserva de Sisseton Wahpeton Oyate.

—Vaya. ¿Y qué haces metido en la Marina?

—Dar sentido a mi vida.

—¿No lo tenía antes? —preguntó accionando el intermitente para acceder a la carretera. Sean contempló sus piernas largas y contorneadas, y el mini vestido negro se le subía al pisar los pedales del automóvil y provocándole una punzada honda justo en su sexo. Su mente le llevó a imaginarse subido a aquel cuerpo menudo y pálido, en aquel coche, detenidos en cualquier descampado.

—No sé si lo tenía antes. Solo sé que siento que estoy haciendo algo que importa, algo que cuenta; luchar por mi país, por convertir el mundo en un lugar más seguro y en el que la mayor preocupación de los imbéciles como tu amigo sea enrollarse con la mejor amiga de la chica que le gusta. ¿Y tú?¿A qué te dedicas?

—Pues acabo de terminar mi primer año de farmacia en la universidad.

—Así que tengo ante mí a una futura farmacéutica.

—Tienes ante ti a una futura investigadora de farmacología biomolecular.

—Suena interesante, aunque no tengo ni la más remota idea de qué se trata.

—Bueno es un poco complicado, pero básicamente se trata de fabricar medicinas utilizando células vivas, cultivándolas, modificándolas… Es interesante. Aunque también lo es conocer a un miembro de una tribu *sioux*. Se dice así, ¿verdad? Tribu. —Él asintió complacido con su interés mientras circulaban por la carretera paralela a la orilla del mar, recorriendo la autovía de la costa. Nicole puso el intermitente en uno de los desvíos y circularon por la vía comarcal entre los barrios residenciales.

En la radio sonaba una melodía cálida, *The Scientist* de Coldplay. Las luces azuladas del salpicadero le iluminaban el rostro, acomodándose a sus facciones delicadas. Parecía un ángel, un ángel resplandeciente con la piel tan pálida que asustaba tocarla. Mientras, fuera del coche, la noche era cerrada y la luna brillaba sobre el mar.

Circulaban despacio, él observándola embelesado, ella dedicándole miradas coquetas a cada tanto.

El vehículo se detuvo junto a una gran puerta de acero que permitía el acceso al interior de una propiedad circundada por un muro. Unos altos focos iluminaban el exterior.

—¿Vives aquí?

—Es el acceso trasero —advirtió ella bajando del coche. Sean siguió sus pasos hasta la entrada. Nicole metió una llave en la cerradura del portalón, girándola, y esta se abrió, entonces marcó una serie numérica en el dispositivo de la alarma de la pared y le ofreció pasar—. Mis padres estarán dormidos y no quiero que nos oigan.

—Tranquila, seré más silencioso que un pensamiento.

Pasaron al interior de un inmenso jardín y recorrieron un camino empinado que llegaba hasta la zona de la piscina.

Nicole vivía en una mansión inmensa de dos plantas, cuya fachada trasera era entera de cristal, sin duda para contemplar las maravillosas vistas del mar que se extendía a su espalda por encima del acantilado.

Llegaron hasta una habitación en un lateral de la piscina. Aquel era el cuarto en el que guardaban los enseres del jardín, las hamacas, sombrillas y otros muchos trastos. Y aun así era más grande que su propia casa, pensó Sean.

—Veo que sois pobres.

Ella se detuvo a su lado después de encender una lámpara de pie y bajar las persianas para evitar que la luz los delatase.

—Mi padre tiene una empresa farmacéutica.

—Pues no deberías invitar a extraños a casa —advirtió muy serio, haciéndola sentir como una niña pequeña.

—No lo hago. Nunca lo había hecho.

—No vuelvas a hacerlo, hay mucho loco suelto.

—No lo haré —protestó molesta con su regañina—. Deja de sermonearme y te curaré esa herida. Así podrás marcharte y volveré a estar a salvo.

Sean se sacó la camisa por la cabeza y tomó asiento en una de las hamacas, apilada sobre otras tantas. Era un pequeño corte sobre el pectoral izquierdo, como muchos que había padecido sin prestarles la menor atención.

Sintió cómo los ojos de la muchacha recorrían su torso, curiosos, y cómo apretaba los labios a la vez que en en el cuello se le marcaba su respiración profunda, formando un socavón en la base de la garganta. No le era indiferente, en absoluto, y esa sensación le regocijó.

Sonrió al encontrarse con sus ojos. Ella trató de fingir naturalidad aún con las mejillas arreboladas, se volvió hacia la pared, abrió el botiquín que había en esta y tomó gasas y desinfectante. Se giró hacia él de nuevo, inspirando hondo, tratando de infundirse fuerzas para acercarse sin mostrar cuánto la intimidaba.

—Te has hecho un buen arañazo —dijo inclinándose sobre él en la hamaca.

El amplio cuello de su vestido le regaló una licenciosa vista de su sostén de encaje, que apretaba unos pechos pequeños e intuía que duros.

«Joder, contente o quedarás como un idiota», pensó al percibir cómo su sexo se endurecía casi al instante.

Sintió los dedos recorrer su torso con cuidado de no rozarle demasiado y percibió el perfume a melocotón de su piel. Ni siquiera le escoció el desinfectante porque sentía un escozor mayor mucho más abajo.

—Deberías ponerte la vacuna del tétanos —proclamó muy seria a diez centímetros de su rostro.

—Me las pusieron todas juntas cuando llegué a la base.

Nicole le miró a los ojos y sintió como si un intenso fuego ardiese en ellos. Fue una sensación extraña. Un cosquilleo eléctrico la recorrió de pies a cabeza, como si acabase de mirar en el interior del alma de aquel desconocido, y lo más importante de todo era que le había maravillado lo que había visto. Sintiéndose a su vez taladrada por aquella mirada gris, la mirada de un animal salvaje.

—Necesito besarte, ahora mismo —dijo Sean posando una mano en su garganta, percibiendo los latidos acelerados de su corazón, y la muchacha asintió.

Posó los labios sobre los suyos despacio, saboreándolos, deleitándose con su tersura, con un roce erótico que envió descargas eléctricas a la parte más intima de su ser. Deslizó la lengua despacio por la leve hendidura de su labio superior y abrió los ojos para disfrutar con su imagen, con su expresión de placer. Buscó el roce con su lengua, invadiendo despacio el interior de su boca, percibiendo su húmeda calidez, paladeando el manjar que le ofrecía. Nicole sabía a deseo, a fruta prohibida, a un deseo suave y ardiente. Posó ambas manos en sus hombros y las deslizó hasta alcanzar sus costillas. No quería intimidarla, pero su oso interior rugía por abalanzarse sobre ella y hacerla suya.

Nicole jadeó sobre su boca y él bebió de ese jadeo, invadiéndola de nuevo.

Sean la rodeó por la cintura, la subió a su cuerpo y se apoderó apasionado de sus labios mientras su lengua se enredaba con la de ella. Perdió las manos bajo el vestido, acariciando sus nalgas por encima de la ropa interior mientras ella se mecía sobre su erección con timidez pero decisión a la vez.

—Eres la mujer más hermosa que he visto en mi vida.

—Y tú el hombre más sexy —dijo acariciando la rotundidad de sus brazos, de sus hombros rudos, torneados y poderosos.

Sean deslizó los tirantes del vestido y se lo bajó hasta la cintura, contemplando los firmes senos sujetos por el sostén negro que antes tan solo había alcanzado a vislumbrar.

Por entre la suave tela podía entrever el contorno de los pezones rosados y tuvo que poner a prueba todo su autocontrol. Quería ir despacio, pero se moría por desnudarla de una vez por todas y fundirse con su piel.

Arrebatado de deseo, se giró para situarse encima de ella en la hamaca y su mano se perdió bajo las braguitas de encaje del mismo color del sujetador, percibiendo su excitante humedad. Se deshizo de los vaqueros, bajo los cuales no llevaba ropa interior, mostrando sin pudor alguno su inmenso deseo.

Nicole suspiró encendida de rubor cuando aquel gigante moreno se tumbó sobre ella en la hamaca, entre la penumbra, y necesitó hacerle una confesión, una que la avergonzaba.

—Sean, espera un momento —le pidió al sentir la presión del sexo húmedo y ardiente entre sus muslos—. Ten cuidado, por favor.

—Lo tendré, tranquila —dijo besándola en la frente con dulzura.

—En serio… necesito que tengas…

—Seré cuidadoso.

—Es que… soy…

—¿Qué? —buscó sus ojos desconcertado.

—Virgen. Soy virgen y estoy muerta de miedo. Ten mucho cuidado, por favor.

Sintió como si le arrojasen un balde de agua helada por encima. La deseaba, estallaba en deseo de poseerla, pero ¿acaso aquel era el modo más apropiado para la primera vez de cualquier chica, sobre todo de una tan dulce como ella? ¿Escondidos entre hamacas y enseres de la piscina?

—¿Qué pasa? —preguntó Nicole cuando Sean se apartó de su lado y se puso de pie, aún con el miembro erecto, ante ella.

—No quiero que tu primera vez sea así.

—¿Qué? ¿Estás de broma?

—En absoluto. Debes tener una primera vez como es debido, en una cama, sin prisas, sin miedo a ser descubiertos.

—¿Estás rechazándome porque soy virgen?

—No estoy rechazándote, no pienses eso, por favor.

—No me lo puedo creer.

—Escúchame. Me encanta que seas virgen, daría un brazo por ser el primero.

—¿Entonces?

—Vas a recordar este momento toda tu vida. Debería ser especial.

—Esto es de locos.

—Deja que te invite a cenar, tengamos una cita…

—Sean, soy virgen, no imbécil, ¿sabes? Si no te apetece tener sexo conmigo me lo dices y ya está.

—¿Que no me apetece? Mírame, podría atravesar una pared —apuntó indicando su sexo enhiesto y decidido—. Nicole, me gustas, me encantas, pero es tu primera vez…

—¿Nikki? ¿Estás ahí? —Se oyó una voz de hombre en el exterior, a cierta distancia.

—¡Es mi padre! —dijo ella arrebolada, subiéndose los tirantes del vestido y recogiendo los pantalones y la camisa de él del suelo—. Escóndete detrás de aquellas estanterías, vamos —le ordenó mientras ocultaba los productos que había utilizado para curarle.

—Solo si me prometes que mañana volveremos a vernos.

—¿Qué?

—Ven mañana a recogerme al Motel 6, en la carretera de…

—Sé dónde está. No pienso ir.

—Te esperaré. A las doce de la mañana.

—¡Nikki! ¿Nicole, eres tú, cariño?

—¿Lo harás?

—No. Sal por donde hemos entrado, el código de la alarma es 2,4,7,6. ¿Lo has entendido?

—Te veré en el motel, a las doce —insistió—. Si no acudes, vendré a buscarte. Tengo que volver a verte.

—Está bien, iré, pero vamos, escóndete ya. Recuerda, 2,4,7,6.

Desnudo, con su ropa en las manos, la obedeció ocultándose tras unas estanterías metálicas repletas de botes de cloro y productos para la piscina.

—¿Nikki? —insistió la voz.

—¡Estoy aquí, papá! —respondió a la vez que se abría la puerta y un caballero de unos cincuenta años vestido en pijama, con un bate de béisbol en la mano, asomaba por esta.

—¿Qué haces aquí tan tarde, cariño? ¿Con quién hablabas?

—Con Jenny, hablaba con mi amiga por teléfono.

—He visto las luces encendidas desde el dormitorio y he comprobado que aún no habías regresado.

—Acabo de llegar, papá. He aparcado en la parte de atrás.

—¿Por qué?

—¿Por qué? Porque… he bajado a caminar a la playa.

—¿Tú sola? ¿Tan tarde? —No parecía demasiado convencido, pensó Sean, desnudo en su escondite.

—Sí, quería despejar la cabeza. He discutido con William antes de volver a casa y…

—¿Con William? ¿Ese niñato te ha hecho algo? —preguntó enderezando instintivamente el bate de béisbol. Parecía que no le caía demasiado bien, dedujo Sean.

—No, no. En realidad ha sido una tontería, pero me ha apetecido pensar un poco paseando por el mar.

—No debes volver a hacerlo, Nikki, tan tarde, sola… Podría haberte sucedido algo malo.

—Está bien, papá, no volveré a hacerlo.

—¿Y qué andabas buscando en el cuarto de la piscina a estas horas? —preguntó mientras recorría toda la habitación con los ojos, desconfiado.

—Mi iPod. Al pasar me he acordado de que lo dejé sobre la hamaca esta tarde y pensé que podría estar aquí.

—Si te lo dejaste en la hamaca, el jardinero debe haberlo llevado a casa.

—Tienes razón. ¿Nos vamos? Estoy muy cansada y quiero meterme en la cama.

—Sí, claro, cariño. Vamos a casa. —Cuando el padre de Nicole se giró para apagar la luz, Sean distinguió la culata de un revólver en su espalda, sujeto con la cinturilla del pijama.

2
Naciones Unidas

El chapoteo en la piscina le despertó, uno de los clientes del motel se había tirado al agua, había que tener ganas tan temprano. Se revolvió en la hamaca de plástico en la que había dormido desde que había llegado caminando desde la zona más pudiente de la ciudad, casi a las seis de la mañana. No tenía demasiado dinero y un taxi habría supuesto un auténtico despilfarro para su economía.

Estaba acostumbrado a caminar, a correr kilómetros y kilómetros, y el recorrido por el paseo marítimo le permitió rememorar cada detalle de aquella extraña noche. Sobre todo cada detalle de aquella chica, Nicole. El contorno de su mentón, el sabor de su garganta, de sus labios, el tacto de sus pechos. Sus mejillas encendidas de furor cuando se apartó de ella. Si las miradas matasen, llevaría varias horas muerto. Pero no podía hacerle aquello, no podía permitir que perdiese su virginidad de aquel modo tan furtivo y abrupto. Además, su padre los habría sorprendido.

Cuando llegó al motel amanecía y, al abrir la puerta de la habitación que compartía con Akona, descubrió que este no había pasado la noche solo. Había unido las camas y descansaba junto a dos chicas desnudas arremolinadas entre las sábanas. Cogió una de las toallas grandes del baño sin hacer ruido, bajó a la piscina y se tumbó sobre una hamaca plástica e incómoda, muy distinta a aquella sobre la que había estado a punto de hacerle el amor a la chica más atractiva y dulce que había visto en toda su vida.

¿Acudiría a su encuentro?

No podía explicar por qué, pero algo en su interior le decía que lo haría, que vendría a buscarle. Y eso despertaba una sensación extraña en su pecho, más allá del deseo que sentía por ella. ¿Serían las jodidas mariposas de las que hablaba su hermana Pequeña Estrella? Fuera lo que fuese, lo sentía, era una especie de cosquilleo. Sus labios cobraban vida propia y se estiraban en una sonrisa al recordarla.

Se incorporó y se deshizo de la toalla. Más clientes llegaban a la piscina.

Subió la escalinata de acceso a las habitaciones y abrió la puerta con su llave.

—¡Señoras y señores, es hora de levantarse! ¡Cada uno a su casa! —profirió abriendo las cortinas. Desconocía qué hora era, pero no estaba dispuesto a que Nicole llegase y se encontrase con una versión nativa de Sodoma y Gomorra si le apetecía subir a la habitación.

Los durmientes se removieron un poco, pero ninguno parecía dispuesto a emprender el vuelo, así que tiró de las sábanas, dejándolos expuestos.

—¡Señoras! Seguro que tendrán a alguien en sus casas preocupado por su bienestar.

—James, dile a tu amigo que se calle —bufó una de ellas mientras abría los ojos. Cuando lo hizo, la reconoció de la noche anterior. Era la rubia del bar, que pareció despabilar de golpe y, desnuda como estaba, gateó hasta el borde de la cama y se detuvo ante él—. O quizá mejor, podrías unirte a la fiesta, grandullón —sugirió mirándole con una expresión que pretendería ser sensual, pero que despeinada, con todo el rímel corrido y el color de los labios extendido hacia el lateral, resultaba de todo menos erótica.

—Con todos mis respetos, señorita, preferiría meterla en un hormiguero —respondió con una sonrisa. El gesto de la chica cambió por completo. Rabiosa, cogió su vestido y sus tacones y golpeó en las nalgas a su amiga, que se espabiló a su vez y también tomó sus cosas, vistiéndose con rapidez.

—Que te jodan, gilipollas —chascó la rubia antes de cerrar con un sonoro portazo.

—Seré un gilipollas, pero uno con suerte —dijo para sí sin poder borrar la sonrisa de sus labios.

Fue al baño, llenó uno de los vasos de agua y se lo arrojó a James a la cara.

—¡A sus órdenes, mi comandante! —dijo despertando de golpe, mirando en todas direcciones—. ¡Joder, Redcloud, creí que me había dormido en una guardia! —confesó aliviado. Miró a su derredor buscando algo, o a alguien. Tomó sus calzoncillos del suelo y se los puso—. ¿Dónde están las chicas?

—Se han largado cuando he llegado. Tenían prisa.

—Joder, y yo que pensaba repetir por la mañana —chascó con picardía—. Qué noche colega, qué noche, esas dos son insaciables… ¿Y tú? Te fuiste con la pelirroja, ¿no? ¿Te la has tirado? Tenía buenas tetas.

—No sigas por ahí o voy a tener que partirte la cara —respondió sereno—. Se llama Nicole y es una buena chica, es muy dulce e inteligente. —Akona enarcó una ceja, incrédulo ante lo que estaba oyendo. Sean no solía alardear de sus conquistas, pero tampoco hablar de ellas como si comenzasen a llover arcoíris de colores a su alrededor al hacerlo.

—Y habéis estado toda la noche… hablando.

—Solo un rato. He tenido que regresar andando desde donde vive, un chalet en la zona de los acantilados, porque su padre estuvo a punto de descubrirnos.

—O sea, que te llevó a su casa.

—Sí, para curarme un arañazo del pecho.

—Ya, y ¿no te *curó* nada más?

—No. ¿Qué tendría que haberme curado?

—La sequía, tío. Llevamos meses encerrados en el campamento sin mojarla, te vas con una chica a su casa, estáis a solas un buen rato, ¿y no pasó nada más?

—Sí que pasó algo, hablamos.

—Hablasteis —repitió apretando los labios en un mohín de incomprensión, mientras se pasaba la mano por la cabellera pelada, probablemente también él debía extrañar su larga melena azabache—. A ver… ¿Quién eres tú y qué cojones has hecho con mi amigo?

—¿Tan extraño te resulta? Joder.

—¿Que si me resulta extraño? Redcloud, ¡que eres de los que no ganan para condones! Que te has liado con las tías que están más buenas de la reserva y con las de fuera de la reserva, también. Y las pocas veces que hemos salido en San Diego tu polla parecía una representante de Naciones Unidas confraternizando con latinas, rusas o europeas, por ejemplo.

—¿Y eso que tiene que ver ahora?

—Que o esa tía era una estrecha o tú has perdido tu toque.

—Akona, te lo repetiré por última vez, cuando hables de ella hazlo con respeto o me haré un collar con tus dientes —afirmó muy serio. Su amigo distinguió en aquella mirada su fiereza y supo que lo decía muy en serio—. Deja de analizar mi vida sentimental, que pareces mi abuela, y ponte presentable porque Nicole va a venir a buscarme.

—¿Aquí? ¿Le has dicho que venga *aquí*?

—Sí. Y ya puedes buscarte planes para esta tarde y acomodarte en una de las hamacas de la piscina. Si ves la luz de la habitación encendida, no se te ocurra aparecer.

—Si como dices vive en los chalets de los acantilados, esto te parecerá un cuchitril de mala muerte. No creo que venga a un sitio como este y, si lo hace, en cuanto lo vea saldrá corriendo antes de aparcar siquiera.

—No lo hará.

—Oh, sí, seguro que lo hará.

—Tú no la conoces.

3

Despacio

Se había vuelto loca. No cabía otra explicación para que estuviese aparcando en un motel de carretera, de aquellos que tenían fama de ser picaderos de fin de semana para amantes furtivos.

Loca de remate por ir al encuentro de un desconocido del que solo sabía su nombre. Sean. Sean de Dakota del Sur.

Aquella misma mañana, cuando despertó, se dijo a sí misma que no acudiría al encuentro y, si osaba presentarse en su casa tal y como la había amenazado, diría que no le conocía y el servicio se encargaría de echarle de allí.

Pero desde que se había levantado de la cama, tan solo podía verle en el interior de su cabeza. Su cuerpo desnudo, el roce de su sexo caliente entre los muslos… recordarlo la hacía estremecer de deseo.

Había estado a punto de perder la virginidad, de hecho no la había perdido por su culpa. Pensarlo la hacía enfadar, ¡la había rechazado! Y gracias a Dios que lo hizo, porque si no su padre los habría descubierto y la situación habría sido terrible.

Sean. Sean de Dakota del Sur. Sean, un nativo sexy como el demonio. Un marine, para colmo de males. Alguien que se marcharía destinado a cualquier parte del mundo y a quien no volvería ver.

Y sin embargo, se moría de ganas de hacerlo ahora, de verle. De volver a hablar con él.

Por eso estaba allí.

Bajó del vehículo. Ni siquiera sabía su número de habitación.

¿Y si pensaba que era una fresca?

No. Él no pensaría algo así de ella.

Acababa de conocerle, pero le había quedado muy claro que acostarse con ella no era su única intención. Lo que tampoco habría tenido nada de malo, la verdad. Ella lo había deseado, en el fragor de la pasión despertada solo con un beso, se había dejado llevar por primera vez en su vida, con él, un completo desconocido.

Un momento que tanto la había preocupado, el miedo al dolor, el miedo a que no fuese bien y que la imagen idealizada que tenía en su mente se estropease, todo eso se había esfumado con tan solo un beso. Pero él la había detenido, haciéndola sentir estúpida e irresponsable.

Quizá no hubiese sido una buena idea. Quizá debía regresar al coche. Se giró y abrió de nuevo la puerta, indecisa.

—¿No pensarás marcharte? —preguntó alguien a su espalda, una voz que le erizó la piel al reconocerla de inmediato.

—No, solo pretendía coger mi móvil —mintió, fingiendo que lo hacía, cerró la puerta del vehículo y se enfrentó de nuevo a aquellos ojos plateados.

Le halló aún más atractivo que la noche anterior, si es que eso era posible, vestido con unos simples tejanos y una camiseta blanca que resaltaba el envidiable tono tostado de su piel, marcando la exuberante musculatura de su torso.

—Hola, Nicole.

—Hola, Sean. ¿Has estado espiando por la ventana?

—No, solo he estado esperando a que aparecieses. No te había dado el número de mi habitación.

—Pues ya estoy aquí —respondió muy seria mientras él caminaba hacia ella.

—Y no sabes cuánto me alegro —dijo al alcanzarla, tomó su mano y la besó en la mejilla. Un hormigueo la recorrió desde las puntas de los dedos, que se entrecruzaron con los suyos, hasta la garganta.

—No me quedaba otra opción, amenazaste con presentarte en mi casa.

Sean sonrió, podía leer en sus ojos que tenía tantas ganas de verle como las que tenía él mismo.

—No habría ido a tu casa a buscarte. Si no hubieses acudido, habría entendido que no te apetecía volver a estar conmigo. Pero estás aquí. Puedes marcharte o podemos pasar la tarde juntos.

—Estoy aquí y no tengo planes, así que tú dirás.

—¿Te apetece que vayamos a comer a alguna parte? —preguntó.

—¿Dónde quieres ir?

—Donde quieras. —Tenía cien dólares en la cartera y ese era todo su patrimonio para pasar el mes, pero a gusto lo haría sin un centavo si con ello disfrutaba, aunque fuesen solo unas horas, en su compañía.

—¿Conoces La Tiendita, en la avenida Victoria?

—No conozco nada, pero me fio de tu criterio —añadió con una sonrisa.

—¿Te gustan los tacos y los burritos?

—Claro.

—Vamos en mi coche, imagino.

—El mío está muy lejos de aquí, pero si no te apetece conducir, podemos pedir un taxi. —Lo cual reduciría su presupuesto de modo alarmante, pensó Sean.

—No hace falta. Vamos.

Quizá estaba siendo una completa descerebrada, pero le apetecía pasar tiempo con él e iba a hacerlo.

—¿Tuviste problemas anoche?

—¿Por qué?

—¿Tu padre sospechó algo?

—Mi padre confía en mí, quizá más de lo que debería —masculló para sí, la castigaría al menos un año sin salir de casa si supiese lo que estaba haciendo.

—Me alegro.

—Quiero dejar una cosa clara, Sean —afirmó arrancando el motor.

—Dime.

—Mi comportamiento de anoche… —Estaba encendida por el pudor, casi ni se atrevía a mirarle a los ojos—. Yo no soy así. Quiero decir, yo… no hago esas cosas.

—Yo tampoco. Si hubieses sido una psicópata, podrías haberme violado en aquella habitación y haberme despedazado para meterme en bolsas de basura —dijo muy serio, provocando que le mirase sorprendida, antes de echarse a reír. Ella no pudo evitar una sonrisa que la ayudó a relajarse—. Escúchame, Nicole, mi única intención es pasar mi último día libre contigo, pasear, charlar, divertirnos… No espero nada más, lo prometo.

—Me alegra saberlo, porque no va a pasar nada más. —Él asintió con una sonrisa—. ¿Es tu último día libre?

—Sí. No sé cuándo volveré a disponer de un fin de semana.

—¿Y por qué quieres pasarlo conmigo?

—Porque me gustas, creo que eres una chica con la que se puede hablar.

—Ya. Y tú necesitas hablar —sugirió con incredulidad.

—Mucho. Con mis compañeros las conversaciones son monotemáticas, ellos solo piensan en una cosa.

—Y tú no, ¿verdad?

—Pues no. Estoy cansado de hablar siempre de lo mismo... de béisbol —sugirió, haciendo un mohín de lo más seductor con sus voluminosos labios. Nicole se echó a reír, seguro que ese era su único tema de conversación, ya.

Recorrieron las bulliciosas calles de San Clemente hasta llegar al aparcamiento de la taquería, un establecimiento pequeño aunque acogedor. Tomaron asiento en el interior y una joven camarera mexicana les tomó nota.

—¿Y cuánto tiempo llevas en Camp Pendleton?

—No estoy destinado en Camp Pendelton, sino en la base de San Diego. Llevamos tres semanas entrenando en la isla de San Clemente.

—¿Y te quedarás mucho tiempo?

—En un par de días partimos hacia Fort Benning, Georgia, donde pasaremos dos semanas y después regresaremos a San Diego.

—Pero tú ya eres marine, ¿no?

—Soy marine desde los dieciocho, me alisté en cuanto terminé el instituto, todo este entrenamiento es para convertirme en SEAL.

—En SEAL, ¡vaya!. No conozco demasiado sobre el tema, pero según tengo entendido es un proceso muy duro.

—Lo es, el setenta y cinco por ciento de los reclutas *toca la campana* en la primera fase de entrenamientos.

—¿*Toca la campana*?

—Se rinden. Cuando ya no puedes más sabes que, si das un toque de esa campana, vuelves a casa.

—El setenta y cinco por ciento... Vaya. ¿Y tú? ¿Pensaste en tocarla alguna vez?

—Nunca. En más de una ocasión temí desmayarme durante La Semana del Infierno, pero jamás pensé en rendirme, nunca.

—La Semana del Infierno, imagino que el nombre lo dice todo…

—Así es. Y antes de que acabe el año recibiré mi Tridente, mi insignia, un momento con el que llevo soñando desde que era un adolescente —confesó posando la mano sobre la de ella en la mesa, acariciándola con suavidad. Nicole le observó, percibiendo un nervioso cosquilleo en su piel, miró sus ojos grandes y grises y no pudo contener más una pregunta.

—Sean, tus ojos son grises, no son oscuros. No es que conozca a demasiados nativos, pero no es muy común, ¿verdad?.

—No, no lo es. Y si quieres te diré el motivo, aunque no es una historia demasiado agradable.

—¿Por qué? ¿Tienes algún problema de vista? —Su pregunta le provocó la risa. Sean tenía una risa grave y sensual aunque pareciese burlarse de ella. Apartó la mano, alejándose de su caricia—. ¿Te ríes de mí?

—No. En absoluto. Si tuviese algún problema de visión, no me habrían admitido en los marines. Mis ojos claros son una herencia de mi bisabuelo materno.

—Ah.

—Mi bisabuelo era un soldado de caballería del ejército de los Estados Unidos. Él abandonó el ejército para poder unirse a mi bisabuela Amada, hija de un jefe cheroqui, pero mi abuela nunca llegó a conocerle, fue asesinado por sus propios compañeros por traidor. Soy el único de mis hermanos con ojos de luna llena, como los llama mi otra abuela, Talulah.

—Vaya. Es impresionante.

—Bueno, es solo parte de la historia de mi familia.

—¿Y tienes muchos hermanos?

—Tres. Dos chicos y una chica. Yo soy el mayor. ¿Y tú? ¿Tienes hermanos?

—Uno. Se llama Óscar. Es más pequeño, tiene catorce. ¿Y en qué parte de Dakota del Sur vives?

—En la reserva del Lago Traverse. Mi padre es uno de los jefes de la tribu.

—Ah, claro.

—No porque sea nativo puedes dar por sentado que vivo en un tipi en la reserva. Tengo varios amigos que viven fuera de ella.

—No quería decir eso.

—Tranquila, te estoy tomando el pelo —bromeó. Nicole apretó los labios irritada—. Relájate. Soy nativo y me siento orgulloso de ello, pero pienso que el mundo es mucho más grande que los confines de Wild Horse.

—Es difícil relajarme si te burlas de mí a cada instante.

—Perdóname, pero es que te veo un poco tensa con el tema de mi origen y pretendía distender el ambiente, solo soy un tipo como otro cualquiera. —No exactamente como otro cualquiera, se dijo ella para sí. No había conocido a nadie como él, en absoluto—. No volveré a hacerlo. ¿Y vosotros, sois de San Clemente?

—Mi bisabuelo por parte de padre era irlandés y yo también he heredado algo de él, este cabello color zanahoria, por ejemplo.

—Y esas preciosas pecas en la nariz, imagino.

—También —aseguró llevándose un dedo al dorso de la nariz de modo instintivo, antes de dar un trago a su bebida de cola—. Aunque yo no creo que sean preciosas.

—Pues lo son. Mucho.

La camarera llegó con la comida. Burritos de carne y nachos con queso. Nicole no podía imaginar cuánto se alegraba Sean de que el presupuesto le alcanzase para hacerse cargo de estos. Pero sí que se arrepintió en el acto de haber pedido un burrito. ¿En qué estaría pensando al pedir una comida que por norma general acababa desparramándose en sus manos y manchándole los dedos y los labios de salsa y carne? Pero ya estaba pedido y ahora tenía que comerlo con elegancia ante el sexy marine con ojos de luna llena que la intimidaba con solo mirarla.

Sean, en cambio, retiró la parte superior del cartón que cubría el suyo y le dio un mordisco.

De perdidos al río, se dijo Nicole, e hizo lo mismo.

—¿Y esa universidad en la que estudias está aquí, en San Clemente?

—No, estudio en Los Ángeles, pero está muy cerca. A veces pienso que tendría que haber solicitado plaza en otro estado, así al menos viviría la típica vida de universitaria, en una hermandad y ese tipo de cosas.

—¿Te gustaría tener esa experiencia?

—Me gustaría que mis padres se diesen cuenta de que ya no tengo doce años. Así tendría algo más de independencia, pero esta universidad es una de las mejores y, aconsejada por mi padre, decidí quedarme.

—¿Te tiene muy controlada?

—En lo referente a mis estudios y «la dirección que tomaré en mi vida», sí —dijo imitando a su padre y provocándole la risa—. En el resto trata de controlarme, pero en realidad tengo bastante libertad. Como él se pasa el día encerrado en su empresa y mi madre está muy ocupada con una *boutique* de moda que acaba de abrir, no tienen tiempo para vigilarnos.

—¿Es costurera?

—¿Mi madre? ¡No sabe ni coser un botón! Ella se encarga de buscar a los diseñadores, las telas, los modelos, pero coser, no, para nada.

—Mírale la parte buena.

—¿Cuál es?

—Que estén tan ocupados hace que puedas estar aquí, conmigo, ahora.

—Eso es cierto —admitió convencida—. Seguro que a ti no te controla nadie, ¿verdad? —Sean sonrió descubierto.

—Hace ya tiempo que dejé el nido, pero no, no he sido alguien fácil de controlar.

—Y... solo por curiosidad, ¿sueles abordar a muchas chicas en los bares con la historia de haber soñado con ellas? —Su pregunta, y la ironía en sus preciosos ojos le provocaron una sonrisa.

—No. Eres la primera. Deberías sentirte afortunada —bromeó.

—Claro, ya puedo morirme tranquila.

—Dentro de muchos, muchísimos años, por favor. Tiene que darnos tiempo a todo.

—¿A qué tiene que *darnos* tiempo?

—A todo. Verás... mi abuela Talulah tiene un don, adivina cosas —afirmó muy serio, aunque con expresión cómica, provocándole la risa.

—Cosas. ¿Cómo los números de la lotería?

—No, cosas que importan de verdad —afirmó sorprendiéndola—. En la última visita que le hice en la reserva me advirtió de que conocería a una chica pelirroja con unas piernas interminables, así como tú de preciosa. Y que esa chica se enamoraría locamente de mí, tanto como para convertirse en la madre de mis hijos —mintió, era cierto que su abuela solía hablarle de sus visiones, o sus conexiones con el Gran Espíritu como ella las llamaba, pero acababa de inventarse esa historia. Nicole asintió halagada aunque nada convencida de la veracidad de sus palabras y no pudo evitar romper a reír a carcajadas.

—No me digas.

—Cuando te vi sentí un poco de miedo al darme cuenta de la que se nos venía encima. En fin, ya sabes, tú, una *refinada* chica sureña, y yo, un *rústico* nativo del interior… pero soy un marine, y me dije, ¡qué narices! Tenía que conocerte. —Nicole sonreía con la mirada, casi destellaba luz al reír con sus ocurrencias y eso, no sabía por qué, pero le hacía feliz, muy feliz.

—Eres terrible —acertó a decir.

—¿Terrible en el sentido *tienes una oportunidad* o terrible en el sentido *estoy deseando olvidarme de tu cara*? Lo pregunto por mi abuela, se llevaría un disgusto si le digo que no ha acertado.

—Ya. Por tu abuela… —sonrió—. Terrible en el sentido, *estoy muy a gusto contigo*, ¿te sirve? No me gustaría disgustar a tu abuela.

—Me sirve, claro que me sirve. Si la conocieses no te atreverías a llevarle la contraria —chascó haciéndola reír de nuevo.

—¿Siempre eres así de lanzado?

—Solo cuando la chica me gusta de verdad —insistió disfrutando al ver cómo volvía a ruborizarse sin perder la sonrisa.

Cuando Sean terminaba su burrito, Nicole fue al baño y a su regreso, comprobando que él no podía verla, pues estaba de espaldas y pagó la cuenta en la barra.

—¿Nos vamos? —le preguntó al alcanzarle.

—Claro. Espera un momento, voy a…

—Ya está pagado. Te he invitado yo.

—¿Qué?

—Que te he invitado.

—¿Y por qué has hecho eso? Tengo dinero —dijo. Parecía ofendido.

—Yo también tengo dinero, ¿o es que el tuyo vale más que el mío? Te he invitado porque me ha dado la gana.

—¿Y siempre haces lo que te da la gana? —preguntó incorporándose y caminando hacia la puerta tras ella.

—Por lo general, siempre que puedo —sentenció ella ya en el exterior. La expresión de Sean cambió, recuperando su sonrisa habitual.

—¿Y de qué te da la gana ahora? —preguntó.

—De ir a dar un paseo por la playa con un troglodita anticuado que no quiere que las mujeres le inviten, ¡y mira por dónde tengo uno enfrente!

—¿Qué habíamos quedado sobre lo de burlarnos el uno del otro?

—Te la debía —sentenció subiendo al coche.

La brisa del mar olía a salitre y agitaba los cabellos de la joven que resplandecían bajo la luz solar. Bajaron del coche y cruzaron el camino peatonal que atravesaba la vía del tren hasta alcanzar la arena. El agua estaba en calma, los bañistas llenaban la orilla de colorido y las gaviotas sobrevolaban sus cabezas emitiendo sus típicos graznidos.

—¿Te apetece tomar un café? —sugirió Sean señalando el restaurante situado sobre el muelle de madera, The Fisherman's, desde cuya terraza provenía la música suave de un grupo que tocaba antiguas canciones de rock en directo.

—No, gracias. Me apetece pasear.

—¿Al sol?

—Bueno, también podemos sentarnos bajo la empalizada y escuchar un poco de música mientras hablamos.

—¿Estás segura de que no te apetece tomar nada? Te debo una invitación.

—No me debes nada, ven, sígueme.

Nicole se descalzó y caminó hasta la zona del muelle, la marea estaba baja y dejaba los altos pilares de madera al descubierto. Se situó en una zona alejada de la multitud de niños y familias y tomó asiento sobre la arena aún húmeda, sin importarle que se ensuciasen sus tejanos.

—Este es mi lugar preferido.

—¿El muelle?

—La playa, el muelle. Me encanta venir cuando no hay nadie. A primera hora de la mañana para correr o a última de la tarde, cuando tengo toda la playa para mí sola.

—Es un lugar muy bonito —dijo posando su mano sobre la de ella, Nicole la miró mientras entrelazaban los dedos.

—Desde la casa de mis padres se ve el mar, cuando me irrito por algo, lo miro desde la ventana y me ayuda a calmarme —confesó.

—¿Sueles irritarte a menudo?

—¿Cuánto es a menudo? —preguntó con una sonrisa—. No demasiado, pero a veces mis padres me ponen de los nervios.

—Son padres. Es lo normal.

—Tú no conoces a los míos.

—Técnicamente a tu padre, sí.

—No me lo recuerdes, me muero de vergüenza. Aún no sé cómo fui capaz —dijo percibiendo un hormigueo nervioso por la caricia del pulgar de Sean en el dorso de su mano.

—No te avergüences de la mejor noche de mi vida.

—¿La mejor noche de tu vida? No quiero imaginarme cómo fue la peor.

—Mejor que no lo hagas. —Su mente le llevó de modo inconsciente a las noches de insomnio y las largas sesiones de ahogamiento durante la instrucción—. Tu padre, ¿es militar o algo así? —preguntó recordando el arma que escondía a su espalda.

—No, es doctor en biomedicina. ¿Por qué?

—Por nada, me dio esa impresión. —No creyó que fuese el momento adecuado de hablar de ello. Quizá solo era alguien que se protegía con armas. Dado su alto nivel económico no era difícil de creer.

—Pues para nada. Le gustan las armas, eso sí. Tiene una especie de paranoia con que pueden secuestrarnos y cosas así. Es uno de los motivos por los que discutimos.

—Es lógico.

—¿Que me secuestren?

—Que tema por tu seguridad. Sois una familia adinerada y eso puede atraer a gente peligrosa.

—No lo creo. Somos gente corriente.

—Sí, claro. Mi padre también posee una empresa farmacéutica y un chalet millonario junto al mar.

—No, tu padre es jefe de una tribu, que es mucho más normal —protestó haciéndole reír. Sean se llevó la mano de ella a los labios y la besó, volviendo a entrelazar sus dedos. Y ella sintió cómo se le erizaba toda la piel.

—En estos momentos ni siquiera tenemos buena relación porque no le he obedecido, así que quizá no es tan diferente a cualquier otro padre.

—¿En qué le has desobedecido?

—Él no quería que me convirtiese en marine. Para mi padre mi obligación era prepararme para llegar a convertirme algún día en un buen jefe para la tribu. Y en unos años, casarme con alguna nativa de buena familia y hacerle abuelo. Cuando supo que me preparaba como SEAL fue como si se diese cuenta de que iba en serio, que no era un simple capricho. Él creía que acabaría cansándome de la Marina y no termina de aceptar que no sea así. Piensa que estoy cometiendo el mayor error de mi vida.

—¿Y tu madre que piensa?

—Mi madre es una mujer excepcional, ella no le contradice en público, pero le hace la guerra silenciosa. —Rió, con la mirada perdida en el mar, en los pilares de madera del muelle, muy lejos de allí—. Y también está mi abuela Talulah, la madre de mi padre.

—La de las visiones —recordó con una sonrisa.

—La misma. Ella sí le contradice en público, en privado y donde haga falta. Le riñe como si aún fuese un niño. Nos riñe a todos en general.

—¿Y ellas están de tu parte?

—Para ambas ha sido duro, pero me apoyan. Lo que más me duele es que mi padre ni siquiera me habló en nuestra última despedida, hace siete meses, me fui hacia él en la estación y le di un abrazo. No me dijo una palabra y no hemos hablado desde entonces. Ya estuvo un año sin dirigirme la palabra cuando me uní al cuerpo.

—Pero te acompañó a la estación, Sean. Estoy segura de que mi padre no lo habría hecho en mi caso. Se habría quedado en casa con los puños apretados, pero su orgullo le habría impedido ir a decirme adiós. Tu padre fue a la estación a despedirte, no le conozco, pero imagino que es su modo de dar el brazo a torcer, aunque sea solo un poco.

—Quizá tengas razón.

—Llámale por teléfono. Después de tanto tiempo estará deseando hablar contigo, seguro que te lo coge y tú te sentirás mejor.

—No lo sé.

—Hazlo, Sean. Un padre es un padre y, aunque se equivoque al intentar organizar tu vida, estoy convencida de que solo quiere lo mejor para ti. Da el primer paso.

—Lo haré, le llamaré, por ti —sentenció apretando los labios en una sonrisa contenida—. Bueno, dejemos a los padres en paz y volvamos a lo interesante.

—¿A qué?

—A cuándo voy a volver a verte.

—Has dicho que te marchas a Georgia y no sabes cuándo tendrás de nuevo un día libre.

—Y ahora es cuando me das tu teléfono y me pides que te llame a diario mientras llega ese día.

—No —respondió muy seria y él buscó sus ojos desconcertado. Creía que el buen *feeling* fluía en ambas direcciones. Ella sonrió coqueta—. Cada día no, estoy haciendo un curso y tengo que concentrarme, quizá cada dos días.

—No me des estos sustos o me dará un ataque al corazón y tendrás que hacerme el boca a boca.

—Estudio Farmacia, no Medicina.

—No importa. Podemos entrenarlo si quieres, yo soy un experto. Es algo así… —sugirió aproximándose hasta alcanzar su boca, besándola con dulzura, despacio, disfrutando de su tacto aterciopelado.

Nicole sintió como si un pedazo de vida se le escapase entre los labios cuando se apartó de él, ¡pero qué bien besaba!

—Me gustaría estar delante cuando le hagas esta *reanimación* a tus compañeros en el campo de batalla —afirmó divertida.

—Con ellos seré un poco menos delicado que contigo.

—¿Ah sí? ¿Por qué?

—Porque tú me encantas, Nicole. Porque podría pasar horas besándote. Podría pasarme la vida entera en tu boca si tú me dejaras —confesó muy serio. Ella sintió como si acabasen de pellizcarle el corazón.

—Creo que será mejor que regresemos. No quiero llegar demasiado tarde a casa, tengo que estudiar —dijo con un hilo de voz, consciente de que, si volvía a besarla de aquel modo, perdería la escasa cordura que aún le quedaba.

—Está bien. Pero antes baila esta canción conmigo —aceptó con una de sus sonrisas resplandecientes, incorporándose y ofreciéndole la mano para ayudarla a levantarse cuando comenzaban las primeras notas de *Cry to me*, de Solomon Burke, provenientes del grupo que tocaba en el restaurante, sobre sus cabezas.

—Bailar, ¿aquí?

—¿Por qué no? Vamos.

«When your baby leaves you all alone
And nobody calls you on the phone
Doncha feel like crying
Doncha feel like crying
Well, here I am, my honey c'mon baby, cry to me».

Lo hizo muy pegada a su cuerpo y Sean tiró de ella, rodeándola por la cintura con sus brazos de oso. Nicole, divertida, cerró los ojos y se dejó llevar por él, sintiendo aquellas manos fuertes y rotundas sosteniéndola, meciéndola con suavidad. Sean la hizo girar sobre sí misma y la volvió a atrapar, era un gran bailarín.

Ella le miró seducida y apoyó el rostro en su cuello, inspirando su aroma masculino, encajaban a la perfección. Percibió el roce de su mentón en la mejilla y se dejó llevar por la música, por el momento. Sean volvió a apartarla para hacerla girar y repitió la letra de la canción con sus deliciosos labios.

«But you don't ever, you don't ever have to walk alone.
You see, come take my hand, and baby, won't you walk with me?...»

Volvió a abrazarla, sosteniéndola, envolviéndola, haciéndola sentir como si flotase sobre la arena, hasta que la canción llegó a su fin. Cuando acabó, alzó la vista para mirarle a los ojos, se encontró de nuevo con su boca entreabierta y le besó.

Sean la aprisionó contra uno de los pilares del muelle y volvió a besarla, apasionado, lamiendo la delicada piel bajo su oreja derecha, provocando que jadease de deseo. Disfrutó con el calor de sus labios, con las oleadas de ferviente pasión que despertaba en su cuerpo inexperto, hasta que aquel beso desenfrenado llegó a su fin.

—¿Nos vamos?

Nicole suspiró acelerada, enfebrecida, tomando unos segundos para recomponerse, estirar su camiseta y tomar los zapatos de la arena para caminar junto a él hacia el vehículo.

Durante el trayecto de regreso permanecieron en silencio, como si cualquier palabra que dijesen pudiese encender una chispa incandescente y provocar la combustión de ambos.

Nicole estacionó en el aparcamiento del motel cuando ya comenzaba a anochecer. Bajaron del vehículo, él recorrió los pasos hasta alcanzarla.

—¿Te apetece subir? Estoy en la 205. Solo podré ofrecerte agua mineral, o podemos pedir comida y…

—No. Gracias. No quiero llegar tarde a casa, mi padre debe de haber regresado ya de trabajar y estará a punto de llamarme. Dime tu número de teléfono y te llamaré para que tengas el mío.

—Sí, claro anótalo.

Deletreó los números como si le fuese la vida en ello y sintió el teléfono vibrar en sus pantalones. Así que aquello era una despedida.

—Te llamaré cada dos días.

—Me encantará que lo hagas.

—Te debo una cena —dijo sin ninguna gana de marcharse. Se aproximó a ella de nuevo y la besó en la mejilla, justo en la comisura de los labios—. No quiero que te vayas.

—Llámame —le rogó apartándose de sus labios con cuidado. ¿Cómo podía latirle el corazón de aquel modo?… como una locomotora, como si fuese a escapársele del pecho en cualquier momento. Ella nunca antes se había sentido así.

—Lo haré. Tendrán que matarme para impedirlo. Hasta dentro de dos días, Nicole.

Sean se alejó hacia la escalinata lateral de acceso a las habitaciones. Ella rogó por que se volviese para mirarla. Y lo hizo, dedicándole una última sonrisa antes de desaparecer por el pasillo.

Fue una sensación extraña. Le había tenido desnudo, entre sus piernas la noche anterior, había estado a punto de hacer el amor con él, y sin embargo, ahora estaba dispuesta a dejarle marchar sin más, ni siquiera sabía por qué. ¿Porque era lo correcto? ¿Porque no quería que pensase que era una descerebrada?

Sean no era de esa clase de hombres. Él jamás pensaría en ella en esos términos.

Subió al coche con el corazón palpitándole en la garganta. Y oyó un tintineo en su móvil. Lo buscó y comprobó que había recibido un mensaje.

Sean: «Esta noche será la más larga de todas, ahora que sé lo que es estar contigo y no tenerte a mi lado».

Habitación 205.

A solo una escalera de distancia. Arrancó el motor.

Habitación 205.

Metió la primera marcha.

Sentía un pudor terrible, si la noche anterior él no la hubiese rechazado, quizá sería distinto. ¿Volvería a hacerlo? ¿A contenerla?

Apagó el motor y subió la escalera decidida. Llamó a la puerta.

Sean se sorprendió al verla al otro lado, se había deshecho de la camiseta. Nicole caminó hacia él y le besó en los labios, apasionada, acariciando su torso y sus hombros de acero, sin ningún pudor.

—Estás aquí —masculló.

—No quiero marcharme, Sean.

—No lo hagas. —Volvió a besarla, tomándola en brazos, sujetándola contra su cuerpo.

Ella disfrutó con el enloquecedor roce de su lengua, que la invadía, la saqueaba y le arrancaba jadeos con fervor.

Sean la posó en la cama y se tumbó sobre ella con cuidado.

Quería ir despacio, quería ser cuidadoso, pero Nicole le agarraba de las nalgas desnudas bajo el vaquero y le apretaba contra sí.

Trataba de dominarse, pero por Wakan Tanka que la erección le estallaría en los pantalones si no la poseía pronto.

Ella le mordió en la barbilla, en la nuez de Adán.

—Nicole, despacio, despacio…

—No quiero ir despacio. Te quiero dentro de mí.

—No quiero hacerte daño.

—Estoy segura de que no me lo harás —afirmó sacándole los pantalones. De nuevo le tenía desnudo sobre su cuerpo, con toda su masculinidad gritando a los cuatro vientos cuánto la deseaba.

Sean tiró de la camiseta de ella y le arrancó los pantalones, enfebrecido.

Le acarició los senos por encima del sostén, bajó las copas y se deleitó con el sabor de los pezones sonrosados y calientes, paladeándolos con deleite. Ella gimió de deseo y sostuvo sin pudor su sexo, que se humedeció contra su mano, liberando al animal que llevaba dentro. El oso que dominaba su interior se apoderó de la voluntad del *sioux* y se abrió paso entre los muslos aterciopelados de la muchacha, acariciando con los dedos aquella pequeña porción de piel rosada y húmeda que reaccionaba a su contacto. Buscó un preservativo en la mesita de noche y rompiendo el envoltorio con los dientes se lo puso mientras ella le dedicaba una mirada colmada de anhelo. Y continuó tocándola con mimo con la yema de sus dedos, disfrutando con la respuesta de su cuerpo que se arqueaba expuesto, ansioso, antes de oprimirla con su rotunda masculinidad.

—Pídeme que pare y lo haré. No tenemos prisa —advirtió con infinita ternura, cuando en realidad la necesidad de adentrarse en su interior era tal que le dolía.

Empujó con cuidado y vio en sus ojos el miedo. Volvió a besarla, sin prisas, y entre caricias y besos hambrientos la suave resistencia de su cuerpo se venció con facilidad y Sean Redcloud sintió como accedía al paraíso por primera vez.

Entonces lo supo casi al instante. Supo que era ella. Ella era su águila, la mujer para la que estaba predestinado, a la que amaría todos y cada uno de los días del resto de su vida. Sin importar si vivía solo uno o cien años más, la llevaría grabada a fuego en su corazón, para siempre.

Nicole jadeó reponiéndose del dolor que pronto fue suplido por el placer, por una montaña rusa de éxtasis surgida desde lo más profundo de su vientre, que la convulsionaba haciéndola vibrar, llevándola a tocar el cielo con los dedos. Sean fue cuidadoso, delicado aunque impetuoso. Fue una sensación tan animal e instintiva, tan visceral y convulsa, y a la vez tan tierna que se alegró de haberla descubierto con él.

Precisamente con él, con Sean Redcloud, un marine de Dakota del Sur al que hasta el día anterior ni siquiera conocía, pero que la había hecho sentir el mayor placer que había experimentado en toda su vida.

—Eres tan bonita que me pasaría el resto de mi vida mirándote —dijo con el codo apoyado en la cama, recorriendo el contorno de su pecho con un dedo, después de haberse deshecho del preservativo en el baño—. Dime, ¿ha sido como esperabas?

—No sé muy bien qué esperaba, pero te aseguro que ha sido perfecto —respondió besándole en el mentón, inspirando su esencia masculina. Sean posó la mano en su vientre oculto por las sábanas, acariciándolo y correspondió a su beso llenando sus labios con los suyos.

—La próxima vez será mejor aún, ya no habrá nada de dolor —advirtió con cierto temor. En su interior temía no ser quien disfrutase de esa próxima vez.

—No puedo imaginar que sea aún mejor.

—Pues lo será, créeme.

—Espero que también para ti haya sido... quiero decir, tú tienes experiencia y yo... —dijo con las mejillas tan enrojecidas por el rubor que le provocó una sonrisa.

—Para mí también ha sido perfecto. No te imaginas cuánto —admitió besándola en la punta de la nariz. Era tan hermosa, inocente y a la vez decidida, tan perfecta para él que sabía que no podía dejarla escapar. Por muchas mujeres con las que hubiese estado, ninguna, jamás, le había hecho sentir como ella—. Nicole.

—¿Qué?

—Mañana me marcho y no sé cuándo podré regresar a San Clemente, pero necesito saber que volveré a verte.

—Sean, debemos ser realistas, te vas lejos, y ni siquiera sabes cuándo tendrás el próximo día libre… —La apenaba pensarlo, podía leerlo en sus ojos.

—Es cierto, no lo sé. Y no tengo derecho a pedirte nada, pero te prometo que volveré, en cuanto me sea posible, cada minuto que tenga libre será para ti, si tú así lo deseas. Sé que será complicado estar juntos, pero, por favor, concédenos la oportunidad de intentarlo al menos. ¿Lo harás?

—Lo haré, pero solo por no contradecir a tu abuela —aceptó con una sonrisa antes de ser envuelta por una lluvia de besos apasionados.

4
Volver a verla

Once años más tarde.

—Gran Oso, joder, ¡ponlos firmes que se os escapa el objetivo! —Oyó gritar a través del auricular vía satélite que llevaba al oído.

—Ya voy, Parkur, desde que no estás parece que estos tíos tengan un melón metido en el culo. ¡Moveos, vamos, vamos, al agua! —ordenó, y los cuatro hombres se arrojaron al agua helada y oscura como un pozo de petróleo.

—Me cago en la puta, qué pocas ganas de un baño a estas horas —chascó Dragón a su lado.

—Cada uno a sus posiciones. Nos vemos en la cubierta en treinta minutos —repitió antes de sumergirse y nadar hacia el objetivo, una pequeña embarcación de recreo en la que descansaba uno de los terroristas más buscados de Oriente Medio, Abdel Ibn Karim, que pasaba unos días de recreo en Acapulco con una identidad falsa. Llevaban semanas vigilándole, aunque no podían acceder a él mientras se encontrase en territorio mexicano ya que no habían obtenido la autorización del gobierno, a pesar de que sus superiores habían solicitado su detención. Pero aquella tarde, su lujosa embarcación, atestada de prostitutas y del lujo más sórdido, había atravesado en un descuido aguas internacionales y había llegado el momento de actuar.

Sería un golpe rápido, el comando Alfa del Team 6 de los SEAL, dirigido por el sargento Redcloud, apodado Gran Oso, accedería al barco, acabaría con ese malnacido que tantas vidas de compatriotas había arrebatado y regresaría a la base sin que nadie nunca supiese quién le había atacado. Siempre y cuando ningún tiburón, tan frecuentes en aquellas aguas, se encaprichase de alguna de sus extremidades y decidiese tomarla de cena.

Sabían que habría al menos una decena de guardaespaldas a bordo. Eran hombres entrenados y cualquiera de ellos contaba por doce.

La noche era cerrada. Hacía ya una hora que la música había cesado indicando que al menos la mayoría de ocupantes del yate debía dormir.

En treinta minutos los cuatro SEAL alcanzaron la embarcación a nado y en veinte regresaban con la misión cumplida a sus espaldas. Abdel Ibn Karim no ordenaría una sola ejecución más. Al menos él, no.

Cuando el capitán despertase de la borrachera que llevaba encima, se daría cuenta de que no quedaba ni uno solo de los hombres de Ibn Karim con vida. Una operación rápida y limpia. Las prostitutas descansaban en una habitación distinta, dado que el terrorista no las consideraba dignas de compartir el lecho con él, al menos para dormir. Esto había ayudado a que saliesen ilesas en la operación.

—Enhorabuena, Gran Oso —le congratuló su teniente a través del auricular en cuanto reanudó la conexión para informarle del éxito de la operación en su lancha negra como la noche mientras regresaba a puerto, a toda velocidad—. ¿Cuánto tardarás en alcanzar la costa?

—Unas horas aún, ¿por qué?

—Tienes reservado un vuelo hacia Los Ángeles a las nueve de la mañana, procura estar en el aeropuerto George Bush a esa hora, ¿vale?

—¿A Los Ángeles? ¿Qué demonios se me ha perdido a mí en Los Ángeles?

—Acabo de enterarme de que Jeff Howard está en el hospital Memorial de San Clemente, muy grave. —Parker supo que el silencio de su amigo era muy revelador.

—¿Qué le ha sucedido?

—Un coma diabético. Le encontraron en su despacho.

—¿Un coma diabético?

—Eso parece. No saben si sobrevivirá, pensé que debías saberlo.

—Sí, claro, gracias... Pero si Jeff tiene una salud de hierro. No me lo explico. ¿Quién le encontró? —Aquel silencio al otro lado de la línea le heló la sangre dentro de las venas—. ¿Nicole?

—Sí. Eso parece.

—¿Y sabes algo de ella?¿Sabes cómo está?

—No sé nada más, lo siento.

—Gracias, Parkur.

—¿Estás preparado para volver a verla?

—¿Se puede estar preparado para eso?

—Sabes que aquí estoy para lo que necesites.

—Lo sé, hermano.

Hacía casi cuatro años que no la veía, pero pensar en ella provocó que las piernas le temblasen como a un colegial. Sintió una punzada honda en el corazón. Debía estar destrozada, Nicole, Nikki, amaba a su padre, estaban muy unidos.

¿Cómo iba a ser capaz de detenerse ante ella y mirarla a los ojos? ¿Cómo podría reunir las fuerzas necesarias? La pregunta resultaba irónica en un tipo que acababa de matar a cuatro terroristas con sus propias manos.

5
Un siglo

«—¿Cómo has sido capaz, Sean? ¿Cómo has podido hacerme esto? Te quiero más que a nada en este mundo.

—Lo siento.

—¡No lo sientes! ¡Joder! ¡No te atrevas a decir que lo sientes! ¡Acabas de destrozarme la vida! Si lo sintieses, tendrías el corazón hecho pedazos como lo está el mío.

Y lo estaba, roto en mil fragmentos diminutos, hecho añicos, aunque mantuviese la cara de póquer que tanto había entrenado, fingiendo indiferencia a la reacción de la mujer que amaba ante la mayor de las traiciones».

Despertó sobresaltado cuando el avión tocó tierra. Rememorar aquel momento, los dolorosos recuerdos que guardaba encerrados dentro de su corazón de acero, justo en aquel preciso instante, había removido sus entrañas.

El taxi le dejó en la puerta del hospital a la una del mediodía. El sol golpeaba con fuerza su cabello negro.

Jamás podría olvidar el día en el que por primera vez le raparon la cabeza. Pertenecía a la serie de recuerdos que pululaban en su cabeza cuando algún incidente bajaba sus defensas mentales. Recordaba su cabeza gacha, con el cabello extendido como un telón que le impidiese ver cómo los largos mechones negros caían al suelo uno tras otro mientras la ajada maquinilla eléctrica le provocaba pellizcos en el cogote. Había sentido una punzada en la garganta al pasar los dedos por la cabeza pelada y notar como raspaba el cuero cabelludo raso. Desde de que entrase a los SEAL nunca más volvería a rapárselo, era una de las licencias que más adoraba de su estatus.

Leyó el letrero de la entrada, «Hospital Mission Laguna Beach», se dirigió al servicio de admisión y preguntó por la habitación de Jeff Howard, le indicaron el camino hacia la sala de espera de cuidados intensivos.

Alcanzó la habitación de cristal en la que las puertas permanecían cerradas. Había mucha gente sentada aquí y allá en los sillones de la sala. Otros permanecían de pie conversando entre sí.

Enseguida vio a Susan, la madre de Nicole, hablando con una mujer. Y también pudo distinguir a Óscar, su hermano menor. A su lado, con el cabello mucho más largo de cómo la recordaba, estaba ella, Nicole, Nikki, la mujer a la que más había amado en toda su vida.

Ella miró hacia atrás un momento, como si le hubiesen advertido de su presencia, pero no le vio. Alguien llamó su atención antes de que le alcanzara con los ojos, alguien que la abrazó tratando de consolarla. Sean sintió como si le hubiesen dado un puñetazo en la boca del estómago al comprobar de quien se trataba, William Levine. El tipo más interesado, ególatra y narcisista que había conocido en su jodida vida.

Ese desgraciado siempre había estado al acecho, pero Nikki era demasiado inteligente como para dejarse enredar por un reptil de su calaña.

O al menos lo había sido en el pasado.

William la besó en la mejilla acercándola más a sí en un acto que transmitía demasiada cercanía entre ambos.

Sean carraspeó, aclarándose la garganta mientras caminaba con paso decidido hacia el interior de la sala.

Óscar fue el primero en verle entre la multitud congregada en torno a ellos y, decidido, caminó hasta él. Sean le ofreció la mano, pero el que había sido su cuñado le estrechó en un fuerte abrazo que no llegaba a abarcarle por completo dada su envergadura.

—¿Cómo está? —preguntó cuando sus ojos se encontraron, la gente dejó espacio a su alrededor. Muchos le conocían, otros no y debían sentir curiosidad por quién era aquel gigantón de rasgos exóticos al que Óscar había abrazado con vehemencia.

—Muy grave, aún ni siquiera sabemos si se salvará. Gracias, sabía que vendrías. —El alivio que halló en sus ojos fue enternecedor—. Por eso te envié el mensaje.

—Por supuesto. —El mensaje… claro, así se había enterado Parkur de lo sucedido. Tras la ruptura, Sean borró todos los mensajes, todos los contactos, y le entregó su teléfono, eran muchas las personas que tenían ese número y su amigo lo custodiaría ante la llegada de algo importante. Porque si se lo quedaba él, correría el riesgo de llamarla y pedirle perdón, estaba convencido.

—¿Qué haces tú aquí? —preguntó William abriéndose hueco entre la gente para enfrentarle—. ¿Es que no has tenido bastante con todo el dolor que has causado a esta familia que ahora apareces en el peor momento?

Sean apretó los puños y un músculo palpitó en su barbilla. Habría dado cualquier cosa por partirle el alma de una vez a ese bocazas, pero no era el momento ni el lugar.

—Él tiene todo el derecho de estar aquí —intervino Susan, provocando que todos se volviesen a mirarla, incluida la propia Nicole que le vio por primera vez—. Me alegra que estés bien —dijo abrazándolo con una familiaridad que le resultó insólita, no es que hubiesen mantenido una excelente relación en el pasado.

—Gracias, señora Howard.

—Sean… —balbució Nicole caminando despacio hacia él. Su madre se apartó para concederles cierta intimidad. Él sintió una punzada honda en mitad del pecho; volver a tenerla tan cerca, al alcance de sus dedos, continuaba siendo demasiado para su maltrecho corazón. Estaba tan hermosa, la imagen que conservaba en su mente no alcanzaba a hacerle justicia. Su preciosa pelirroja, con el cabello convertido en una cascada de bucles, en contraste con el azul de sus ojos y su traje gris oscuro.

Dudó en si debía darle un beso en la mejilla u ofrecerle la mano… temía que le rechazase. Sin embargo, ella se acercó a él y le abrazó rompiendo a llorar.

Una corriente eléctrica le recorrió de pies a cabeza, como si le hubiesen atacado con una pistola táser, erizando cada centímetro de su dermis.

El perfume que tan bien recordaba, 5th Avenue de Elizabeth Arden, abotagó sus sentidos y, por un instante, pareció viajar hacia atrás en el tiempo, a su segunda cita, a su regreso del curso de entrenamiento en paracaidismo en Georgia. Fue entonces cuando se lo regaló por primera vez, ese aroma que llegó a convertirse en una caricia, en el sentimiento de volver a casa.

Ni siquiera bajo tortura admitiría haberlo comprado tras su ruptura, como jamás admitiría tampoco que solía impregnar un pequeño pañuelo de algodón que conservaba de ella y que siempre le acompañaba en cada misión, porque de este modo sentía que, si moría, lo haría menos solo.

Nicole se apartó y lo miró a los ojos, su rostro reflejaba un profundo cansancio, pero no le restaba una pizca de belleza.

—Siento lo que ha pasado —dijo Sean con un hilo de voz.

—Lo sé —respondió atravesándole con su mirada de cielo, y el SEAL sintió cómo se colaba en su interior, cómo abría las heridas, las compuertas cerradas tras las que contenía su dolor.

Se revolvió incómodo, incapaz de sostenerle la mirada. Si continuaba observándole así, su fachada se desmoronaría y la tomaría en brazos como un cavernícola. Estaban en el hospital y la vida de su padre pendía de un hilo, cómo podía ser tan bruto, joder, se reprendió a sí mismo.

—Él te tiene en alta estima, a pesar de todo.

—También yo a él —respondió Sean pasando por alto el reproche contenido de Nicole.

—Gracias por venir.

—No tienes por qué darlas.

—Significa mucho para mí. Ha pasado tanto tiempo…

—Cuatro años.

—Parece un siglo —balbució ella, recogiéndose el cabello tras la oreja, parecía nerviosa. ¿Un siglo? Una eternidad. Había creído que el paso de los días, de los años, amortiguaría el fuego que le quemaba las entrañas desde que se marchó de aquella ciudad con intención de no regresar, pero no fue así. Y ahora que la tenía ante sí de nuevo, había desaparecido cualquier resquicio de sanación—. Estás cambiado. Pareces… distinto, Sean.

—Tú en cambio estás igual, estás… preciosa.

—Gracias —descendió la mirada, no parecía preparada para recibir un halago, no de él.

—Y el idiota de William tampoco ha cambiado demasiado —dijo con una sonrisa indicando hacia este, que conversaba con unos caballeros sin quitarles ojo de encima, una sonrisa que Nicole no correspondió.

—Iba a llamarte.

—¿A llamarme?

—Necesitaba decirte algo, antes de que todo esto sucediese. Ahora te tengo frente a mí y, aunque las circunstancias no son las más propicias para dar una noticia como esta, sí es mucho mejor que decírtelo por teléfono. Me caso, Sean, en primavera. —Aquellas palabras fueron como golpes con una maza sobre el corazón. Apretó los puños y debió hacer grandes esfuerzos por mantenerse en pie. Nikki alzó su mano izquierda mostrándole un delicado anillo de compromiso coronado por un diamante del tamaño de una lenteja. Sin saber de dónde, sacó las fuerzas necesarias para fingir una sonrisa.

—Enhorabuena. ¿Y quién es el afortunado? ¿Le conozco? —preguntó cuando en realidad quería decir: «Dime quién es para poder arrancarle las tripas con mis propias manos».

—Sí. Ese idiota —dijo dedicando una sonrisa contenida hacia William, que respondió su gesto.

—Estarás de broma.

—No, claro que no. William ha sido un gran apoyo para mí, de no ser por él…

El aludido pareció saber que hablaban de él, y le retó con la mirada y una sonrisa de suficiencia. Y Sean, una vez más, debió hacer un soberano esfuerzo por no arrojársele encima y molerlo a golpes. Más ahora que sabía que aquel desgraciado y Nicole… Que ellos… Que pronto sería él quien… No, no, no.

—Óscar dice que vuestro padre está muy grave. ¿Qué ha pasado?

—Un coma diabético por hipoglucemia.

—Pero él no es diabético, al menos antes…

—Lleva tres años con insulina.

—Veo que han sucedido muchas cosas en estos años.

—El mundo ha seguido girando sin ti, Sean —sentenció Nicole mirándole a los ojos. La fachada de normalidad entre ambos se resquebrajaba y asomaba el rencor que al parecer aún sentía hacia él—. Ahora solo queda esperar —dijo antes de tomar asiento en uno de los sillones, dando por concluida la conversación. Óscar regresó a su lado.

—Se va a salvar, Sean. Ya lo verás, mi padre es muy fuerte.

—Estoy seguro de que sí.

—Estamos aquí desde que Nicole le encontró ayer inconsciente en su despacho.

—Tengo que irme, Óscar. Por cierto, ya no tengo el otro teléfono, ahora lo tiene un amigo, ha sido él quien me ha avisado de tu mensaje, dame tu número y te llamaré para preguntarte cómo sigue Jeff. —Estaba incómodo, demasiado. No se sentía con fuerzas para aguantar un minuto más en aquella habitación, no sería capaz de soportar que William se acercase a ella, que la abrazase, que la besase... Sí, era un cobarde y estaba dispuesto a huir.

—Ok. Dime tu nuevo número y te haré una llamada perdida.

Hubiese deseado mayor intimidad para poder despedirse de Nicole, pero era imposible dadas las circunstancias. Se aproximó a ella y esta se levantó de su asiento.

—¿Has comido algo? ¿Necesitas...?

—No me apetece nada, gracias.

—Tengo que marcharme ya.

—¿Tan pronto?

—Lo siento. Solo quería veros y saber cómo estaba tu padre. Mañana cojo un vuelo muy temprano y quiero aprovechar que he vuelto para solucionar unas cuantas cosas. Llamaré a Óscar para saber cómo sigue. Espero que seas muy feliz. —La mirada de Nicole clamaba tiempo, algo más de tiempo juntos, podía leerlo en sus ojos, le sorprendió que aún pudiese hacerlo y más aún de que ansiase su compañía a pesar de todo.

—Lo será —los interrumpió William, al parecer las viejas costumbres no se perdían con facilidad.

—Eso espero, por tu propio bien —rugió el SEAL antes de darse media vuelta y alejarse a grandes zancadas de la mujer de su vida, quizás para siempre.

6

Pequeño hogar

Se tumbó en la cama de la habitación del motel. Miró el reloj, las cuatro de la tarde. Había tomado dos bocados de un burrito de un puesto ambulante que había en la acera del edificio y, sin embargo, se sentía como si hubiese comido un pavo, tenía el estómago cerrado.

Un insecto ascendía por el papel pintado de la habitación hasta que alcanzó el marco de la ventana y arrancó a volar. Ojalá también él pudiese echar a volar desde esa misma ventana y no detenerse hasta llegar a casa. Y sin embargo, tendría que aguantar en aquella maldita ciudad al menos hasta el día siguiente, cuando tenía el billete de regreso. Podía ir hasta el aeropuerto e intentar cambiarlo, pero la experiencia le decía que sería en vano, la frecuencia de los vuelos a Watertown, el aeropuerto más próximo a la reserva, no era demasiado alta.

A casa… ¿y dónde quedaba eso? ¿En la base de Virginia Beach en la que estaba destinado desde que entrase al equipo 6 hacía ya más de cuatro años? ¿O en la vivienda de sus padres en la reserva de Sisseton Wahpeton Oyate? Se sentía ridículo cada vez que volvía a casa de sus progenitores. Dos de sus hermanos menores ya estaban casados, Cliff y Estrella del Alba, cada uno de ellos había comenzado una familia. Mientras él, a sus treinta y dos años, se revolvía en su antigua habitación de adolescente. Había comprado una finca próxima a la reserva un par de años atrás, en la que pensaba establecerse algún día, pero aún no había terminado de reformar la pequeña vivienda, así que no podía llamarlo hogar ni mucho menos.

Hubo un tiempo en el que tuvo una casa. Durante cinco años que bien podrían valer por toda una vida. Un apartamento de fachada blanca, con un bonito jardín comunitario en un barrio obrero de San Clemente.

A Nikki no le importó vivir en una propiedad tan humilde. Al contrario, parecía la mujer más dichosa del mundo cuando estaban juntos en su pequeño hogar.

Sean arregló la instalación de fontanería y le preparó un despacho para que pudiese concentrarse en sus estudios, pues cuando contrajeron matrimonio Nicole estaba a punto de iniciar el ultimo curso de Farmacia.

Antes de aquello, la suya fue una relación prácticamente a distancia, sobre todo durante el primer año, en el que Sean la llamaba casi a diario, en el que compartieron cartas y mensajes de amor por teléfono. Un año en el que el SEAL regresaba despavorido desde su lugar de entrenamiento en cualquier parte del país en cuanto disponía de un par de días libres, viajando doce, catorce o veinticuatro horas para, en ocasiones, solo poder compartir una tarde con ella.

Fue una locura, una locura maravillosa, pero cada minuto, cada segundo a su lado, valía la pena.

En cuanto superó las semanas de adaptación al primer Team al que fue destinado, el Team 3, supo que al fin podrían pasar más tiempo juntos y sin dudarlo un instante le pidió matrimonio. Jamás podría olvidar su expresión de felicidad, ni el amor que había en sus ojos.

Se casaron a principios de verano, dos años después de haberse conocido, dos años después de aquella noche de besos furtivos en el cuarto de enseres de la piscina que lo cambió todo, para siempre.

Había sido tan feliz, tanto entre aquellas cuatro paredes. Recordó el vestidito de flores rojas diminutas, con escote en uve que permitía intuir los senos pequeños y delicados y que solía ponerse solo para excitarle. Cuando llegaba a casa de entrenar y la veía con aquel vestido, sabía que acabaría tomándola contra cualquier rincón de la casa.

Su sonrisa se desvaneció al pensar si se pondría ropa especial para aquel desgraciado.

En primavera. Iba a casarse con él en primavera.

Se sabía un egoísta, no estaban juntos por su culpa. Pero también sabía que tomó la decisión correcta, y cada día que había vivido al límite a lo largo de aquellos años así se lo había demostrado. Él jamás podría ofrecerle lo que ella necesitaba.

Recordó su rostro congestionado, sus ojos enrojecidos, su voz temblorosa mientras le cogía de la mano durante el funeral de su antiguo compañero Daniel Marchetti, que falleció en acto de servicio durante una de las últimas operaciones que realizó en el Team 3 en Oriente Medio.

—Yo no quiero que te pase eso, Sean… —lloraba amargamente. Si sufría de ese modo ante el dolor de alguien a quien apenas conocía, porque ella y su compañero solo se habían visto un par de veces, ¿cómo no lo haría si quien se encontrase en aquel ataúd fuese él? ¿O cuando se presentasen en casa para informarla de su muerte?

«Recuerden que la muerte es un accesorio más que cargamos a la espalda, compañeros», solía repetirles Parkur en cada misión. Parkur fue su predecesor como líder del Team 6 y se encargaba de las labores tácticas desde que sufrió una lesión permanente en una de sus rodillas. Era, además, uno de sus mejores amigos.

Cuando regresaron a casa aquella misma noche, tras el funeral, supo que debía evitarle ese sufrimiento a toda costa; que no merecía pasar los días marchitándose de pena durante meses para después disfrutar de apenas un par de semanas juntos, siempre con la incertidumbre de si sería la última vez.

Tomó una decisión que fue madurando en su cabeza, Nicole era joven, reharía su vida, encontraría a un hombre que la hiciese feliz, que la amase casi tanto como él. Porque amar a Nicole era muy sencillo.

Así que, un par de meses después de ser promocionado al Team más peligroso de todos, el Seis, inventó aquella maldita historia.

Jamás olvidaría esa noche. Fue dos días antes de partir hacia Irán, hacia una arriesgada misión de alto secreto para liberar a una periodista norteamericana de las garras de un grupo paramilitar. Llegó de correr en la playa, se había machacado durante tres horas arriba y abajo sobre la arena, una ligera llovizna había cubierto de gris el cielo, como si el universo llorase su propio dolor. También él había llorado, sentado sobre las rocas, frente al mar, buscando el valor necesario para hacer lo que se había propuesto.

Nikki había vuelto del trabajo. Su padre la había hecho comenzar desde abajo, desde los laboratorios de la empresa, como un empleado más, y le admiraba por eso. Pero su pequeña pelirroja llegaba cada día agotada y con un importante dolor de pies después de pasar todo el día en el laboratorio.

Aun así se había puesto el delantal, se había recogido el cabello en una coleta y removía una cuchara de madera en un guiso que olía aceptablemente, era *pozole*, su especialidad.

Se sentó en una de las cuatro sillas de la mesa del comedor y la observó.

—Dime buenas noches al menos, ¿no? —preguntó con una sonrisa que se esfumó de su rostro al enfrentarse a sus ojos—. ¿Qué pasa? ¿Te ha sucedido algo?

—Ven, siéntate a mi lado. —Ella apagó el fuego sin dudarlo y tomó asiento en la silla contigua—. Tenemos que hablar.

Sean sabía que Nicole jamás le permitiría apartarse de ella mientras supiese que la quería. Por eso decidió que lo mejor sería lograr que le despreciase, decirle que no la amaba, ya no, y que había otra mujer en su vida.

Su dolor le rompió el corazón. Sus lágrimas se le clavaron como dolorosas puñaladas en el alma.

Pero él deseaba una vida normal para ella. Una vida en la que no tuviese que permanecer atenta al teléfono con el alma en vilo, en la que no hubiese de pasar las fechas señaladas sola. En la que no debiese vivir con el temor de convertirse en viuda a cada instante, o tener que cuidar de un lisiado por el resto de sus días.

Su teléfono móvil comenzó a sonar sobre la mesita de noche. Lo miró, era su amigo Parkur.

—Hola.

—¿Qué tal ha ido?

—Jeff está grave aún, hay que esperar.

—Claro, las primeras horas son cruciales… ¿La has visto?

—Sí.

—¿Y qué ha pasado?

—No ha pasado nada, joder.

—¿No? ¿Y entonces, por qué estás cabreado?

—Por nada. No estoy cabreado.

—Ya, y yo voy a presentarme a Miss América. No me lo trago.

—Se va a casar.

—¿Quién?

—David Copperfield. ¿Quién va a ser? Nicole. Nicole se va a casar.

—¿Con quién?

—Con ese desgraciado de William Levine. —Su amigo se tomó un instante para encajar la noticia.

—Es lo que querías, ¿no? Que rehiciese su vida.

—Pero no al lado de ese capullo. Ese imbécil no puede hacerla feliz.

—Tú la rechazaste. Le mentiste.

—Sabes por qué lo hice.

—Lo sé, y tú sabes que me parece un error.

—Es mi modo de…

—De protegerla. Ya lo sé. Yo también pensaba como tú, que no tenía derecho a amar a nadie mientras tuviese este trabajo. Pero si ella es tu águila, si es la mujer con la que debes compartir tu vida, preferirá vivir diez años a tu lado que toda una vida sin ti, Gran Oso.

—¿Ahora te has metido a predicador? No te pega nada, *teniente*. —Trató de quitar hierro al asunto.

—¿Verdad que no? Anda, descansa un poco, no pienses en nada y aprovecha los días libres para reponerte, te vendrá bien. ¿Por qué no vienes a vernos? Los niños estarán encantados de pasar unos días con el «tío Oso». —Aquella expresión le hizo reír. Así le llamaba el pequeño Brandon, el hijo menor de su amigo, «tío Oso».

—Estoy deseando verlos, Brand debe estar enorme. Y además, echo de menos a *mi chica*.

—¿Tu chica? Candy y yo vamos a hablar muy seriamente sobre eso de tener un novio más de veinte años mayor. —Por la forma de hablar de Parkur supo que su pequeña estaba oyéndole y pudo oír su risa suave al otro lado del teléfono.

—¡Muchos besos, Gran Oso! —La oyó decir.

Cuando colgó se quedó con una sensación agridulce. Eso era todo lo que él quería. Todo a cuanto aspiraba. Una familia aguardándole al llegar a casa. Y, sin embargo, él mismo se había encargado de apartar de su lado a la única mujer con la que podría tenerla.

Hacía casi cuatro años que no la tocaba, que no la besaba, que no se estremecía en su interior. ¿Por qué aún dolía tanto?

Se levantó de la cama y tomó un taxi hacia la dirección que tan bien conocía y que atesoraba en su memoria como la del pequeño lugar del mundo en el que había sido plenamente feliz. 147 Avenida Serra, San Clemente. El minúsculo apartamento de un dormitorio en el que apenas cabía nada excepto su amor.

Le había avergonzado no ser capaz de pagar algo mejor para ella, que vivía acostumbrada al lujo de la imponente mansión de sus padres. Ahora tenía un sueldo decente, ahora le sobraba todo el dinero que ganaba, ayudaba a sus padres y, además, podía ahorrar cada mes una buena suma con la que arreglar su finca y convertirla algún día en la granja a la que esperaba dedicarse cuando se retirara.

Nikki sabía cuál era su sueño, solía decir que le encantaba ser la esposa de un futuro granjero y mantenían largas conversaciones sobre cómo sería la granja e, incluso, los animales que tendrían en ella. En todos esos planes Nicole se imaginaba trabajando en una pequeña farmacia, cerca de donde estuviese su esposo, en Dakota del Sur o en cualquier otro rincón de los Estados Unidos, a pesar de que su padre tenía planes para ella y ambos lo sabían. Pero Nikki ya trabajaba con su padre desde que había terminado los estudios y no le parecía la opción que mejor encajaba con sus planes de futuro. De su futuro juntos.

Ahora, en cambio, sus planes habían cambiado y también su futuro.

Se detuvo frente a la entrada del edificio. Había varios vehículos estacionados en el pequeño aparcamiento delantero, incluso pudo reconocer el viejo Chrysler 300 Touring de la señora Yang, su vecina de la puerta de al lado. Sonrió al pensar en ella, vivía sola en un apartamento tan pequeño como el suyo y se pasaba las noches golpeando con la escoba la pared, cuando la pasión sobrepasaba el pudor.

Su esposa solía contentarla al día siguiente con un bizcocho de plátano que compraba en una pastelería artesanal, pues la cocina no era su fuerte. Aunque, desde que se habían conocido, ella había querido aprender a preparar algunos de los platos que él cocinaba.

Acudir hasta allí había sido una mala idea. Los recuerdos habían surgido como latigazos desde la nada; le dolía el alma y ni siquiera había atravesado el portal. Giró sobre sus talones y comenzó a caminar decidido a huir de aquella sensación que le ahogaba.

—¿Sean? —dudó alguien a su espalda en español. Era una voz femenina que no reconoció y se giró para comprobar de quién se trataba—. ¡Oh, por Dios santo! ¡Es *usted*!

Le costó un poco reconocer a la mujer morena de grandes ojos negros que caminaba decidida hacia él. Debía rondar la mitad de la treintena, era hispana, con el cabello largo hasta los hombros y curvas sinuosas. ¿Cómo se llamaba? ¿Marita? ¿Marieta? ¿María?

—Soy María Lucía. Su antigua vecina de abajo, ¿no me recuerda?

—Ah, sí, sí, María Lucía. —Sean ponía en orden sus recuerdos sobre ella. Era madre soltera y vivía en el apartamento con su hijo. Habían hablado en media docena de ocasiones en las barbacoas del Cuatro de Julio o durante las vísperas de Acción de Gracias, sin contar los saludos de cortesía cuando se cruzaban por el edificio. Poco más—. ¿Cómo está el pequeño… Cristóbal?

—Cristian.

—Lo siento, soy un desastre para los nombres.

—No tiene importancia, han pasado muchos años. Cristian está bien, ya es un adolescente. A sus quince años cree que lo sabe todo, pero es un buen estudiante. Ahora está en casa de unos amigos. —«Tampoco son necesarios tantos detalles», pensó Sean. Estaba agotado y visitar aquel lugar había sido una mala idea. María Lucía sonreía ampliamente con sus labios gruesos y pintados de carmín, era una mujer bonita y agradable.

—Me alegro. Ha sido un placer volver a verla…

—No se puede marchar así, hombre de Dios. Pase a tomar un café. —No recordaba haber pisado nunca su apartamento y no le apetecía que aquella fuese la primera ocasión.

—Se lo agradezco, pero será mejor que me marche.

—¿Malos recuerdos? —dudó alzando las cejas e indicando hacia el edificio.

—Al contrario, demasiado buenos —admitió con dolor.

—Vamos, Sean, tómese un café. Ha pasado mucho tiempo, no creí que fuese a volver a verle… Ahora que lo recuerdo, incluso tengo unas gafas de sol que creo que le pertenecen.

—¿Mías?

—Sí, las encontró el dueño del apartamento en su interior después de que se marchasen y me pidió que se las entregase si volvían. —Le resultó muy extraño, no recordaba haber echado en falta unas gafas de sol. Aunque aquellos días tras la ruptura se habían convertido en una nebulosa dentro de su cabeza—. Vamos, acompáñeme, le invitaré a un café y le mostraré las gafas.

Dudó. El cuerpo le pedía marcharse, pero no quería ser descortés. La siguió al interior del inmueble que tan bien conocía hasta llegar al apartamento, idéntico al que había sido suyo, solo que en la planta inferior.

Nada más atravesar aquella puerta los recuerdos volvieron a asediarle. En la pequeña cocina integrada en el mismo espacio del salón comedor, vio a Nikki de espaldas, con los diminutos *shorts* amarillos que solía utilizar para dormir y su camiseta gris de tirantes, con la larga melena pelirroja convertida en una cascada a su espalda. Ni siquiera podría contar cuántas veces le había hecho el amor sobre una encimera como aquella.

—Siéntese, por favor. Pondré el café —ofreció María Lucía, indicando hacia el sofá de terciopelo marrón, desgastado por el paso de los años. Sean la obedeció, apartando una pequeña videoconsola que había abandonada sobre el sofá.

—Estos chicos de hoy en día lo dejan todo por en medio —se excusó la mujer mientras preparaba el café.

Se sentía incómodo. No le apetecía estar allí, ni siquiera sabía dónde le apetecía estar, pero en cualquier lugar menos en aquel.

María Lucía tomó asiento junto a él.

—¿Y qué ha sido de su vida todos estos años? ¿Se ha vuelto a casar?

—No. Me he centrado en mi carrera.

—Era militar si no recuerdo mal, ¿verdad?

—Sí.

—Entonces, está soltero —masculló con una sonrisa coqueta, mirándole de arriba abajo.

—Supongo que sí.

María Lucía le observó en silencio, como si tratase de analizar sus posibilidades con el hombretón que permanecía sentado en su sofá inquieto como si lo hiciese sobe un avispero.

—Yo también continúo soltera. No he encontrado aún al hombre perfecto para mí, y a veces me siento tan sola… ¿usted no se siente solo a veces?

—A veces.

—Todos necesitamos algo de compañía, aunque sea solo por un *ratico*… Voy a por las gafas de sol —apuntó con una sonrisa y se marchó al dormitorio. Sean sintió ganas de incorporarse y salir de allí. ¿Por qué? ¿Por qué no podía relajarse y disfrutar del café y lo que surgiese con aquella mujer? Era simpática además de atractiva, ¿por qué se sentía como un gato enjaulado? Si lo pensaba bien, en el pasado quizá ya había percibido el interés de aquella mujer, por cómo le saludaba en el descansillo o cómo buscaba su conversación en las celebraciones vecinales. Pero jamás le dio pie a que se insinuase más allá de la coquetería, porque él había hallado a su pareja de vida, como en la vieja leyenda *sioux* sobre el águila y el halcón en la que tanto creía.

La leyenda decía que una vez se acercaron a la tienda del viejo chamán de la tribu un joven y valiente guerrero llamado Toro Bravo y Nube Alta, la hermosa hija del jefe, cogidos de la mano. Los dos jóvenes dijeron al chamán que se amaban, que estaban muy enamorados y se iban a casar, pero tenían miedo. Querían que el viejo chamán vertiese un conjuro sobre ambos para que su amor jamás acabase. El chamán les dijo que esa era una labor muy complicada, pero como ellos estaban dispuestos a todo, pidió a Nube Alta que escalase el monte al norte de la aldea, sin más ayuda que sus manos, atrapase allí al halcón más hermoso de todos y lo llevara con vida, intacto, al poblado. A Toro Bravo le pidió que escalase la Montaña del Trueno y que, cuando llegase a la cima, atrapase a la más bravía de las águilas solo con sus manos y la llevase sin heridas ante él el mismo día en que Nube Alta trajese su halcón. Ambos jóvenes regresaron el día indicado frente a la tienda del chamán. El anciano les pidió que sacaran los pájaros de la bolsa. «¿Volaban alto?» les preguntó. «Sí, sin duda», respondieron.

«¿Y ahora qué hacemos?, ¿los matamos y bebemos su sangre?, ¿los cocinamos y comemos su carne?». «No, atadlos entre sí por las patas con estas tiras de cuero, soltadlos y que vuelen libres». Los jóvenes hicieron lo que les había pedido, pero cuando liberaron las aves, estas solo consiguieron revolcarse en el suelo. Unos instantes después, irritadas por la incapacidad, arremetieron a picotazos entre sí hasta herirse. Entonces el viejo chamán con voz dulce dijo a los jóvenes: «Nunca olvidéis lo que habéis visto. Vosotros sois como el águila y el halcón, si os atáis el uno al otro, aunque lo hagáis por amor, no solo viviréis arrastrándoos, sino que además, tarde o temprano, empezaréis a lastimaros el uno al otro. Si queréis que el amor perdure, volad juntos, pero jamás atados por miedo a perderos. Si el amor es verdadero, se torna eterno e infinito sin promesa, porque ya el amor en sí es una promesa de vida.»

Él creía en aquella leyenda que su abuela Talulah le había trasmitido cuando tan solo era un niño y, al conocer a Nicole, supo con total seguridad que había hallado a su águila.

Pero ahora era un hombre libre. Llevaba años repitiéndoselo en su cabeza e, incluso, había dejado de sentirse un miserable cada vez que su cuerpo se estremecía con el de otra mujer. Le costó más de un año ser capaz de tocar a otra y la primera vez se tragó las lágrimas que se empeñaban en acudir a sus ojos al saber que nunca, jamás, ninguna le haría sentir como ella. Porque no solo su alma le pertenecía, también su cuerpo.

Al volver a verla, su duelo se había iniciado de nuevo. Sin embargo, su pasado juntos no era más que eso, pasado. Y ahora Nikki compartía su vida con otro hombre. Con un auténtico imbécil, pero al que ella misma había elegido. Él debía respetarlo y, por más que le doliese, lo haría.

—Aquí están —dijo María Lucía acercándose con unas gafas de sol de pasta entre las manos. Había abierto los dos botones superiores de su blusa y mostraba un generoso escote. La porción que se apreciaba de sus pechos dejaba intuir lo voluminosos que eran, dos montañas de piel tostada. Buscó sus ojos. La mujer se inclinó hacia él en el sofá con los labios entreabiertos teñidos de carmín rojo, anhelantes—. Sean, siempre que se marchaba a una misión yo sentía un fuerte dolor aquí —dijo tomando su mano y posándola sobre su pecho izquierdo—. ¿Y sabe por qué? Porque quería ser yo la que le despidiese en ese portal —añadió apretándole la mano bajo la suya contra el pecho mientras se subía a horcajadas a su cuerpo.

«No es Nicole y nunca ninguna será como Nicole. Tienes que olvidarla, tienes que olvidar que la has visto, y nunca más volverás a verla. Tienes que sacártela de la cabeza», se repitió mientras María Lucía posaba sus labios despacio sobre los de él.

—Siempre me gustaste. Siempre me pregunté cómo serías en la cama. Tan grande, tan fuerte… —susurró sobre su boca antes de abrirsc la blusa y quedarse en sostén, subida a su cuerpo en aquel viejo sofá.

«No es Nicole. Nunca ninguna será como Nicole, idiota».

La mujer tiró de la camiseta de Sean y su mano se perdió bajo esta mientras le besaba apasionada, recorriendo su cuello arriba y abajo con besos intensos. Sean se echó hacia atrás en el sofá, los dedos de la mujer se deslizaron por la cinturilla del pantalón atrapando su sexo, que comenzaba a despertar, acariciándolo con suavidad, humedeciéndose contra su mano.

—Dios santo, vas bien servido. No sé cómo esa niñata boba te ha dejado escapar. Tú necesitas a una mujer *de verdad* —jadeó inclinándose sobre su boca.

Entonces, como activado por un resorte, Sean se removió en el sofá, extrajo la mano de Maria Lucia de su ropa interior, y sosteniéndola por ambos hombros, como si pesase menos que una pluma, la situó a un lado.

—Ya tuve una mujer *de verdad*, una a la que nadie podrá suplantar, *nadie* —dijo incorporándose—. Muchas gracias por la invitación, María Lucía, me alegro de que tú y tu hijo estéis bien. Y no, las gafas no son mías. Tampoco de Nikki, puedes quedártelas. Debo marcharme. Adiós.

Y sin dudarlo un instante, se dirigió a la puerta mientras a su espalda la cafetera exprés silbaba con el café recién hecho.

Se marchó de aquel lugar con una sensación extraña, limpiándose los labios del carmín rojo de su antigua vecina. Sus palabras hacia Nikki le habían hecho enfurecer, pero ¿por qué? ¿Por qué aún le afectaba tanto? Antes de realizar ese viaje creía tener superada su ruptura, pero no era así, en absoluto.

7

Una nota

Llegó caminando al motel, un largo paseo en vano, pues no le había ayudado a despejar la mente. Había anochecido y las luces anaranjadas del complejo otorgaban un aire triste y ceniciento al lugar. Se sorprendió al descubrir a un hombre de pie junto a la escalerilla de acceso a la planta superior de habitaciones. Enseguida le reconoció y caminó hasta él decidido.

—¿Ha sucedido algo, Óscar?

—No. Ahora no, quiero decir. Pero tengo que hablar contigo. ¿Tienes un momento?

—Sí, claro que sí. ¿Vamos a la cafetería?

—En privado.

—Está bien. Acompáñame.

Una vez estuvieron dentro de la habitación, Sean le ofreció una silla de madera que había frente a la cama y él se sentó en esta.

—Suéltalo.

—Lo cierto es que no sé cómo empezar.

—Empieza por el principio, ¿cómo me has encontrado? No dije a nadie dónde me alojaba.

—Fue fácil. Llamé a la compañía de taxis que opera desde el hospital y pedí el teléfono del conductor que te había recogido haciendo valer mi apellido, y bueno, tus rasgos no son demasiado comunes.

—Vaya. ¿Y qué necesitas de mí?

—No soy yo quien necesita algo, sino Nikki.

—¿Qué le pasa a Nikki? —Solo con oír su nombre ya se puso tensa.

—Ha recibido esta nota —dijo entregándole su iPhone en el que pudo ver la fotografía de un pedazo de papel impreso: «Desenmascara al verdadero Jeff Howard o tú y tu papaíto lo vais a lamentar».

—¿Qué demonios…?

—La recibió por correo en su casa.

—¿Tiene una casa?

—Sí, ella y Will compraron una mansión frente al mar…

—Háblame de la nota. —No le apetecía oír los detalles de lo otro.

—La recibió hace dos semanas y habló con nuestro padre. Mi hermana dijo que iba a acudir a la policía, pero él le restó importancia, aseguró que era normal que otros laboratorios que investigaban en la misma dirección se pusiesen nerviosos ante la cercanía de resultados.

—¿Resultados de qué?

—No lo sé, la verdad. Cuando se ponen a hablar entre ellos de células, ensayos y tratamientos, no hay quien los entienda. Mi padre le pidió que fuese cuidadosa y, si veía algo raro, entonces sí llamase a la policía. Iba a contratar seguridad privada para ella, pero Nikki se negó en redondo.

—Cabezota —susurró.

—Dos semanas después mi padre aparece medio muerto en su despacho. Un coma diabético. Él tiene diabetes, pero estaba muy controlada.

—¿Piensas que alguien haya podido atacarle?

—Era muy tarde, demasiado, para que permaneciese en el despacho. Esta mañana hemos hablado con el empleado de seguridad que trabajaba de día y nos ha dicho que él mismo le había pedido que se marchase una hora antes de terminar su turno. Buscamos las imágenes de las cámaras, porque sospechamos que se había citado con alguien, y la grabación de todas, todas, había sido desconectada. De las nueve a las diez de la noche, cuando entraba el guardia nocturno, solo él estuvo en el edificio.

—Eso no pinta nada bien.

—La oficina estaba revuelta, como si hubiesen estado buscando algo, y su portátil no aparece. Creemos que alguien pudo administrarle una sobredosis de insulina tratando de matarle, pero no tenemos una sola prueba. Quien fuera que lo hiciese debía saber que el guardia llegaba en una hora y se marchó antes de que volviese, sin dejar rastro.

—Ahora sí que habréis solicitado protección para Nicole, imagino.

—Se niega.

—¿Se niega? Vamos a ver a tu hermana ahora mismo.

—Está bien, pero antes deberías mirarte en el espejo. Sean no le entendió hasta que no lo hizo. Al ver su imagen reflejada descrubrió los restos de carmín rojo que aún eran evidentes en su cuello.

—Me he encontrado con una vieja amiga.

—Ya. No demasiado vieja según parece —aceptó Óscar con una sonrisa cómplice.

Después de eliminar los restos del carmin de su piel subió al coche del que fuera su cuñado y este condujo en su utilitario hasta la gran mansión frente al mar. Un coche demasiado modesto para el hijo de uno de los hombres más ricos de California, pensó.

El vehículo se detuvo ante la fachada delantera de la mansión, la casa en la que Nicole y él hicieron el amor tantas veces durante su noviazgo, hasta que alquilaron el apartamento, un par de meses antes de contraer matrimonio.

—¿Dónde está?

—En la sala de la planta baja, están todos ahí. En el hospital nos han pedido que nos marchemos a casa, no podemos permanecer otra noche en la sala de espera. Ellos nos avisarán si hay alguna novedad.

Sean siguió a Óscar. Pocas luces permanecían encendidas, pero podía reconocer cada rincón, nada había cambiado. Contempló el amplio salón de la planta superior, con el largo sofá blanco y la lámpara de araña que colgaba del techo frente a una pantalla plana de ciento veinte pulgadas. También habían hecho el amor en aquel sofá, sonrió al pensarlo, lo habían hecho casi en cada rincón de aquella casa.

Cuando los señores se marchaban el fin de semana y Sean disfrutaba de sus merecidos descansos, Nikki daba el día libre al personal de la casa y, como Óscar pasaba más tiempo en el apartamento de su mejor amigo que en su propia casa, eran libres de disfrutar de aquella impresionante edificación con todos los lujos. Jacuzzi con vistas al mar en cada dormitorio, camas gigantescas, sala de cine, de billar y una cocina inmensa que antes de la llegada del joven *sioux* Nicole apenas había pisado.

Cuando pasaba días en aquel lujoso lugar con ella, no podía evitar una sensación turbadora. Por un lado, disfrutaba de su compañía como nunca lo había hecho con otra persona. Y por otro lado, sabía que jamás podría ofrecerle nada como aquello. Por mucho que trabajase, por muchas misiones que realizase... ni siquiera con la indemnización por su fallecimiento en combate podría darle nada como aquello. Porque él no era más que un pobre diablo que había posado sus ojos en un ángel.

Un ángel que permanecía sentado en el extremo del largo sofá de piel oscura del salón de la planta inferior, junto a su madre y a un par de mujeres, amigas suyas, que conversaban y fumaban en torno a una montaña de comida.

Los ojos de Nicole le capturaron de inmediato y le observaron descender los escalones siguiendo a Óscar. El SEAL creyó que el corazón iba a salírsele del pecho al sentir de nuevo su mirada azul sobre la piel.

William, que permanecía junto al gran ventanal que daba al mar conversando con otro caballero, se volvió al oírlos llegar.

—Óscar, ¿dónde te habías metido? —preguntó Susan, mirando a ambos.

—Fui a buscarle porque creo que Nikki y él tienen algo de lo que hablar.

—Nicole no tiene nada que hablar con él —intervino William.

—Eso tendrá que decidirlo ella —aseguró Óscar dedicándole una mirada provocadora. Al parecer las relaciones entre ambos cuñados no eran demasiado buenas.

—Será mejor que te calles…

—Ven a callarle tú —mordió Sean apretando los puños.

—¡Callaos todos! Este no es el momento para una pelea de gallos —los increpó Nicole. Se incorporó en silencio.

—Lo siento —se disculpó Sean. William apartó la mirada sin decir nada más.

—Acompáñame al despacho —le pidió Nicole al hombre que una vez fue su marido. Al hombre que con su sola aparición había soplado con fuerza las ascuas de un amor que aún le ardía en el pecho, lastimándola. Al hombre que la había traicionado y dañado tanto y tan íntimamente que ahora que volvía a tenerle ante sí sabía que jamás sería capaz de recuperarse.

Sean la siguió por la escalera hasta alcanzar el despacho del dueño de la casa. Una habitación amplia cuya pared posterior era un vidrio transparente a través del cual se podía contemplar el pintoresco embarcadero de San Clemente.

Ellos habían cenado en el restaurante que había al inicio del embarcadero, el Fisherman's, en infinidad de ocasiones. Y tras el largo paseo por la lengua de madera, habían jugado entre los palos y se habían besado ocultos bajo el muelle. Ese fue el lugar en el que le pidió matrimonio una cálida tarde de otoño, con un anillo de oro formado por cuatro plumas, dos de águila y dos de halcón, forjado por un orfebre de su tribu. Cada rincón de aquella ciudad estaba lleno de recuerdos dolorosos.

—Toma asiento —le instó Nicole devolviéndole a la realidad. Sean acomodó su impresionante corpulencia en la silla de visita de cuero y recordó la última vez que estuvo sentado allí, en aquel despacho, hacía casi cuatro años.

Jeff Howard le había citado aprovechando que su hija se encontraba fuera, su esposa se la había llevado con la excusa de visitar a su tía para que no se cruzase con él y ambos hombres pudiesen conversar con calma.

El hombre que ahora se debatía entre la vida y la muerte en el hospital había hablado con él sobre su separación.

—Sé por qué lo has hecho.

—¿Por qué he hecho qué?

—Mentir a Nicole. Mi hija lleva días llorando, Sean. Llora cada noche, encerrada en su habitación, llora cada día, cada hora, inconsolable. Al principio pensé que solo eras un malnacido que se había burlado de ella, pero al fin he entendido por qué lo has hecho.

—Señor Howard, yo…

—Anoche, en la cama, no podía dejar de preguntarme una y otra vez cómo, después de superar todas las dificultades para estar juntos, de soportar los recelos de mi mujer sobre tus orígenes y de que tu propio padre se mostrase contrario a vuestro enlace, podías cagarla de este modo arrojándolo todo por la borda. Y entonces, lo entendí.

—La amo más que a mi vida, señor. Pero sé que tarde o temprano le joderé la suya. Perdón. Quiero decir que… no quiero que ella…

—Sé perfectamente lo que quieres decir; lo has hecho para protegerla. Le has mentido porque no quieres que se pase la vida esperando a un marido que nadie sabe si regresará a casa. —Sean descendió la mirada sobrecogido, era la primera persona que descubría su secreto, ese que le quemaba el pecho—. El sacrificio que has hecho te honra, solo espero que no te hayas equivocado.

—Yo también lo espero, señor.

Pero aún lo dudaba.

8
Protegerla

—¿Y bien? Ya te he dicho esta mañana que te agradecía que hubieses venido y te lo agradezco de verdad, pero ¿qué haces aquí ahora? ¿De qué se supone que tenemos que hablar cuatro años después de que desaparecieras y no volvieras a dar señales de vida? ¿Qué tienes que decirme? —le increpó Nicole devolviéndole a la realidad. Había apoyado las caderas en la mesa del despacho y estaba de pie frente a él.

«Que aún te amo y no he dejado de pensar en ti un solo día», pensó al contemplarla.

—¿Por qué no me has dicho que has recibido amenazas? —Pareció sorprendida de que tuviese esa información, aunque trató de camuflar el malestar que le producía que lo supiese.

—¿Y por qué debería informarte de lo que me suceda? Ya no eres nada mío, Sean Redcloud. *Nada*. —Aquellas palabras le dolieron profundamente—. Además, solo ha sido una nota.

—Pero sospecháis que han intentado asesinar a tu padre.

—Óscar es un bocazas… Ha ido a buscarte para esto, ¿verdad? —dijo conteniendo la emoción que le producía pensar en lo sucedido—. Sí, lo sospechamos. Su ordenador ha desaparecido y habían revuelto el despacho, me imagino que mi hermano también te lo habrá contado.

—Tu hermano se preocupa por tu seguridad.

—Es lógico, pero no sé por qué acude a ti.

—Me ha pedido que te haga entrar en razón.

—¿Tú? Por favor… —El desprecio que destilaban sus palabras era más que evidente—. La policía está investigando lo sucedido, creen que la nota no tiene nada que ver con lo de mi padre, al parecer fue un robo…

—Sea como sea, necesitas protección. Al menos hasta que se aclare lo sucedido.

—Si la policía considera que la necesito, así me lo harán saber. Ellos ya se encargan de investigar el caso.

—No. Ellos se encargarán cuando quizás sea demasiado tarde. Necesitas protección ahora.

—No voy a volverme una paranoica, Sean. Lo que le ha sucedido a mi padre es terrible, pero al parecer no tiene nada que ver con la nota anónima que recibí y que también están investigando. Te digo que se trata de un robo, debieron pensar que tendría dinero en la caja fuerte, no lo sé... La urbanización en la que vivo cuenta con seguridad privada y mi coche está blindado, solo voy del trabajo a casa y de casa al trabajo, así que estoy a salvo. Mi hermano puede dejar de preocuparse por mí.

—Tu hermano no es el único que está preocupado. No voy a permitir que te pasees por la ciudad sin alguien que te cuide las espaldas.

—¿No lo vas a permitir? ¿Y quién eres tú, eh? ¿Quién te crees que eres tú para permitirme o no algo?

—Pues ya que lo mencionas, según las leyes *sioux*, aún soy tu marido. —Oír aquellas palabras incendió la sangre de la mujer.

—¡¿Mi marido?! Te queda grande esa palabra, muy grande, Redcloud. —En mitad de la tensión, a Sean le sobrecogió recordar que siempre le llamaba por su apellido cuando discutían.

—¿Y por qué aún no te has cambiado el apellido, Nicole Howard-*Redcloud*? —dijo indicando hacia el portafolios grabado con su nombre que había sobre la mesa del despacho.

—Tú lo has dicho. *Aún*. Pronto me convertiré en la señora Howard-Levine. —Otro derechazo directo al corazón.

—Aún no puedo creerme que vayas a casarte con ese gilipollas.

—Ese gilipollas, como tú le llamas, dio la talla cuando tú te largaste, recogió los pedazos de mi corazón cuando me pusiste los cuernos y ayudó a recomponerlo mientras tú te revolcabas con tu amante. Dime, ¿mereció la pena? ¿Aún estás con ella?

—No. Créeme, ha habido muchas después —mintió dedicándole una sonrisa cínica y devolviéndole el golpe. Nicole apretó los labios para contener una mueca de dolor y rabia.

—Entonces, no sé qué haces aquí, ¿por qué no te largas y continúas con tu vida?

—Como te he dicho, aún eres mi mujer ante los ojos de mi tribu, al menos hasta que te cases con ese idiota relamido, y juré ante mis antepasados protegerte. Así que lo haré, hasta que la policía te proteja o hasta que capturen a quien atacó a tu padre.

—No eres nada mío y no puedes decidir sobre mi vida, nada, absolutamente nada.

—Escúchale, Nicole —dijo Susan Howard entrando en la habitación despacio, la puerta había permanecido entreabierta y probablemente había oído gran parte de la conversación—. Sabes que nunca estuve de acuerdo con vuestra relación. —Era la primera vez que lo manifestaba en voz alta, aunque no había sido necesario para saber que su suegra no le consideraba un partido a la altura de su hija—. Y a pesar de ello te permití elegir al hombre con el que pretendías pasar el resto de tu vida cuando apenas tenías veinte años. Después, ese hombre y tú os separasteis, aún no sé por qué. —Así que Nikki no le había contado a nadie, salvo a su padre, los motivos de su divorcio—. Algo que me alegró y entristeció a partes iguales, porque al fin encontrarías un partido adecuado y por lo triste que te veía cada día, lo que me hizo suponer que era él quien te había dejado. Ahora ese hombre está aquí, ofreciéndose para lo único que sabe hacer —se estaba pasando, con eso de lo único— y no puedes rechazar su ayuda por un estúpido arranque de orgullo. Vas a aceptar su protección, porque te lo debe y porque yo te lo pido.

—Pero, mamá, Sean tiene que marcharse mañana y no puedo interferir…

—Mi viaje queda anulado en este preciso momento. Tu seguridad es mucho más importante.

—Le pagaremos, señor Redcloud.

—Señora Howard, a pesar de que siempre supe que no me consideraba a la altura de su hija por ser un pobre militar, indio además, yo la respeto, pero le ruego que no vuelva a ofenderme ofreciéndome dinero por cumplir con lo que siento como mi deber.

—Está bien, usted sabrá lo que hace.

—Velaré por la seguridad de Nicole hasta que se aclare lo sucedido o hasta que la policía se encargue de protegerla —afirmó, aunque en su interior no estaba tan seguro de que le fuese tan fácil dejar en manos de otro su seguridad.

—¡Queréis dejar de hablar como si no estuviese presente!

—Nikki, o aceptas su protección o te prometo que llamo a la prensa y cuento que mi pobre Jeff ha sido atacado.

—No me lo puedo creer, mamá. Sabes que un escándalo justo ahora ensombrecería el anuncio del descubrimiento por el que papá lleva luchando todos estos años. Él jamás habría querido que la revelación de nuestras investigaciones se convirtiese en un circo mediático lleno de elucubraciones. ¿Serías capaz de traicionarle de ese modo?

—Soy capaz de todo por protegerte, Nicole. Y más cuando William se marcha mañana a Europa y te deja sola en esa casa tan grande.

—No es la primera vez que Will tiene que irse de viaje y paso unos días sola. No voy a regresar a esta casa, mamá, así que para de insistir con este tema.

—Está bien. Señor Redcloud, le pido, le *ruego*, que a partir de este momento se convierta en la sombra de mi hija y que, si ella trata de librarse de usted o despistarle de algún modo, me llame inmediatamente, que yo me encargaré de avisar a los medios.

—Así lo haré, señora.

—No puedes, no podéis…

—Claro que puedo, hija. Te quiero demasiado como para permitir que te suceda nada malo. Buenas noches. —Susan Howard salió de la habitación, cerrando la puerta tras de sí.

—No tengo quince años para hacer lo que ordene mi madre —advirtió arrugando el entrecejo, como solía hacer cuando se sentía frustrada porque las cosas no salían como había planeado.

—Ya, pero algo me dice que en este caso vas a obedecerla.

Nikki abandonó el despacho sin decir nada más. Sean siguió sus pasos y ambos se toparon con William que llegaba a la planta superior.

—¿Qué pasa, Nicole? —le preguntó mirándolos con cara de pocos amigos.

—Sean, ¿puedo hablar a solas con mi *prometido*? —preguntó al comprobar que el SEAL no se apartaba de su lado.

—Te esperaré abajo.

—¿Esperará abajo?

—Tenemos que hablar de un asunto, Will.

Sean descendió las escaleras. La mayoría de las visitas se habían marchado y Óscar comía ensalada de aguacate de una de las fuentes situadas en la mesa baja que había ante el sofá; este le llamó con la mano y Gran Oso tomó asiento a su lado sin perder de vista la escalera.

—¿Quieres un poco?

—No tengo hambre.

—Pues a mí ni que mi padre esté en cuidados intensivos me quita el apetito, joder. Él odia la ensalada de aguacate, y aquí estoy yo, atiborrándome.

—No creo que le moleste cuando se entere.

—Él te admira, ¿sabes?

—¿A mí? Si nadie de la familia me traga.

—Nadie, excepto yo.

—Excepto tú. Y tu hermana, por supuesto.

—Mi padre y mi madre no querían que mi hermana sufriese, por eso no querían que estuviese a tu lado. Pero al final sufrió más aún, y eso lo veían ambos cada día. Después pareció acostumbrarse a tu ausencia. Pero lo dicho, mi padre te admira, cada vez que aparece una noticia sobre la Marina en la televisión la observa con detenimiento por si apareces. Y si mencionan a los SEAL, ni te cuento. Se siente orgulloso del trabajo que hacéis por la patria. No como yo.

—Eh, vamos. Al menos antes tú también hacías un trabajo por la patria, eras un experto catador de cerveza y evitabas el consumo excesivo de alcohol entre el resto de jóvenes —dijo provocándole la risa.

—Ya, porque la mayoría me las tomaba yo, ¿no? —admitió entre risas—. He cambiado, no demasiado, pero al menos ahora tengo un trabajo.

—Me alegro. ¿Dónde trabajas?

—En una empresa de eventos artísticos. ¡Soy la oveja negra de la familia! Mi padre me dijo que si no estudiaba farmacia no me daría un solo dólar y yo lo respeto. Pero no pienso estudiar farmacia, así tenga que comer macarrones todos los días. —Sean entendió lo de su vehículo de baja gama y sintió un profundo respeto por él.

—Bueno, al menos ahora estarán contentos por su relación con ese idiota.

—No te creas. Mamá sí, pero a mi padre siempre le pareció un petimetre. Como me imagino que sabes, nuestros padres fundaron juntos BioMedics, pero cuando yo tenía unos diez años decidieron separarse, según mi padre porque tenían ideas muy distintas sobre el rumbo que debía tomar la empresa. Mi padre se quedó con BioMedics y Levine utilizó su parte para fundar su empresa, Farmacare. Desde ese momento las relaciones con la familia Levine fueron deteriorándose. Pero William continuó siendo amigo de Nikki y después de lo vuestro comenzó a cortejarla y al parecer «el que la sigue la consigue», como suelen decir —afirmó encogiéndose de hombros—. ¿Qué ha dicho mi hermana?

—No le ha quedado otra que aceptar mi protección. Voy a llamar por teléfono a mi superior para comunicarle mi ausencia, si me disculpas.

—Sí, claro.

Salió un momento a la terraza inferior del edificio y marcó el número de su amigo.

—Buenas noches, Gran Oso, ¿ha sucedido algo? —Sean fue entonces consciente, por la voz adormilada de Parker, de que en Alabama eran más de las doce de la noche.

—No ha sucedido nada, lo siento. Solo quería decirte que no voy a ir a veros, voy a pasar aquí un tiempo, quizá un par de semanas.

—¿Qué pasa? Y dime la verdad.

—No voy a mentirte…

Parkur oyó estoico todo el relato que el sargento de su equipo estaba relatándole.

—No sé si es buena idea, podrías contratar seguridad privada sin que nadie se diese cuenta, conozco a un antiguo compañero que…

—No voy a contratar seguridad privada, porque no me fio de nadie más que de mí mismo para protegerla.

—¿Y eso no te hará más daño?

—No te preocupes por mí, Parkur.

—Cuídate.

—Lo haré. Buenas noches, tío.

—Buenas noches. Si necesitas algo, ya sabes dónde estoy.

Regresó al interior de la habitación. Nicole descendía las escaleras seguida de su *prometido*, que clavó sus ojos sobre los de Sean con una expresión que destilaba un profundo desprecio. Estaban a la par, también él le despreciaba.

Susan se encontraba a un lado del salón dando indicaciones a una joven empleada a la que Sean no recordaba, debía ser nueva. Óscar continuaba sentado en el sofá dando buena cuenta de lo que quedaba de la ensalada.

William caminó decidido hasta Sean.

—Ni sueñes que vas a estar cerca de ella, desgraciado —le increpó este apuntándole con el índice.

—Baja ese dedo o te lo meteré por el culo —respondió el SEAL con calma, observando cómo Susan dejaba de conversar con la empleada para prestar atención a la escena. —¿Es que vas a protegerla tú? ¿Con qué? ¿Con uno de tus maletines de cuero?

—Contrataré a un guardaespaldas.

—¿Qué temes? ¿Eh? ¿De qué tienes miedo?

—¡Ya basta! —clamó Susan desde su posición.

—No voy a permitirlo. Este *indio* ya le hizo daño una vez a tu hija, ¿es que vas a consentir que vuelva a acercarse a ella?

—Este *indio* se va a hacer una corbata con tu lengua si vuelves a referirte a mí en ese tono.

En ese momento las luces se apagaron y toda la vivienda quedó sumida en la más profunda oscuridad. Sin embargo, en el exterior, la iluminación callejera permanecía encendida, así como la de las viviendas próximas.

Con reflejos de depredador Sean se movió entre los muebles, esquivó a su interlocutor, y recordó mentalmente la posición de Nicole, de pie, a la derecha de la bajada de la escalera.

—¿Qué ha pasado? —preguntaba Óscar.

—Manuela, vaya a ver si son los plomos. ¿Estáis todos bien? —preguntaba la voz de Susan en la oscuridad.

—¡Nicole! ¡Nicole! —La llamó William.

Pero Sean ya la había alcanzado, la sujetó por detrás y le tapó la boca, sobrecogiéndola.

—Soy yo, guarda silencio y pégate a mi espalda, el apagón podría ser provocado. Pase lo que pase no digas nada —le susurró al oído, y al hacerlo el perfume que provenía de su piel le inundó los sentidos.

Gran Oso sacó la Sig Sauer automática que ocultaba a la espalda y la sostuvo con firmeza. Era como una prolongación del cuerpo para él, le acompañaba a cada paso, le hacía sentir seguro. Solo la guardaba en la armería que poseía en la casa de sus padres, en la reserva.

Caminó con Nicole pegada a su espalda hasta la puerta lateral. Según recordaba, la habitación contigua contaba con una salida a la terraza inferior, podrían salir por allí. A la vez permanecía en silencio, atento a cada movimiento, a cada ruido en la oscuridad. Oyó el sonido, de la puerta corredera cuando la empleada a tientas abandonó la estancia en busca de la salida. El crujir del sofá al moverse Óscar, no lo suficiente como para que se hubiese levantado. En cuanto a William, el arrastrar de una silla a su izquierda indicaba que se estaba moviendo.

Pero entonces, en unos pocos segundos, la luz regresó e iluminó las posiciones de cada uno de ellos. Efectivamente, Óscar y Susan no se habían movido, William se había escondido debajo de la mesa y Sean apuntaba al frente con su arma mientras mantenía a Nicole detrás de sí, tan asustada que permanecía con la cabeza pegada a su espalda y los ojos cerrados. La mirada de todos se centró en ambos. Y después en el hombre que salía de debajo de la mesa en silencio, visiblemente abochornado.

—Se me había caído el… el…

—El valor —masculló Óscar entre dientes, aunque todos pudieron oírle.

—Señora Howard, ¿ya puedo decirle a Marcos que se vaya a casa? —dijo Manuela que no se había movido de la habitación de al lado. Marcos era el empleado de mantenimiento. Todos entendieron que el apagón había sido intencionado.

—Sí, Manuela, muchas gracias, no vamos a necesitarle por el momento. Creo ha quedado claro por qué Sean es el más indicado para proteger a Nikki.

—¿Has hecho esto para asustarme, mamá? —protestó Nicole, abandonando el amparo que le ofrecía el cuerpo de su exmarido.

—He hecho esto para que te des cuenta de que no te sientes tan segura como pretendes hacernos creer. Hasta que la policía…

—Estoy cansada de oír la misma retahíla. Ojalá papá se recupere pronto y pueda aclarar lo que ha sucedido.

9

Reproches

—¿Piensas pasar la noche aquí? —le preguntó Nicole cuando, después de ver cómo había comprobado el cierre de puertas y ventanas de ambas plantas, tomaba asiento en el sofá. William estaba en el dormitorio principal preparando su maleta, su vuelo salía muy tarde, a las doce y media, aquella misma noche.

—Aquí estaré bien.

—Puedes quedarte en la habitación de invitados.

—Tranquila, esta planta es mejor para controlar las zonas de acceso a la casa.

—Te traeré una manta —dijo ella, y se marchó escaleras arriba.

Gran Oso observó el derredor. Estaba en el lujoso salón de un impresionante chalet frente al mar, en un barrio de lujo de San Clemente. Al parecer junto a aquel idiota sí que había podido lograr lo que con él jamás habría tenido, la casa que ella merecía. Una casa con control de entrada a la urbanización y seguridad privada. En principio debía estar protegida, pero Sean desconocía la preparación y experiencia de los agentes de seguridad que la custodiaban. En realidad, no se fiaba de nadie que no fuese él mismo, a falta de cualquiera de los miembros de su equipo.

La oyó conversar en la planta superior con su prometido y poco después ambos descendieron las escaleras. Apenas había vuelto a cruzar la mirada con aquel tipo desde que había bajado del Mercedes negro en el que habían llegado a la propiedad. El viaje en coche desde la vivienda familiar hasta la casa de la pareja había sido uno de los más tensos de toda su vida. Mucho más que los trayectos con el blindado por Afganistán.

Levine dejó su maleta junto a la puerta y le dedicó una mirada llena de odio antes de volver a posar los ojos en ella.

—Ten mucho cuidado, Nicole.

—Lo tendré.

—Sobre todo con él —masculló. Sean no pudo evitar una sonrisa ladeada que rezumaba suficiencia al oírle, por suerte se había girado dándoles la espalda y ninguno de los dos podía verle.

—Tranquilo, no va a pasarme nada.

—Te quiero.

—Y yo a ti. —Aquellas palabras le dolieron más de lo esperado. ¿Le quería? ¿Le quería más de lo que le había querido a él? Era lógico, iba a casarse con él, claro que debía quererle.

La puerta se cerró y Nikki conectó la alarma. Regresó sobre sus pasos en dirección al salón y observó cómo Sean había extendido dos armas, con sus cargadores desmontados y varios paquetes de balas sobre la mesita. Sentado en el sofá, limpiaba una de ellas con esmero.

—¿Crees que es necesario todo esto?

—Tengo que estar preparado, no sé a quién me enfrento. Dímelo tú.

—¿Yo?

—¿Quién querría hacer daño a tu padre y por qué?

—Ya se lo dije a la policía, no tengo ni idea. Mi padre no tiene enemigos. Competidores sí, pero… Estoy muy cansada, voy a darme una ducha y ahora hablamos si quieres.

—Está bien.

La observó subir las escaleras y sacarse el pasador que recogía su cabello, que cayó como una cascada de ondas escarlata. Contempló su figura, la silueta de sus caderas, su andar sosegado… La habría abrazado por detrás, obligándola a apoyar la cabeza en su pecho, pegando su cuerpo al suyo, apretándola contra sí. Pero su amor ya no le pertenecía, ahora amaba a otro hombre.

Y él, sin embargo, jamás podría olvidarla.

Pasado un buen rato, Nicole descendió de nuevo las escaleras cargando con una almohada y ropa de cama, que dejó en el apoyabrazos del sofá en el que Sean permanecía sentado trazando unos esbozos sobre un pedazo de papel.

—¿Ahora dibujas? —preguntó, porque hasta donde recordaba nunca se había mostrado interesado por el arte.

—Es un plano —dijo enderezando el folio, ella distinguió el medio arco que marcaba la carretera privada de la urbanización—. Estoy haciéndome al terreno.

—Ya veo. —Sean la miró, vestía un pijama gris estampado con búhos multicolores de grandes ojos amarillos. Su cabello, aún húmedo, lo había recogido con una pinza—. El SEAL que no descansa ni un segundo en acción —dijo ella forzando una voz ruda. Él la miró de reojo, muy serio, y decidió no entrar al trapo, porque sabía que si le contestaba, acabarían discutiendo. Cuatro años después, el tema sería el mismo. En el pasado, ella le había reprochado hasta la saciedad que diese más importancia a su patria que a su propia vida, y él había tratado de explicarle que su ausencia podría significar bajas y que cualquier muerte pesaría a su espalda. Pero entonces estaban casados, ahora no, no debería sentirse molesta. Menos aún cuando estudiaba aquel mapa por su seguridad, así que el reproche tenía aún menos sentido.

—Vayamos al grano. ¿Quién crees que podría haber atacado a tu padre y por qué?

—No lo sé. Hasta donde sé no tiene enemigos. Y si los tiene, jamás me habló de ellos.

—¿Y ese medicamento del que hablabas, ese que es tan importante como para que pases por alto tu propia seguridad? Háblame de ello.

—Estamos a punto de publicar uno de los más importantes avances de la medicina moderna, estamos a punto de anunciar un tratamiento único que puede revolucionar la vida de miles de personas.

—¿Qué clase de tratamiento?

—Uno capaz de curar la diabetes.

—¿Curarla?

—Curarla. Acabamos de terminar los ensayos en humanos y los resultados son abrumadores. Hemos logrado un noventa por ciento de eliminación de las pautas de insulina y un setenta por ciento de curación total en el grupo de tratamiento.

—Me imagino que eso cabreará mucho al resto de empresas farmacéuticas que ganan dinero a costa de los diabéticos.

—Les cabreará… cuando se enteren. Aún es un secreto, hasta que se hagan públicos los resultados nadie sabe en qué estamos trabajando.

—Los empleados lo saben.

—Solo el equipo que trabaja directamente en el proyecto, y tienen firmado un compromiso de confidencialidad.

—¿Y hay algo más? ¿Algún empleado resentido, algún competidor al que hayáis eliminado con malas prácticas?

—Nuestra empresa no hace eso —aseguró convencida. Él enarcó una ceja lleno de incredulidad.

—Necesito una lista de todos los empleados de la empresa y los que hayan sido despedidos recientemente.

—La tengo en el ordenador, ya entregué una a la policía. —Él se quedó mirándola, esperando a que lo hiciese—. ¿Ahora?

—Cada minuto es importante.

—Está bien, pero después me meteré en la cama, estoy agotada. Aunque no creo que pueda dormir, no hasta que sepa que mi padre está a salvo —dijo caminando hasta el ordenador que había en un pequeño escritorio de caoba junto a la pared.

—Y también del personal del servicio, el de la casa de tus padres y el de esta.

—¿Qué servicio? No tenemos servicio. —Sean la miró de reojo—. No me gusta vivir rodeada de extraños, deberías saberlo. Y a Will tampoco.

—Eso es más difícil de creer aún. No me imagino al señorito poniendo lavadoras.

—Pues lo hace. Y sin teñirme las bragas de rojo.

Sean recordó ese momento, la ocasión en la que no separó la ropa interior de color al hacer la colada y un tanga de encaje tiñó de un brillante escarlata todo el resto de prendas.

Sin poder evitarlo, al decir aquellas palabras acudieron a la mente de Nicole un sinfín de imágenes, como fogonazos, imágenes que había tratado de espantar desde que volvieron a encontrarse: Sean tendiendo su ropa interior teñida, tan alto, tan rudo, cogiendo las prendas delicadas con sus manazas con sumo cuidado, casi tanto como si la tocase a ella misma. Sean cocinando, de espaldas, vestido únicamente con los vaqueros que se ajustaban como un guante a sus caderas, con la cabellera azabache por la mitad de la espalda, jamás agradecería lo suficiente ese tipo de licencias a los SEAL. Adoraba enterrar el rostro en su cabello mientras hacían el amor, era tan salvaje pero tierno a la vez... Ahora llevaba el cabello aún más largo. Aquellos recuerdos le dolieron en mitad del pecho.

—¿A qué dirección de correo la envío? —preguntó volviendo en sí.

Sean deletreó su dirección de *e-mail*, a pesar de que ella la conocía a la perfección, o al menos en el pasado la sabía de memoria. Pasados unos segundos recibió un correo con todos los datos que le había pedido.

—Me voy a la cama. En la nevera hay algo de ensalada de atún y macarrones con queso cheddar.

—No tengo hambre, gracias.

—Estaré arriba.

—Muy bien.

—Mañana me levantaré a las seis. Quiero pasarme por el hospital antes de ir al trabajo. A primera hora tengo una preentrevista con la redactora del programa *Buenos Días, California*, me entrevistarán en dos semanas en directo. Se rueda en Los Ángeles.

—¿Dónde se hace esa preentrevista?

—En mi despacho.

—¿Crees que es seguro?

—Claro, tengo una secretaria y...

—Bueno es saberlo, si alguien te ataca puede lanzarle un lápiz. O mejor, un pisapapeles.

—...seguridad en la entrada —concluyó ella sin disimular el fastidio por su ironía. En eso tampoco había cambiado.

—Será mejor que nos adelantemos, nos levantaremos a las cinco, iremos al hospital y después examinaré los accesos al despacho, así como las posibles vías de escape.

—¿Vas a acompañarme?

—Por supuesto.

—¿Y quién diré que eres?

—Prueba a decir la verdad, que soy tu marido.

—*Ex*marido —puntualizó enfadada por su prepotencia—. Todo el mundo sabe que estoy comprometida con William. Además, me extraña que insistas tanto con esa palabra con lo rápido que la olvidaste hace unos años. —Golpe directo. Aún así se mantuvo impertérrito.

—Diles lo que quieras, pero no me apartaré de tu lado.

—Está bien, estaré lista a las cinco y media.

Subió la empinada escalera de acceso a la planta superior. Estaba cansada, había pasado una larga noche en el hospital temiendo por la vida de su padre, ahora al menos se encontraba estable dentro de la gravedad. Pero le asustaba averiguar por qué. William acababa de marcharse y no regresaría antes de una semana a menos que el estado de su padre empeorase, no estaba a su lado cuando más le necesitaba. Aunque lo entendía, le dolía que se hubiese marchado.

Además, reencontrarse con Sean había sido un golpe duro, muy duro. Volver a verle, volver a encontrarse reflejada en sus iris grises, contemplar su largo cabello azabache recogido en una coleta a ras de la nuca, ese que en el pasado adoraba trenzar entre sus dedos, tenerle sentado en el sofá en el piso inferior, tan cerca y a la vez tan lejos, había removido una mezcla de sensaciones en su pecho.

Ella quería a William. Will era la cordura, la sensatez, el amor reposado a lo largo de los años, siempre firme, siempre en pie.

Sean había sido la locura, la pasión, la entrega desbocada y sin reflexión. El gran amor de su vida. Su primer amor. Su primer desengaño. Mientras estuvieron juntos deseó que fuese el primer y único hombre que la tocase, pero él se encargó de destrozar ese deseo con su traición.

10

¿Hay alguien?

Un ruido seco la despertó. Apenas había pegado ojo, por lo que oyó el ruido de inmediato. El sonido de algo que se rompía. Llevaba semanas fingiendo una tranquilidad de la que carecía; desde que abrió aquella carta anónima se sentía asustada. Había temido por su padre y por sí misma, y ahora su padre estaba en el hospital… Según la policía no había relación entre ambos hechos. «Según la policía», como si se estuviesen molestando demasiado en investigar, un par de detectives se habían presentado en el hospital tras lo sucedido, le habían pedido que les acompañase a la oficina y, una vez allí, después de tomarle declaración, le habían entregado una tarjeta y no había vuelto a saber nada de ellos.

Descalza, caminó por el suelo de mármol, sintiendo el frío bajo los pies. La luz del salón permanecía encendida, pero no se oía el menor ruido. Descendió los escalones despacio, tratando de vislumbrar si sucedía algo extraño en el piso inferior.

Descubrió el sofá vacío, con las sábanas y la manta desdobladas y una especie de mapa sobre la mesita. Pero en el salón no había nadie, ni rastro de Sean. Tomó un paraguas del paragüero situado a la entrada, dispuesta a utilizarlo como arma en caso necesario.

La luz de la cocina estaba encendida, así que se dirigió a esta y vio una taza hecha pedazos en el suelo. Se agachó, paraguas en mano, y cogió uno de los pedazos, era una taza de cerámica de las que guardaba en el mueble situado bajo la cafetera.

—¿Está lloviendo? —preguntó de improviso alguien a su espalda, sobresaltándola. Nicole dio un respingo, incorporándose y girándose veloz, pisando con los pies descalzos un fragmento de afilada cerámica. Sean, sin camiseta, sostenía un recogedor y un cepillo en sus manos. Sus ojos recorrieron su torso desnudo sin el menor pudor, a pesar del dolor que comenzó a producirle el pequeño corte que se acababa de hacer en el pie. Si el Sean de veintitantos años era atractivo, el de treinta y dos era un pecado ambulante—. ¿Qué te pasa? ¿Estás bien?

Nicole dejó caer el paraguas al suelo y elevó el pie para ver lo que se había hecho. La sangre comenzó a gotear sobre las losetas. El gesto de Sean cambió de inmediato, reflejando una profunda preocupación, le conocía lo suficiente como para saberlo.

La tomó en brazos.

—¿Qué haces? Suéltame, puedo caminar —pidió, pero él no la oía, la transportó hasta el salón, permitiéndole inspirar el olor de su piel desnuda, contemplar de cerca el cuello robusto y masculino sobre el que tantas veces había dormido. La depositó en el sofá con cuidado y regresó sobre sus pasos para tomar papel de cocina y se lo entregó para que contuviese la pequeña hemorragia.

—¿Tienes botiquín?

—Sí, en el baño, bajo el mueble del lavabo. Pero no es nada, es solo un pequeño corte. —Sean continuaba sin oírla; se dirigió al aseo situado bajo las escaleras y tomó del lugar indicado un pequeño botiquín. Se arrodilló a los pies del sofá y desinfectó la herida, comprobando que, en efecto, era un corte diminuto, presionó con suavidad hasta que cesó el sangrado y después lo cubrió con un pedazo de esparadrapo. Todo ello en el más absoluto silencio, mientras Nikki no podía apartar los ojos de su piel tostada. Si mientras habían estado juntos Sean era un hombre fornido, aquel que tenía ante sí era un armario empotrado. Su musculatura estaba mucho más marcada y sin un solo gramo de grasa. Sus hombros eran rotundos, sus brazos firmes y fuertes, y el pecho fibroso y duro como una piedra.

—¿Desde cuándo llevas ese tatuaje? —le preguntó sin poder evitarlo. La imagen de la testa de un oso gruñendo cubría la práctica totalidad de su hombro derecho. Él la miró a los ojos antes de responder, apartando las manos de su pie ya curado.

—Desde hace unos tres años.

—¿Por qué un oso?

—Así es como me llaman mis compañeros.

—¿Isaías, Murphy y el resto? —Nicole se refería a sus antiguos compañeros del Team 3, su primer destino en los SEALs.

—No. Desde hace unos años estoy en otro equipo.

—Desde que nos separamos.

—Algo antes.

—No me lo contaste... —Él apartó la mirada. No había querido preocuparla al revelarle que cambiaba de equipo, el Team 3 por el 6, el más peligroso de todos—. ¿Y te llaman Oso?

—Gran Oso.

—¿Por qué?

—Siento lo de la taza. Preparé café e iba a servirme, pero se me cayó de las manos, estuve buscando con qué recogerla y no encontraba nada, así que fui al garaje.

—Tranquilo.

—También siento haberte asustado.

—Si no recuerdo mal, el oso es signo de valor y de dones especiales. Representa sabiduría, intuición y poderes curativos —dijo Nicole capturando la atención de Sean, que la miró a los ojos con fijeza. Sin duda, habían calado demasiado el uno en el otro el tiempo que estuvieron juntos y ni siquiera los años que llevaban separados habían logrado diluirlo.

—Para mi pueblo, sí. Pero ese apodo me lo pusieron mis compañeros que nada saben de todo eso. Me llaman así por mi fuerza y mi capacidad de sorprender en ataque.

—Ya decía yo que lo del valor te quedaba grande —siseó entre dientes. Sean inspiró hondo, resignado. Lo merecía, merecía todo su rencor. Recordó sus palabras cuando le acusaba de cobarde por no haberle dicho que ya no la quería antes de engañarla.

—¿Te llevo a la habitación o prefieres descansar en el sofá? —preguntó fingiendo que no había oído su reproche.

—Me quedo en el sofá.

—Muy bien. Son las cuatro, tienes una hora para dormir algo —dijo incorporándose. Se dirigió a la cocina y recogió los pedazos de la taza aún esparcidos por el suelo. Nicole se estiró en el sofá y le oyó trabajar en silencio. Después llegó el sonido del cubo de la basura al abrirse y cerrarse.

Sean apagó la luz de la cocina y la del salón, dejando prendida la de la lámpara de pie que había junto al sofá. Pasó por su lado, tomó la camiseta gris del reposabrazos del sofá y se la puso. Tomó asiento en el otro sillón frente a ella y recogió un bloc de notas que había dejado sobre la mesa.

—¿Has descubierto algo?

—Nada aparte de que seis de los empleados de la empresa en la central de San Clemente tienen antecedentes.

—¿Seis?

—Sí, aunque ninguno por delitos de sangre.

—¿Quiénes son?

—Bob McCarthy, Jamie Kelman, Paul Gill, Zach Mungo, Ismael Córdoba y Rita Da Silva.

—Bob trabaja en recepción, Jamie Kelman es técnico del laboratorio de sólidos, Paul Gill es uno de los enfermeros de la unidad de ensayos clínicos, Zach Mungo es, si no me equivoco, uno de nuestros repartidores de mercancía, Ismael Córdoba es responsable de comunicación y Rita es la jefa del área de farmacotecnia. Todos son grandes profesionales.

—La mayoría son antecedentes de juventud, por multas reincidentes o conducir bebido en algún caso. Rita fue detenida por atarse a un árbol milenario que querían cortar y presentar resistencia a la autoridad.

—La verdad es que le pega mucho. Es un poco *hippy*.

—¿Conoces a todos los empleados?

—A casi todos, hay unos quinientos empleados en plantilla en todo el país, doscientos en la central, a todos ellos sí que los conozco personalmente, aunque solo sea de vista.

—Sí que ha crecido el negocio estos años.

—Ya era importante, solo que tú nunca te preocupaste de conocer hasta qué punto.

—No me interesaba el negocio de tu padre, ni los millones de dólares que tuviese en la cuenta, me interesabas tú —respondió muy serio, comenzaba a cansarse de tanto reproche. Las mejillas de Nicole se incendiaron, por suerte para ella la semioscuridad que los envolvía no le permitiría percibirlo.

—¿Y ahora…?

—¿Ahora qué?

—¿Ahora te interesa alguien? —Sean enarcó una ceja cargado de dudas sobre la intención de su pregunta—. Quiero decir, yo soy feliz, voy a volver a casarme y me gustaría que, a pesar de todo lo que ha pasado, también tú lo fueses…

—Lo soy. Soy feliz, tranquila.

—¿Hay alguien en tu vida? —insistió, reprochándose a sí misma por hacerlo.

—Nadie estable, no voy a volver a comprometerme, al menos hasta que deje este trabajo.

—¿Y es eso posible? ¿Lo dejarás algún día?

—Algún día.

—¿Cómo están tus padres? Hace mucho que no sé nada de ellos.

—Están bien. En la reserva, con sus luchas por la visibilidad de los nativos, por nuestros derechos, sus consejos de ancianos, y la vida al fin y al cabo.

—¿Y tu hermana Pequeña Estrella?

—Bien, supongo, hace un par de semanas que no hablo con ella. Ha tenido un bebé, una niña. —Al hablar de su hermana su mirada se iluminó, no podía disimular que era su favorita.

—No me digas.

—En otoño llegó la pequeña Talulah.

—Le ha puesto el nombre de vuestra abuela. Cómo me gustaría felicitarla, la echo mucho de menos.

—Lo sé, sé que erais grandes amigas.

—Pero Pequeña Estrella dejó de responder a mis mensajes después de que…

—Yo se lo pedí. Le pedí que cortase el contacto contigo.

—¿Y por qué hiciste eso? Además de ser tu hermana era mi amiga. Era, *es*, una persona muy importante para mí.

—Porque era lo mejor.

—Tú siempre sabes lo que es lo mejor, ¿verdad? Naciste con el don de la iluminación, de la sabiduría omnisciente.

—Mi hermana estaba sufriendo mucho. Vuestra relación le hacía daño. —Aquella era una verdad a medias. La razón por la que le prohibió a Pequeña Estrella el contacto con Nicole era que le había confesado la verdad. Agotado por los reproches de su hermana, le reveló que nunca había sido infiel a Nicole y temía que ella acabase confesándole la verdad. Era cierto que Pequeña Estrella había sufrido mucho con su separación, pues ella y Nikki se hicieron muy amigas después de su boda. Ambas tenían la misma edad y su amistad había crecido durante los años en los que estuvieron juntos hasta el punto hacerse íntimas y hablar a diario.

—Tu hermana estaba sufriendo, ¿verdad? ¿Y cómo estaba yo? ¿Eh? Me quedé sin mi marido y sin mi mejor amiga de la noche a la mañana. Me sentí traicionada, despreciada, ¡me sentí una mierda!

—¿De verdad quieres hablar de eso ahora, Nikki? —Enterrarlo en el fondo de sus pensamientos le había costado demasiado y sabía que al volver a abrir aquellas heridas de nuevo le dolerían como el primer día—. ¿Necesitas que vuelva a decir *lo siento*? Pues lo siento, siento haberte hecho tanto daño, siento haberme acercado a ti en ese bar la noche en que nos conocimos.

Al oír sus últimas palabras los ojos de Nicole se humedecieron y guardó silencio de inmediato, realizando un gran esfuerzo por contener las ganas de llorar. No quería llorar, al menos no ante él. ¿Cómo podía lamentar haberla conocido? Aunque solo fuese por el tiempo que pasaron juntos, por lo felices que fueron, había merecido la pena. Al parecer para él no había sido así.

—Yo también siento que lo hicieses. Por suerte el verdadero amor de mi vida supo esperarme —masculló con un hilo de voz pretendiendo hacerle tanto daño como él se lo había provocado con aquellas palabras. Se envolvió en la manta del sofá dando por concluida su conversación. Y lo logró, dañarle, aunque el rostro del SEAL jamás lo reflejaría.

11
Hípster

La alarma de su teléfono móvil sonó a la hora indicada. Sean lo desconectó. Había dormido un par de horas en toda la noche, más que suficiente.

En el pecho percibía el resquemor de la lucha dialéctica que habían mantenido. Las horas que llevaban juntos estaban afectándole más de lo esperado y desconocía la factura que todo aquello acabaría pasándole, pero en ese momento lo único importante era la seguridad de Nicole.

La miró extendida en el sofá frente a él, con los ojos cerrados, acurrucada como una niña pequeña. Se acercó y le apartó un mechón que había caído sobre la nariz respingona, esa que solía encoger cuando se enfadaba. Algo que, al menos en el pasado, no sucedía en demasiadas ocasiones, a pesar de tratarse de una mujer con carácter.

Contempló sus labios carnosos y hubo de refrenar el deseo de besarla que le acuciaba al tenerla tan cerca. La besó en la frente. El roce de sus labios provocó que arrugase el entrecejo, Sean se apartó un palmo fingiendo que no la había tocado, y la miró a los ojos mientras ella los abría.

—Buenos días —dijo con una sonrisa contenida.

—Buenos días, ¿qué hora es?

—Las cinco menos cinco minutos.

—Me has... ¿me has tocado en la frente? —preguntó pasándose la mano por la zona en la que aún creía sentir su calor.

—Tenías un mechón haciéndote cosquillas en la nariz y lo he apartado.

—Gra... cias —aceptó sin demasiada convicción, enderezándose despacio en su asiento.

—¿Cómo está tu pie?

—Bien, apenas me duele, a ver cuando lo enfunde en los tacones qué tal va. No han llamado del hospital, ¿verdad?

—No. Prepararé café si te parece bien, esta vez espero que sin romper nada.

—Ya te dije que estás en tu casa. Voy a subir a cambiarme —Al posar el pie en el suelo sintió un pinchazo en el dedo pequeño, pero nada que no pudiese soportar. Utilizaría sus tacones más cómodos y listo.

Poco después bajó las escaleras arreglada para la entrevista. Él tomaba una taza de café de pie en la cocina con la mirada perdida y apenas le dedicó una mirada, a pesar de que estaba preciosa ataviada con una camisa blanca entallada con un lazo negro al cuello y botones en contraste, y una falda de tubo negra también.

—Ya he pensado quién puedes ser.

—¿Quién puedo ser?

—Para que en la entrevista no resulte extraño que me acompañes.

—Sorpréndeme.

—Diré que eres un posible socio que pasa unos días con nosotros para ver el funcionamiento de la empresa.

—¿Y no es más sencillo decir que soy miembro de tu seguridad?

—Ellos saben que no tengo seguridad.

—No es lógico que alguien en tu posición no la tenga. De hecho, para el futuro conozco a varios compañeros, antiguos SEAL, que se dedican a…

—No quiero saber nada de SEAL, ya tuve mi dosis en esta vida.

—*Touché*. Pero hay otro tipo de profesionales…

—Tienes que cambiarte de ropa. Nadie creerá que eres un posible inversor así vestido.

—Solo tengo vaqueros y camisetas en el petate.

—Bueno, pues serás un inversor *New Age*, está muy de moda.

—¿*New* qué?

—Estilo hípster —sugirió. Sean la miró sin demasiada convicción. Pero asintió, a él no le preocupaba lo más mínimo lo que fuese a pensar la periodista que la entrevistase.

—Sube y dúchate. Un nuevo millonario puede ir en camiseta, pero no colará si hueles a sudor.

—Antes te encantaba mi olor. —Las mejillas de Nicole se incendiaron de inmediato al recordar lo real de su comentario. El olor a sudor durante el sexo la excitaba sobremanera; cuando el cabello de la nuca se le empapaba y lo besaba justo ahí, era un auténtico éxtasis. Sintió una punzada honda en su intimidad como respuesta a aquel pensamiento—. Seguro que tu prometido solo huele a perfume.

—No te importa cómo huele William. Y creo que será mejor que dejemos de hablar de cómo éramos antes y de lo que hacíamos antes, porque ninguno de los dos es ya el mismo. Olvidemos que hubo un día en el que estuvimos juntos y miremos hacia delante o esto va a ser una tortura.

—Eso es imposible. El día en que olvide que fuiste mía será que he muerto —sentenció apartándose de ella. Tomó su petate del suelo y se dispuso a subir con él a la planta superior—. Será una ducha rápida. Si me necesitas, grita.

Nicole se sirvió un vaso de café. Estaba nerviosa. Se moría de ganas de llegar al hospital y preguntar por el estado de su padre. Y, para colmo, aquellas últimas palabras que le había dedicado Sean habían terminado de rematarla. ¿Qué pretendía insinuar? ¿Que aún la amaba? ¿Cómo iban a significar eso si él mismo le había dicho mirándola a los ojos que no la quería, que ojalá no se hubiesen conocido?

No tenía ni idea de qué iba a ser de ella si continuaba teniéndole cerca. Sean había cambiado, quizá se había transformado en Gran Oso, como le llamaban sus colegas. Era mucho más sereno, menos explosivo, en el pasado no habría soportado sus puyas con tanto estoicismo, pero a la vez continuaba siendo él mismo, solo que más maduro y... encantador.

Borró esa idea de su mente. No era encantador, era el mismo hombre que le arrancó el corazón y lo pisoteó en su propia cara. Que destruyó su felicidad de la noche a la mañana y se burló de su promesa de amor.

Sus ojos se empañaron. No iba a llorar. No por algo que no tenía solución, por algo que sucedió hacía demasiados años. También ella era una mujer nueva, una mujer comprometida además. William no se merecía que pensase en su ex ni un solo segundo.

Pero cuando pensaba en su determinación por protegerla y en cómo había acudido a su lado en casa de sus padres, salvaguardándola con su propio cuerpo de un posible ataque, no podía evitar pensar en que aún debía sentir algo por ella, más allá de la promesa hecha ante su tribu.

12
Flor Roja

—*S*í, ya lo he percibido, el tono de las notas es distinto —afirmó Sean, conversando con alguien por teléfono mientras ella conducía rumbo al hospital. Le miró de reojo—. No lo sé, aún barajo todas las posibilidades, pero tienes razón. Si se te ocurre algo, dímelo, por descabellada que te parezca la idea. Gracias, Parkur —dijo antes de colgar.

Habían acudido al hospital y el doctor que había estado de guardia toda la noche les informó de que el estado de su padre era estable. A lo largo de ese día comenzarían a rebajar la medicación sedante y sería cuestión de esperar a que su cuerpo reaccionase y despertase poco a poco. Los niveles de glucosa en sangre eran buenos.

Había podido verle, aunque solo a través del cristal de la habitación en la que era tratado. El hospital mantenía una política muy estricta con respecto a las visitas. Volver a contemplarle intubado, indefenso sobre aquella cama, había sido un golpe muy duro.

Nicole ansiaba que despertase y se recuperase por completo. Que pudiese aclarar si la hipoglucemia que había estado a punto de cobrarse su vida había sido un error, poco probable en una persona que conocía tan bien sus efectos, o un intento de asesinato, una versión que su familia y la policía sospechaban. Sobre todo porque su ordenador continuaba sin aparecer.

—¿Con quién hablabas?

—Con un amigo.

—¿Le has contado las sospechas de la policía?

—Le he contado *mis* sospechas y, dado que la insulina que habitualmente se utiliza en el tratamiento de los diabéticos hoy en día es la misma que sintetiza el propio cuerpo humano, a menos que aparezcan las grabaciones de seguridad o que tu padre despierte, jamás sabremos si sufrió una hipoglucemia fortuita, si se la inyectó él mismo o si trataron de matarle. He leído en el informe policial que hallaron insulina rápida en la pequeña nevera de su despacho.

—Vaya, veo que te has informado sobre el tema. Sí, él solía inyectarse en su… ¿En el informe policial? —preguntó con los ojos como platos, descuidando la atención de la carretera.

—Mira al frente, por favor, me gustaría llegar de una pieza.

—¿Has leído el informe policial? ¿Cómo lo has hecho?, es secreto, ni siquiera a nosotros…

—Tengo mis contactos y en caso de necesidad los utilizo.

—Va… ya. ¿Y qué más decía en ese informe?

—Nada de interés. —Sean no creía que necesitase saber, al menos por el momento, que Jeff Howard se tiraba a alguien de la oficina, pues habían hallado restos de esperma y fluidos corporales femeninos sobre la mesa de su despacho, o que continuaba fumando a escondidas, a pesar de haberlo dejado años atrás, según lo evidenciaban las colillas halladas en un cenicero de uno de los muebles, cerrado con llave. Además de otra serie de datos sobre su día a día que en nada supondrían un avance para la investigación.

—¿Nada?

—Nada que pueda ayudarnos a descubrir lo que pasó.

—Ojalá despierte pronto y él mismo pueda decírnoslo, y saber por qué hizo que se marchase el hombre de seguridad antes de que llegase su relevo para quedarse así solo, sin protección, en el despacho.

—Se había citado con alguien, estoy seguro. Y esa cita debió salir mal, por eso o trató de suicidarse o fue atacado.

—Mi padre jamás se suicidaría, es demasiado orgulloso y sabe que un titular como ese inundaría los periódicos. Y tampoco tiene motivos, al menos que conozcamos, para hacer algo así. Si descubres algo, me lo dirás, ¿verdad?

—Claro.

—¿A qué te referías con que «el tono de las notas es distinto»?

—A que la nota que me mostraste va dirigida a ti: «Desenmascara al verdadero Jeff Howard o lo lamentarás…». Y la que han encontrado en el despacho de tu padre va dirigida a él con un tono más agresivo.

—¿Han encontrado una nota en el despacho de mi padre?

—Sí.

—No me lo puedo creer, ¿por qué no me dijo nada?

—Quizá para no preocuparte.

—¿Y qué dice?

—«Voy a quitarte la máscara, jodido cabrón».

—La máscara… no puedo entenderlo. Nadie conoce a mi padre mejor que yo, paso muchas horas al día con él y no tiene nada que desenmascarar. Mi padre es auténtico, con sus virtudes y sus defectos, pero es transparente.

—Nadie es transparente, Nikki. Nadie. —La solemnidad de aquella frase la llevó a mirarle de nuevo a los ojos. Esos iris casi plateados, insondables, en los que se reflejaba la luz anaranjada del amanecer, desde luego él no lo era, en absoluto—. ¿Vas a hablar de algo de esto en la entrevista?

—No, por supuesto que no. Oficialmente mi padre ha sufrido un coma diabético, las sospechas de la policía no tienen que trascender hasta que se descubra cuál es la verdad. Le enseñaré a la redactora las instalaciones, nuestro modo de trabajar, mi despacho y algunos datos sobre el estudio, que es lo más importante.

Estacionaron en el parquin subterráneo. Era un lugar al que, según le explicó Nicole, solo tenían acceso los altos cargos de la empresa, que con su propio mando abrían el portalón vigilado por una cámara y evitaban así el arco de seguridad de la entrada en el que se encontraba el *segurata* que lo controlaba durante las horas laborables. Otros tres rondaban el edificio durante el día y la noche por turnos.

Un ascensor los condujo directamente desde el parquin privado hacia la cuarta planta, en la que estaban situados los despachos de la junta directiva. Los ojos del SEAL analizaban cada rincón mientras su mente realizaba mil y un supuestos, un sinfín de posibilidades de acceso al lugar o de vías de escape de este.

Recorrieron un largo pasillo enmoquetado, la mayoría de los empleados no había llegado aún. Nicole abrió con su llave la puerta del despacho en la que un letrero dorado anunciaba su nombre: «Nicole Howard-Redcloud. Directora de la unidad de ensayos». Su secretaria aún no había llegado, lo hacía a las ocho.

—Este es mi despacho —dijo descorriendo la cortina vertical para que el horizonte, con la exótica visión de la lejana playa, se desplegase ante sus ojos. Era una estampa que siempre le concedía tranquilidad en su estresante día a día.

Sean recorrió la habitación con los ojos, había una gran mesa de reuniones, un elegante escritorio con silla giratoria, una estantería repleta de libros y archivadores y un sofá de piel sintética.

—Es más grande que nuestro antiguo apartamento —dijo y recibió una mirada lacerante de ella. Sean alzó una mano en señal de disculpa, habían acordado no hablar de su antigua vida en común. Nicole caminó hasta el escritorio y encendió su ordenador.

—Tengo que enviar unos *e-mails*.

—Tranquila, haz como si no estuviese aquí —dijo y se giró hacia la ventana.

Sería mucho más fácil olvidar su presencia si aquellos vaqueros oscuros no se ajustaran como un guante a sus nalgas prietas, o si aquella camiseta de Sioux Nation estampada con un bisonte en el pecho no dejase al descubierto sus bíceps rotundos como melocotones.

Su teléfono móvil comenzó a sonar, devolviéndola a la realidad.

—Buenos días, mamá, sí, ya he estado en el hospital. Está mejor, los médicos dicen que van a comenzar a reducir la sedación… No, no me han dejado estar con él. Espero que tú tengas más suerte. Sí, mamá, está aquí conmigo. —El aludido la miró un instante y regresó la vista al gran ventanal.— De acuerdo, mamá, si sucede cualquier novedad llámame, por favor.

Colgó y permaneció un instante en silencio, recomponiendo su fachada impenetrable.

—Mi madre te envía recuerdos.

—Gracias.

—Por una vez te envía algo que no sean miradas asesinas —dijo sin detenerse a pensarlo, por lo que recibió una expresión de desconcierto por parte de su custodio—. Lo siento, hemos acordado que no… En fin. Voy a seguir trabajando.

Sean contuvo la sonrisa. Desde el despacho se divisaba todo el ala este de la propiedad. Se trataba de una parcela grande, de un par de hectáreas. El edificio principal, de estructura rectangular, tendría unos dos mil metros cuadrados. Poseía cuatro alturas, la segunda y la tercera de la mitad del tamaño de la edificación, centradas en horizontal. Según le había dicho Nicole, en el sótano se hallaban el parquin y los almacenes, en la primera los laboratorios y en la segunda los departamentos médicos, el área de comunicación con los medios y las distintas oficinas de los profesionales. En la última planta, los despachos de los directivos y los jefes de área, repartidos a partir del de Jeff Howard, que se hallaba en el centro de la planta.

Se oyó un ruido fuera, junto a la puerta, Sean se puso alerta.

—Tranquilo, seguro que es mi secretaria.

El SEAL dio los pasos que le separaban de la puerta y la abrió de golpe, descubriendo a una joven rubia arrodillada en el suelo recogiendo una montaña de carpetas.

—Lo siento —dijo antes de alzar el rostro. Al no hallar los ojos de su jefa pareció sorprendida. Sean se agachó a su lado y la ayudó a recoger el material esparcido por la moqueta—. Muchas gracias, soy Georgina Moritz, subdirectora de la unidad de ensayos ¿Y usted es…? —preguntó ofreciéndole la mano, apretando las carpetas contra el pecho.

—Soy Sean —dijo estrechándola.

—Encantada. Desconocía que la señorita Howard tuviese una reunión, será mejor que me marche…

—Buenos días, Gina. Entra, por favor —la llamó Nicole. Él se hizo a un lado permitiéndole el paso. La mujer le miró a los ojos y le dedicó una sugerente sonrisa, sin ningún pudor, antes de cruzar por su lado. Sean observó desde la puerta cómo los despachos de la sala próxima, dividida en cubículos de cristal, comenzaban a llenarse de empleados.

—Estaré fuera echando un vistazo —advirtió y cerró la puerta tras de sí.

Georgina dejó las carpetas sobre la mesa del escritorio y le dedicó una mirada pícara. Llevaban casi el mismo tiempo en la empresa y los últimos tres años habían trabajado juntas, codo con codo, desde que Nikki fue ascendida como directora de la unidad de ensayos y Gina, como subdirectora. Era una profesional incansable y ambiciosa que se había convertido, además de en su mano derecha en la empresa, en una de sus mejores amigas.

—¿Cómo sigue tu padre?

—Está mejor. Estamos esperando a que despierte.

—Qué alegría, seguro que todo sale bien. El señor Howard es un hombre muy fuerte.

—Eso espero. ¿Ha llegado ya Odile?

—No, tu secretaria aún no ha llegado, pero es que todavía no son las ocho. Y bueno… ¿quién es ese pedazo de tío? No me has dicho nada de que tuvieses una entrevista con semejante espécimen, mala amiga.

—¿No? Creí que te lo había mencionado.

—Pues no, no lo habías hecho. ¡Madre del amor hermoso! ¿Quién es? Y lo más importante: ¿está casado?, ¿tiene novia? —dijo enderezando su postura, recolocándose el sujetador y desabotonando el segundo de los botones de su camisa, realzando su voluminoso escote.

—No, hasta donde yo sé.

—Bueno, si la tiene o no es problema suyo. Está como un queso, Nikki.

—No exageres.

—¿Que no exagere? ¿Pero tú le has visto? Está para hacerle el kamasutra del derecho y del revés.

—Olvídalo.

—No puedo, tendría que sacarme el cerebro y meterlo en formol.

—¡Te he dicho que lo olvides, Gina! —exigió muy seria, pero su amiga fingió no distinguir su malestar.

—Le voy a invitar a tomar algo cuando terminéis la reunión y si surge…

—Es mi exmarido, ¿vale? Él es el hombre del que tanto te he hablado.

—Me lo imaginaba. No es que haya demasiados nativos americanos con aspecto de poder partir cocos con las manos por San Clemente —confesó su amiga dedicándole una mirada acusadora que la sorprendió—. Pero quería que tú me lo dijeses.

—Él forma parte de mi pasado.

—¿Y entonces por qué está aquí? ¿Ha venido a evitar la boda? —Sugirió con comicidad.

—Ves demasiadas películas, Gina. Está aquí porque teme por mi seguridad después de lo que le ha sucedido a mi padre.

—¿Por tu seguridad? ¿Por qué? Si tu padre padeció un coma diabético… ¿Hay algo que no me estás contando? ¿Por qué estuvo ayer aquí la policía?

—La policía sospecha… bueno, en realidad todos tememos que pueden haber tratado de asesinarle.

—Oh, Dios mío. ¿Y por qué? ¿Hay algún sospechoso?

—No lo sé, Gina, por favor. La cabeza me va a estallar.

—Buenos días, señorita Howard. —Su secretaria la llamó por el intercomunicador del teléfono.

—Buenos días, Odile, dígame.

—Acaban de informarme desde la recepción de que los reporteros ya están aquí. Están subiendo.

—Muchas gracias, hágalos pasar cuando lleguen. Después hablamos, Gina.

—Ok.

Gina abandonó la habitación cerrando tras de sí. Nicole se incorporó del asiento y se miró en el reflejo de la cristalera antes de aproximarse a la puerta dispuesta a recibirlos. Entonces oyó una especie de forcejeo fuera y la abrió, descubriendo que el operario que asía la cámara había rodado por los suelos y la reportera, embutida en un ajustado vestido de lycra blanca, le ayudaba a incorporarse.

—Perdónenme por mi torpeza, por favor —se disculpaba Sean con una sonrisa resplandeciente.

—No, por favor, soy yo quien lo siente, Dave ha tropezado con usted por mi culpa —aseguró la chica devolviéndole la sonrisa antes de fijarse en que la puerta del despacho estaba abierta—. Buenos días, señorita Howard-Redcloud, soy Lara Winter, redactora de *Buenos días, California* y este es Dave Donovan, mi compañero cámara.

—Encantada. Veo que acaban de conocer a Sean Cruz. —Se inventó el apellido, si la reportera había hecho su trabajo investigando su vida, en cuanto dijese el real lo reconocería—. El señor Cruz es un inversor privado que está estudiando participar en nuestra compañía y he querido que nos acompañe hoy, si no hay inconveniente.

—Genial. ¿Y en qué ámbitos se mueve su negocio, señor Cruz? —preguntó la redactora con un interés nada inocente.

—Me muevo en el ámbito marítimo, principalmente, en temas trasatlánticos —respondió este con la convicción más absoluta—. Pero estoy pensando ampliar miras y la inversión de una decena de millones de dólares en una empresa farmacéutica me parece una gran opción. Al fin y al cabo la población envejece y es un mercado que crece a pasos agigantados. La señorita Howard-*Redcloud* debe convencerme de que su empresa es la más apropiada para mí —sugirió con una naturalidad pasmosa, poniendo especial énfasis en el apellido que compartían.

—Vaya —chascó impresionada—. Creo que podríamos tener una charla interesante al respecto, señor Cruz, me interesa mucho la inversión financiera, desde el punto de vista informativo, claro. Cómo los inversores valoran si un objetivo es viable y los datos que analizan antes de tomar su decisión.

—Por supuesto, estaré encantado de atenderla.

—¿Qué tal si empezamos? —sugirió Nicole a la que la actitud de la periodista no estaba gustándole lo más mínimo. Casi podía ver sus ojos con la señal del dólar al conocer a aquel supuesto atractivo millonario. Supuesto lo de millonario, para lo de atractivo solo necesitaba tener ojos en la cara.

La preentrevista comenzó con la reportera sentada frente a ella en el cómodo diván y el cámara situado en el ángulo adecuado para enfocar su amplia librería. Sean se acomodó en el pretil del ventanal y oyó cómo Nikki hablaba con orgullo de la creación de la empresa por parte de su padre.

—¿Y cómo se decidió usted a estudiar Farmacia? Quiero decir, ¿tuvo opción?

—No lo sé, supongo que sí. Aunque, en realidad, nunca me planteé encaminar los estudios en otro sentido, mi padre esperaba que me graduase en Farmacia y eso hice, desde pequeña me sentía destinada a continuar con el negocio familiar —respondió reflexiva—. Aunque hubo un momento, justo después de terminar mis estudios, en el que me planteé si verdaderamente ese era mi camino o si quería otra vida.

—¿De verdad dudó?

—Sí. Por un tiempo tuve una idea, un tanto fantasiosa, pero que podría haber llegado a hacerse realidad.

—¿Y qué idea era esa?

—Me enamoré… del sueño de otra persona y me contagié de este.

—Denos más detalles, ¡por favor!

—Me maravilló la idea de fundar una bucólica granja al pie de las montañas, como los pioneros, y vivir del trabajo en esta. —La reportera sonrió divertida. Nicole clavó la mirada en la expresión seria de Sean, frente a ella en la distancia.

—¿Y qué sucedió con ese sueño? Un tanto imposible para una chica de ciudad, la verdad, de la costa este además.

—Se esfumó y la chica de la costa este decidió continuar con el plan inicial, la empresa familiar.

—¿Fue sencillo?

—En absoluto. Mi padre cree que el legado familiar hay que ganárselo. Por eso tuve que empezar desde abajo, desde el laboratorio más sencillo e ir ascendiendo por méritos propios hasta llegar hasta aquí.

—Todo un logro considerando la escasez de mujeres en puestos de responsabilidad en las empresas. Cortamos —advirtió al cámara—. Ahora nos moveremos a una nueva localización para continuar grabando, ¿de acuerdo? Por cierto, señorita Howard-Redcloud, ¿cómo se encuentra su padre?, he sabido que está hospitalizado.

—Llámeme Nicole, por favor. Mi padre está recuperándose en el hospital por una descompensación importante en su diabetes, aunque al parecer el mayor riesgo ha pasado y está mejor. Muchas gracias por preguntar.

Nikki estaba tensa, mucho. Sean observaba su postura recta, sin apoyarse en el respaldo del sillón, con las piernas cruzadas y los brazos sobre el regazo. Se lo decía también la expresión de su rostro, con una gentil cortesía con la que trataba de ocultar su incomodidad.

A ella nunca le habían gustado las fotografías, ni los vídeos, ni siquiera los familiares. Debía estar costándole un gran esfuerzo soportar aquello, ser el centro de atención. La Nikki que conocía huía de las cámaras como de la peste. Tan solo una vez la había visto sonreír a una, el día de su boda *sioux*. Su hermana Pequeña Estrella realizó una fotografía de ambos bajo la colorida manta tejida por su madre y abuela para la ocasión, que era sujetada en cada esquina por cuatro guerreros *sioux* miembros de su familia.

Guardaría las imágenes de ese día para siempre, dentro de su corazón. Imágenes que le habían acompañado a lo largo de los años que llevaban separados.

El momento en el que Nikki, ataviada con un precioso vestido tradicional *sioux*, decorado con abalorios del color del cielo de verano, salió de la casa de su abuela paterna, su corazón se saltó un latido. Aquel que tenía ante sí era el ser más hermoso que había visto en toda su vida. Su Flor Roja, como había acertado en llamarla su abuela, le miró con un amor inconmensurable.

Se encontró con los ojos de su querida madre y estos se achicaron en una sonrisa. Era el primero de los Redcloud de su generación en desposarse con una chica no nativa. Los suyos, tras el disgusto inicial, y sobre todo gracias al apoyo incondicional de su abuela, habían acabado aceptándolo. No podría decir lo mismo de la familia de su esposa.

Solo Óscar acudió a la ceremonia *sioux* en la que unieron sus almas ante el Gran Espíritu, honrando a sus antepasados. Una ceremonia que, según Nicole, marcó un antes y un después respecto a su forma de ver la vida.

Los Howard sí asistieron a la legal, dos semanas después de esta, que fue tan pomposa y estrafalaria como debía ser la boda de la hija de un adinerado californiano.

A lo largo de los años que estuvieron casados, ambas familias permanecieron como el agua y el aceite, tolerándose, pero sin mezclarse.

13
Labocon

—Señor Cruz. ¿Señor Cruz? —le llamó la joven periodista haciéndole volver en sí desde el interior de sus recuerdos. La entrevista al parecer había acabado y tanto ella como el cámara estaban listos para marcharse.

—Sí, dígame.

—Que si podría realizarle una entrevista a usted.

—¿A mí?

—Debe llevar una vida muy interesante. Además de trabajar en *Buenos días, California* tengo una sección de entrevistas en un revista de interés popular y creo que a mis lectores les encantaría conocerle, y a mí también por supuesto. —Sonrió con coquetería.

—Paso mucho tiempo fuera del país…

—Bueno, llámeme y me adaptaré a su horario —dijo sacando una tarjeta de su bolso diminuto y entregándosela—. Imagino que debe tener una agenda muy apretada y no le molestaré demasiado, podemos charlar mientras tomamos una copa.

—Está bien. Lo haré —aceptó para quitársela de encima. Miró de reojo a Nicole, que permanecía de pie junto al sillón de su escritorio fingiendo que no los oía mientras revisaba unos papeles.

—Me alegraré mucho de recibir su llamada. Ha sido un placer conocerle.

—Igualmente. Gracias.

—Señorita Howard-Redcloud, solo nos queda grabar un par de planos de las instalaciones.

—Mi secretaria los acompañará, si no les importa. Estoy muy ocupada.

—Por supuesto, muchísimas gracias por su tiempo. Espero que su padre se recupere pronto.

—Gracias. Adiós.

La joven reportera se marchó dedicándole una última mirada a Sean antes de cerrar la puerta del despacho.

—Menuda fresca —masculló Nicole entre dientes. Aunque él pudo oírla, no dijo nada. Continuaba sintiéndose inmerso en esa extraña melancolía que le había asaltado con los recuerdos—. ¿En qué pensabas?

—¿Qué?

—Mientras me hacían la entrevista, tenías la mirada perdida.

—Pensaba en lo hermosa que estabas el día de nuestra boda. —Su sinceridad la dejó sin palabras. Trató de disimular su asombro y fingir una nada creíble normalidad.

—¿En cuál de las dos? —Se atrevió a preguntar.

—Estabas preciosa en ambas, pero he recordado la *real*. —Años atrás habían acordado llamar así a la ceremonia en la reserva—. Y todo porque estaba pensando en lo poco que te gusta que te tomen fotografías y en que esa fue la única ocasión en la que te he visto sonreír de verdad a una cámara —dijo desde su posición, junto a la ventana. Nicole apretó los labios en una mueca de emoción contenida.

—Muchas cosas han cambiado desde entonces, Sean. Yo misma he cambiado mucho. También tú.

—Nunca he vuelto a ser tan feliz —confesó sin tapujos, con la mirada perdida. El encuentro de sus ojos con los de ella fue como si una ráfaga de chispas eléctricas chocase entre ambos, como si la emoción que hallaba en ellos le traspasase la piel y le perforase las entrañas. Ella permaneció mirándole sin saber qué decir—. Bueno, creo que lo mejor es que vayamos a ver el despacho de tu padre, quiero hacerme una idea de por dónde pudo entrar el posible agresor.

—Está bien —dijo con un hilo de voz.

Recorrieron un amplio pasillo, cruzándose con una mujer de entorno a los cuarenta años, de rasgos latinos, morena y delgada, que la abordó.

—Buenos días, señorita Howard-Redcloud, estamos muy preocupados, ¿cómo se encuentra su padre?

—Mejor, Rita. Poco a poco va mejorando.

—Dios le ayudará a recuperarse, en nada le tenemos de vuelta. Estoy convencida, ya lo verá.

—Seguro que sí. Muchas gracias, Rita —dijo antes de continuar su camino.

—¿Esa Rita es Rita da Silva? —preguntó el SEAL entre dientes.

—Si, es ella —respondió viendo cómo se alejaba.

Accedieron a una gran área central con un descansillo en el que había un par de sofás y una mesa de trabajo ante la puerta del despacho en la que había una joven rubia.

—Amanda, buenos días, vamos a pasar al despacho de mi padre.

—¿Cómo está el señor Howard? —preguntó incorporándose como si la hubiesen activado con un resorte.

—Mejor, muchas gracias —respondió abriendo la puerta del despacho que estaba al lado de la mesa y pasando al interior.

Era una oficina amplia, con muebles rotundos y clásicos en tonos caoba. Una gran placa conmemoraba el 25.° aniversario de la empresa colgado tras el escritorio, había muchos otros en otra pared del señor Howard con distintas personalidades del país.

—¿El ascensor del despacho baja directamente al aparcamiento privado, verdad? —preguntó Sean señalando con la nariz la puerta de madera con el llamador dorado.

—Sí. Funciona con llave pero solo él la tiene.

—Si el atacante hubiese logrado entrar al parquin y hubiese conseguido una copia de la llave, podría haber llegado hasta él sin que nadie le viese. Porque imagino que si él es el único que lo utiliza, no tendrá cámaras.

—No tiene, no.

Sean contempló la mesa de escritorio atestada de papeles revueltos y manchas del polvo utilizado por criminalística para encontrar huellas, y un archivador tumbado en el suelo. Miró a Nicole buscando una explicación.

—La policía. Esa misma noche me pidieron que viniese y les explicase cómo le había encontrado y si echaba algo en falta.

El SEAL dio un paso más por detrás del escritorio, se agachó, lo contempló desde abajo y abrió los cajones sin hallar nada.

—¿Qué buscas?

—No lo sé. ¿Dónde le encontraste?

—Aquí, tendido en el suelo —le informó—. Sean, por favor, la policía ya se encarga…

—Chsss. Déjame pensar —le pidió pasándose una mano por la frente, que deslizó sobre el cabello azabache recogido en la nuca. Miró a su alrededor en busca de algo que no estuviese en su lugar, de algún tipo de pista o intuición que pudiese haber pasado por alto la policía. En el informe que había leído reflejaban que no habían hallado nada anormal, a excepción de la ausencia del ordenador y algunos documentos revueltos. Miró hacia el techo y hacia cada rincón. Dejando de lado la documentación que había por el suelo y el archivador que aún continuaba tumbado, todo parecía en su sitio… Entonces, en la amplia estantería, vio un pequeño osito de peluche, caminó hacia él y lo cogió.

—¡Eh! Es mío —protestó Nicole cuando Sean se disponía a abrirlo en dos con las manos. Pero entonces extrajo algo del interior, un largo cable en el que había un pequeño dispositivo conectado. El ojo izquierdo del osito no era otra cosa sino la lente de una cámara.

—Es una cámara de grabación.

—No me lo puedo creer. Lo trajo aquí como recuerdo. He tenido ese oso en mi habitación durante años, me lo regaló cuando era adolescente.

—Pues ahora ya sabes por qué tu padre estaba al día de tu situación sentimental —chascó mientras extraía una tarjeta de memoria del peluche. ¿Dónde podemos ver qué contiene?

—Espera un momento. —Nicole salió del despacho y regresó pasados unos minutos con un ordenador portátil. Lo colocó en el escritorio y lo encendió. Sean introdujo la tarjeta y, tal como sospechaba, estaba llena de archivos de video.

Nicole movió el cursor para reproducirlos al ver que él no lo hacía, pero Sean cogió su mano, impidiéndoselo. Cuando sus pieles se tocaron algo vibró en el interior de ambos, de nuevo una chispa eléctrica invisible. Le miró buscando una explicación.

—¿Estás segura de estar preparada para ver lo que hay en ese video? Quizás sea mejor que lo haga yo primero. —Nicole reflexionó un instante, con su mano aún bajo la de él, sentía el calor asfixiante de su piel sobre cada terminación nerviosa.

—Necesito saber qué le sucedió a mi padre —dijo sin apartar su mano.

Sean buscó entre los archivos de video. Estaban ordenados por fechas. Había uno con fecha de dos días atrás, cuando Jeff Howard fue atacado. Él se habría encargado de conectar la cámara, quizá temiendo que una posible reunión no acabase bien, lo que quería decir que conocía a su atacante.

Clicó sobre el archivo indicado y este comenzó a reproducirse en la pantalla. Podía verse al propio Jeff mirando a la cámara, acababa de conectarla, y colocándola para que tuviese una perspectiva perfecta de su mesa de despacho y la puerta de entrada. La grabación tenía imagen, no así sonido, el dispositivo debía ser demasiado antiguo.

Podía vérsele trabajando en su escritorio durante varios minutos, mirando el reloj de su muñeca de cuando en cuando. Sean aceleró la reproducción. Alguien entró en el despacho, era la chica rubia que habían visto antes, su secretaria. Caminaba hasta el empresario con una carpeta en las manos y le sonreía. Dejó los documentos sobre la mesa. El empresario parecía no prestarle demasiada atención hasta que ella se dirigió a la puerta y cerró el pestillo.

Nicole apretó la mano de Sean, tensa. La joven se detuvo ante su jefe, que la observaba con curiosidad, y comenzó a desabotonar su camisa rosa mostrando un sostén de lycra. Jeff se incorporó del asiento y caminó hasta la joven pasando por su lado sin dejar de observarla, se dirigía a la cámara, probablemente pretendía apagarla. Pero la muchacha le atrapó besándole en los labios, tirando de los bajos de su camisa hasta sacársela. Sean pausó la grabación.

—No puede ser.

—Deberías haber dejado que lo viese yo primero.

—Esa zorra que está ahí fuera se acostaba con mi padre. Y ha venido a comer a casa, la muy desgraciada, ¡mi madre ha cocinado para ella!

—No parece que tu padre se lo haya puesto difícil.

—Mi padre… No doy crédito, de verdad. Siempre ha sido un hombre tan íntegro… —afirmó descolocada. Se llevó una mano a la frente, como si tratase de borrar aquellas imágenes, mientras negaba con la cabeza dando un paso hacia la ventana y alejándose del ordenador.

—Nadie es completamente transparente, Nikki, ya te lo dije.

—Adelanta hasta que hayan… terminado, por favor.

Así hizo mientras ella permanecía vuelta hacia la cristalera. Sean se sentía violentado de invadir la intimidad de su exsuegro de aquella manera, pero no debía apartar los ojos de la imagen, cualquier cosa podía resultar una pista.

El viejo Howard desplegó toda una serie de posturas sobre aquella mesa de despacho y durante una de ellas los documentos que había traído la joven secretaria cayeron al suelo. «Labocon», rezaba un logotipo en un folio del interior de la carpeta de cartón desparramada en el suelo.

—¿Te dice algo el nombre de Labocon?

—¿Labocon? —preguntó Nicole girándose de modo automático, para volver a voltearse al comprobar con estupor que la actividad continuaba en la pantalla—. Es una de las más grandes multinacionales farmacéuticas que existen. Hace unos años, ganaron miles de millones de dólares con su antiácido Resuflex, pero hoy en día son los reyes del mercado gracias a Diabetis un compuesto de gramadema, una nueva biguanida que apenas lleva dos años en el mercado, que carece de efectos secundarios y con la que están forrándose tratando la diabetes tipo 2.

—¿Y todo eso en cristiano qué significa? —preguntó Sean mientras cerraba la pantalla del portátil para que ella pudiese mirarle a los ojos.

—Eso significa que ellos descubrieron una medicación para un tipo específico de diabetes que ayuda a controlar la cantidad de azúcar en sangre. Disminuye la cantidad de glucosa que los diabéticos absorben de los alimentos y la que genera su hígado, con los mínimos efectos secundarios. Tienen la patente de la gramadema y la venden a precio de oro; a pesar de eso, ha tomado mucha ventaja a los otros antidiabéticos orales. Lo que no entiendo es qué hace Amanda con esa carpeta de Labocon, mi padre nunca ha tratado con ellos; de hecho, los detesta porque su prioridad no es la salud de sus pacientes, sino su dinero.

—Si esa empresa está ganando tanto dinero con su producto y vosotros venís a curar la diabetes y joderles el negocio, es un buen móvil para intentar cargarse a tu padre.

—Como te he dicho, la investigación es secreta y, aunque hubiesen tenido conocimiento de ella, ¿qué conseguirían matándole? Los resultados están ahí, el producto va a salir al mercado sí o sí, con mi padre o sin él.

—Terminaré de ver el vídeo y mantendremos una conversación con la secretaria a ver qué sabe de todo esto —advirtió Sean desplegando la pantalla de nuevo.

Nikki regresó junto a la ventana para contemplar el mar y pensó en su padre, en el hombre que la llevaba de la mano a la playa cuando era pequeña y que mostrándole el horizonte solía decirle:

«¿Ves lo grandioso que es el mar, que no tiene fin? Pues así te amo yo, mi pequeña princesa, mi amor es como el mar».

¿Podría perdonarle? Cuando al fin despertase y la mirase a los ojos, ¿podría fingir que no había descubierto que engañaba a su madre con su secretaria? Lo dudaba. Sentía un dolor muy hondo en el pecho. Su padre no era perfecto, claro que no, nunca lo supuso, pero aquella traición le había bajado de su pedestal del peor modo posible.

Sin embargo, lo más importante entonces era que se recuperase, porque ella también le amaba, tanto como inmenso era el mar, pero a la vez deseaba gritarle que no había estado a la altura de lo que él mismo exigía.

Sean le tocó el hombro, devolviéndola a la realidad. Ella miró la mano de el, posada sobre la tela de su camisa y se giró para mirarle a los ojos.

—¿Aparece algo en el video? Además de…

—He descubierto que quien atacó a tu padre llegó al despacho por el ascensor. Imagino que esperaba a alguien poco después de marcharse la secretaria, pues hay un momento en el que se gira hacia el ascensor, como si aguardase a un conocido. Pero entonces, cuando deben abrirse las puertas, echa a correr hacia la puerta de entrada. Quien llegó no debía ser quien él esperaba. Luego se ve cómo alguien completamente vestido de negro le agarra y le arrastra hacia la parte trasera, saliendo del plano de la cámara. No se le ve la cara, porque lleva un pasamontañas oscuro, pero estoy seguro de que es un hombre bastante corpulento y en torno al metro ochenta. Pasados unos minutos, en los que debe haber dejado inconsciente a tu padre, abre todas las puertas de los archivadores y esa pequeña nevera —indicó apuntando hacia un mueble bajo—, buscando algo. Tu padre quedó fuera de plano, así que es imposible ver si le inyectó algo o no. Después coge el portátil y la documentación que trajo la secretaria y desaparece de la imagen. No se ve nada más hasta que llegas tú dos horas más tarde a buscarle a la oficina.

—Mi madre me llamó preocupada y vine hacia aquí… —dijo Nicole con los ojos empañados en lágrimas—. Tenemos que llevar esa grabación a la policía ahora mismo.

—Me gustaría revisarlas todas, déjame que lo haga esta noche y mañana por la mañana la entregaremos a la policía.

—Pero ellos están investigando, ni siquiera estaba confirmado que le hubiesen atacado y esto lo demostrará… Dios mío, ¿quién podría querer hacerle daño a mi padre?

—Tengo una idea, haré una copia de las grabaciones en tu ordenador y así las revisaré con calma. ¿Te parece bien?

—Sí, claro. ¡Dios mío, han tratado de matarle! Pero ¿por qué? Vamos a preguntarle a esa… secretaria —dijo caminando hacia la puerta con paso decidido. La abrió y se dirigió a la joven que permanecía sentada en la mesa que precedía el despacho—. Amanda, ¿podría pasar un momento?

—Enseguida, señorita Howard.

La joven se adentró en la habitación y Nicole cerró la puerta tras ella.

—Amanda, sé que mi padre… —inspiró hondo antes de proseguir, la joven los miraba sin entender qué podían querer de ella—. Que mi padre tiene mucha confianza en ti. —Esa frase le provocó una sonrisa y Nicole tuvo que resistir las ganas de borrársela con la palma de la mano, porque aunque en su interior sabía que su padre era el único culpable de ser infiel a su madre, también se sentía traicionada por ella—. Por eso necesito que me digas ahora mismo qué se trae entre manos con Labocon. —La sonrisa de la secretaria se esfumó al instante de su rostro al oír aquella palabra.

—Nada —aseguró mirándoles con expresión de cordero degollado.

—Me lo vas a decir ahora mismo o te juro que… —Sean la sujetó, no se fiaba demasiado de su capacidad de contención y se interpuso entre ambas.

—Señorita… Peers —leyó en la placa que sostenía en su blusa—, entiendo que si el señor Howard le pidió que guardase el secreto no quiera revelarnos nada, pero el señor Howard está en el hospital y sabemos a ciencia cierta que fue atacado por alguien.

La joven abrió mucho los ojos; ella, como el resto, creía que se había tratado de un incidente causado por su diabetes.

—Pero… pero si estuvimos trabajando en el despacho toda la tarde y cuando me marché no había nadie.

—Ya, trabajando —masculló entre dientes Nicole llena de rabia.

—¿Qué quiere decir? Le aseguro que el señor How…

—Déjate de tanto «señor Howard», Amanda. Sé que te tirabas a mi padre. Y siéntete afortunada, porque no es el momento de hablar de tu calidad moral y de tu falta de vergüenza de mirar a mi madre a la cara mientras te acostabas con su marido como una guarra —la acusó por un lateral del fornido cuerpo que las separaba.

—Eso es mentira. ¿Cómo se atreve a difamar mi honor de ese modo?

—¡Serás cínica! —dijo incapaz de creer que se atreviese a mentirle en su propia cara. Giró el portátil y pulsó el inicio del vídeo de nuevo, colocando el cursor a la mitad, coincidiendo justo cuando practicaban sexo sobre la mesa del escritorio y los papeles caían al suelo.

La joven comenzó a llorar y trató de salir de la habitación, pero Sean se lo impidió sujetando la puerta.

—Señorita Peers, por favor. A mí no me importa lo más mínimo la relación personal que mantenía con su jefe, pero necesito que nos cuente lo que sabe —le pidió. Ella solo lloraba con el rostro entre las manos.

—Ya puedes ponerte a hablar, Amanda, o te juro que recoges tus cosas y te largas en este mismo momento. Y de paso, le dices a tu padre que se largue también.

—No, por favor, señorita Howard —le rogó atreviéndose a mirarla con el rostro enrojecido y los ojos llenos de lágrimas—. Mi padre no puede enterarse de esto. Él aprecia mucho a su familia y jamás me perdonaría.

—¿Qué pensará él de que te acuestes con el esposo de la mujer que pagó su operación?

—Por favor, señorita Howard, por favor.

—Pues cuéntanos qué sabes o yo misma le haré subir a mi despacho y le mostraré el video.

—No sé nada. Jeff… el señor Howard no me contaba de qué hablaba con ellos. Hace un mes me advirtió de que lo llamaría alguien de Labocon que no se identificaría y que le pasase la llamada. Después llamaron un par de veces más, siempre a su línea directa, nunca a la centralita. También sé que hablaban por correo electrónico, sé que los imprimía en su despacho, pero creo que después los destruía y los borraba de su buzón. No sé nada más. Lo más importante era que…

—¿Qué?

—Que usted nunca se enterase de que habían hablado.

—¿Yo?

—Sí, me hizo prometer por encima de todo que nunca hablaría de ello con nadie y menos con usted. —Lloró con el rostro congestionado, chorreando de mocos y lágrimas, era digna de lástima.

—¿Y por qué tanta preocupación por que yo no lo supiese?

—No lo sé.

—El documento que le entregas en ese video, ¿qué era?, ¿qué ponía?

—Era un *e-mail* que Jeff había impreso desde mi impresora, porque la suya al parecer no funcionaba. No sé qué ponía, no lo leí, solo se lo entregué en cuanto salió.

—¿Sabes si se reunió con ellos, si vinieron alguna vez a verle?

—No lo sé. No sé si se reunieron fuera de la oficina, pero nunca vinieron aquí.

—Amanda, te lo preguntaré una última vez. ¿¡Qué se traía mi padre entre manos con Labocon!?

—No lo sé. Se lo juro por la salud de mi padre, no lo sé —aseguró antes de romper a llorar de nuevo.

—Está bien, señorita Peers. Si recuerda algo más llame de inmediato a la señorita Howard, ¿de acuerdo? —dijo Sean con amabilidad.

—Y no digas ni una sola palabra de esto a nadie. ¡A nadie! ¿Me oyes? —añadió severa Nicole.

—Sí, señorita Howard. Lo siento, lo siento muchísimo.

Sean le abrió la puerta y ella salió del despacho como una tromba, huyendo hacia los lavabos.

—¿Qué querrían esos desgraciados de Labocon de mi padre? ¿Qué le dirían esos monstruos inhumanos, capaces de dejar morir a miles de personas solo por ganar dinero? ¿Y por qué estaría tan preocupado por que yo no me enterase?

—Quizá precisamente por tu aversión hacia ellos.

—Mi padre no me oculta nada… Bueno, eso creía. Al parecer me oculta mucho más de lo que nunca imaginé. A eso debía referirse la nota: «Desenmascara al verdadero Jeff Howard…». Pero, ¿de qué? ¿A quién puede importarle que mi padre le ponga los cuernos a mi madre, salvo a ella? ¿O tiene que ver algo con los de Labocon? Esto es una locura, por Dios santo.

—¿A qué te referías con la operación del padre de Amanda?

—El padre de Amanda es el chófer de mi madre desde hace un par de años. Él la lleva y la trae a su *boutique*. Mi padre le recomendó, claro. Ahora lo entiendo todo, querría tener contenta a su amante —mordió con rabia—. Al poco de comenzar a trabajar, sufrió una hernia discal que le tuvo prácticamente postrado y el seguro se negaba a costear la operación. Mi madre la pagó de su propio bolsillo. Gracias a esto el señor se encuentra perfectamente.

—Una buena samaritana.

—Hasta tu demonio particular tiene su corazoncito —bromeó con dolor.

—Lástima que conmigo nunca lo demostrase. Debemos revisar esos *e-mails* para averiguar qué sucedía entre tu padre y Labocon.

—Ya sabes que el ordenador ha desaparecido.

—¿Y vuestra empresa no guarda copias de seguridad?

—Sí, tenemos una cuenta de cada ordenador en la nube…

—Necesito el *e-mail* de tu padre y la dirección de esa nube.

—Pero no me sé su contraseña.

—Ni falta que hace.

14
Arcoíris

—Muchas gracias, Sandy, si necesito algo más volveré a llamarte —dijo Sean antes de colgar el teléfono móvil.

—¿Quién es Sandy? ¿Una amiga tuya experta en informática?

—Podríamos llamarlo así. Es alguien con increíbles conocimientos informáticos que, antes de un par de horas, me reenviará todos los correos recibidos por tu padre en los últimos seis meses. —Omitió que Sandy era un antiguo agente de operaciones especiales retirado, de cuarenta y dos años y con más barba que él mismo, que en la actualidad se divertía pirateando páginas oficiales del gobierno para medir sus aptitudes.

—No lo creo, la policía debe…

—La policía no es Sandy. —El efecto fue el esperado, Nicole torció el gesto y apretó los labios. Entonces su teléfono móvil comenzó a sonar y su expresión cambió por completo al descubrir el número de su madre.

—¿Sí? ¿Y cómo está? —Un amago de lágrima brilló en sus ojos, pero pudo contenerla mientras la oía—. Voy enseguida… —Sean la observó en silencio estudiando la expresión de su rostro—. Mi padre ha despertado —dijo mirándole emocionada. Y entonces, sin detenerse un segundo a pensarlo, le abrazó.

Se acurrucó entre sus brazos de oso, encajando el rostro bajo su mentón. Él la sostuvo con fuerza como si pretendiese evitar que cayese desfallecida. Y el aroma que la envolvía, ese que había inspirado mientras la hacía suya en la cama desvencijada de su apartamento, unido a la presión firme de sus senos contra su pecho fue demasiado. Sintió cómo se le erizaba el vello, cómo un escalofrío le recorría la espalda, cómo su garganta se secaba. Posó los labios sobre su frente y la besó con una dulzura infinita. Y su sexo, enarbolado, cobró vida propia.

Dios santo, jamás sabría cuánto la amaba, pero lo hacía con una fuerza que escapaba a todo entendimiento. Ella era como una luz, la luz de una estrella que brillaba en su interior y que cuando la tenía lo suficientemente cerca deslumbraba todo a su alrededor y no le permitía ver nada más.

Una erección de caballo se interpuso entre ambos, presionando contra el vientre de ella. Nicole se apartó buscando sus ojos, había percibido la rotunda masculinidad que había despertado con fiereza con tan solo un abrazo. Dedicó una mirada fugaz al pantalón tenso en la entrepierna y sintió cómo se le aceleraba la respiración, y una punzada de deseo palpitó en su interior, anhelándole.

Sean carraspeó y desvió la mirada, incómodo porque su cuerpo gritaba a los cuatro vientos lo que su boca callaba, que se moría de ganas de tomarla allí mismo y comenzar a recuperar los días de amor perdidos.

—¿Vamos al hospital? —preguntó Nicole apartándose un poco más, aún sofocada.

—Sí, claro.

En el coche, Sean comenzó a revisar los correos electrónicos de su exsuegro desde el móvil, mientras por el rabillo del ojo no dejaba de observar a Nicole. Un silencio tangible se había instalado entre ellos desde que habían abandonado el despacho.

—Es un tío.

—¿Qué?

—Sandy. Es un tío.

—¿Tu amiga Sandy es un tío? ¿Es transexual o algo?

—No. Uno de los colegas comenzó a llamarle Sandy porque es rubio y con el cabello rizado, como la protagonista de la película esa que tanto te gustaba.

—¿*Grease*?

—Esa. —Nicole no pudo evitar una sonrisa—. ¿Qué pasa?

—Aún recuerdas qué me gustaba.

—Lo recuerdo todo. Incluidas las cosas más insignificantes, como que no te gusta la mantequilla de cacahuete sin trozos crujientes, que le quitas el pimiento a las empanadas de atún o que te da mucha rabia que las uñas de tus dedos pequeños de los pies sean tan diminutas que apenas puedes pintártelas —afirmó mirándola con seriedad. Nicole se dijo que desearía poder colarse en el interior de su mente para saber qué pensaba, qué sentía cuando le contaba aquellas cosas.

—Yo también recuerdo muchas cosas, a veces creo que demasiadas…

El ring de una llamada entrante rompió el instante de sinceridad y activó el manos libres del vehículo. «William» pudieron leer ambos en la pantalla. Nicole dudó en aceptarla o llamarle cuando llegasen al hospital, pero conocía a su prometido y sabía que se preocuparía en caso de que no descolgase.

—Buenos días, mi precioso amorcito de fresa, ¿cómo estás?

—Estoy bien, Will. ¿Ya has llegado?

—Estoy llegando al hotel, mi vida. ¿Alguna novedad con respecto a tu padre?

—¡Ha despertado! Ahora voy camino del hospital. —A sus palabras siguió un silencio sepulcral al otro lado de la línea—. Will, ¿sigues así?

—Sí, cariño. Es que estaba pagando al taxista. Oh, nena, me alegro muchísimo. ¿Ha dicho algo?

—No lo sé, no sé nada más. Voy a verle ahora.

—Bueno, preciosa, después te llamaré, voy a instalarme. Me alegro muchísimo de que esté mejor. Cuéntame cualquier novedad y, si es urgente, llámame enseguida.

—Tranquilo, todo va a estar bien.

—Esa es la actitud, cielo. Me muero de ganas de estar contigo, acabo de marcharme y ya te echo de menos, sabes que no puedo pasar demasiados días sin tenerte a mi lado.

—Solo es una semana, en nada estás de vuelta.

—En cuanto regrese vamos a darnos una buena ducha juntos… —Nicole pudo percibir cómo la mandíbula y los puños de su exmarido se tensionaban.

—Will, tengo puesto el manos libres.

—¿Ese *tipo* está ahí contigo?

—Sí, Sean está oyéndote.

—¿Es que tiene que estar pegado a tu culo todo el día? —Sean iba a responderle, pero Nikki le tocó en el brazo, pidiéndole con los ojos que no lo hiciese. Y qué difícil fue callar.

—Es lo lógico si tiene que protegerme.

—Más le vale hacerlo bien o no tendrá dónde esconderse.

—Dudo que seas capaz de hallar tu propio culo —dijo el SEAL sin poder contenerse más.

—Hasta luego, Will, hablamos más tarde —sentenció Nicole colgando antes de que se enzarzasen en una disputa.

—¿Amorcito de fresa?

—No te metas con él, es cariñoso.

—Eso no es ser cariñoso, es ser patético de cojones. Es tan cursi que debe vomitar arcoíris, eso sí, de fresa.

—Sean, para, por favor.

—¿De verdad no lo ves? Ese tío es gilipollas, no te mereces a alguien así —proclamó con la mirada encendida por la rabia.

—¿Ah, no? ¿Y a quién me merezco? ¿A alguien como tú?

—Ni aunque viviese tres vidas podría amarte ni una tercera parte de lo que yo… —se contuvo.

—Ni engañarme una tercera parte de cómo lo hiciste tú, imagino.

Sean sintió el impulso de contarle la verdad, de impedir que continuase atacándole con la misma mentira, una mentira que él se había encargado de hacerle creer cuatro años atrás.

15
Peligro

Pasaban las doce y media del mediodía cuando llegaron al hospital. Susan los aguardaba en la pequeña salita de espera y al verles llegar se arrojó a los brazos de su hija.

—Está despierto, Nikki, está despierto y me ha conocido.

—¿Sí? ¿Está bien?

—Óscar está dentro con él. Parece que está bien, pero casi no puede hablar, le cuesta mucho esfuerzo. Los médicos no saben si es debido al daño cerebral causado por el coma ni si es reversible. Tampoco puede moverse con facilidad, me imagino que es normal.

—Seguro que es normal, mamá.

—Me ha dicho algo.

—¿Qué te ha dicho?

—Que quiere verle —reveló mirando al que un día fuese su yerno. El aludido arrugó el entrecejo desconcertado.

—¿A Sean? ¿Estás segura? No habrá querido decir otra cosa…

—No, le pregunté si había dicho «Sean» y asintió. —Y dirigiéndose al aludido añadió—: Cuando le dije que estabas en San Clemente, pareció aliviado.

—¿En serio, mamá?

—De veras, yo también me he sorprendido de que haya pensado en él después de tanto tiempo.

—Entonces, si os parece bien, entraré a verle —dijo Sean enderezando su postura. La idea de hablar a solas con un convaleciente Jeff Howard no le seducía lo más mínimo, pero si con ello podía descubrir el porqué o por quién había sido atacado, bien valdría la pena.

—Sí, claro. ¿Ha dicho algo más? —preguntó Nicole.

—No, nada más, está agotado. Bueno sí, una cosa, me ha dicho que me quiere —reveló con ojos rebosantes de emoción. Era la primera vez que Sean veía a aquella mujer de piedra mostrar sus debilidades. Nicole respiró hondo, rememorando lo sucedido en el despacho de su padre, y pensó si tendría el valor de contárselo a su madre. Desde luego, si lo hacía, sería en otro momento, pues en ese no se encontraba con fuerzas.

Óscar llegó hasta ellos desde el pasillo y abrazó a su hermana con los ojos llenos de lágrimas.

—Está vivo, Nikki, se ha salvado. Me ha conocido, ha sido genial.

—Gracias a Dios. Voy a hablar con las enfermeras, necesito pasar a verle —dijo Nicole.

—Me ha preguntado por Sean.

—¿También a ti?

—Ha hecho su nombre con gestos con la boca, apenas se le entiende. —Se separó de su hermana y estrechó en un fuerte abrazo a su excuñado, que lo recibió con sorpresa.

—Sean, vamos a verle, no puedo esperar más —pidió Nikki ansiosa.

Caminaron juntos en dirección a la zona de cuidados intensivos y entonces Nicole se detuvo ante la puerta de acceso. El SEAL podía percibir su nerviosismo.

Él lo desconocía, pero la vez anterior que había visitado aquel hospital, ella había estado a punto de romperse en mil pedazos para siempre. Había yacido en una de aquellas habitaciones años atrás, poco después de que él la abandonase, sin más anhelo que la muerte se apiadase de ella.

Sean agarró su mano con fuerza, Nikki buscó sus ojos y entrelazó sus dedos con los de él.

—Vamos, eres la mujer más fuerte que conozco —afirmó y dio el paso, atravesando las puertas abatibles de la sala de cuidados intensivos.

Nicole asaltó a la primera persona que vio en el control de enfermería y se identificó, diciendole que necesitaba pasar a ver a su padre. La enfermera se lo comunicó al médico por teléfono y después de entregarles un par de batas desechables les advirtió que solo podrían estar unos minutos, Jefferson Howard aún estaba muy débil y necesitaba descansar.

En cuanto atravesó la puerta de cristal, todas sus dudas sobre cómo reaccionaría al ver a su padre se esfumaron. Parecía que hubiese envejecido diez años de golpe. Sus ojos estaban hundidos, su tez pálida y surcada por profundas arrugas que no recordaba y su cabello ceniciento, despeinado. Se acomodó en su pecho con cuidado y lloró junto a él. Sintió su mano débil acariciarle cabello. Pero mientras la abrazaba los ojos de Jefferson permanecían fijos en el hombre al que había pedido ver. Su mujer le había explicado que había regresado al saber de su estado. Y no podía estar más agradecido al cielo por ello.

—Llévatela lejos —pronunció de manera casi inaudible, aunque Sean pudo leer sus labios con facilidad, y pensó que debía estar aturdido.

—¿Cómo está, señor Howard? —le preguntó ante su inquisitiva observación. Nicole se apartó de él para mirarle a los ojos y permaneció sentada en la cama.

—¿Te duele algo, papá?

Hizo un gesto de negación con la cabeza.

—Perdóname —repitió un par de veces hasta que su hija le entendió.

—¿Perdonarte? ¿Por qué? Papá no pienses en nada salvo en recuperarte.

—Déjanos a solas. —Su voz era casi un gruñido.

—¿A solas? ¿Quieres que nos quedemos a solas?

—Déjame a solas con él —aclaró.

Nicole le miró extrañada.

—¿Quieres que te deje a solas con Sean?

Asintió.

—Te quiero, mi niña.

—Y yo a ti, papá. Te quiero muchísimo. Estaré en la sala de espera —dijo a Sean al pasar por su lado y salió de la habitación con los ojos llenos de lágrimas.

—Y bien, usted dirá.

—Sácala de aquí.

—No entiendo a qué se refiere.

—Nikki. Llévala lejos.

—¿Por qué?

—Peligro. —Lo repitió un par de veces.

—¿Está en peligro? ¿Nicole?

—Escóndela. —Hizo una mueca de dolor. Sin duda estaba esforzándose demasiado—. Escóndela.

—¿De quién? ¿Quién le atacó?

—Sácala de aquí. Deprisa.

La máquina que marcaba los latidos de su corazón comenzó a pitar, el esfuerzo los había aumentado demasiado.

La misma enfermera que los había atendido fuera entró en la habitación.

—La visita se ha terminado, el señor Howard necesita descansar. Podrá volver esta tarde —le reprendió—. Vamos, fuera o tendré que llamar a seguridad.

—Lo haré, cuidaré de ella con mi propia vida si es necesario —sentenció Sean antes de abandonar la habitación. Jefferson respiró aliviado al oírle.

Con grandes zancadas recorrió la distancia entre la habitación y la salida de cuidados intensivos. Nikki permanecía fuera, junto a la puerta, secándose las lágrimas que aún acudían a sus ojos.

—Nos largamos —dijo al alcanzarla, mirando a su alrededor con desconfianza.

—¿Qué? ¿Dónde?

—A cualquier parte lejos de aquí —profirió agarrándola del codo, tirando de ella hacia el exterior.

—¿Qué? ¿Por qué? —Él continuaba sin mirarla, revisando cada recoveco con la mirada. Nicole se plantó sobre sus talones, impidiendo que continuase tirando de ella—. Vas a decirme ahora mismo qué pasa o te prometo que no doy un solo paso más.

Sean resopló molesto, solo podía pensar en salir de allí.

—Tu padre dice que estás en peligro.

—¿Qué? ¿Eso te ha dicho?

—Sí. Que debo sacarte de aquí cuanto antes.

—¿Pero por qué?

—No lo sé, y tampoco me ha dicho quién le atacó. Lo único que sé es que tenemos que desaparecer, ahora.

—¿Y qué pasa con él? ¿Quién le protegerá a él?

—La policía, la policía los protegerá a él, a tu madre y a tu hermano.

—¿La policía? Hasta ahora no se puede decir que hayas confiado mucho en ellos.

—No te preocupes por tu familia. En cuanto realice una llamada, el caso pasará a manos de los federales y en menos de quince minutos los tres tendrán vigilancia policial.

—Vaya, ahora resulta que eres todopoderoso —le increpó Nicole, atravesándole con su fulgurante mirada azul.

—No soy todopoderoso, claro que no, pero tampoco soy el pobre diablo que conociste en el pasado. Te doy mi palabra de que lo que he dicho es cierto. Despídete de tu madre y tu hermano, nos largamos.

—¿A dónde iremos?

—No les dirás dónde, solo que confíen en que estarás bien, porque estarás conmigo.

—Pero William…

—¿Está él aquí para protegerte? Me parece que no. Y aun así, su opinión vale menos que un centavo de plástico. Nos vamos, ya.

—No me voy a ninguna parte hasta que no compruebe que lo que dices es real, que vendrán a proteger a mi familia, aunque ni siquiera sepamos de quién.

—Tu padre considera que solo tú estás en peligro. Me ha dicho que te saque de aquí. Pero tranquila que todos estarán bajo protección. —Tomó su teléfono móvil y llamó al hombre que movería los hilos necesarios para que el FBI se presentase en aquel hospital casi de inmediato—. Parkur, necesito que hagas una llamada por mí.

Acompañó a Nicole hasta la sala de espera, vigilando cada paso. Sean aguardó en la puerta mientras ella se despedía de su madre y su hermano y les informaba de lo poco que sabía: que estaba en peligro, que Sean iba a encargarse de protegerla y que los federales llegarían en pocos minutos para hacerse cargo de su protección. Antes de irse, abrazó a su hermano y le dijo discretamente al oído que debía entregarles la tarjeta de memoria que había dejado caer en el bolsillo de su chaqueta, ya que contenía el video del ataque a Jeff Howard.

El SEAL percibió algo extraño, como una silueta en el lateral derecho del pasillo, entre los grandes macetones decorativos, aunque fue más una sensación que algo tangible.

—Sean —le llamó Susan. Él se giró hacia ella, sin perder de vista el pasillo—. Cuida de mi hija por favor, estoy aterrorizada. No sé qué está pasando…

—Yo tampoco, señora Howard. Pero le aseguro que Nikki regresará sana y salva en cuanto todo esto se aclare y que su familia estará protegida en todo momento. Tiene mi palabra.

—Muchísimas gracias —dijo y le estrechó en un emocionado abrazo desconcertándole por completo. No esperaba aquello, no de la mujer de hielo que en tantas ocasiones le había menospreciado. Permaneció inmóvil hasta que fue ella quien se apartó—. Gracias por cuidar de ella.

—No se merecen.

—Para mí siempre serás mi cuñado —proclamó Óscar abrazándole también, con energía —Gracias, tío.

Sean volvió a mirar hacia el pasillo, continuaba sin ver nada extraño, así que decidió que lo mejor sería largarse de allí cuanto antes.

—Nikki, es el momento.

—No me iré hasta que vea que llega la policía a protegerles.

—¿Confías en mí? Te he dado mi palabra.

Su madre posó la mano en su hombro.

—Ve con él, hija.

—Sí, confío en ti —dijo saliendo de la habitación y dando un último abrazo a su madre y hermano—. Cuidad de papá, por favor.

Nicole se encaminó hacia los ascensores, pero Sean la agarró de la muñeca.

—Vamos a bajar por las escaleras.

—¿Por qué?

—Deja de preguntar por qué y obedéceme, ahorraremos tiempo. Cuando estés a salvo responderé a todos tus preguntas.

Descendieron las escaleras de emergencia hasta el sótano del hospital en el que habían aparcado el vehículo.

—Tengo que ir a casa a por ropa.

—No, ni hablar. Podrás comparte ropa cuando lleguemos —advirtió caminando hacia el coche. Era la hora de la comida y el parquin estaba desierto y bastante oscuro. Había varios vehículos estacionados alrededor del suyo. La acompañó hasta él, Nicole accionó la apertura en su llave y los cuatro intermitentes se iluminaron. Entonces, ambos oyeron un ruido a su izquierda y la puerta de emergencia que crujía al cerrarse, sin embargo, no habían visto a nadie entrar—. Métete en el coche y enciérrate. Voy a ver qué es eso —le ordenó antes de comenzar a caminar decidido hacia la puerta.

Nicole subió al coche y le observó alejarse, pero los turismos aparcados pronto le impidieron la visión, así que abrió la puerta y salió despacio para asomarse y ver lo que sucedía.

Y entonces alguien se abalanzó sobre ella y la hizo caer al suelo. Nicole dio un grito.

—No grites, no grites —repetía un joven con los ojos desencajados. Pero ella no podía parar de hacerlo.

Sean llegó como un bisonte y aquel tipo salió volando por los aires y se estrelló contra una de las columnas de hormigón como si pesase menos que un mosquito.

—Maldito desgraciado —profirió Sean caminando hacia él dispuesto a destrozarlo.

—No me pegue… por favor. No me pegue —suplicó el tipo tratando de levantarse del suelo. Era bastante delgado y bajito, de piel muy oscura y cabello escaso; a pesar de su juventud parecía enfermo. No se trataba del tipo de la grabación de la cámara del despacho de Jeff Howard, estaba seguro.

—¿Quién cojones eres? Habla antes de que te arranque la lengua —dijo deteniéndose ante él.

—Ella sabe quién soy, ¿verdad, señorita Howard?—balbució con la boca chorreando sangre y enderezándose, pero permaneció sentado contra la columna como si no pudiese moverse de puro agotamiento.

Nicole se había levantado del suelo y resguardado tras la generosa espalda de Sean. Este la miró, preguntándole con los ojos si realmente le conocía.

—¿Yo? No sé quién eres.

—Soy Keylor Rodríguez, trabajé en el laboratorio número dos hasta hace tres años.

—¿Keylor? ¿Eres tú, de verdad? Estás… —dudó dando un paso hacia él, Sean interpuso su brazo, impidiendo que se acercase más de lo apropiado.

—Enfermo, muy enfermo.

—¿Por eso te marchaste? Creí que te habían ofrecido un contrato fuera del país.

—¿Que me marché? Yo no me marché. Me despidieron, señorita Howard.

—¿Quién? ¿Por qué?

—Su padre, él dio la orden de que me echasen como a un perro. ¿Acaso no lo sabe? Probé el medicamento contra la diabetes sin autorización. Y ahora soy la evidencia de que ese medicamento no funciona.

—¿Qué dices? ¿Estás loco?

—¿De verdad no lo sabe?

—¿Qué no sé?

—Su padre me despidió después de robar mi sangre.

Nicole trató de intervenir, pero Sean la cortó.

—¿Y por eso ordenaste que le matasen?

—¿Matarle? No, no, en absoluto. ¿Han intentado matarle? ¡No tenía ni idea!

El joven se levantó del suelo, jadeando como si hubiese recorrido los mil metros lisos, y se apoyó contra la columna.

—¿Y de qué sirve la palabra de un loco que asalta mujeres en los aparcamientos? —inquirió Sean.

—Tenía que hablar con ella… cuando supe que Jeff Howard había sido hospitalizado, supuse que tarde o temprano vendría a verle y podría hablar con ella de mis notas.

—¿Tus notas? ¿Fuiste tú quien envió las notas? —preguntó Nicole desconcertada.

—Sí, no me siento orgulloso, pero estaba desesperado. Yo creía que… que usted estaba al corriente de todo y le daba igual.

—¿Al corriente de qué, Keylor?

—De lo que provoca su medicamento, de lo que había hecho conmigo.

—Pero, ¿qué me estás contando? Yo sé perfectamente lo que hace: curar la diabetes. No sé qué crees que ha hecho mi padre contigo, pero te aseguro que…

—¡Dios mío! No sabe nada… En el fondo lo imaginaba, no podía ser que usted… por eso quería mirarla a los ojos. Déjeme contárselo desde el principio.

—¿Contarme qué?

—Como sabrá, fui el primero en verificar ante el laboratorio la efectividad de los anticuerpos monoclonales atípicos sobre las células beta del páncreas de los ratones, su selectividad a la hora de eliminar solo las dañadas, las no productoras de insulina. Pero cuando dimos el paso a animales de mayor tamaño, comprobamos que pasado un tiempo estos anticuerpos perdían la capacidad de reconocer las células dañadas y atacaban a todo el tejido del páncreas. Incluidas las células troncales. Eso retrasó bastante el estudio y necesitó una gran inversión de dinero en investigación.

—Lo sé, lo recuerdo, aunque yo trabajaba en otro de los laboratorios entonces. Mi padre debió asumir unos costes importantes.

—Mi compañera de laboratorio y yo descubrimos que utilizando células pancreáticas humanas dañadas en la carga de los anticuerpos monoclonales atípicos…

—¿Qué tal algo que el resto de mortales podamos entender, por favor? —solicitó Sean.

—Utilicé mi propia sangre para resolver el problema, una biopsia de mi propio páncreas para la creación de esos anticuerpos. Soy diabético desde los cinco años y me interesaba más que a nadie que ese experimento saliese bien.

—¿Mi padre te autorizó a eso?

—No, falsifiqué la autorización y me la realizaron en el departamento médico. No me siento orgulloso pero tenía una corazonada de que saldría bien. Y lo hizo, aparentemente, no solo eso, logré un suero de cultivo de dichos anticuerpos. Ese que habéis multiplicado y utilizado para vuestro experimento en humanos. Y a pesar de ello, en cuanto su padre tuvo conocimiento de lo que había hecho, me despidió de modo fulminante. Pero mi vida cambió, mi diabetes desapareció progresivamente, comencé a sentirme mejor cada día y a vivir los dos mejores años de mi vida —afirmó con un leve brillo de ilusión en sus ojos de pez muerto—. Hace seis meses comencé a sentirme mal y en una revisión médica detectaron que la diabetes no solo había regresado, sino que mi páncreas estaba destruido por completo. Me queda apenas un mes de vida, señorita Howard. O quizá menos, después del golpe que me ha dado su amigo.

—No debiste echarte encima de ella.

—Mi visión se ha reducido mucho por culpa de la diabetes y no estaba seguro de que fuese ella. Lo siento —se excusó, y continuó—: Señorita Howard, esas personas que han tomado el medicamento durante el estudio en humanos caerán enfermas. Puede que ahora se encuentren bien, pero en un año comenzarán a sentirse mal y en dos estarán muertas.

—Eso no puedes saberlo… Siento lo que te ha sucedido, pero imagino que no seguiste el tratamiento como era debido, o podría tratarse de otro motivo, una enfermedad, una infección…

—Carezco de la oportunidad de realizarme una biopsia a día de hoy con la que tratar de demostrarlo, pero estoy seguro de que los anticuerpos atípicos me han destruido el páncreas.

—Entonces hablaré con mi padre, le realizaremos ese estudio…

—No lo entiende. Yo fui a ver a su padre hace unas semanas y le avisé de lo que me estaba pasando y me acusó de farsante, de que intentaba hundir su empresa. Por eso envié las notas.

—¿Qué? Mi padre jamás permitiría…

—Nicole, tenemos que marcharnos —advirtió Sean impaciente.

—Eso no puede ser verdad.

—Si usted no lo hace público, lo haré yo. Así tenga que salir en televisión para denunciarlo. Quizá no pueda ayudar a los que ya han tomado esa maldita droga que va a hacerles creer que han sanado para después destruirles, pero voy a intentar evitar que se cobre más víctimas. Estoy convencido de que con una nueva biopsia de mi páncreas se demostraría que lo que digo es cierto, solo lamento no disponer del dinero necesario para realizármela. Señorita Howards, seguro que están a tiempo de salvar a esos desgraciados del estudio si descubren el modo de bloquear esos anticuerpos.

—Tenemos que marcharnos, Nicole —repitió Sean en completa tensión. No se fiaba lo más mínimo de aquel tipo con aspecto de moribundo y solo deseaba salir de aquel laberinto de ratas que era el aparcamiento del hospital.

—Espera un momento —dijo ella abriendo su bolso, sacó un talonario de cheques y comenzó a rellenar uno.

—¿Qué haces? —la increpó Sean.

—Necesito saber si lo que dice es verdad —proclamó con tal decisión que nada ni nadie habría sido capaz de llevarle la contraria—. Keylor, toma este cheque, estos cuatro mil dólares deberían ser más que suficientes para esa biopsia en un laboratorio independiente. —Él lo tomó con incredulidad, como si recibiese el secreto de la alquimia—. Envíame los resultados médicos a este correo —dijo buscando un pedazo de papel y un bolígrafo en el bolso.

—No, envíalos al mío —dijo Sean agarrando el papel en el que anotó su dirección de correo electrónico, no rastreable.

—Si tienes razón, te prometo que moveré cielo y tierra para evitar que vuelva a suceder lo que te ha sucedido a ti. Y, tanto si la tienes como si no, correré con todos tus gastos médicos. Es lo menos que mereces después de haber trabajado durante años para la empresa.

Los ojos del hombre se empañaron y enrojecieron de emoción, dio un paso hacia ella con intención de abrazarla, pero la mano del SEAL en el pecho se lo impidió.

—Controla esa efusividad, amigo, ya la has tocado bastante por hoy.

—¡Sean!

—No tenemos tiempo para esto —proclamó agarrándola del brazo y tirando de ella hacia el coche. Subieron al vehículo y pusieron rumbo a la salida de aquel parquin subterráneo, sin saber que sería la última vez que verían a Keylor Rodríguez.

Recorrieron la calle McDowell en dirección este.

—¿Dónde vamos?

—¿Aún tenéis ese viejo avión privado de la empresa en el hangar del aeropuerto de Cadwell?

—No, mi padre lo cambió hace un par de años por uno nuevo.

—¿Qué modelo?

—¿Modelo?

—El avión, ¿de qué modelo es?

—Un Beechcraft Air… o algo así.

—No lo conozco, pero no importa.

—¿No importa para qué?

—Porque nos vamos a marchar en él.

—¿Qué?

—Llama al aeropuerto para que lo acondicionen, en media hora despegamos.

—¿Media hora? No puedo avisar al piloto así, con tan poca antelación…

—El piloto lo llevas a tu lado, nena. —Nicole abrió mucho los ojos y él desplegó una sonrisa de suficiencia con la que bien habría podido llenar toda una habitación de arrogancia. Su Flor Roja iba a descubrir que no era todopoderoso, pero sí un excelente piloto de cualquier tipo de aeronave.

16

Cada pluma necesita su par

El sol se colaba por las hojas de la ventana entreabierta, acariciándola con su calor por encima del vestido de piel. Sean le había explicado que no era necesario que utilizasen la ropa tradicional, de hecho casi nadie lo hacía, pero a su anciana abuela le hacía mucha ilusión que ambos utilizasen las vestiduras *sioux* y a ella le pareció maravilloso darle el gusto.

Había pasado la mañana con las mujeres de la familia, con la madre, abuela y hermana de Sean. La habían peinado, trenzando su cabello y, entre cánticos y bailes, la habían ayudado a vestirse para la ocasión con unas prendas confeccionadas por ellas mismas y habían decorado su cabello con una pluma azul, del mismo tono que los adornos de su vestido y sus preciosos mocasines de piel, que resaltaba sobre el color rojizo de su pelo.

Se miró al espejo de la habitación que le había sido designada en la casa de la abuela de su futuro esposo, Talulah. En la tradición *sioux* la virginidad era muy importante y los novios no podían compartir el lecho hasta después del matrimonio. No era difícil sospechar que Nicole no era virgen, pero decidieron complacer a la mujer también en ese punto.

Su futura cuñada, Pequeña Estrella, habitualmente dormía con la abuela para hacerle compañía, así que la noche anterior a la ceremonia las tres compartieron el mismo techo. Cuando ella y Pequeña Estrella se fueron a la cama, Talulah entró en la habitación y le pidió a su nieta que las dejase a solas un momento.

—No dejes que te coma el coco con sus historias —le susurró en el oído la hermana de Sean antes de marcharse con una sonrisa.

Nicole la observó con calma, expectante, con su largo cabello cano trenzado y unas profundas arrugas que surcaban su rostro moreno muy serio, era la viva imagen de la solemnidad.

Sabía lo mucho que su futuro marido se sentía unido a aquella mujer, abuela y nieto mantenían una relación de confianza muy especial. Se gastaban bromas entre ellos y conversaban alegremente de cualquier tema. Sean solía decir que si existía una mujer cuyas palabras estaban iluminadas por Wakan Tanka, esa era su abuela Talulah. Talulah, la abuela de las famosas *visiones* de las que le habló Sean cuando se conocieron, visiones cuya versión estaba convencida de que él había manipulado a su antojo para conquistarla. Y funcionó, vaya si lo hizo.

—Mañana será un gran día, hija —comenzó, tomando asiento a su lado en la cama—. A partir de mañana serás como una hija de mi hijo, la compañera del mayor de mis nietos. Me habría gustado que tus padres te hubiesen acompañado para poder conocerles y mirar en sus almas como lo he hecho en la tuya.

—Gracias, señora. Ellos están muy ocupados —los excusó. Aunque la verdadera razón de su ausencia era que en dos semanas se realizaría el enlace «oficial» de la pareja en el ayuntamiento de San Clemente, con una gran ceremonia y varios centenares de invitados, y sus padres consideraban que la unión que iba a producirse entre ambos en aquella reserva india no era más que un ritual absurdo. Solo su hermano Óscar, de apenas dieciséis años, y su mejor amiga Sarah, quien llegó aquella misma mañana para la ocasión, participarían en el que, en su corazón, sentiría siempre como su auténtico enlace.

—Querida niña, tú no eres sioux, ni siquiera eres nativa, y debes saber que el que va a unir su vida a la tuya ha sufrido por ello, porque su padre, mi hijo, no veía con buenos ojos vuestra unión. Yo le recordé que, cuando él decidió unir su vida a la de Adsila, su padre tampoco estuvo de acuerdo, porque ella tampoco es sioux, Adsila es cheroqui. Sin embargo una mujer cheroqui me ha bendecido con unos nietos maravillosos, tanto como los de mis nueras dakota, y ha hecho feliz a mi primogénito. Por eso espero ahora que una wasicu win, una mujer blanca, haga lo mismo con mi nieto predilecto. La vida de mi nieto no ha sido sencilla, Nicole Howard, se ha enfrentado a su propio padre para lograr convertirse en el hombre que es hoy, primero al entrar en la Marina y después para casarse contigo.

—Tiene mi palabra, señora, de que lucharé cada día por hacerle feliz.

—La palabra de un *sioux* le sigue hasta la misma muerte, espero que la tuya también lo haga. Que Wakan Tanka, el Gran Espíritu, te guíe para conseguirlo, Flor Roja —dijo observándola con sus ojos diminutos y ligeramente rasgados, antes de incorporarse. Le acarició en la mejilla y se marchó.

El novio llegó a la puerta de la vivienda en su busca. Estaba espectacular con sus ropas de guerrero: una camisola de piel decorada con largos mechones de pelo negro de su caballo predilecto cuya parte inferior y las mangas estaban coronadas por largos flecos y un colorido estampado de líneas rojas y azules sobre fondo blanco en forma de triángulo invertido bajo el cuello. Sus piernas estaban cubiertas por unos *leggings sioux* en cuyo lateral externo tenía el mismo dibujo geométrico.

Llevaba un largo tocado de plumas de águila, el tamaño del tocado hacía honor a la valentía y bravura del guerrero, el de su futuro esposo arrastraba por el suelo.

Le acompañaban cuatro guerreros, miembros de sus familias, que con una mano sostenían las cuatro esquinas de una gran manta tejida, manteniéndola en el aire, y en la otra una lanza. Uno de ellos era Óscar, que parecía haber hallado su lugar en el mundo vestido con el traje *sioux* y la cara pintada. Su enorme sonrisa la reconfortó.

La pareja de novios se situó bajo la manta y los familiares y amigos se colocaron detrás. A la indicación del oficiante del enlace, Robert Charging Hawk, uno de sus chamanes más ancianos, la comitiva inició un paseo hacia un precioso tipi de tela erigido para la ocasión a orillas del lago Enemy Swim, interpretando cánticos que Nicole no entendía, pero que le erizaban la piel de emoción.

El chamán sostenía en su mano una varita verde que usaba como bastón de mando. La alzó al llegar al punto indicado en el que se realizaría la ceremonia y los guerreros dejaron caer despacio la manta sobre los hombros de la pareja, que quedó envuelta en la tela.

«Queridos hermanos y hermanas, vamos a celebrar la unión de nuestro hijo Sean Redcloud con la que se convertirá en una miembro más de nuestra comunidad, Nicole Howard. —A una señal del chamán, Óscar, de pie junto a ambos, les entregó a cada uno una especie de vara de madera decorada con plumas y regresó a su posición en el lateral—. Esta es una unión sagrada. Querida muchacha, has de saber que el hombre indio nunca se divorcia de su mujer, es la mujer quien se divorcia del hombre. La casa nunca pertenece al hombre, a pesar de que la construya con sus propias manos. El hombre que se marcha del lado de su mujer tan solo llevará consigo su ropa y sus armas.

»Pedimos al Gran Espíritu que guie vuestros caminos para que esta unión perdure en el tiempo.

»Oh, gran abuelo, Tunkasila, tú nos devuelves a la vida, en tu ausencia la tierra era fría y los vientos asoladores. Pero ahora, al fin oímos canciones, los niños cantan y somos felices de nuevo porque con sus canciones nos iluminan el corazón.

»Es el momento de uno de tus hijos de encontrar la felicidad junto a otro. Es el momento de construir nidos. Es el tiempo para el emparejamiento. Es el tiempo para volar. Es el tiempo del águila.

»Tunkasila, no hay pájaro sin una canción. No hay criatura que no tenga una llamada. Ningún hombre sin una habilidad. Tú pusiste la canción en el pájaro, pusiste la llamada en la criatura y en el hombre, la habilidad.

»Tú eres bueno.

»Tunkasila, todas las criaturas necesitan una pareja. Nos hiciste de esa manera. Cada ala necesita su compañera. Tú lo hiciste de esa manera. Cada pluma necesita su par.

»Así es.

»En secreto llevamos una pluma cerca de nuestro corazón. Existe su par, está cerca de otro corazón.

»Un día de primavera se mantendrá tu promesa. Los dos se encontrarán y tu vida comenzará en ellos. Tu canción estará en ellos. Tu felicidad vendrá a ellos.

»Ellos te alabarán.

»*He hechetu*, eso es todo».*

---

* Adaptación del escrito para una boda sioux en Chamberlain, en mayo 1974.

La ceremonia no concluyó hasta después de la puesta de sol, bailaron y celebraron su enlace rodeados de familiares y amigos de Sean, nativos y no nativos. Sarah y Óscar danzaron alrededor del fuego completamente entregados e integrados.

Para Nicole fue espectacular ver bailar a Sean ataviado con aquel traje, moverse cual largo era, agitando con suavidad los flecos y plumas, danzando con la elegancia de un pájaro, iluminado por el fuego de las altas hogueras que habían prendido. En su cabello azabache resplandecían las llamas del fuego y en sus ojos de tormenta las de la felicidad más absoluta, tanto como debían hacerlo en los de ella.

—Vamos a aterrizar —advirtió Sean sobresaltándola, y devolviéndola a la realidad desde los recuerdos en los que los sueños la habían envuelto.

Llevaban unas cinco horas de vuelo. Nicole había permanecido en la cabina de control todo el viaje a pesar de los cómodos asientos, mesa e incluso televisión de la que disponía en el área de pasajeros. Solo la había abandonado para ir al baño y tomar un par de refrescos y patatas fritas para ambos del pequeño almacén del que disponían en la zona de la azafata de vuelo.

Al principio sintió miedo, era la primera vez que veía a Sean pilotar una aeronave, pero este se hizo con el manejo enseguida, parecía que lo hiciese a diario, y probablemente fuese así, pensó.

Pronto se relajó y se sintió segura a su lado, mientras sobrevolaban el país.

Fue después de comer y beber cuando se quedó dormida y aquellos recuerdos la asaltaron en sueños con las defensas completamente bajadas.

—Aterrizaremos en quince minutos.

—¿Puedo saber ya a dónde vamos?

—Entrégame tu teléfono.

—¿Qué? ¿Por qué?

—No voy a cotillear. Apágalo y entrégamelo. No puedes decirle a nadie dónde estamos.

—No lo haré —aseguró sacándolo del bolso—. Pero tengo que decirle a William que estoy bien.

—Tu madre le dirá que estás a salvo —dijo arrebatándoselo de las manos.

—¡Eh! Devuélvemelo.

—Nadie puede saber dónde estaremos. Nadie.

—No voy a decirle dónde estamos, solo que estoy bien.

—Nikki, no sé a qué nos enfrentamos, pero hasta que lo haga, solo hazme caso, por favor.

—¿Y si mi madre necesita ponerse en contacto conmigo? ¿Y si sucede algo con mi padre?

—Óscar tiene mi teléfono, puede llamarme en cualquier momento. Ya le he escrito para decirle que si necesitan algo contacte conmigo. No podemos arriesgarnos a que alguien sepa dónde estás.

—¿Qué estás insinuando, Sean? ¿Que no voy a poder mantener la boca cerrada? ¿Precisamente *tú* estás dudando de mí? Me pides que confíe en ti, y lo he hecho a pesar de todo, a pesar de que ni siquiera sé adónde me llevas, ¿por qué no puedes confiar tú en mí cuando te digo que no voy a llamar a nadie, que no le diré a nadie dónde estamos?

Aquellas palabras le hicieron reflexionar y Sean le devolvió el teléfono.

—Gracias.

—Prométeme que lo encenderás solo por la mañana, mirarás los mensajes y llamadas y volverás a apagarlo. Si crees que hay alguno que debas contestar, me avisarás antes y yo te diré cómo hacerlo.

—Está bien —aceptó ella—. ¿Puedo saber ya a dónde vamos?

—A mi hogar.

—¿A la reserva?

—Antes de que aterricemos, hay algo de lo que debo advertirte.

—¿Qué?

—No saben que nos hemos separado.

—¿Cómo? —preguntó estupefacta. Él no apartó la vista del horizonte—. Tú mismo me has dicho que le pediste a Pequeña Estrella que no mantuviese contacto conmigo después de que nos separásemos.

—Ella es la única que lo sabe.

—No puedo creer que hayas sido tan cobarde de no contarles que no estamos juntos. Entendería que no les hubieses dicho que me pusiste los cuernos, pero dejar que crean que seguimos siendo pareja… —proclamó arrugando la nariz, algo que indicaba que debía estar furiosa.

—No he tenido la ocasión —soltó con la mandíbula tensa como un cable de acero, con el reflejo verdoso de las luces de la cabina de mando en su rostro.

—¿En cuatro años? ¿¡En cuatro puñeteros años no has encontrado el momento!?

—No.

—¿Y no han sospechado nada? Quiero decir, habrás venido a verlos, ¿no les extrañaba que lo hicieses solo?

—Ellos saben que mi trabajo me permite muy poco tiempo libre, apenas he venido a visitarlos cinco o seis veces desde entonces. Y tú has estado muy ocupada.

—Pero, Sean, ¿por qué? ¿Por qué se lo has ocultado? Y quiero la verdad.

—Mi abuela es muy mayor y una noticia como esta la destrozaría. Además, ya sabes lo complicado que fue para mí convencerlos, sobre todo a mi padre, de que no me equivocaba al casarme contigo.

—No me lo puedo creer. Y qué pretendes, ¿eh? ¿Que finja que no ha pasado nada? ¿Que juguemos a la pareja feliz?

—No pretendo que finjas nada, Nikki, solo pretendo mantenerte a salvo y sé que este es el último lugar en el mundo en el que alguien te buscaría. Deberías quitarte ese anillo —sugirió.

Ella acarició con los dedos su flamante solitario y sin decir nada más lo deslizó fuera de su dedo y lo metió en el interior del bolso. Se mantuvo en silencio, con los brazos cruzados sobre el pecho. Estaba furiosa, sentía ganas de abofetearle, de tirarle del pelo. Ella había tenido que revelar a su familia que su matrimonio se había acabado y fue tan idiota que se sintió incapaz de decirles que él la había engañado. Solo su padre lo había descubierto, pero ella le había pedido que no se lo contara a nadie. Porque a pesar de su dolor, por encima de todo ese desgarrador sentimiento, no quería que le odiasen, no quería que le despreciasen y le maldijesen, como ella misma había hecho. Con esa intensidad le amaba.

Le había amado.

17

Sin equipaje

Sean llamó por teléfono desde su móvil, habló en dakota, pero Nicole supo que estaba preparándose para aterrizar.

—¿Dónde vamos a…?

—En la reserva.

—¿Han hecho un aeropuerto en la reserva?

—No.

—¿Entonces? ¿Cómo…? —preguntó al ver que enfilaban un largo camino forestal de tierra iluminado por bombillas doradas—. No pensarás… No pensarááááááás —gritó al sentir que comenzaban a descender.

—Tranquila. Está todo controlado

—¡No! ¡Sean, por favor! Nos vamos a matar.

—No tengas miedo.

—¿Que no…? —La presión del descenso era mucho más evidente.

—Si hay algo que tengas que decirme será mejor que lo hagas ahora o lo callarás para siempre —sentenció él con aire burlón.

—¡Déjate de broooomas! —Nicole cerró los ojos y se tapó la cara con las manos, no quería ver, no quería…

El avión recorrió una larga pista de tierra seca acotada por conos luminosos; se cimbreó más de lo habitual, pero fue un buen aterrizaje, Nicole los recordaba mucho peores en aeropuertos oficiales.

Cuando Sean al fin apagó el motor, abrió la puerta y desplegó la pequeña escalerilla, Nicole corrió al exterior, se detuvo y miró hacia la bóveda celeste. Las estrellas del cielo de Dakota del Sur brillaban en todo su esplendor regalándole una espectacular bienvenida.

Inspiró el aroma del campo, de la naturaleza, el olor a tierra y a árboles, a flores nocturnas y, en definitiva, a vida. Y de algún modo extraño esto la hizo sentirse en casa.

Miró a su alrededor, descubriendo cómo la luz de una linterna se acercaba a ellos despacio.

—¿Desde cuándo tenéis pista de aterrizaje en la reserva? —preguntó a Sean cuando este la alcanzaba.

—Es una pista de aviación forestal, la utilizan en época de incendios y el encargado de mantenerla operativa es…

—Buenas noches, hermano —dijo el joven que sostenía la linterna arrojándose a los brazos de Sean. La tenue iluminación unida al tiempo transcurrido desde la última vez que le vio hizo que a Nicole le costase reconocerle.

—¿Wambdi? —dudó. El menor de los hermanos de Sean se había hecho un hombre en los años que llevaban sin verse. Le recordaba como un adolescente menudo y desgarbado, pero se había convertido en un joven igual de alto que su hermano, fuerte aunque delgado y con los mismos rasgos exóticos, eso sí, con el cabello muy corto, casi rapado.

—Bienvenida a casa, cuñada —dijo este deslumbrándola con una amplia sonrisa antes de abrazarla también a ella.

—Bueno, deja de sobar a mi mujer y llévanos a casa —pidió Sean, temiendo que Nicole se sintiese incómoda ante la efusividad de su hermano pequeño. Sin embargo, no lo parecía, incluso juraría que le miró de reojo con una media sonrisa tras su comentario.

—Claro, *iná* está deseando veros. —Aquella palabra la hizo sonreír de nuevo, la recordaba: *iná* significaba madre, mamá.

—Pues vamos, sabes que no es bueno hacerla enfadar.

—No te preocupes por eso. Ya está enfadada contigo porque no la has avisado de vuestra visita con más antelación —reveló Wambdi con una sonrisa pícara.

Y lo estaba, Sean lo supo de inmediato nada más atravesar el umbral de su humilde hogar. Tras la chispa de felicidad de su adorada *iná* refulgió el malestar que le había provocado que, después de cuatro años sin ver a su nuera, su hijo no hubiese tenido el detalle de llamarla unos días antes para poder agasajarla como merecía. Todo eso podía leerlo en su mirada, sin necesidad de una sola palabra.

La mujer, bajita y menuda, con el largo cabello salpicado de ligeras vetas plateadas y los mismos ojos expresivos de su hijo, permanecía sentada a la mesa del comedor, tejiendo cuentas de colores en un bolso diminuto. Se incorporó de inmediato al verlos atravesar la puerta y caminó hasta ellos.

—Bienvenida, Nikki, hija mía, cuánto tiempo sin verte —dijo abrazándola. Sean bajó el rostro, acongojado, al ver cómo los ojos de ambas mujeres se humedecían—. Te hemos echado mucho de menos.

—Yo también a vosotros —susurró ella con un hilo de voz.

—¡Abuela! ¡Ven, ya están aquí! —dijo, caminando hacia su hijo para fundirse con él en un abrazo—. Eres un descastado que tiene a su pobre madre abandonada por completo, Sean Redcloud. Pero te quiero muchísimo —le regañó con una sonrisa.

—Esta vez no ha pasado tanto tiempo, *iná*. Solo seis meses.

—¿Dónde están mis nietos favoritos? —preguntó la anciana de largos cabellos plateados, pequeña en estatura, pero de inmenso corazón y lengua afilada, que se adentraba en la sala tratando de disimular la cojera provocada por el reúma y los años vividos, que habían producido estragos en su cadera.

Nicole corrió hacia ella y la abrazó, la abuela le devolvió el abrazo con los ojos fijos en Sean. Él desvió la mirada de nuevo, le dolía demasiado saber que era su culpa que personas que se tenían tal aprecio no hubiesen vuelto a verse. Talulah apretó a Nicole contra sí y esta no pudo evitar romper a llorar.

—Eh, ¿qué le pasa a nuestra Flor Roja?

—Ha sido mucho tiempo, abuela —sollozó Nicole sobre su hombro. Mucho tiempo y muchos recuerdos al atravesar el umbral de la vivienda que, unidos a las emociones que acababa de vivir, la habían hecho romperse.

—Eso es cierto, este nieto mío me va a oír.

Sean apretó los puños, le dolían las lágrimas de Nikki como puñaladas en el corazón, también las de las mujeres de su familia. No soportaba verlas llorar; sus lágrimas se colaban bajo su piel y derretían el frío acero que fingía tener en el corazón. Sintió la tentación de correr junto a Nicole y abrazarla, pero ella podría rechazar su consuelo y resultaría complicado de explicar para su familia.

—¿Dónde está el señor Redcloud?—quiso saber Nikki.

—Está en una reunión en la sede del Consejo Tribal —respondió la abuela Talulah.

—¿Tan tarde? —preguntó Sean caminando hasta ella para abrazarla. La anciana se agarró con fuerza al hombretón en que se había convertido su nieto predilecto. Y se apartó para mirarle a los ojos.

—Sabes que ser uno de los jefes es una labor que no tiene horario.

—Lo sé.

—Oh, ven aquí, hijo —pidió abrazándole de nuevo con los ojos llenos de lágrimas.

—Os he preparado la antigua habitación de Pequeña Estrella, así podréis estar cómodos, porque es más grande que tu habitación, Sean.

—Había pensado que nos quedásemos esta noche aquí y mañana partir hacia Green Rock.

—¿No pensarás meter a mi nuera en ese cuartucho destartalado que tienes en Green Rock?

—No es un cuartucho destartalado, le hice bastantes arreglos la última vez que vine y Wambdi ha estado trabajando en él estos meses, ¿verdad, hermano? —El aludido le miró con cara de «¿en serio vas a llevarla allí?».

—¡Pero si no tienes ni agua corriente!

—Adsila, tu hijo ya no es el niño que correteaba bajo tus faldas, él y su esposa sabrán lo que prefieren —rebatió la abuela con una sonrisa—. Aunque quizá mi casa sea una buena alternativa. Está cerrada desde que me vine a vivir aquí por mis achaques y le vendría bien un poco de vida. Vosotros estaréis lo suficientemente alejados para tener intimidad y, aunque todo está un poco viejo, como la dueña, dispondréis de todas las comodidades. ¿Qué os parece?

—A mí me parece bien —se apresuró a decir Nicole. Sean desconocía si por temor a tener que pasar más de una noche con él en la misma habitación.

—Perfecto. Mañana por la mañana os acompaño a limpiarla un poco.

—Ni hablar, señora Talulah, la limpiaremos nosotros.

—Tonterías, esta pobre vieja tiene la vista mal, pero aún sirve para algo.

—Mañana por la mañana vendrá Pequeña Estrella, espero que al menos la veáis antes de marcharos. Bueno, instalaos en la habitación. ¡Qué alegría teneros en casa, hijos míos! —dijo Adsila dispuesta a acompañarlos—. ¿Y vuestro equipaje?

—Yo tengo ropa en casa y Nicole se comprará alguna aquí.

—¿Habéis venido sin equipaje? —preguntó sorprendida la mujer. Sean odiaba mentir a su familia, y lo había hecho en lo referente a su exmujer porque no se sentía con fuerzas de dar semejante noticia a su abuela, pero en aquella ocasión no iba a tener más remedio. Nikki permanecía de pie, con las manos unidas ante el cuerpo y la mirada perdida en el suelo, ella tampoco se sentía cómoda con aquella mentira.

—Bueno, ellos sabrán, Adsila. Les habrá dado mucha prisa por venir a vernos —dijo Talulah rodeando a ambos por la cintura en dirección al pasillo que comunicaba con las habitaciones interiores. Sus pasos eran lentos pero decididos y sus manos firmes en sus espaldas.

—Acompáñala, abuela, yo voy a acercarme a ver a mi padre —dijo Sean regresando sobre sus pasos y dejando solas a ambas mujeres.

18

Un oso

Sean recorrió a pie los dos kilómetros que le separaban de la sede de la dirección del Consejo Tribal en Wild Horse. Cuando alcanzó el edificio de ladrillos rojizos, vio cómo su padre descendía la escalinata seguido de los oficiales de policía del distrito y sus ayudantes.

El jefe Brian Redcloud reconoció el paso decidido de su hijo en la distancia, a pesar de la limitada visibilidad proporcionada por las farolas. Era el caminar de un futuro jefe del consejo tribal, porque en sus venas también corría la sangre de Tatanka, el padre búfalo. Solo que él mismo debía aprender a aceptar hasta qué punto su destino estaba ligado aquellas tierras, a las Grandes Llanuras, como lo estuvo el de sus antepasados. Cuando lo hiciese, cuando lo aceptase, estaba convencido de que regresaría al que era su verdadero hogar y no volvería a marcharse.

Sean le abrazó con vehemencia bajo la atenta mirada de los oficiales de policía a los que tan bien conocía, sobre todo a uno de ellos, su amigo y antiguo compañero James Akona, que había regresado a la reserva y se había convertido en el oficial en jefe.

—Bienvenido a casa, hijo mío.

—Gracias, padre.

—¿Qué pasa, Redcloud? —le saludó Akona, estrechándole la mano.

—¿Qué tal, chicos?

—Bien, por aquí todo está bien, como siempre —respondió el oficial de policía—. ¿Vas a quedarte muchos días?

—Unos cuantos.

—Me acercaré por casa de tus padres a buscarte para tomarnos unas birras y ponernos al día.

—Recuerda quién eres, James, incluso cuando no estás de servicio —le amonestó el padre de Sean.

—Por supuesto, jefe Redcloud, beberemos con moderación. Hasta mañana, tío —dijo Akona guiñándole el ojo al despedirse.

—¿Has venido a buscarme andando, hijo?

—Sí.

—Sospecho que debe ser muy importante lo que te ha traído hasta aquí de modo tan imprevisto.

—Lo es. Necesito que hablemos, padre.

—Sube al coche —le pidió presionando el mando de un todoterreno negro que castañeteó en el aparcamiento. Ambos subieron al vehículo. Por más que Sean había tratado de hallar el modo adecuado para contarle la verdad sobre el motivo de su visita durante el viaje, no había hallado una forma no violenta o cómoda de hacerlo. Así que había decidido soltarlo todo a bocajarro y así lo hizo. Miró a su progenitor a los ojos, antes de que este arrancase el vehículo y liberó su espíritu de la pesada mentira que había estado oprimiéndole el pecho aquellos cuatro años, revelándole que ya no estaba casado con Nicole, el falso motivo por el cual se separaron, la causa de su regreso, el ataque al que fuese su suegro y el peligro que temían que podía correr Nikki.

El jefe del distrito de Wild Horse estaba acostumbrado a enfrentar problemas a diario, para ello recibía a cada habitante que solicitaba su atención y trataba de ayudarle con los medios de que disponía. Pero aquello que acababa de contarle su hijo le tocaba demasiado cerca y le parecía un auténtico despropósito de principio a fin.

—¿Mentiste a tu esposa diciéndole que la habías engañado con otra mujer para que te dejase? —dudó incrédulo y muy enojado—. ¿Y nos has mentido a nosotros todos estos años, haciéndonos creer que eras feliz cuando tu corazón ha ido envenenándose por el dolor y la soledad hasta convertirte en alguien a quien no reconozco?

—Lo hice para protegerla.

—¿Para protegerla? ¿O para protegerte tú de su dolor? No entiendo esta actitud tan cobarde en ti.

—No pienso que sea cobarde, padre. Romper mi matrimonio ha sido la decisión más dura y dolorosa que he tomado en mi vida, mi corazón aún sangra de dolor, más aun al tenerla tan cerca.

—Ella tiene derecho a saber la verdad. Tienes que contársela cuanto antes.

—No puedo hacerlo.

—¿Qué te lo impide?

—Sé que jamás me perdonará.

—Estaría en su derecho, hijo. Pero si ha sido capaz de mirarte a la cara después de lo que piensa que le hiciste, créeme que saber la verdad la aliviará, al menos de algún modo. Después tendrá que decidir si desea volver a confiar en alguien que le ha mentido de este modo.

—Va a casarse. No tiene sentido que reabra esas heridas, solo voy a conseguir hacerle más daño.

—¿Con quién? ¿Le conoces?

—Sí, con William Levine. El hijo del antiguo socio de su padre.

—Le recuerdo de vuestra boda. Tiene cara de chacal. Parece un ser traicionero y malicioso —sentenció. Su padre tenía, o creía tener, la habilidad de ver en el interior de las personas con una sola mirada. Y las juzgaba y calificaba como el animal que se adecuase a lo que había percibido.

—Pues será su nuevo marido, en primavera.

—Entonces, con más motivo tendrás que contarle la verdad, para que decida qué hacer.

—No puedo.

—¿Es que no la quieres?

—Claro que la quiero, con todo mi corazón.

—Óyeme, hijo. Sabes que no estuve a favor de ese matrimonio, que te puse todas las dificultades de las que fui capaz.

—Lo recuerdo, por supuesto.

—Pues lo hice porque quería asegurarme de que tu decisión no se debía a un mero capricho. Tú, Nicole, ambos me convencisteis con vuestros hechos, no solo con vuestras palabras, de que erais el uno para el otro y superasteis mis reticencias. Y ahora, hoy, me has demostrado que no me equivocaba. Te has comportado como un idiota al alejarla de ti, y sin embargo, en cuanto has sabido que estaba en peligro, has acudido junto a ella y no has dudado en protegerla. Podías haber dejado que la policía se ocupase de su seguridad, pero no, has querido hacerlo tú. Y las has traído aquí, a tu casa, a tu hogar, donde te sientes más seguro. ¿No te das cuenta? Tu boca dice una cosa, pero tu corazón otra. —Sean reflexionó sobre sus palabras. Tenía razón, demasiada—. Debes tomar una decisión, hijo, siendo consciente de que, si ella es tu águila, no habrá nada ni nadie capaz de ocupar su lugar en tu corazón, ni el tuyo en el suyo. Será un vacío que ambos cargaréis hasta el fin de vuestros días. ¿Merece la pena ese dolor, el de la ausencia de tu pareja de vida?

Aquellas palabras penetraron muy hondo en Sean, como gotas de lluvia helada calándole más allá de la piel, colándose entre las barreras con las que pretendía protegerse. El dolor que sentía al imaginarla en brazos de su prometido, el que le atenazaba al saber que estaba en peligro; saber que no volvería a besarla, que no volvería a reflejarse en su mirada cuando todo aquello acabase, le martirizaba, por más que tratase de negárselo a sí mismo.

—Por el momento fingiré que no sé por qué estáis aquí ni lo que me has contado sobre vosotros para que Nikki no se sienta incómoda. Aquí estáis seguros, sabes que por esta zona de la reserva no abundan los extraños y, en el momento en que aparezca alguno, los oficiales se pondrán de inmediato en contacto conmigo. Y ahora, dime, ¿qué crees que sucede en realidad con ese medicamento?

—No lo sé. Solo sé que alguien ha intentado matar a Jefferson Howard, no sé si para paralizar la producción. Y luego, por otra parte, está el técnico que experimentó con su propio cuerpo y enfermó.

—¿Crees que él puede haber contratado un sicario?

—Desde luego no es el tipo del video y, si no tiene dinero para pagarse una biopsia, menos aún para contratar sicarios. Parece un pobre diablo con un problema demasiado grande.

—¿Y el padre de Nikki sabía lo de ese hombre?

—Él dice que sí. Pero no creo que el señor Howard fuese capaz de echarle al saber que estaba enfermo. Él habría tratado de ayudarle.

—Ese hombre, el padre de Nikki, es un lobo, Sean. Es inteligente, cuida de los suyos, pero sabe muy bien dónde posa sus pies. Lo controla todo. No puedes fiarte de él.

—No lo sé, padre… ¿Y yo? Nunca me has dicho qué animal soy para ti.

—¿Nunca? Pues tengo muy claro, desde el día en que naciste, que eres un oso. Grande, fuerte, con la cabeza dura como una roca y el corazón caliente como el sol. —Sean echó a reír—. ¿De qué te ríes? ¿No me crees?

—Me río porque así me llaman mis compañeros, Gran Oso.

—¿Ves? No solo hay personas tocadas con el don de ver dentro de otros entre los *sioux* —sentenció el jefe Redcloud con una gran sonrisa, arrancando el vehículo que los conduciría hasta su hogar.

19

No pude odiarte

Nicole dejó el bolso sobre la cama de matrimonio y tomó asiento en ella, dejándose caer hacia un lateral. Estaba rendida, y a la vez se sentía en casa. Adoraba aquel lugar. Como si la reserva, la zona de Las Grandes Llanuras, fuese su verdadero hogar. Lo había añorado durante los años en que no había pisado aquella tierra fértil y casi virgen en la que sus gentes eran felices y vivían en paz con la naturaleza.

Estaba agotada, necesitaba dormir, descansar y procesar aquel día tan largo y terrible.

Tenía la imagen de aquel pobre desgraciado, Keylor Rodríguez, grabada a fuego en la mente. ¿Sería cierto? ¿Podía ser cierto que su padre le echara para impedir que comprobase si las lesiones que estaban destrozándole por dentro se debían al tratamiento que acababan de probar en otras cien personas hacía menos de tres meses?

Su padre jamás haría algo así.

Como jamás habría engañado a su madre y, sin embargo, lo había hecho. ¿Le conocía? ¿Acaso le conocía tanto como creía hacerlo?

La abuela Talulah, que la había acompañado hasta la puerta y después se había marchado, regresó con un pijama verde entre las manos, que a todas vistas debía pertenecer a Wambdi. Nikki se enderezó en la cama.

—Creo que te servirá —dijo extendiéndolo sobre el lecho—. Qué alegría nos habéis dado con vuestra visita.

—Gracias. A mí también me hace muy feliz verlos otra vez después de tanto tiempo.

—Pero a mí no me engañáis. Yo sé que habéis venido por un motivo.

—¿Ah, sí?

—He tenido una *revelación* esta misma tarde. Antes de saber que vendríais. Así llamaba Talulah a sus *visiones*.

—¿Sí? ¿Y de qué se trataba? —preguntó Nicole cargada de curiosidad.

—Va a pasar algo importante en primavera, lo sé.

—¿¡Qué!? —preguntó Nicole estupefacta. Sean ya le había hablado de sus sospechas de que en la mayoría de los casos no eran más que una mera invención para obtener información del *supuesto* protagonista de esas *revelaciones*, pero ¿acaso había presentido algo sobre su matrimonio con William? Estaba desconcertada, la abuela parecía contenta.

—Ya lo verás, es algo… muy esperado. Lo presiento.

—Ya —susurró Nicole. «Muy esperado», pensó inexplicablemente triste. No había vuelto a pensar en su prometido desde que había hablado con él esa mañana.

—Un momento… ¿Hay algún problema?

—¿Problema? —comenzó a aterrarse, ¿podría Talulah leer sus pensamientos?

—Quiero decir, no puedo explicar por qué, pero percibo que tenéis problemas… con *eso* —dijo dirigiendo una rápida mirada a sus partes íntimas.

—¡No, no! No hay ningún problema *con eso*. Está todo bien, puede quedarse tranquila. —Sean tenía razón, seguro que Talulah solo estaba intentando sonsacarle algún tipo de información.

—Ah, me alegro. Porque una de las obligaciones de los maridos es tener satisfechas a sus mujeres; el guerrero que gasta demasiada energía en la guerra y poca en el dormitorio es como un árbol sin hojas —dijo con una amplia sonrisa que le henchía las mejillas—. Si Sean se parece a su abuelo, debe ser como un bisonte. Mi pobre Joe era un animal salvaje —rio entre dientes mientras Nicole enrojecía hasta la raíz del pelo.

—Abuela Talulah, ayúdame a poner la mesa —la llamó Adsila desde el pasillo. La mujer se incorporó con cuidado y caminó hasta la puerta.

—Yo sé lo que he visto y no me equivoco —sentenció con una sonrisa pícara antes de marcharse de la habitación.

Nicole se echó en la cama y, al pensar en las palabras de la abuela, comenzó a llorar desconsolada sin poder evitarlo. ¿Qué podía haber creído ver?

Tenía que descansar, estaba empezando a tener dudas, demasiadas dudas.

Iba a casarse en primavera con un hombre que la había amado siempre y, sin embargo, se sentía más sola que nunca. Y estar en la reserva... era como acariciar con la yema de los dedos la vida que había deseado tener, pero que sin embargo había resultado inalcanzable.

Encendió el teléfono y comprobó que Óscar, haciendo caso omiso a Sean, le había enviado un mensaje en el que le decía que todos estaban bien. Su hermano no solía acatar órdenes, en eso se parecían mucho. Al contrario de su madre, estaba segura de que ella no la llamaría hasta que Sean le diera permiso para hacerlo... Según el mensaje de su hermano la policía vigilaba la habitación del hospital en la que descansaba entonces su padre, al que habían dado el alta de cuidados intensivos. Les habían puesto agentes para protegerles también a ellos y varios inspectores habían regresado a la empresa para realizar un nuevo reconocimiento en busca de pruebas.

Saberlo la ayudó a calmarse. Sean cumplía su palabra, casi siempre.

Permaneció tumbada, calmándose. Secó las lágrimas de sus ojos y se concentró en el ruido proveniente del salón donde Adsila y Talulah hablaban por encima del rumor de la televisión, que debía estar viendo Wambdi. Se distrajo contemplando las fotografías que había sobre el escritorio de la habitación, desde su posición recostada de lado en la cama.

Wambdi con apenas cinco o seis años en brazos de su hermano mayor. Sean encabezando una fila de sus hermanos y hermana situados de mayor a menor altura junto a sus padres en el patio de aquella casa. La abuela Talulah con Pequeña Estrella de la mano cuando era una niña y celebraban su décimo cumpleaños ante un jugoso pastel. Cliff, el hermano que seguía a Sean, al que apenas conocía, posando junto a este ataviados con la vestimenta tradicional *sioux* y con sus sonrisas melladas.

Los Redcloud eran una familia muy unida.

—La cena está servida —dijo Sean desde el umbral de la puerta, sacándola de su ensimismamiento.

—Gracias. Voy enseguida.

—¿Estás bien?

—Sí.

—No, no estás bien —dijo dando un paso hacia ella. Al parecer el tono de su voz había resultado demasiado esclarecedor. Nikki se sentó en la cama y se atusó el cabello con los dedos, tratando de fingir normalidad.

—Estoy bien, de verdad.

—Has llorado, así que no me digas que estás bien.

—Claro que he llorado. No soy de piedra.

—Si te preocupa tu padre, mi contacto con la policía me ha dicho que…

—Mi hermano me ha enviado un mensaje. Sé que está bien, que le han pasado a una habitación. Y no, no le he contestado. Solo lo he leído y he apagado el teléfono —añadió antes de que se lo reprochase.

—¿Él… tu prometido te ha llamado?

—No. No me ha llamado, me imagino que habrá estado muy ocupado —dijo poniéndose en pie.

—Entonces sabes que ya no tienes que preocuparte de nada hasta que la investigación comience a dar resultados.

—Y pueda al fin volver a mi casa, a mi vida.

—Por el momento tendrás que conformarte con pasar unos días con el idiota de tu exmarido en este rincón perdido del mundo.

—Lo de idiota lo has dicho tú, no yo. Y sabes que siempre me encantó este rincón perdido del mundo.

Cenaron en torno a la mesa repleta de deliciosos manjares: crepes de salmón Chinook, pan de maíz, ensalada de espinacas tiernas, mazorcas de maíz con mantequilla y el que había sido su favorito, estofado de búfalo con bayas de enebro.

Hacía meses que Nikki no compartía el momento de la comida con otra persona que no fuese William, y solían almorzar y cenar fuera con asiduidad porque a Will no le gustaba que «perdiesen el tiempo» cocinando.

Ella sabía que a él no le gustaba hacerlo, pero intuía que era su manera de decirle que ella no sabía cocinar y que sus recetas sabían a rayos, aunque tampoco había tenido la oportunidad de aprender. Estaba convencida de que, si se esforzaba, podría ser una buena cocinera.

«Nicole, eres una alta ejecutiva, una mujer poderosa que pisa firme en un mundo de hombres, ¿tan importante es para ti aprender labores de *chacha*?». Esas fueron sus palabras exactas cuando se lo sugirió. Y ella pensó que tenía razón, no en los términos, pues su abuela materna siempre cocinó para toda su familia y lo consideraba como un don especial que él no tenía derecho a menospreciar, sino en el sentido de sus palabras. Ella no tenía por qué cocinar y William prefería cenar fuera cada noche en un restaurante distinto.

Y sin embargo allí, compartiendo estofado de búfalo y pan de maíz con relleno de verduras, volvió a sentir que cocinar para los tuyos era mucho más que preparar comida.

La receta del pan de maíz de Adsila era conocida en toda la reserva y su paladar dio buena cuenta de ello, reviviendo los recuerdos de la última vez que lo probó. Había sido el verano anterior a su ruptura, habían pasado una semana de vacaciones en casa de la familia Redcloud y la noche antes de volver a casa su suegra preparó esa receta, porque era la comida preferida por su hijo.

Nikki intentó reproducirla en casa, se llevó todo anotado paso por paso y… a punto estuvo de quemar el pequeño apartamento en el que vivían. Había dejado el pan en el horno antes de que su madre la llamase por teléfono y olvidó apagarlo después. Él la sacó del apartamento al hombro al más puro estilo Tarzán mientras evacuaba la humareda. Sonrió al recordar aquello y se topó con los ojos curiosos de Sean frente a ella en la mesa.

Volvió entonces a prestar atención a Wambdi que amenizaba la velada con sus historias del día, contando cómo había ayudado a herrar el nuevo y espectacular caballo de Charlie Knox, un semental de demasiado carácter incluso para su dueño, que era un gran jinete.

—Ese debe ser de los que te gustaba domar a ti, Sean —apuntó el jefe Redcloud.

—Podrías echarle una mano a Charlie, hermano.

—¿Sean, domando caballos? —dudó Nikki.

—¿Nunca te ha contado que ganó un premio estatal? —preguntó Wambdi con los ojos muy abiertos, sin camuflar sus ganas de relatar aquella historia.

—Dejemos atrás las viejas historias —protestó el mencionado.

—Mi hermano fue campeón en el rodeo estatal que se celebró en Rapid City en el 2003. ¿En serio no te lo ha contado nunca?

—Pero si a ti no te gustan los rodeos —apuntó Nicole mirando confusa a Sean. Wambdi se levantó de la mesa y buscó una fotografía en un álbum que había en uno de los muebles del comedor y regresó junto a ella, para mostrársela.

—No, no me gustan los rodeos —sentenció Sean desganado, sin levantar la mirada del plato. Nicole miró la fotografía, en esta aparecía un jovencísimo Sean con su sombrero de *cowboy* sosteniendo un grandioso cheque de veinte mil dólares entre sus manos. Aquel Sean posadolescente vestido con vaqueros y camisa de cuadros estaba arrebatadoramente sexy. Casi tanto como el actual.

—¿Y entonces, por qué participaste?

—Porque necesitaba el dinero.

—Ese año perdimos todos los cultivos por un fuerte granizo —explicó el jefe Redcloud—. Todos los agricultores de la reserva se vieron afectados, pero nuestra parcela fue la más dañada. Gracias a Sean pudimos comprar nuevo grano y salir adelante.

—Y entonces, ¿por qué estás tan serio en la foto?

—Tenía dos costillas rotas —aclaró la abuela Talulah con los ojos brillantes por las lágrimas contenidas—. No se quejó hasta acabar el rodeo. Tardó meses en volver a montar a caballo.

—Mi hermano es el mejor jinete de todo el estado —sentenció Wambdi orgulloso regresando a su asiento y a su estofado.

Nicole tragó la pena revestida de orgullo que le producía saber que había arriesgado su vida siendo solo un muchacho por ayudar a su familia. No le sorprendía un acto como aquel del hombre que conoció; el Sean del que se enamoró era así, entregado, desinteresado, íntegro. Y sin embargo, ¿cómo pudo…?

—Dormiré en el suelo —advirtió tras cerrar la puerta de la humilde habitación de cuyo techo, sobre la cama de matrimonio, colgaba un bello atrapasueños artesanal. Un armario empotrado, que ocupaba la pared perpendicular a la ventana, y una mesita de noche conformaban todo el mobiliario.

—No es necesario, de veras, a estas alturas.

—No creo que a tu prometido le agrade saber que…

—Chsss. Por favor, estoy tratando de adaptarme a la situación. Yo dormiré bajo las mantas y tú encima, cubriéndote con otras, claro, no quiero que te resfríes.

—Está bien —aceptó sacándose la camiseta por la cabeza, desplegando su impresionante corpulencia ante ella. Retiró la goma que tenía en el largo cabello y lo liberó de su atadura—. Voy a darme una ducha.

—Yo lo haré por la mañana. Ahora mismo solo puedo pensar en dormir. —Sean abandonó la habitación y ella aprovechó para desnudarse deprisa, ponerse el pijama prestado y meterse en la cama.

Minutos después, le oyó regresar a la habitación. Ella permanecía girada hacia la pared, fingiendo haberse quedado dormida. La habitación estaba envuelta en penumbras. Percibió su peso al hundir la cama y moverse a su espalda. Le sintió acercarse, decidido, más y más hasta que casi la tocaba, por encima de las mantas. El corazón le latía muy rápido, tanto que le retumbaba en sus oídos.

Fue entonces cuando intuyó el roce de un largo cabello en su hombro y su cuello. Sean se reclinaba sobre ella, quizá para comprobar si dormía.

Iba a sufrir un ataque cardiaco. Le sintió aproximarse más hacia su rostro y cerró los ojos con fuerza. ¿Qué pretendía? ¿Es que iba a besarla?

—¿Estás dormida? —La voz de la abuela Talulah la hizo reaccionar de golpe. Revolviéndose en la cama buscó el interruptor en la pared y lo prendió. La señora estaba arrodillada a su lado, mirándola con los ojos muy abiertos y una sonrisa dulce—. Sabía que tendrías dificultades para dormir. Es otra cama, tantas prisas… ¿A que sí?

—Eh… Sí, claro —dijo aún sin reaccionar.

—Te he traído una tisana relajante que he aderezado con miel. Es una delicia.

—Gracias… Se lo agradezco, pero no necesito relajarme —masculló al tiempo que Sean entraba en la habitación ataviado únicamente por un corto pantalón de pijama, con el largo cabello húmedo adherido al torso y abdomen—. O a lo mejor sí que la necesito. Muchas gracias, abuela.

—¿Te sientes mal? —preguntó Sean al ver cómo bajaba de la cama y aceptaba la infusión que su abuela le había dejado sobre la mesita de noche.

—Es solo una tisana para el estómago.

—Creí que había dicho para descansar.

—Eso he dicho —dijo la abuela con una sonrisa, bajando de la cama. Se despidió desde la puerta con una sonrisa—: Que tengáis una buena noche.

La mujer cerró tras de sí y ambos se miraron en silencio.

—Mi abuela te aprecia mucho.

—Casi me mata de un infarto cuando ha entrado a oscuras en la habitación.

—Algo se trae entre manos, lo he visto en sus ojos.

—Antes me ha dicho que ha tenido una revelación.

—¿Una revelación? Ya sabes qué pienso de las *revelaciones* de mi abuela.

—Lo sé, pero me ha dicho que «ha visto» que va a pasar *algo* en primavera. Sean… tienes que contarle la verdad. —Se quedaron mirándose en silencio. Ambos sabían qué era lo que tenía que ocurrir en primavera.

—Lo haré, Nikki, cuando te hayas marchado. Debo encontrar el momento y prepararla para una noticia que sé que le hará mucho daño.

—No quiero que sufra, es una mujer maravillosa.

—Lo es.

—Todos, todos los miembros de tu familia lo son.

—Todos excepto yo —sentenció.

Ella apartó la mirada y se tumbó en la cama. Él apagó la luz y se acostó, muy cerca aunque sin tocarla.

—Nunca pensé que fueses una mala persona. A pesar de lo que me hiciste, no pude odiarte, por mucho que lo intenté.

20
Tu serpiente

Se levantó al amanecer. Su reloj biológico no parecía entender de vacaciones, a pesar de que tenerla tan cerca, oírla respirar y percibir el calor de su cuerpo a través de la sábana, unido a las vueltas que daba en su mente a todo lo sucedido, se hubiese convertido en un cóctel de insomnio.

Las palabras de su padre la noche anterior, cuando le dijo, le exhortó, que le contase la verdad, habían provocado que en su interior se librase una auténtica batalla sobre lo que debía o no hacer.

Se sentó en el salón, encendió el ordenador y se conectó a su cuenta de correo desde el portal encriptado de la Marina. No había recibido ningún correo del tipo del parquin, era muy pronto. Pero sí tenía uno de su amigo Sandy.

«De: Roger Stanton.
Para: Gran Oso.
Asunto: Me gusta Hawái.

He analizado los *e-mails* de JH (Jeff Howard). He logrado acceder a la nube de almacenamiento y he descubierto que tenía otra cuenta de correo no oficial. Estaba conectada con esta mediante el *mail* de recuperación, gracias a esto la he descubierto. Me metí en esta cuenta y he estado revisando sus correos no oficiales.

Y el resultado es que me debes una semana de vacaciones, colega, por ejemplo en Hawái.

Este tipo recibía *e-mails* de una cuenta perteneciente al servidor de una gran multinacional farmacéutica, una tal Labocon».

Sean no tenía ni idea de lo que significaba eso, pero parecía lo suficientemente complejo como para ocultar algo importante.

«Por desgracia, por el momento me ha sido imposible leerlos. Solo he podido acceder a los asuntos, que te adjunto a continuación.

– Re: Nuevo plazo.
– Inicio segunda fase.
– Valoración EEH.
– Resultado en primates.
– Inicio estudio en humanos.
– Re: K. R».

Aquel acrónimo K. R. bien podía significar Keylor Rodríguez.

«- Hablar.
- Re: Problema.
- Envía los números.

Ahora mismo la información que te he dado te parece que no vale una mierda, ¿verdad, colega? Bueno, te aportaré un dato más que quizá sí que te sirva de algo: la mayoría de estos *mails* de Labocon fueron enviados con copia oculta a WL@farmacare.com. Es el *e-mail* del heredero de la empresa Farmacare, un tipo ricachón que al parecer es adicto al dinero y al lujo. Un auténtico gilipollas, seguro».

Aquel nombre encendió una bombilla en su cabeza. Farmacare. Le sonaba de algo. De algo antiguo y poco agradable.

Tecleó en un buscador de internet y sintió como si el corazón fuese a salírsele del pecho al comprobar que no se equivocaba. Farmacare era la empresa de Roger Levine, el antiguo socio de Jefferson Howard, el padre de William Levine. WL.

«Un auténtico gilipollas, seguro», aquí tampoco había fallado Sandy.

Así que Labocon tenía al día al futuro yerno de Jeff Howard de los asuntos que trataba con este sin que lo supiese. ¿Por qué?

¿Cuál podía ser la razón?

«En cuanto tenga algo más te cuento. Voy a tratar de meterme en el correo del tal WL a ver qué me encuentro. Si se te ocurre algo más, soy todo oídos.

Saludos, hermano».

Apagó el ordenador y comenzó a dar vueltas en el salón como un animal enjaulado. Fue a la cocina y preparó café en la vieja cafetera exprés.

William Levine y Labocon debían tener algún tipo de negocio o acuerdo entre ellos. No cabía otra explicación para que una multinacional farmacéutica como aquella le informase de lo que trataba con Howard.

Una idea rondó su mente, volvió al ordenador y lo encendió.

La sede de Labocon estaba en París. William estaba en Europa, pero no sabía el país. Debía preguntarle a Nicole antes de decirle lo que acababa de averiguar. Pero, en realidad, no había descubierto nada determinante con lo que pudiese acusarle de… ¿de qué? ¿Espionaje farmacéutico?

Envió un *mail* a Sandy. Necesitaba que este accediese a las cuentas corrientes de Farmacare o a las del propio William para averiguar si este recibía algún tipo de ingreso de Labocon y así poder demostrar que mantenían negociaciones. Aunque ni siquiera sabía si todo aquello podía estar relacionado con el ataque a Jefferson Howard.

—Te habías dejado el café puesto —dijo la abuela Talulah entrando en el salón con una bandeja con dos tazas. Sean acudió en su ayuda, dejó la bandeja sobre la mesa y tomaron asiento uno frente al otro.

—Voy a por el azucarero.

—Ya tienen azúcar. Dos cucharadas, como te gusta —afirmó Talulah, observándole con interés mientras le daba un sorbo a su café.

—¿Qué sucede?

—Dímelo tú.

—¿Yo?

—Sí, algo te preocupa.

—¿A mí?

—¿A mí? —le imitó—. No, a ti no, al gruñón de mi vecino.

Sean sonrió, su abuela y el señor Piccans nunca se habían llevado demasiado bien. Piccans odiaba a los perros y se había pasado la infancia de Sean y sus hermanos acusándolos de llevar a su viejo mastín *Loco* a defecar a su jardín; y su abuela negándolo, claro. Ahora, ni ellos eran pequeños ni tenían animal, pero las miradas de aquel «viejo gruñón», como le llamaba ella, continuaban siendo las mismas.

—No me pasa nada, abuela.

—Tenéis un problema. Uno muy grave. Nikki no ha querido confirmármelo, pero miente tan mal como tú.

—Te equivocas, Nikki y yo no tenemos ningún problema.

—Sé cuál es tu problema.

—¿Ah sí? —dudó, fingiendo no dar importancia a las sospechas de aquella mujer que tan bien le conocía.

—Y quiero que sepas que no sois los únicos que habéis pasado por esa situación, es más común de lo que crees. Hay muchas parejas que han pasado por lo mismo. —¿Podía ser cierto que con solo mirarle a los ojos hubiese descubierto que se habían separado? Sean no daba crédito—. Cariño, sabes que siempre te he dicho que puedes contarme cualquier cosa, que siempre tendrás el apoyo de esta anciana y de tu familia. No tienes por qué avergonzarte.

—¿De qué no tendría que avergonzarme exactamente? —preguntó confundido dando un nuevo sorbo de su bebida humeante.

—De que tu… Vamos, nieto, que somos adultos. —La mujer miró hacia abajo y a la derecha, señal para los ojos expertos de Sean de que estaba analizando las posibles consecuencias de sus palabras, o cómo decir aquello sin molestarle—. De que a tu *serpiente* no le suena el *cascabel.*

Sean se atragantó y espurreó todo el café que tenía en la boca, pero tuvo los reflejos suficientes para hacerlo hacia a un lado y evitar salpicar por completo a su interlocutora. Comenzó a toser y la mujer se levantó y le dio pequeños golpecitos en la espalda como cuando era pequeño.

—No tienes que avergonzarte, hay unas infusiones que ayudarán a que tu *serpiente* se ponga en forma de nuevo. Estoy segura de que no está muerta, solo dormida —insistió mientras este tosía tratando de coger aire.

—Mi *serpiente* está perfectamente, abuela —dijo con un hilo de voz cuando fue capaz, con ella a su lado, muy cerca, buscando en sus ojos si le mentía. Le resultaba de extrema violencia hablar de aquello con la mujer que le había cambiado los pañales cuando era niño.

—Cuando eras pequeño tu abuelo me dijo que quizá cuando fueses un hombre podría pasarte algo así, porque al estar tan bien dotado…

—¿El abuelo y tú hablabais sobre mi… sobre mi…?

—¿Sobre tu *serpiente*? Sí. ¿Qué hay de malo? Has heredado ese rasgo familiar, tu padre también…

—Abuela, por favor —pidió poniéndose en pie tratando de acabar la conversación—. No quiero saber cómo mi padre… No, sencillamente no quiero saberlo. Desconozco qué te has imaginado, pero para tu tranquilidad te diré que estoy muy satisfecho con mi vida íntima.

—¡Entonces sí que no lo entiendo! ¿Por qué no me habéis dado ya un biznieto? Me voy a morir un día de estos sin conocerlo.

Sean se echó a reír. Así que esa era su gran preocupación. Y la única posibilidad de justificarlo a sus ojos era que él sufriese de impotencia. Lo que daban de sí las largas tardes de sol en las Grandes Llanuras podría hacer la competencia a los mismísimos filósofos griegos.

Su teléfono móvil castañeteó ante la llegada de un mensaje. Lo cogió del aparador y lo leyó.

Sandy: «Acabo de leer tu *mail*. Calculo que tardaré al menos un par de días en acceder a todas las cuentas del tipo ese».

Sean: «En cuanto lo hagas, avísame».

Sandy: «Tranquilo, Gran Oso. Si hay algo extraño, ten por seguro que lo encontraré».

Sean: «De eso estoy seguro. Gracias, tío. Te debo una».

Sandy: «Que sean dos. Aunque estas cosas me ayudan a estar en forma ;)».

—Bueno… Entonces, ¿seguro que no necesitas de mis remedios? —insistió Talulah, que no entendía cómo podía prestar tanta atención a aquel aparato.

—Seguro, abuela. Te lo agradezco, pero todo está bien. —Se acercó a ella y la besó en el pelo—. Voy a salir un momento a llamar por teléfono.

—Yo voy a sentarme un poco a ver si termino una tiara de cuentas que estoy haciendo para la niña de Pequeña Estrella.

—Tengo muchas ganas de verla.

—Es una preciosidad, está tremenda. Al menos tu hermana sí que me ha hecho *bisabuela* —protestó, de nuevo al ataque—. Porque el resto, no parece que tengáis prisa. A ver si Cliff me da una sorpresa ya que tú no te decides.

—Mientras no sea el pequeño Wambdi, bienvenida sea.

—Wambdi prefiere saltar de flor en flor, creo que no le queda una chica de Wild Horse por conquistar. Se parece a ti antes de conocer a Nikki.

—Tú lo has dicho, abuela, antes de conocerla.

Sonrió para sí. Después de conocer a Nicole, sus ojos no habían vuelto a ponerse con el mismo interés sobre otra mujer. Sin embargo, había aprendido a vivir apartando ese amor de su pensamiento.

Ahora se daba cuenta de que no había servido para nada, seguía ahí, enquistado, punzante, tan vivo como el primer día.

Salió al patio delantero para informar a su amigo Parker de las novedades. Gracias al hermano de este, Christian, agente de la CIA, había logrado protección policial sin preguntas para los Howard. Nunca podría pagárselo lo suficiente. Ahora necesitaba contarle lo que Sandy había descubierto, para que la investigación avanzase un paso más.

Después de hablar con Parkur, se sentó en el balancín de madera del porche. La imagen que se desplegaba ante sí era la de la tranquilidad más absoluta. Las viviendas de sus vecinos permanecían inalterables al paso del tiempo, como si el reloj se hubiese detenido muchos años atrás y se negase a emprender su rumbo de nuevo.

De pronto alguien salió de la vivienda del viejo Samuel Blue Bird. La reconoció enseguida, era Luz del Alba Blue Bird, la hija menor de Samuel. Ella fue en su dirección al verle. Sean salió a su encuentro, alcanzándola en el patio delantero.

—Pero mira a quién tenemos aquí. ¡Sean Redcloud! Cuánto tiempo.

—Me alegra mucho verte, Luz —dijo abrazándola. Hacía más de diez años que no la veía, desde que él entró en la Marina y ella se marchó de la reserva para estudiar Medicina. Luz Blue Bird tenía su misma edad, fue su primera novia, un amor adolescente que parecía muy lejano.

—¿Cómo estás?

—Muy bien. ¿Y tú?

—Genial, he venido a pasar unos días por aquí. Mi padre quiere que le acompañe al Pow Wow del próximo sábado. Piensa que será el último y quiere tenerme a su lado —dijo encogiendo los hombros y apretando los labios como si contuviese sus palabras.

—¿Y por qué piensa eso?

—Tiene cáncer, Sean. Con metástasis en distintos órganos y… en fin, sé que no le queda demasiado tiempo.

—Lo siento.

—Tranquilo. ¿Y tú? ¿También has venido al Pow Wow?

—No. He venido a pasar unos días de descanso con mi mujer para ver a la familia.

—Tu mujer. Es cierto, te casaste.

—Sí, lo hice aquí en la reserva. Tus padres y tus hermanos me acompañaron.

—Es verdad. Yo no pude, ya sabes, la universidad, el trabajo.

—Lo imaginé. También te casaste, ¿verdad? Creo que mi madre me lo dijo.

—Sí. Me casé y me separé.

—Vaya, lo siento.

—¿Tienes hijos?

—No. ¿Y tú?

—Tampoco.

—Aún.

—Claro. Aún. Bueno… Iba a ver a tu hermano Wambdi. ¿Está en casa?

—No. Debió salir temprano.

—Vaya.

—¿Necesitas algo?

—Iba a pedirle que me ayudase a subir el viejo frigorífico del sótano.

—Yo te ayudo, mujer, así saludo a tus padres.

—Muchísimas gracias, Sean. Yo sola no puedo. Vamos…

Ambos acudieron al interior de la pequeña casa familiar, que Sean conocía a la perfección, pues se había criado recorriendo cada rincón con los dos hermanos de Luz, sus amigos de la infancia.

21

La leyenda del atrapasueños

Nicole despertó con la luz de los rayos del sol que se colaban por las cortinas de diminutas flores amarillas. Miró a su alrededor, estaba sola. Tomó su teléfono móvil, lo encendió y vio que había recibido un nuevo mensaje de su hermano.

Óscar: «Papá está mejor. Aún no habla apenas, pero está mucho más tranquilo. La policía está por todas partes, pero no nos informan de nada. Ya sé que no puedes decirnos nada, pero espero que tú también estés bien».

Nicole: «Estoy bien».

Contestó y se arrepintió en el acto. Había acordado con Sean consultarle antes de hacerlo. Pero Sean no estaba y no creía que fuese nada malo. Saber que su padre estaba mucho mejor la hizo respirar tranquila. No había mensajes de William, debía estar muy ocupado o quizá su madre se había puesto en contacto con él y le había dicho que ella estaba ilocalizable, seguro que era eso.

Se levantó y fue al baño, de regreso se topó con la abuela Talulah que llevaba algo en las manos, una prenda de un tejido celeste estampado de diminutas hojas verdes.

—Toma, estoy segura de que este antiguo vestido de Pequeña Estrella es de tu talla.

—Gracias, abuela.

—Y algo de ropa interior —apuntó guiñándole un ojo con una sonrisa que Nikki le devolvió, acababa de hacerla muy feliz, ansiaba darse una ducha y cambiarse.

Cuando salió del baño acudió al salón, estaba vacío. La casa permanecía en completo silencio, tan solo interrumpido por el canto de los pájaros del exterior. Fue a la cocina desde dónde le llegaba algún ruido. Allí estaba la abuela preparando el desayuno.

—He hecho tortitas de maíz y café.

—Gracias, abuela, no tengo demasiada hambre.

—Tienes que comer, estás muy delgada.

—Me tomaré una tortita, aún recuerdo lo ricas que están. Pero no me apetece café, me pone muy nerviosa.

—Las mujeres tienen que alimentarse bien. Tienen que estar fuertes para soportar a los pesados de sus maridos —bromeó haciéndola sonreír.

—¿Dónde están todos?

—Mi hijo, en la oficina. Wambdi, solo él sabrá, y Adsila en una reunión de la asociación cultural, ella es la presidenta y están muy ocupados con la organización del Pow Wow de este año —dijo sirviéndole un vaso de la misma infusión de la noche anterior y colocando ante ella un plato con dos tortillas humeantes sobre la mesa de la cocina.

—Gracias. La infusión de anoche estaba deliciosa.

—Tómatela, te hará mucho bien.

—Perdone mi ignorancia, abuela, pero el Pow Wow es una especie de festival de baile, ¿no?

—Es mucho más que eso, pequeña. Ese es un modo muy frívolo de llamarla.

—Lo siento.

—Tranquila, cariño. Es lógico, ese bruto de mi nieto te ha traído tan pocas veces que me extraña que aún recuerdes algo de aquí. El Pow Wow es una celebración en la que los nativos nos reunimos para cantar, bailar, socializar y honrar nuestra cultura. Es cierto que hay una competición de danza, con grandes premios en efectivo, pero va más allá. Es una celebración en la que honramos nuestras raíces y al Gran Espíritu.

—Recuerdo que el verano siguiente a nuestra boda asistimos a uno.

—Yo también lo recuerdo. Qué lástima que mi nieto no se anime a participar, es un gran bailarín.

—¿Sean? ¿En serio? Me estoy enterando de más cosas en dos días que… que en diez años.

—Era uno de los mejores cuando niño —dijo orgullosa Talulah dando un sorbo a su taza de café y tomando asiento frente a Nicole en la mesa—. Pero cuando se convirtió en marine dejó de hacerlo. La Marina le ha cambiado, mucho.

—¿En qué sentido? Yo ya le conocí como marine.

—Él no me cuenta nada, en absoluto, de lo que vive en sus misiones, pero no necesito que lo haga, puedo leer en sus ojos que ha visto cosas horribles, ha sufrido mucho —sus palabras la entristecieron. Ella no quería que sufriese, a pesar de todo le gustaría que Sean fuese feliz.— Bueno, hablemos de cosas agradables, ¿dormiste bien anoche?

—No suelo dormir demasiado, el estrés del trabajo no me deja. Pero lo cierto es que la infusión me ayudó a descansar.

—Y el atrapasueños.

—¿El que hay sobre la cama? Es precioso —dijo con una sonrisa.

—¿Y conoces la leyenda?

—¿La del atrapasueños? Sí, pero me encantará volver a escucharla.

—¿Así que tienes ganas de oír parlotear a esta vieja india?

—No es ninguna vieja, abuela. Usted es una mujer formidable.

—Y anciana —rio ella halagada—. Hay muchas leyendas sobre el origen del atrapasueños, yo te contaré la que me relató a mí mi madre, Celine. No sé si es la que conoces. Había una vez un viejo líder espiritual *sioux* que tuvo una visión en la que Iktomi, el maestro de la sabiduría, se le apareció convertido en una araña y le habló mientras tomaba un trozo de madera del sauce más viejo, plumas, pelo de caballo, cuentas y ofrendas, y empezaba a tejer una telaraña. Iktomi le habló sobre la vida, sobre cómo nacemos siendo niños y nos vamos transformando en adultos, primero, y en ancianos, después. Le dijo que en la vejez debemos ser tan cuidadosos como cuando éramos bebés, para completar el círculo de la vida. Iktomi le dijo que en cada tiempo de la vida hay muchas fuerzas, algunas buenas, otras malas. Cuando nos encontremos con las buenas debemos seguirlas, porque estas nos guiarán en la dirección correcta, pero si oímos a las fuerzas malas nos lastimarán y nos guiarán por el camino inadecuado. Por eso contamos con el Gran Espíritu y sus enseñanzas —Hizo una pausa dramática a la vez que abría mucho sus ojos castaños—. Mientras Iktomi hablaba, continuaba tejiendo la telaraña de afuera hacia adentro y le dijo al *sioux*: «Mira la telaraña». Es un círculo perfecto, pero en el centro hay un agujero. Si crees en el Gran Espíritu, la telaraña atrapará tus buenas ideas y las malas se irán por el agujero. El jefe espiritual habló de su visión a su pueblo para que los *sioux* usaran el *atrapasueños* como la red de su vida. Por eso las colgamos sobre las camas de los niños, para que los ayuden a seguir a las buenas fuerzas y guíen su camino desde pequeños. Los buenos sueños se quedarán capturados en la telaraña de la vida y los malos se escaparán por el agujero central, alejándose para siempre de ellos. Así es como los *atrapasueños* protegen nuestro destino.

—Me fascinan las historias de su pueblo, abuela.

—De *nuestro* pueblo, también es el tuyo, Nikki. Como será el de vuestros hijos, a los que debéis relatar nuestra historia. Solo espero que el tiempo me permita enseñártela a ti. —Nicole descendió la mirada, sobrecogida; se sentía mal porque sabía que, una vez abandonase la reserva, probablemente no regresaría. La abuela se levantó y dejó su taza con el segundo café de la mañana en el fregadero. Se quedó mirando por la ventana con curiosidad en silencio—. Mírale, ahí está. Al parecer estaba en casa del viejo Blue Bird con Luz.

—¿Quién es Luz? —preguntó Nicole caminando hasta la ventana. Pudo ver a una mujer de largo cabello castaño conversando de espaldas a ella con su exmarido. Sean llevaba la camisa atada a la cintura de los vaqueros gastados y su torso desnudo y sus hombros rotundos estaban manchados de una sustancia oscura. La tal Luz le había servido algo que parecía limonada y lo tomaban de pie junto a una nevera destartalada.

—Una de sus amigas de la infancia —dijo Talulah al distinguir su expresión de disgusto—. Fue la primera novia de mi nieto. Él nunca quiso confirmar mis sospechas, pero estoy segura de que ambos perdieron la virginidad tras un Pow Wow.

—¿Ah, sí? —Talulah sonrió al ver la expresión de la joven.

—Sí, pero seguro que ya ni se acuerdan, eran muy jóvenes. —Nikki apretó los dientes tratando de contener el pinchazo de celos que sintió en el vientre. La mujer miró hacia un lado y pudo verle el rostro, era muy bonita.

—Me voy a acercar a saludarlos —dijo Nicole apurando el resto de la infusión de un sorbo.

22

Vivir por ti

En cuanto Sean la vio salir por la puerta de la cocina, supo que se avecinaba tormenta *eléctrica*. La decisión con la que daba cada paso hacia ellos, sus mejillas encendidas y sus ojos, que fulguraban como una hoguera, lo dejaban claro. Estaba preciosa.

—Buenos días —saludó a ambos.

—Buenos días —respondió Luz.

—Cariño, ¿no me presentas a tu amiga? —preguntó con rictus serio. Sean la miró tratando de adivinar el origen de su malestar—. Soy Nicole, la esposa de Sean.

—Encantada, soy Luz.

—Un placer. Vaya, te has manchado —dijo percibiendo que tenía las mismas manchas que había distinguido en él.

—Sí, no sé de cual de mis hermanos sería la idea de poner los cartuchos de tinta para reciclar sobre la nevera.

—Es cierto, te has ensuciado —dijo Sean y estirando la mano derecha, en la que tenía un trapo que ella misma le había entregado, le limpió de un restregón la barbilla.

—Eres un bruto —rio Luz ante su escasa delicadeza, su barbilla se había enrojecido—. Menos mal que no elegiste estudiar cirugía.

—Para eso ya estabas tú, que eres mucho más refinada.

—¿Sabéis qué? Mejor os dejo para que sigáis poniéndoos al día —intervino Nicole.

—No, no. Voy a darme una ducha. Muchísimas gracias, Sean —le dijo con ojos embelesados antes de regresar al interior de la vivienda. Ambos comenzaron a caminar en dirección a la casa.

—Parecéis muy amigos.

—Lo somos, a pesar de que llevábamos más de diez años sin vernos. Sus hermanos han sido como hermanos para mí.

—¿Y ella? ¿También ha sido como una hermana? —Sean enarcó una ceja, había esperado que la conversación no tomase ese camino, porque se había prometido a sí mismo no volver a mentirle y tenía intención de cumplirlo.

—No. Ella ha sido una buena amiga.

—¿Te gusta? —Él guardó silencio, finalmente iban a tener aquella conversación—. Vamos, puedes decírmelo, no me importa, voy a casarme, ¿recuerdas?

—Luz es una mujer muy atractiva, es una buena persona y solíamos pasarlo muy bien juntos. Creo que le gustaría a cualquier hombre.

—No te he preguntado si le gustaría a cualquiera, te he preguntado si te gusta a ti. Tu abuela dice que perdisteis la virginidad juntos.

—La lengua de mi abuela es una república independiente. Va por libre.

—Pero ¿es cierto?

—Sí. —Sean buscó sus ojos al responder. Nicole miró al suelo, aquello era completamente irracional. Aún no la conocía cuando sucedió y ella estaba a punto de casarse con otro hombre, como no se cansaba de repetir quizá para recordárselo a sí misma, pero se sentía celosa. Muy celosa de aquella joven. Quizá porque ella aún podría tener algo con Sean o porque fue un amor de juventud, tan difíciles de olvidar. Ella lo sabía, su único amor de juventud había sido él, su único amor…—. Éramos muy jóvenes.

—¿Aún sientes algo por ella?

—¿Por qué, Nicole? ¿Por qué quieres saber eso? —preguntó enfrentándola ante la puerta de la casa de sus padres—. No paras de repetir lo feliz que eres con ese idiota de Levine, ¿por qué quieres saber si aún siento algo por Luz? Contesta a mi pregunta y yo responderé a la tuya. ¿Es que aún me quieres?

Nicole sintió cómo el corazón le galopaba dentro del pecho, como si en cualquier momento pudiese salir despedido de este.

—¿Cómo te atreves a hacerme esa pregunta? —dijo con los ojos chispeantes de lo que pretendía ser ira—. Jamás te cambiaría por William, él es un caballero, un hombre íntegro y tú… tú eres un mentiroso, eres un traidor despreciable… —Sean la agarró por los hombros y la arrinconó contra la pared de madera, muy cerca de la escalerilla de acceso a la cocina.

—Ese soy yo, ¿verdad? ¿Es eso lo único que recuerdas de mí?

—Sí —respondió casi en un susurro.

—Y sin embargo, te mueres de ganas de que te arranque este vestido y te recuerde lo que es estar viva —sentenció pegando su frente a la suya y la sintió temblar de deseo entre sus manos. Ella apartó la mirada y él alzó su rostro, forzándola a mirarle. Sus mejillas estaban encendidas de rubor, sus ojos brillantes y su respiración entrecortada. Estaba excitada y eso le produjo un hondo pinchazo a la vez que su sexo crecía dentro de sus pantalones. Se moría de ganas de hundirse en su cuerpo, habría dado un brazo por hacerlo en ese preciso momento. Ella le miraba con los labios entreabiertos e hinchados. Sabía que si la besaba no le rechazaría, pero no podía hacerlo, no hasta que no le confesase la verdad y fuese ella quien decidiese si podía perdonarle o, por el contrario, despreciarle aún más para siempre—. Niégalo, vamos, Nicole Redcloud. Niega que eres mía, dilo para que pueda creerte. —Ella apenas logró tragar saliva con aquel aliento abrasador sobre su boca—. Lo imaginaba —dijo soltándola, apartándose de su cuerpo y cediéndole el paso con un cortés gesto de su mano.

—¡Eres un desgraciado! Lo niego, sí, lo niego. No soy tuya, no soy un objeto de tu propiedad que puedes usar y tirar a tu antojo —clamó con los ojos llenos de lágrimas y echó a correr hacia el lago.

Sean dio un puñetazo a la pared de madera. No era eso lo que pretendía que pensase, solo quería hacerla entender que el único hombre que podría hacerla feliz era él. Pero ¿cómo hacerlo cuando creía que la había traicionado con otra mujer?

Nicole aún le amaba, en el fondo de su corazón aún ardían rescoldos de la llama que un día los consumió, ahora estaba seguro. Y le deseaba tanto como él a ella, la reacción de su cuerpo así se lo había demostrado.

—Eh, tú, *indio*, ¿qué ha pasado? —preguntó Pequeña Estrella descendiendo los escalones de la cocina. Solía bromear llamándole así, *indio*, el modo en el que le llamaron algunos de sus compañeros de promoción en la Marina a su llegada, y por el que partió alguna que otra nariz.

Un apodo que, con el paso de los meses, desapareció, pues se convirtió en el líder de su promoción y todos pasaron a llamarle Redcloud. En cuanto la miró, su hermana pequeña echó a correr a sus brazos. El puño le dolía, se había herido los nudillos contra la pared.

—Me alegro mucho de verte, hermanita.

—Déjame ver esa mano, bruto —le pidió; tenía unos raspones ensangrentados—. Vamos al coche a que te cure esta mano y me cuentas qué hace Nikki aquí y por qué se ha ido llorando.

Sean apartó un juguete de su sobrina y se sentó en el asiento del copiloto mientras su hermana traía un pequeño neceser del maletero. Sabía que le había pedido que fuesen a su coche para tener mayor intimidad, pues Pequeña Estrella era la única que sabía de su divorcio.

—Mamá me llamó anoche diciéndome que veníais a casa y me quedé a cuadros —dijo sacando un bote de desinfectante e impregnando una gasa con él.

—Sí, fue todo muy precipitado.

—¿Volvéis a estar juntos? —preguntó escrutándole con sus bonitos ojos castaños. Llevaba el cabello muy corto, en un corte de pelo casi masculino, sin duda su hermana era incluso menos tradicional que él mismo.

—En absoluto.

—¿Entonces?

—Está en peligro, no sé si por su dinero o por algo que han descubierto en el laboratorio, pero han intentado asesinar a su padre y la siguiente en la lista al parecer es ella.

—No me jodas.

—Esa boca, hermanita, que ahora eres una madre respetable de la comunidad.

—Que las den a las madres respetables. ¿Y por qué la has traído aquí? No me entiendas mal, sabes lo mucho que la quiero, pero estás metiendo el queso en la guarida del ratón. Llevas cuatro años rehuyéndola y ahora te la traes a casa.

—Está en peligro, Estrella, lo único que pretendo es protegerla.

—Porque no hay policía suficiente desde Los Ángeles hasta aquí para hacerlo, ¿eh? —Sean torció el gesto ante su comentario—. Hermanito, estás hecho un puto lío. ¿Quieres volver con ella?

—Sí, claro que quiero, joder. —Los ojos de su hermana se iluminaron de ilusión al oír aquella respuesta—. Pero no es posible, va a casarse con otro tipo y, además, tendría que abandonar la Marina. Ella no merece esa vida.

—Pues que le den a la jodida Marina de los cojones.

—Hablas peor que cualquiera de mis compañeros. Voy a tenerte que lavar esa boca con jabón.

—Inténtalo si eres capaz —se rio—. ¿Cuántos años llevas en la Marina, hermano? ¿Diez? ¿Doce?

—Catorce.

—Tienes treinta y dos años, dentro de cinco o diez años no podrás estar en primera línea, serás un puñetero jubilado. ¿Y entonces qué? ¿Entonces intentarás tener una vida?

—Mi país me necesita.

—Tu país. No me apetece tener ese debate ahora. —Para Pequeña Estrella su único país era la Nación Sioux—. Le has entregado a tu *país* toda tu jodida juventud, le has entregado la felicidad del amor de tu vida, es mucho más de lo que hará ninguno de esos *blanquitos* sentado tras su escritorio con el pecho lleno de medallas. Has servido bien a este país, pero ¿y qué hay de tus sueños? ¿Piensas comenzar a construir en Green Rock cuando tengas cuatro hernias discales? ¿O es que lo que deseas es una de esas jodidas mesas de escritorio y un despacho desde el que solo veas bloques de hormigón?

—No, claro que no.

—Pues deja de vivir por tu puto país y comienza a vivir por ti de una puñetera vez. Catorce años son suficientes.

—Menudo lenguaje. Espero que a tus alumnos no les enseñes esa parte de nuestro idioma —rio haciendo referencia a su labor como profesora de lengua dakota en el instituto.

—Yo soy una santa en comparación al lenguaje de los adolescentes de hoy en día. Anda, ve a consolar a tu mujer. Tienes que decirle la verdad. Si no lo haces, te arrepentirás toda la vida.

—Lo haré, cuando llegue el momento.

—Los momentos no llegan, cabeza hueca, hay que ir a buscarlos.

23

Realidades distintas

Sean se puso la camisa y recorrió la orilla del lago Enemy Swim buscándola. Sus aguas permanecían en calma, algunas barquillas ancladas junto a la orilla se mecían con el ligero soplo del viento.

La vio sentada en el suelo, junto al embarcadero de madera desde el que él y sus hermanos solían saltar cuando eran niños. Caminó hasta alcanzarla. El sol se reflejaba sobre la superficie del agua como un espejo verdoso.

—Perdóname, me he comportado como un idiota —dijo sentándose a su lado. Nikki giró el rostro para evitar que viese sus ojos enrojecidos por el llanto.

—Sí que lo has hecho. —Él le entregó un pañuelo de algodón con sus iniciales grabadas, que guardaba en el bolsillo de sus vaqueros—. ¿Todavía los usas?

—Mi madre me los envía por docenas a la base. No soporta la idea de que puedan talar un árbol para hacer pañuelos de papel —Nicole sonrió—. En serio, perdóname.

—Es cierto que eres un idiota, pero no estoy enfadada contigo, sino conmigo misma.

—¿Por qué? Tú no has hecho nada.

—Por eso. Por no hacer nada. Por aceptar venir contigo, por no haberme impuesto y haber buscado por mí misma protección profesional, por decirte que sí a todo.

—Te arrepientes de haber venido.

—No me entiendas mal —dijo limpiándose con el pañuelo. Olía a él, un aroma masculino y delicioso—. Adoro este lugar, adoro a tu familia y precisamente por eso sé que este viaje va a hacerme daño. Está haciéndomelo. Me muestra una realidad que no va a ser la mía, sé que cuando me marche no regresaré, que probablemente no volveré a verlos y yo… yo estoy hecha un lío. Porque, además de todo eso, tú me desconciertas demasiado.

—Lo siento —¿Nicole extrañaría aquella vida? ¿Quizá aún hubiese esperanza para su amor? Sean se sintió ilusionado al oírla decir aquellas palabras—. ¿Por qué dices que te desconcierto?

—A veces hablas como si hubiésemos vivido realidades distintas —dijo con un hilo de voz, con las piernas cruzadas por los tobillos, tomándose un momento para volver a hablar—. Sean, te lo digo con el corazón en la mano, es como si hubieses olvidado lo que me hiciste. Hablas de lo que debo sentir hacia ti como si todo ese dolor no importase. Pero importa, importa mucho. Para mí fue el peor momento de mi vida, no te imaginas cuánto sufrí.

—También yo —dijo sintiéndose un auténtico miserable.

—¿Ves? No puedo entenderte. ¿Cuál fue tu sufrimiento? ¡Tú me dejaste porque no me amabas! ¡Me dejaste por otra mujer! ¿Por qué dices que sufriste? ¿Es que crees que dejarme fue un error?

—No tengo respuesta a esas preguntas. Aún no. —No sin revelarle toda la verdad. Pero Nicole estaba demasiado hundida en ese momento, si se lo decía podría causarle aún más daño y él no quería eso.

—Han pasado cuatro años, Sean. Si aún no tienes respuesta, no creo que la tengas nunca.

—Y si la tuviese, Nikki. ¿Serviría para borrar todo el pasado?

—No puedo borrar el pasado. Mi corazón no me lo permite. Tenerte cerca está siendo una prueba demasiado dura. Creía haber superado nuestra ruptura, pero no es así, aún me duele. Y voy a casarme, Sean, en unos meses seré la esposa de otro hombre, y Will no se merece que yo sienta lo que me has hecho sentir hace un momento.

—¿Qué te he hecho sentir?

—Confusión… Miedo a volver a equivocarme. Ganas de rendirme y enviarlo todo a paseo. William no merece nada de eso.

—No, claro que no. —Su ironía era palpable.

—No. No lo merece. Es una gran persona. Sé que nunca te cayó bien, pero…

—Es un ser sucio, vil y traicionero que se aprovechó de tu debilidad para ganarse tu confianza, porque no veo que se haya ganado tu corazón.

—No es así. Tú no le conoces.

—Puede que a él no, pero a ti sí. Y no creo que estés enamorada de él.

—No voy a tener esta conversación contigo, Sean. No eres la persona indicada para tenerla. William me ama por cómo soy…

—O quizá por quién eres. ¿Qué empresa posee mayor capital, la de tu padre o la suya?

—¿Qué pretendes decir? No te atrevas a acusarle de interesado porque no lo es.

—Respóndeme.

—Su empresa pasa por un mal momento, apostaron fuerte por una crema antiacné que no ha resultado como esperaban. Han tenido pérdidas, muchas. Por eso Will ha viajado varias veces en busca de inversores para sus nuevos proyectos.

—¿Y los ha conseguido?

—Sí. Está a punto de cerrar un trato muy favorable.

—¿Conoces el nombre de esos patrocinadores?

—No. No solemos hablar del trabajo en casa porque ambos respetamos la confidencialidad de la labor del otro.

—¿Uno de esos patrocinadores es Labocon?

—No lo creo, él los detesta tanto como yo.

—Pero no lo sabes con seguridad.

—No, no lo sé.

—¿Le has hablado alguna vez de vuestro proyecto actual?

—¿Sospechas de William? No me lo puedo creer. Quieres desprestigiarlo ante mis ojos y no sabes cómo —dijo molesta.

—Contéstame, por favor. ¿Le hablaste del proyecto?

—De forma general, sí. De la revolución que supondrá… Nada concreto. ¿Tienes alguna prueba en la que se basen tus sospechas para ofender el honor de mi prometido?

—Espero equivocarme, Nikki. Pero algo me dice que las tendré antes de lo que piensas.

—No te creo. Will me quiere de verdad. —Sean guardó silencio, mordiéndose las ganas de decirle que probablemente se equivocaba.

—Olvida lo que te he dicho, al menos hasta que tenga la seguridad de que es cierto. ¿Quieres que llamemos a tu madre para saber cómo está tu padre?

—No hace falta. He mirado el móvil esta mañana, mi hermano dice que está mejor.

—Os pedí que…

—Tranquilo, no le he dicho dónde estaba, solo le he puesto que estaba bien.

—¡Quedamos que no contestarías!

—Pero es mi hermano…

—Pregúntame antes, por favor. Nikki. Es importante, por favor. Hazme caso.

—Está bien. De veras, lo haré.

—Bueno, ¿volvemos?

—¿Vamos a quedarnos aquí o iremos a casa de tu abuela?

—Como prefieras. Voy a acercarme después de comer a por mi vieja camioneta, que está en su casa. Si quieres, acompáñame, echamos un vistazo y decides.

—Me parece bien.

—Allí al menos podrás dormir en una habitación solo para ti. —Ella asintió sin demasiada convicción—. Sobre la pregunta que me hiciste: no, Luz no me gusta, mi corazón está ocupado desde hace tiempo —dijo y ella le miró llena de dudas—. Por cierto, Pequeña Estrella acaba de llegar.

—¿Sí? Tengo muchas ganas de verla.

24
Amigas

Cuando Nikki se encontró con Pequeña Estrella a la entrada de la vivienda, no pudo evitar romper a llorar como una niña pequeña.

Estaba sentada en el porche con un bebé precioso entre sus brazos, se incorporó y no dijo nada, dio los pasos que las separaban y la abrazó con fuerza. Ambas lloraron por todo lo que habían perdido.

Su afecto era mutuo y el cariño que se profesaban, tan deslumbrante como la luz del sol.

Nikki la encontró muy cambiada, no solo en el físico, Pequeña Estrella había cortado su cabello oscuro y sus facciones estaban más marcadas, el paso del tiempo las había moldeado de una forma agradecida.

—Será mejor que me lleve a la pequeña para que podáis conversar con calma —dijo Sean tomando a Talulah en brazos. La niña se agarró a su cuello con fuerza y él la besó con cariño mientras la llevaba al interior de la casa dejando a ambas a solas en el porche con los ojos enrojecidos y las mejillas húmedas por las lágrimas.

—Perdóname, Nikki. Perdóname, por favor.

—No tengo nada que perdonarte —sollozó abrazándola con fuerza de nuevo.

—Te he echado tanto de menos.

—Y yo a ti. No imaginas la falta que me has hecho, Estrella.

—Lo siento, lo siento, de verdad. Pero no podía…

—Lo sé. Sean me ha contado que él te lo pidió. Sentémonos —sugirió y ambas tomaron asiento en el balancín de madera de la entrada, mirándose la una a la otra con la emoción reflejada en sus rostros. Pequeña Estrella enlazó sus dedos con los de ella—. Miremos hacia adelante. Tienes una niña preciosa. La has llamado como tu abuela.

—Sí, quería hacerle ese pequeño homenaje y Mike, mi marido, estaba de acuerdo. ¿Recuerdas a Mike? Está dentro con Wambdi.

—¿Mike, el Pelopaja? —Estrella rompió en carcajadas.

—¡No me acordaba de que le puse ese apodo! —dijo entre risas. Le había bautizado así por su cabello rubio y lacio—. Pues sí, Mike, el Pelopaja, al final me llevó al huerto. Y qué huerto…

—Creí que nunca te «tirarías» a un «rubio descolorido».

—Pero qué jodida buena memoria tienes. He demostrado no ser una mujer de palabra por lo que parece. Nos casamos hace dos años. Después de que insistiese como un condenado. Vino a recogerme en un puto Cadillac rojo, vestido como un pingüino, y me llevó a cenar a uno de esos sitios en los que te cobran hasta por mirar. Si fui capaz de decirle que sí después de hacer el ridículo de esa manera, es que tenía que estar enamorada.

—Qué bonito.

—¿Bonito? Casi me atraganto con el jodido anillo porque lo metió en una de esas magdalenas gordas. Se pensaría que iba a comerla a pellizcos como las *finolis* y casi me pongo el anillo en la campanilla en lugar de en el dedo. Pero sí, es un buen hombre. A veces pienso que demasiado bueno para mí.

—No existe un hombre demasiado bueno para ti. Tú eres genial.

—Ya, pero sabes que no soy de dar cariño y esas gilipolleces. —Nikki se rio, su amiga continuaba igual de deslenguada como la recordaba, Sean siempre se metía con ella por eso en el pasado.

—Pues parece que la pequeña Talulah no se queja.

—A ella sí, a ella me la como a besos. Con todo lo que me costó parirla, como para no adorarla —se rio y Nikki también—. Si no que le pregunten a la enfermera que me sostuvo la mano en el paritorio, aún debe llevarla escayolada.

—¿Mike no entró contigo?

—Sí, claro, y el muy cobarde se desmayó en cuanto vio la primera gota de sangre. ¿Te lo imaginas? Yo subida a aquel potro o cómo se llame con las piernas abiertas y todos atendiendo a mi marido en el suelo. Se hizo una brecha en la frente y tuvieron que coserle cuatro puntos. No sabía cómo quitarme el protagonismo. —Ambas volvieron a reír de modo escandaloso—. Pero dejando a un lado su terror a la sangre, es un marido y un padre maravilloso. Que no me oiga, ¿eh? Que se pone muy creído.

—Tranquila, no diré nada.

—¿Quién me iba a decir a mí que al final iba a acabar enamorada de un *yanqui*? Eh, ese vestido es mío, ¿verdad?

—Sí, espero que no te importe…

—¿Importarme? Te queda perfecto, puedes quedarte con toda la ropa mía que hay en esta casa, de todos modos no me entraría ni a presión. El amor engorda, ¿sabes? —sugirió haciéndola reír de nuevo—. Y tú, cuéntame, ¿qué ha sido de tu vida estos años? Sean me ha dicho que han atacado a tu padre, ¿qué ha pasado?

—Aún no sabemos el motivo, pero sospechamos que es algo relacionado con la empresa, por eso Sean pensó que debía marcharme de allí. Por suerte está mucho mejor, fuera de peligro. Por lo demás mi vida pues… no es nada emocionante.

—Dice mi hermano que vas a casarte —dijo en voz muy baja.

—Es cierto —afirmó descendiendo la mirada, casi con pudor, antes de fijar la vista en el horizonte—. Es extraño, ¿sabes? Yo pensé que me había casado para toda la vida la primera vez. —Estrella hizo un mohín apretando los labios, entendía su dolor, ella misma había llorado por ambos—. Me sentí una mierda —afirmó con los ojos llenos de lágrimas—. Los meses siguientes a que… en fin, a que Sean me dejase están envueltos en una especie nebulosa de dolor y confusión. No podía quitarme de la cabeza cómo sería esa mujer, si sería rubia o morena, si tendría los pechos grandes o pequeños. Qué podría tener ella que yo no, qué podía haberle dado ella que no pudo obtener de mí, ¿en qué le fallé?

—No le fallaste en nada, Nikki, joder. Eres perfecta.

—¿Perfecta? No, en absoluto. La duda me martirizó —mascculló con un hilo de voz—. Me sentí inferior. Le imaginé besando otros labios, le imaginé entre los brazos de esa otra… Sé que es tu hermano, pero…

—Que sea mi hermano no me impide darme cuenta de que se comportó como un gilipollas.

—Y después sucedió algo que… —inspiró hondo y exhaló antes de proseguir—. Tardé más de un año en volver a atreverme a salir, en recuperarme lo suficiente como para intentar retomar mi vida más allá del trabajo. William pasaba por casa de mis padres casi cada semana para verme, a pesar de no ser demasiado bien recibido, no es que fuese alguien de la simpatía de mi padre, y yo no le atendía en la mayoría de las ocasiones. No quería ver a nadie. Poco a poco acepté verle y, no es que Will sea la alegría de la fiesta, pero el mero hecho de saber que se preocupaba por mí, me reconfortaba.

—Lo entiendo.

—Me sentí muy sola, demasiado.

—Y yo tengo culpa de eso, joder. Debí mandar a mi hermano a la mierda, ignorar lo que me pedía.

—No, no. Entiendo que lo hicieses por él… Poco a poco empecé a aceptar las proposiciones de Will para salir, como amigos. Comencé a sentirme a gusto en su compañía, a retomar mi vida social. A recuperar mi vida al fin y al cabo. Ha sido muy paciente y cariñoso conmigo. A primeros de este año me recogió una limusina llena de mariachis en el trabajo, me llevaron a un bonito restaurante llamado La Petite Fleur, y me pidió matrimonio en la azotea, rodeados de flores y velas encendidas.

—¿Le quieres? Siempre que me hablabas de él decías que era prepotente y egoísta.

—William me ha demostrado que las personas pueden cambiar.

—No has contestado a mi pregunta, Nikki. No puedes casarte con alguien por agradecimiento.

—Le quiero, Estrella. No voy a casarme con él por agradecimiento —afirmó muy seria.

—Eso espero, Nikki, por ti. Solo quiero que seas feliz.

—Lo seré, estoy segura. Estrella…

—¿Qué?

—Siempre pensé que Sean me había engañado con alguien de San Clemente, pero hace un rato le he visto conversando con Luz, vuestra vecina. ¿Crees que pudo ser con ella?

—¿Con Luz del Alba Blue Bird? Ni hablar —sentenció. Le quemaba en la boca decirle que ni con ella ni con ninguna otra. Pero ese no era su secreto y no tenía derecho a revelarlo, su hermano jamás se lo perdonaría. Aunque si no se daba prisa él en hacerlo, estaba dispuesta a correr el riesgo.

—Sé que tuvieron algo en su juventud.

—Si a un par de polvos por pena se le puede llamar «algo».

—¿Polvos por pena? Es una mujer muy guapa.

—¿Guapa? ¿Nikki, desde cuando no visitas al oftalmólogo? Tiene unos poros en la cara en los que se podría ir a vivir alguien y lleva tanto bótox que no sabes si ríe o llora.

—¿Cómo va a tener bótox si tendrá nuestra edad?

—Tiene la edad de mi hermano. Y peor me lo pones, entonces es de nacimiento. —Nikki rompió a reír. Cómo había extrañado el humor sarcástico de su amiga.

—Veo que no te cae demasiado bien.

—¿Bien? Si te hubieses pasado la adolescencia con una chica pegada a tu espalda repitiéndote lo sexy que es tu hermano, visitando tu casa todos los días solo por babear cerca de él y fingiendo ser una hija adoptiva de tu madre a quien ayudaba con las tareas de la casa solo por agradarle, tampoco le tendrías demasiado aprecio.

—Vaya.

—Y mi hermano ni siquiera la veía. Al menos hasta que se operó las tetas con dieciséis años.

—¿Con dieciséis años?

—Después del verano comenzó el nuevo curso con unas impresionantes tetas nuevas. Y fue como si los chicos del instituto se hubiesen idiotizado. Ya no le veían la cara de muermo, solo las tetazas. Entonces mi hermano sí que la vio, y tuvieron lo que te he dicho, un par de polvos a lo largo del siguiente verano. Mi hermano estaba muy cotizado por aquel entonces entre las chicas de la reserva —se rio.

—No lo dudo.

—Así que olvídate de esa pesada, es agua pasada, muy pasada —sentenció con una sonrisa.

A Sean, degustar la comida de su madre le traía recuerdos de su infancia. La familia Redcloud al completo dio buena cuenta de los platos preparados entre las dos matriarcas de la familia.

La distendida conversación entre Wambdi y Pequeña Estrella sobre los cambios acontecidos en sus vidas en los últimos días le ayudó a despejar la mente del malestar que le atenazaba por haber dañado a Nicole con sus actos. Y sin embargo, cuando recordaba su disposición a aceptar sus labios, a rendirse a sus caricias, sentía que un escalofrío le recorría la espalda. También ella le amaba, aún le amaba a pesar de todo.

Ver a Nicole con su sobrina Talulah en brazos resultó de lo más enternecedor. La pequeña, de ocho meses, la miraba con ojos embelesados, le acariciaba el rostro y se agarraba a su cuello, riendo a carcajadas con sus mimos, sin mostrar extrañeza ante aquella desconocida que le hablaba con tanta dulzura.

No pudo evitar pensar que Nicole sería una madre maravillosa. Una madre cariñosa y entregada, que miraría a sus hijos con tanto amor como el que él había hallado en los ojos de la suya. Unos hijos que él desearía que fuesen propios por encima de todas las cosas.

No fue el único que se apercibió de la dedicación de Nikki a la pequeña, su abuela Talulah la miraba con los ojillos sonrientes y las mejillas llenas de pura felicidad.

Después de comer Pequeña Estrella y Nikki conversaban alegremente, como si el tiempo no hubiese pasado entre ellas, cuando Sean observó cómo su abuela aparecía por el pasillo con una taza de cerámica entre las manos cruzándose con su madre.

—¿Qué es eso, abuela? —preguntó Adsila.

—Un remedio para tu nuera, le hará bien.

—¿Un remedio? —preguntó, le cogió la taza de las manos, se la acercó a la nariz y después la miró arrugando el entrecejo—. ¿Abuela?

—Te he dicho que le hará bien… —sugirió con una sonrisa que en absoluto pasó desapercibida a Sean.

Talulah se dirigió a Nicole, que conversaba distraída con Pequeña Estrella mientras su hija jugaba con el bajo de su vestido sentada en su carrito. Ella miró a la anciana y fue a tomar de sus manos lo que le ofrecía, pero Sean se interpuso entre ambas.

—¿Qué pasa? —le preguntó la mujer mirándole a los ojos.

—¿Qué llevas en esa taza, abuela?

—Una infusión para Nicole.

—¿Qué clase de infusión? Nikki tiene el estómago delicado y tus *brebajes* podrían hacerle daño —dijo tratando de que su reticencia sonase lo menos forzada posible. Aquella sonrisa de su abuela le hacía sospechar que algo tramaba, aunque no tenía ni la más remota idea de qué.

—Ya la he tomado antes, Sean. Y me ha sentado muy bien, de verdad —intervino esta sin entender su reacción ante la tisana que su propia abuela le ofrecía.

—¿Antes cuándo?

—Anoche y esta mañana, y me ha ayudado a descansar.

—¿Ves, nieto? Tu abuela no prepara *brebajes*, sino remedios —afirmó saltando el obstáculo humano y depositando en las manos de la joven pelirroja su preparado de raíces—. Si te esforzases más en aprender sobre mis remedios, también tú sabrías hacerlos.

—Me quedo con la medicina tradicional. —La mujer hizo un mohín de desaprobación a su comentario con los labios a la vez que Nikki daba un sorbo de aquella infusión humeante.

—Está deliciosa —dijo tras el primer sorbo.

Pequeña Estrella y su marido se despidieron tras el café y se marcharon con su precioso bebé de ojos negros de vuelta a su hogar en Pine Ridge.

Para Nikki aquel reencuentro había ayudado a sanar heridas en su corazón. Cuando al fin volvieron a abrazarse después de tantos años, sintió que recuperaba una parte de sí misma, de la antigua Nicole en la que apenas se reconocía entonces.

«Hoy he recuperado a una hermana y te prometo que nada ni nadie me hará perderla de nuevo», había susurrado al oído de Pequeña Estrella en su despedida en el porche.

Y además había podido conocer a su pequeña bebé, era una preciosidad. Con la piel morena, aunque no tanto como la de su madre, unos inmensos ojos negros y una sonrisa capaz de iluminar una habitación.

Le había presentado a su esposo, Mike, al que ella no conocía más allá de lo que Pequeña Estrella le había contado de él en el pasado. Mike trabajaba como guardia de seguridad fuera de la reserva. Nikki rio para sí al distinguir la cicatriz en su frente e imaginarle tendido en el suelo del paritorio con Pequeña Estrella maldiciéndole a gritos a punto de dar a luz.

Lo cierto es que era bastante atractivo, aunque ni la mitad que Sean. Observó a su exmarido desde el porche, sentada en el balancín de madera en el que había compartido confidencias con su amiga, él examinaba con orgullo la vieja motocicleta que Wambdi había reparado por completo. Admiró el acabado de la pintura y el cuero de los asientos, así como el esmaltado de las piezas de acero. La arrancó y dio un rodeo a la vivienda, ante la mirada de satisfacción de su hermano pequeño.

Nikki pensó en las palabras de Estrella, cuando le preguntó si amaba a su prometido, y después en lo sucedido aquella misma mañana, en cuánto deseó que Sean cumpliese su amenaza. Le deseaba, no podía negárselo a sí misma, lo hacía con todo su cuerpo y toda su alma.

¿Cómo podría arrancarle de su interior? ¿Cómo podría sacarle de lo más hondo de su ser?

Y aun así, lo consiguiese o no, necesitaba ver a William cara a cara y decirle que estaba hecha un lío. Tenía que decírselo. Quizá aceptar su propuesta de matrimonio había sido una decisión precipitada, quizá necesitaba más tiempo…

No ayudaba mucho no saber nada de Will desde hacía más de un día. Quizá le habría escrito durante la mañana…

Si solo leía los mensajes no estaría desobedeciendo del todo a Sean, así que, mientras este evaluaba la motocicleta, ella aprovechó para ir a la habitación y encender un momento su teléfono.

Nada de su prometido, pero sí dos llamadas y un mensaje de Gina.

Gina: «¿Dónde estás? ¿Es cierto que han puesto protección a tu padre? ¿Qué está pasando, Nikki?».

Su amiga y compañera de trabajo debía estar muy preocupada.

Sintió la tentación de responderle, pero había prometido a Sean que no lo haría.

Él desconfiaba de todo el mundo. Claro que él no conocía a Gina, ambas habían empezado a trabajar casi al mismo tiempo, cada una en uno de los laboratorios. Hacía tres años coincidieron en un ensayo clínico y sus personalidades encajaron muy bien. A partir de entonces comenzaron a desayunar juntas y entablaron una buena amistad. Gina era una gran profesional, competitiva y decidida, fue por ello por lo que la eligió como subdirectora del área de ensayos cuando ella fue nombrada directora. A lo que su padre accedió confiando en su criterio.

En cuanto pudiese explicarle lo que sucedía, entendería su silencio, estaba segura.

Regresó al salón y se acomodó en el balancín. Percibía una enorme sensación de tranquilidad que achacó a la infusión de hierbas de la abuela Talulah, cuánto bien estaban haciéndole aquellos *brebajes*, como Sean los llamaba.

—¿Nos vamos? —preguntó este sacándola de su ensimismamiento.

—¿Adónde?

—A casa de mi abuela. Parezco Caperucita —rio este y su risa le pareció deliciosa.

—Sí, claro.

—Echaremos un vistazo y, si te apetece, nos quedaremos allí esta misma noche.

—¿Iremos andando?

—Daremos un paseo por la orilla del lago si te parece bien.

Nicole aceptó. La tarde era cálida, aunque no demasiado calurosa.

El sol templó sus pieles cuando iniciaron el camino uno junto al otro por la orilla del lago.

—¿Qué ha sido de ti estos años, Sean? —Él la miró de reojo, sin saber a qué atenerse, a qué venía ese repentino interés por su vida.

—Lo cierto es que no puedo quejarme. En el nuevo equipo me sentí muy a gusto desde el principio, me han ascendido, ahora soy sargento y el líder de mi comando —reveló con cautela, dibujando un acordeón de arrugas en su frente morena y mirándola a los ojos con una sonrisa casi tímida que a ella le pareció enternecedora.

—Vaya, no me lo puedo creer. Ha sido dejarme e irte las cosas viento en popa —bromeó.

—Tú tampoco puedes quejarte, creo.

—No, bueno, no lo sé…

—Te va muy bien. La ejecutiva con su inmenso despacho a la que vi ayer no tiene nada que ver con la joven insegura que conocí.

—La joven insegura sigue dentro de mí, solo que ha aprendido a hacer que sus inseguridades y miedos no sean tan evidentes.

—¿Miedos? ¿A qué tienes miedo?

—¿Además de a los últimos acontecimientos? A muchas cosas, Sean. Tengo miedo a no estar a la altura de mi padre, a equivocarme en mis decisiones, a dar un mal paso que nos conduzca a la ruina, a que no me importe lo más mínimo todo lo anterior, tengo miedo a no llegar a ser feliz…

—¿No eres feliz?

—¿Lo eres tú?

—No me respondas con una pregunta.

—No tengo respuesta para esa pregunta —dijo, repitiendo la frase que él mismo le había dicho esa misma mañana.

—Es muy sencillo, sí o no. Eres feliz o no lo eres.

—¿Y tú?

—Sigues igual de cabezota, en eso no has cambiado —admitió él entre dientes—. No lo soy. No soy feliz, al menos todo lo feliz que fui mientras estuvimos juntos. Te toca.

—Soy feliz, a ratos. Hay partes de mi vida que me hacen feliz y otras que no.

—¿Qué partes son esas?

—Me hace feliz la rutina, los horarios, la seguridad de llegar a casa, el cariño de mi familia, todo eso me hace feliz.

—No has mencionado a William.

—Él también me hace feliz, por supuesto —aseguró apretando los labios.

—Tampoco has mencionado el mar.

—El mar…

—Pasear junto al mar, como hacemos ahora junto al lago, te encantaba.

—Es cierto, pero hace mucho tiempo que no lo hago —dijo como si tomase conciencia de ello en ese momento, contemplando la superficie esmeralda sobre la que nadaba una familia de patos en la lejanía.

—Te he imaginado paseando con los pies descalzos, sobre la arena, con el cabello suelto, casi cada día, todos estos años —confesó con algo que debía ser pudor en sus ojos grises—. Recordaba las mañanas en las que iba a entrenar a la playa y tú paseabas por la orilla mientras yo corría. Me hacía sentir en calma.

—Yo también te he imaginado, a veces me acordaba de tu risa, algo escandalosa, aunque no tanto como la de tu hermana, y del hoyuelo que se te hace en la cara, justo aquí cuando sonríes —apuntó tocándole en la mejilla con el índice. Fue un contacto inocente, pero Sean sintió como si le hubiese pinchado con un punzón, de un modo intenso y profundo. Aun así mantuvo el tipo fingiendo normalidad—. Pequeña Estrella me ha dado su nuevo número de teléfono, ¿vas a pedirle que…?

—No, por supuesto que no.

—Ha sido como si el tiempo no hubiese pasado entre nosotras.

—Así es la amistad verdadera.

—Eres muy afortunado, Sean. Tienes una familia estupenda. Ojalá la mía se le pareciese un poco. No me entiendas mal, los adoro, pero mi padre nunca me ha sentado ante él y me ha preguntado qué quiero hacer con mi vida, ha dado por sentado que debía seguir sus pasos. Y mi madre, bueno, ya la conoces. No es la primera persona a la que acudir cuando tienes un problema, siempre está demasiado ocupada con sus asuntos trascendentales. Por suerte tengo a Óscar.

—Y él te tiene a ti.

—También él te ha echado mucho de menos estos años. Eras como… su héroe.

—Imagino que pasé a convertirme en su villano.

—No, en absoluto. Creo que siempre me culpó de nuestra ruptura, aunque jamás me acusó de ello. Él no sabía por qué rompimos, solo que se acabó. No podía creerlo, pero no puedo culparle, yo tampoco.

—Yo también le he echado de menos. Tu hermano es uno de los mejores tipos que conozco.

—Sí, lo es.

—¿Eres el joven Redcloud? —le preguntó al alcanzarles una señora mayor que paseaba a su perro junto a la orilla con la cabeza cubierta por una pamela de paja.

—Supongo que sí, señora.

—¿No te acuerdas de mí? Soy la abuela de tu amigo Patrick, de la escuela. ¡Hijo mío, eres el héroe de Wild Horse!

—No es para tanto, señora.

—¿Cómo que no? Gaviota, ven aquí —dijo llamando a otra señora que caminaba unos pasos detrás—. Mira, es el hijo del jefe Redcloud, el marine…

Durante el resto del camino su conversación se detuvo en al menos otras cinco ocasiones por la interrupción de vecinos y amigos que le reconocían en la distancia y acudían a saludarle. Le felicitaban por su trabajo y se mostraban orgullosos de que un guerrero sioux, vecino de su comunidad, representase a su pueblo en la Marina como un auténtico patriota.

25
Como el viento sobre el maizal

Cuando llegaron a casa de la abuela Talulah, Sean abrió las ventanas y retiró las sábanas que cubrían los muebles del pequeño salón. El mobiliario era antiguo, como de una película de los años ochenta, pero todo estaba limpio y ordenado.

—Está perfecta —dijo Nicole.

—La abuela hace que mi madre la traiga una vez por semana y entre ambas la limpian de arriba abajo. Sospecha que Wambdi se trae a algún ligue de vez en cuando y le preocupa que alguna de esas chicas hable mal de su casa —confesó haciéndola reír.

—Tu abuela no tiene remedio.

—A mí me lo vas a contar —asintió recordando la conversación de aquella misma mañana sobre su *serpiente*.

Subieron al piso superior y comprobaron que estaba igual de recogido, el agua caliente funcionaba a la perfección y el fuego encendió a la primera.

—¿Qué te parece?

—Me parece bien.

—¿Prefieres que nos alojemos aquí?

—Creo que sí.

—Yo también.

—Entonces decidido.

—No pienses por ello que tendremos mayor intimidad, mi familia vendrá, uno tras otro, a lo largo de todo el día, cada día.

—Es lógico. Te echan mucho de menos.

—No vendrán a verme a mí, esta vez no. —Ella asintió conteniendo una sonrisa—. Deberíamos ir al supermercado y comprar algo de comida, si te parece bien. Y algo de ropa para ti, aunque ese vestido de mi hermana te sienta como un guante.

—Gracias.

Tras un par de intentos Sean arrancó la vieja Pick Up roja, con la pintura descascarillada, que solía aguardarle durante meses en aquel garaje de madera. Condujeron hasta el hipermercado más cercano y compraron productos básicos; leche, huevos, mantequilla, carne, arroz…

Después fueron a un establecimiento de ropa, en una especie de negocio familiar atendido por una señora que le saludó con afecto. Tenía productos bonitos a buen precio, pero nada de su estilo formal habitual. Si ya le había resultado extraño ponerse aquel vestido de flores, los pantalones de lino y las camisetas estampadas no terminaban de convencerla. Pero encontró algo de ropa interior, un par de vaqueros, un vestido negro y unas sandalias de su gusto que se probó mientras Sean hablaba con la tendera.

—Me llevo todo esto —dijo poniéndolo sobre el mostrador y llevándose la mano al bolso. Bolso que había dejado en casa de los padres de Sean. Sus mejillas se enrojecieron. Él sacó su tarjeta de crédito y la entregó a la señora, que la pasó sin dejar de sonreírle.

—¿Vamos? —le preguntó con las dos bolsas de ropa en la mano y caminando hacia la salida, donde se detuvo a esperar que ella pasase primero.

—Te devolveré hasta el último centavo. Siento haberme dejado la cartera.

—No hace falta.

—Sí la hace.

—Ya sé que no te gusta que los hombres paguen tus cosas, pero yo no cuento como hombre, no en este momento —sugirió sin conceder la menor importancia a sus palabras. Si él no contaba como hombre, que se extinguiese la humanidad, pensó Nicole.

—¿Conocías a esa señora?

—Claro, es la madre de James Akona, mi amigo de la infancia. ¿Le recuerdas? Ahora es el jefe de policía de Wild Horse. Dejó la Marina un tiempo después de tener a su primer hijo. Supongo que algo así te cambia la vida en todos los sentidos. —Los ojos de Nicole se empañaron y apretó los labios conteniendo la emoción—. ¿Qué pasa? ¿He dicho algo malo?

—No, claro que no. Son cosas mías. No paro de pensar en mi padre y en esta situación…

—Todo va a salir bien —aseguró mirándola con una determinación que la hizo querer creer en sus palabras, convencerse de que era cierto que todo saldría bien.

Cuando llegaron a la vivienda comenzaba a anochecer. Sean comenzó a colocar los alimentos en la alacena mientras Nicole lavaba y tendía la ropa interior para poder utilizarla.

—Voy a llamar a mis padres para avisarles de que nos quedaremos a cenar y a dormir aquí, ¿quieres que me acerque a por tu bolso después de cenar o por la mañana? —preguntó Sean prendiendo el fuego de la cocina, había picado verduras y carne.

—No sé, me da miedo que pase algo y no me entere.

—Si le sucediese algo a tu padre, sabes que Óscar tiene mi teléfono. Y, de todos modos, uno de los oficiales tiene la orden de llamarme.

—¿Sí?

—Sí.

—¿Y por qué no me lo habías dicho antes?

—Porque sé que miras el teléfono a escondidas —ella hizo un mohín, descubierta.

—¿Cómo lo sabes?

—Porque nunca se te dio bien obedecer órdenes. Pero confío en que no le hayas dicho a nadie dónde estamos. Es importante, de verdad, Nikki.

—No lo he hecho. Te lo prometo.

—Entonces, ¿voy a por tu teléfono?

—No. Puedo esperar a mañana por la mañana.

Cenaron uno frente al otro en la mesa de la cocina, en silencio. Nicole degustó con deleite los tacos nativos que había preparado para ella, no había vuelto a comerlos desde que se separaron. De todos modos no creía que alguien más pudiese darles ese punto tan especial, entre picante y salado, que Sean conseguía. Le observó, con el largo cabello recogido, tan serio, mirándola a cada rato sin decir nada.

—¿Te ha gustado?

—Estaba delicioso. Siempre me gustaron tus tacos —dijo ella incorporándose para llevar su plato al fregadero. Él hizo lo propio situándose de pie a su espalda, muy cerca, aunque sin tocarla.

—Espero que me hayas echado de menos, al menos por ellos.

—Te he echado de menos por muchos motivos —confesó, al sentirle pegado a su espalda. Deseó reposar la cabeza en su pecho y que la envolviese con sus brazos, ansiaba su contacto de un modo que dolía.

Se volvió para mirarle a los ojos, esas oscuras nubes de tormenta en las que quería perderse como antaño.

—¿Y si te dijese que cada día, cada amanecer, agradezco a Wakan Tanka que te pusiese en mi camino, que aún eres la persona a quien entregarán mis chapas* el día que desaparezca de la faz de la tierra? —musitó sujetando su mentón entre los dedos. Nikki le abrazó, enterró el rostro en su pecho de granito, sintió su beso en el cabello y cómo la rodeaba entre sus brazos, pero no dijo nada. No sabía qué decir, dudaba si aquel era el modo de Sean de decirle que aún la quería, o que se arrepentía del daño que le había hecho. Pero su mente ya estaba lo suficientemente confundida, su boca le pedía besarle a gritos, cada centímetro de la piel en contacto con la suya ardía de deseo.

—Sabes, cuando veníamos hacia aquí y me preguntaste qué me hacía feliz —dijo apartándose para poder mirarse en sus ojos de nuevo—, recordé lo mucho que a ti te gustaba que te cepillase y trenzase el pelo.

—Es cierto.

—También a mí me gustaba, aunque me hacía de rogar porque me encantaba que insistieses.

—¿Ah, sí?

—Me encantaba acariciar tu cabello entre los dedos.

—Nadie ha vuelto a hacerlo desde entonces —dijo muy serio. Fue al baño y regresó segundos después con un cepillo de cerdas naturales en sus manos—. Lo harías, ¿por mí?

—¿Ahora?

—¿Tienes algo mejor que hacer?

---

* Se refiere a sus chapas identificativas militares.

Nicole miró el cepillo que le extendía y lo tomó. Sean apartó una de las sillas de la mesa, situándola en mitad de la habitación y soltó la cinta con la que sujetaba el largo cabello en una coleta baja.

Ella pudo oler el perfume cítrico del champú en el cabello extendido como una brillante cortina de satén, se colocó detrás de él e inspiró hondo. Le temblaban las manos.

Pasó el cepillo por la parte baja de la larga melena primero y después la recorrió desde las sienes hacia detrás, despacio, muy despacio. Permitiendo que las cerdas lo mesasen con cuidado, en varias pasadas largas y lentas, disfrutando del tacto sedoso de su cabello.

Dejó el cepillo sobre la encimera de la cocina y entonces fueron sus dedos quienes tomaron el control, primero acariciándole las sienes, desplazándose despacio hacia detrás por su cuero cabelludo, deteniéndose en la nuca. Él cerró los ojos complacido con la caricia y echó la cabeza hacia atrás. La prominente nuez de Adán despuntó en su garganta, masculina, sensual. Nicole observó el mentón recto, los labios llenos entreabiertos, mientras sus dedos se deslizaban hacia abajo por la larga melena separándola en tres mechones oscuros. Se sintió tan excitada que debió unir las piernas para controlar la punzada honda y terriblemente sexual que la sacudió.

Sintió cómo se le humedecía la ropa interior y cómo se ahuecaba su ser ansioso por recibirle. Tragó saliva, se mordió el labio inferior nerviosa y se tomó un instante para recomponerse.

Sean abrió los ojos, la miró y ella supo que podía distinguir el rubor de sus mejillas, sus pezones enhiestos por debajo del vestido y el ritmo acelerado de su respiración.

A pesar de todo, comenzó a trenzar su cabello, deslizando los dedos por este, hasta que pudo colocarle la cinta final.

—Ya está —dijo con un hilo de voz, de pie, a su lado.

—No, no está —aseguró él y, agarrándola de la muñeca, en un arrebato, la sentó sobre sus piernas y la besó.

Apasionado, febril, casi violento se apoderó de su boca convertida en un auténtico volcán. Sus labios firmes se apoderaron de los de ella y su lengua se abrió paso, ardiendo cada centímetro a su contacto, explorando su interior, traviesa, ansiosa, recuperando el sabor que tanto había ansiado.

Fue un beso largo y paladeado, un beso de puro amor, de deseos anhelados por demasiado tiempo.

Sean la apretó contra sí como si pretendiese fundirla con su propio cuerpo mientras sus manos ascendían por su cadera, por su cintura y su espalda, sosteniéndola en su regazo.

Nicole tiró de su camisa y se sentó a horcajadas sobre él, percibiendo que no era la única excitada. Su sexo se marcaba impetuoso bajo los pantalones. Se meció sobre él, avivando el deseo feroz y hambriento, casi animal, de que la tomase allí mismo mientras continuaba besándole enfebrecida.

Pero de pronto sintió una punzada de remordimiento. Aquello no era propio de ella, no lo era. Y sin embargo le deseaba con tanta intensidad que le quemaba en el vientre.

Se apartó de su cuerpo, jadeando. De sus manos, de sus labios, que la requerían a gritos. Se incorporó, alejándose de él.

—No puedo, Sean, esto está mal.

—No está mal, Nicole. Es la primera vez que siento que algo es lo correcto desde que nos separamos.

—No está bien. Tú y yo ya no somos nada, he rehecho mi vida... he recompuesto los pedazos que tú dejaste esparcidos por el suelo.

—Mi corazón también se rompió, Nikki. Esa noche, cuando te dije que amaba a otra, se rompió en mil pedazos.

—¿Por qué? No lo entiendo. No entiendo por qué dices eso.

—Porque era mentira.

—¿Qué?

—No era cierto, te mentí y no puedo callarlo más. No amaba a otra, nunca ha habido otra, la única mujer a la que he amado, a la que aún amo, eres tú.

—¿Cómo puedes decir eso? —preguntó apartándose aún más de él, como si quemase. Sean se incorporó, mirándola a los ojos, y se detuvo frente a ella.

—Cometí un grave error, el peor de toda mi vida, pero no fue traicionarte, no de ese modo.

—¿De qué estás hablando, Sean?

—Nunca te fui infiel, Nikki. Te mentí.

—¿Qué? No, eso no es verdad.

—Sí lo es. Te mentí, te dije que te había engañado. Perfumé mi ropa con una colonia barata que escondí en el coche durante una semana. Tenía que lograr que me creyeses.

—¿Que te creyese?

—Que me creyeses cuando te dijese que me había enamorado de otra mujer.

—No, eso no puede ser cierto. ¿Por qué harías algo así?

—¿Recuerdas cuando asistimos al funeral de mi compañero Marchetti?

—Falleció por un disparo en Irán, por supuesto que lo recuerdo.

—Su mujer…

—Jenny, la recuerdo.

—¿Y recuerdas sus lágrimas? Yo lo hago como si acabase de suceder ahora mismo. Su llanto desconsolado abrazada a sus hijos.

—Sí, yo también. Fue terrible. —No entendía a dónde quería ir a parar.

—No quiero eso para ti.

—¿¡Qué!?

—No podría perdonarme que sufrieses de ese modo, que quedases desprotegida de ese modo.

—No puedo dar crédito a lo que estoy oyendo —dijo con los ojos chispeantes de ira—. ¿Me dejaste para evitarme el sufrimiento de tu pérdida?

—Te dejé porque quiero que tengas una vida mejor que la que yo te ofrecía. Que tengas un marido que esté a tu lado cuando más lo necesites y no a 10.000 kilómetros, que esté a tu lado para criar a tus hijos, o para consolarte cuando hayas tenido un mal día.

—Y elegiste por mí, ¿no? Tú decidiste que yo no era capaz de decidir por mí misma.

—Te quiero demasiado para soportar ver cómo sufrías cada vez que nos despedíamos, cada vez que me marchaba sin saber si sería la última vez que nos veríamos. Tu padre y yo tuvimos una conversación…

—¿Mi padre?

—Él lo sabía.

—¿Él sabía cuáles eran tus motivos?

—Hablé con él justo antes de marcharme.

—No me puedo creer que no me lo contase —dijo con los ojos anegados en lágrimas—. No puedo creer que lo supiese y me lo ocultase.

—Lo hizo por tu bien.

—¿Por mi bien? ¡Todos lo hacíais por mi bien, pero mi opinión os importaba una mierda! ¡Una mierda! Dijiste que estabas con otra mujer ¡He pasado cuatro años imaginando cómo sería esa mujer, imaginando un fantasma! —gritó fuera de sí.

—Estaba seguro de que jamás me creerías si te decía que había dejado de amarte, necesitaba que me odiases…

—¡Oh! ¡Créeme que te odié, te odié con toda mi alma, Sean! Por dejarme sola en el peor momento, el peor de toda mi vida. Y ahora que sé la verdad creo que te odio más aún.

—Alejarme de ti fue lo más duro que he hecho, mi corazón se rompió y continúa roto aún. No he podido apartarte de mi pensamiento un solo día. Empapaba un pañuelo con tu perfume y me lo colocaba junto al corazón. Me ofrecí voluntario para las misiones más peligrosas, porque nada me importaba, me convertí en un zombi, en una sombra de mí mismo. Así es sencillo ascender en la Marina —sonrió con dolor—. Yo solo quería evitarte sufrimiento.

—¡Pues no funcionó, Sean! En absoluto. Destrozaste mi vida y me fallaste en el peor de los momentos. ¡Estaba embarazada, joder! —Los ojos del SEAL se abrieron de par en par al oír aquella noticia, su respiración se aceleró a la par que su pulso—. El día en el que me dijiste que estabas enamorado de otra mujer y que por ello te marchabas de casa, tenía un retraso de una semana. No te había dicho nada porque no quería preocuparte, ya que no habíamos hablado de tener niños —reveló con amargura, con la garganta dolorida y los ojos hinchados por el llanto—. Pero ese mes había sido una locura con el final del máster, tu llegada, el trabajo en el laboratorio… Me había saltado algunas píldoras anticonceptivas. Además te notaba raro, había percibido ese perfume en tu ropa, pero lo achacaba, o quería achacarlo, al ambientador del coche o a alguien que te encontrases en el gimnasio… No quería ni pensar en la posibilidad de que pudieses estar engañándome. Esa misma mañana me había hecho un test de embarazo y había salido positivo. —Sean dio un paso hacia ella y ella dio uno atrás—. Cuando llegaste y me dijiste todo aquello, no fui capaz de decírtelo. No quería que pensases que pretendía atarte, no quería que permanecieses a mi lado por obligación. Yo quería que me amases. Tanto como yo te amaba a ti. —Lloró desconsolada.

—¿Y qué pasó...?

—Te marchaste, recogiste todas tus cosas al día siguiente y me dejaste en aquel pequeño apartamento. Desapareciste, me abandonaste, me quedé sola, devastada y con aquella pequeña vida creciendo en mi interior. La agonía me consumió. Solo podía llorar. La primera vez que fui al obstetra lo hice sola, porque no me atrevía a dar la noticia a mis padres. Pero allí estaba nuestra pequeña lentejita, con su corazón latiendo fuerte, como si me dijese: «No te preocupes, mamá, que yo sigo aquí, una parte de él vive en mí» —relató con serenidad, inspirando para calmar los hipidos que aún sacudían su pecho—. Pasaron las semanas y tuve que decírselo a mi familia. Mi madre puso el grito en el cielo y aseguró que te buscaría, pero yo le pedí que no lo hiciese. Y aquella lentejita fue creciendo, y en la siguiente ecografía pude ver cómo se movía, cómo se dibujaban sus manitas y bracitos en aquella oscura pantalla. Mis padres acabaron ilusionándose tanto como yo —sonrió con dolor, con la mirada azul perdida, inmersa en el pasado—. Pero en la revisión de la semana doce, en la que iban a decirme si mi lentejita era un pequeñín o una pequeñina —sollozó apretando en los labios una agonía inconmensurable. Necesitó un momento antes de proseguir. Sean dio un nuevo paso adelante y ella hacia atrás, pegándose a la encimera—, solo pudieron decirme que su diminuto corazoncito había dejado de latir. El doctor ni siquiera podía explicarme por qué, solo me dijo que había que *arreglar* aquella situación. Pero no había nada que arreglar, había perdido a mi bebé. Le había perdido para siempre.

El bravo SEAL, el valiente guerrero *sioux*, echó a llorar en silencio como un niño pequeño. Las lágrimas recorrieron sus mejillas enrojecidas. Tomó asiento en la silla en la que habían compartido sus besos solo un momento antes y se rompió. Se cubrió el rostro con las manos sujetando su cabeza gacha. Nicole jamás le había visto verter una sola lágrima.

—Me volví loca. No quería permitir que aquel doctor me tocase, que intentase arrancarme a mi pequeñín, que me quitase lo único que me quedaba de ti. Pero había muerto, sin que yo hubiese podido hacer nada para evitarlo. Me durmieron —relató, apoyándose en la encimera. Remover todo aquel dolor resultaba devastador, como lo era contemplar al hombre que más había amado en toda su vida llorar deshecho—. Y desperté en la unidad de cuidados intensivos dos días después. Sufrí una grave hemorragia durante el legrado que a punto estuvo de acabar conmigo. Y, ¿sabes? Quería morir. Cuando abrí los ojos y supe que seguía viva, cuando miré mi vientre vacío, lo único que deseé fue morir.

Sean se arrodilló a sus pies y la miró con los ojos llenos de lágrimas.

—Ojalá puedas perdonarme algún día, porque sé que yo jamás lo haré. Ojalá nuestro hijo pueda perdonarme. Que Wakan Tanka le tenga a su lado y le cuide como yo fui incapaz de hacer —sollozó abrazado a sus piernas, enterrando el rostro entre estas.

—No fue tu culpa que le perdiese. Al principio traté de buscar un culpable, me culpé a mí misma durante demasiado tiempo. Pero con el paso de los meses entendí que nadie podría haberlo evitado. No había culpables, solo dolor…

—Arráncame el corazón del pecho, golpéame, no puedo soportar esto que siento, no puedo… —Sean se incorporó y salió al exterior por la puerta de la cocina, como si se ahogase. Nicole le observó caminar hasta la orilla del lago y tomar asiento en el suelo, con ambas manos cubriéndose el rostro, llorando en silencio.

Permaneció en ese lugar, a oscuras, iluminado solo por la luz lejana del porche trasero, por un tiempo que a Nikki le pareció eterno. Tomó una de las mantas que la abuela guardaba en los armarios del piso superior y salió al exterior. Sentándose en silencio a su lado, cubrió a ambos con la frazada. Había dejado de llorar, aunque apretaba los labios con fuerza, como si pretendiese evitar comenzar de nuevo.

—Lo siento. Siento haberme mostrado…

—¿Vulnerable?

—Débil. Siento haberme hundido de ese modo cuando en realidad ni siquiera tengo derecho.

—Jamás te perdonaría que no lo hubieses hecho, porque eso significaría que haberle perdido no te importa. Tienes todo el derecho a sentirte tan dolido como lo hice yo hace casi cuatro años. Solo el tiempo me ha ayudado a ser capaz de hablar de ello, antes ni siquiera podía mencionarlo.

—No imaginas cuánto me detesto, cuánto me odio a mí mismo, me arrancaría la piel a tiras por lo que hice.

—Deja de martirizarte, no sirve de nada. Te lo digo por experiencia.

—¿Podrás perdonarme algún día?

—Ya lo hice. Después de perder a nuestro pequeño me di cuenta de que no podía sentir rencor. Que todo ese odio que había sentido por ti solo lograba envenenarme.

—Ni siquiera sé cómo pudiste mirarme a la cara cuando acudí al hospital.

—Porque tú no tuviste la culpa, Sean. Quiero que lo entiendas, habría sucedido de igual modo aunque hubieses estado a mi lado. Y también te había perdonado por dejarme, me había convencido de que no tenía sentido que estuvieses junto a mí sin amarme. Pero cuando llegaste fue como si todo cobrase vida de nuevo, era más sencillo perdonarte en la distancia —confesó apoyando la frente en su hombro, en busca de su calor. Sean la abrazó y Nicole se acomodó encajando el rostro en su cuello.

—Cada vez que pienso lo que has pasado mientras yo me jugaba la vida tratando de olvidarte…

—No le des más vueltas Sean, no tiene sentido.

—Y William…

—William me obligó a salir a la calle, vino a casa de mis padres a buscarme, se esforzó por sacarme del pozo en el que estaba.

—Tienes que estar muy agradecida por ello —dijo sin camuflar la rabia que le producía no haber sido él quien estuvo a su lado.

—Lo estoy.

—Merece toda tu gratitud, pero no por ello debes casarte con él.

—No me caso con él por gratitud —aseguró apartándose de su cuerpo para mirarle a los ojos. Era el segundo miembro de la familia que lo sugería en menos de veinticuatro horas.

—¿Le quieres como me amabas a mí?

Nikki miró al horizonte. Una brisa fresca removió la superficie del lago.

—No. Es distinto. Estos días he estado planteándome si ha sido precipitado aceptar su propuesta de matrimonio. Quizá me dejé llevar por el momento, ya vivimos juntos, nos compenetramos bien, casarnos es… es el siguiente paso.

—El amor no es solo un paso. Tú lo sabes, igual que yo. El amor es como el viento sobre el maizal, que lo envuelve y lo remueve aunque no lo puedas ver. Sientes cómo te golpea en todo el cuerpo. Si no te hace sentir eso, es que no lo amas —sentenció. El silencio los envolvió.

—Será mejor que vayamos adentro —pidió ella, y ambos caminaron hasta el interior de la vivienda.

Sean tomó asiento en el sofá. Nikki preparó café en la cocina y le llevó una taza.

—¿Te apetece? Con leche y un toque de canela, como te gusta —Ni siquiera su café favorito le provocó una sonrisa.

Fue una noche larga en la que sobraban las palabras, Nikki le rodeó con sus brazos y se acurrucó en su pecho hasta que el sueño y el cansancio vencieron a ambos.

26

Un picnic

La luz del nuevo día se colaba por las cortinas de las ventanas del salón. La brisa las mecía con suavidad. Sean fue el primero en despertar, con la mujer a la que amaba recostada sobre su pecho. Contempló con dulzura sus pestañas rojizas, las pequeñas pecas cobrizas que salpicaban su nariz y sus mejillas, sus labios finos y delineados. Parecía tan frágil y la vez había sido tan fuerte. Más fuerte que él mismo. Apretó los dientes conteniendo la emoción.

Fue como si ella pudiese sentirlo y sus ojos azules se abrieron despacio, mirándole con expresión relajada.

—Buenos días.

—Buenos días, ¿cómo estás? —le preguntó ella.

—Bien, supongo. ¿Y tú?

—Bien. He dormido una noche entera por primera vez en mucho tiempo —dijo observándole con fijeza, sin dar signos de incomodidad por estar tan cerca, con el cuerpo pegado al suyo, entre sus brazos—. No más mentiras, ¿de acuerdo? —Él asintió.

—No más secretos. —Ella también lo hizo—. Me gustaría llevarte hoy a visitar Green Rock.

—¿El «cuartucho destartalado» que mencionó tu madre?

—¡No es un cuartucho destartalado! —rio—. Es el lugar en el que tengo pensado establecerme cuando me retire, una finca de once hectáreas en la que intentaré hacer realidad mi sueño de tener una granja.

—¿Está muy lejos?

—No. Está en la otra orilla del lago. Apenas a treinta minutos en coche. Con ayuda de Wambdi he logrado llevar electricidad y tengo agua de un pozo, pero por el momento solo tengo una pequeña casa de madera, como un cobertizo con dos habitaciones, y un granero destartalado. Hay mucho que hacer aún.

—Podríamos hacer un picnic —sugirió Nicole—. Prepararé algo de comer y podemos tomarlo allí.

—Me parece una idea estupenda.

Alguien abrió la puerta de la cocina de golpe. Sean hizo a Nicole a un lado, se incorporó de inmediato y acudió allí. Regresó un instante después, caminando descalzo con pasos lentos y seguido de quien había llegado.

—Buenos días, o quizá debería decir buenas tardes —la saludó Talulah a quien seguía Wambdi con expresión de bochorno.

—Me ha obligado a traerla en la motocicleta —se excusó este—. Se agarraba tan fuerte que me cortaba la respiración.

—No seas quejica, Wam.

—¿Quejica? Aún debo tener las marcas de tus uñas bajo las costillas, abuela.

—Bah. No es para tanto. Tenía que venir para traer el bolso de Nikki, puede necesitar sus cosas —protestó esta—. Y además, estaba segura de que le apetecería otra tisana, ¿a que sí?

—Tiene razón, abuela —respondió Nikki sentada en el sofá con una sonrisa.

—¿Qué tal ha ido la noche, chicos? —preguntó con una sonrisa pícara. Nicole se echó a reír y Sean resopló, la abuela no tenía remedio—. Cuánta timidez, con lo sano que es darse cariño —se rio ella sola—. Os he traído un bizcocho y un termo con mi tisana. Lo he dejado en la cocina.

—No me ha dejado probar el bizcocho. Incluso me ha dado un latigazo con un trapo de cocina al intentarlo —reveló Wambdi.

—Porque es solo para ellos. A ti te haré uno al llegar a casa, que parece que tengas cinco años todavía. Bueno, vámonos, dejémosles que aprovechen el tiempo —dijo con una nueva sonrisa. Besó a su nieto mayor en la mejilla y después a Nicole, y se marchó tirando de Wambdi.

—Gracias, abuela —dijo Nikki acompañándolos junto a Sean. Este salió al porche con ellos, mientras Nikki tomaba su bolso de la cocina. Buscó su teléfono móvil y lo encendió. Tenía dos mensajes.

Óscar: «Papá está mucho mejor. Le hemos contado que estás bien. Sigue sin hablar y dice no recordar lo sucedido. La policía sigue protegiendo nuestra casa y el hospital. Parezco un famoso con guardaespaldas jejeje».

El segundo mensaje era de Gina.

Gina: «Nikki, ¿dónde estás? La policía ha vuelto a estar hoy aquí. Estoy empezando a asustarme. Contéstame, por favor».

De nuevo sintió la tentación de responder a su mensaje para tranquilizarla, pero Sean le había insistido que no lo hiciese.

No había ni una sola llamada ni mensaje de William. Miró su última conexión y había sido aquella misma mañana. Resultaba de lo más extraño que ni siquiera preguntase por el estado de su padre. Imaginaba que su madre ya le habría puesto al tanto de lo ocurrido. De todos modos, después de las emociones vividas aquella noche, de dormir abrazada a Sean y descansar como hacía años que no lo hacía, tampoco se sentía con ánimos de hablar con William. Ya hablarían cara a cara cuando todo hubiese terminado.

Oyó la melodía del móvil de Sean, que aún se encontraba en el exterior observando cómo se alejaba la motocicleta con Wambdi y la abuela abrazada con fuerza a este en la parte de atrás, con un casco al más puro estilo *Hormiga Atómica*. Sean contestó la llamada y, desde la ventana de la cocina, Nicole le vio conversar caminando arriba y abajo junto a la orilla del lago. Dio una patada a una piedra y esta se estrelló sobre la superficie del agua.

—¿Sucede algo? —le preguntó cuando pasó junto a ella.

—No, tranquila. ¿Qué tal si preparamos ese picnic?

27

Te pertenezco

El camino fue corto y tranquilo, iban por una carretera estrecha, asfaltada aunque sin marcas viales, que bordeaba el lago a cierta distancia. A orillas de este había multitud de árboles. El sol se alzaba con energía sobre los campos de cultivo que comenzaban a mostrar signos de la llegada del verano, con surcos amarillentos entre el verdor esmeralda. La tierra se extendía a ambos lados en una inmensa llanura y sobre esta permanecían esparcidas redondas pacas con las que alimentar a los animales que en ella pacían, principalmente caballos y reses.

Se detuvieron ante la cancela desvencijada de una propiedad, Sean descendió del vehículo y la abrió. Continuaron por el camino de tierra compactada hasta alcanzar una pequeña cabaña de planta rectangular, construida a base de gruesos troncos de madera oscura, con ventanas estrechas y altas, de apenas cincuenta metros cuadrados, con techado de tejas planas cubiertas de musgo y un pequeño porche delantero. A su derecha había un granero de mayor tamaño y un alto silo metálico en el que recoger el cereal cultivado. Ese era todo el patrimonio construido en Green Rock.

A su alrededor se extendían tierras de labriego abandonadas, ocupadas por matorral y flora silvestre. Las cercas estaban rotas y había un antiguo abrevadero semiderruido y rebosante de musgo.

A pesar del aspecto decadente, dentro de la cabeza Sean tenía un mapa idealizado de aquel lugar y de todas sus posibilidades, e incluso tenía calculado el tiempo y el dinero que tardaría en convertir esas ilusiones en realidad.

—¿Qué te parece? —preguntó sin demasiadas expectativas.

—Es fantástico —dijo ella para su sorpresa—. Me parece un lugar estupendo. Está lo suficientemente cerca del lago para aprovechar sus recursos y, con reformas y mucho trabajo duro, será muy productivo.

—Vaya, gracias.

—Además, el paisaje es maravilloso.

—Fue una de las cosas que más me gustó. Levantarse de la cama y contemplarlo será una fuente de inspiración cada mañana. Además, trabajaré para construir un embarcadero, el lago es genial para pescar y hacer excursiones en piragua o canoa. Vamos, te enseñaré mi humilde cabaña —apuntó con una sonrisa caminando hasta el porche. Subió la pequeña escalinata y abrió la puerta, que se resistió un poco, ofreciendo a Nicole pasar primero al interior.

Sintió algo de vergüenza al mostrarle el habitáculo. Aunque pensaba ampliarla con un par de habitaciones más, por el momento solo contaba con un salón y un dormitorio. El baño estaba situado en una caseta en el exterior y ni siquiera contaba con ducha ni con agua corriente. La cocina se limitaba a una encimera lateral con un antiquísimo infernillo de carbón y un fregadero.

Apenas había una mesa y cuatro sillas, al lado de una chimenea de ladrillo rojizo. Y carecía de cortinas y de cualquier tipo de adorno.

—Es preciosa —dijo Nicole, y él buscó sus ojos, desconcertado—. En serio, es muy acogedora, necesita una buena dosis de… un toque femenino, pero es genial —sugirió haciéndole reír.

—Wam me está ayudando mucho, ahora cuando terminen las clases podré contar con él de nuevo.

—¿Las clases?

—Es el conductor del autobús escolar.

—Qué bien.

—Sí, lo compagina con sus labores de mantenimiento de las instalaciones del equipo contraincendios. Y cuando está libre viene y me echa una mano, sin prisas.

—Imagino que ahora tendrás más tiempo libre, quiero decir, antes apenas…

—No. El tiempo libre es el mismo, escaso. Sigo teniendo un mes libre cada cuatro, cinco o seis.

—Si no te reclaman.

—Claro, si no me reclaman para una misión urgente.

—Por eso no hay prisa —entendió.

—No, por el momento —dijo, aunque en su interior algo se había removido desde la noche anterior, desde que supo que podría haber sido el padre de una criatura de tres años. Las palabras de su hermana acudían a su mente sin descanso: «Deja de vivir por tu país y comienza a vivir por ti de una vez».

—Y esta habitación es…

—El dormitorio. Por el momento ni siquiera tiene cama y por ese agujero se cuela el diluvio universal. A Wam solo le ha dado tiempo de arreglar uno parecido que había en el salón —Apuntó al techo en el que había una oquedad del tamaño de un melón desde la que podía contemplarse el cielo azulado. Por lo demás, el cuarto permanecía vacío, aunque había un colchón en el suelo que su hermano había traído para echarse la siesta cuando el sol abrasaba demasiado como para continuar trabajando en el exterior.

—¿Desde cuándo la tienes?

—Desde hace un año y medio, cuando tuve lo suficiente para comprar la parcela.

—Tu economía ha debido mejorar mucho estos años.

—Lo ha hecho, también el riesgo de mis misiones.

—Lo imagino, o mejor no quiero imaginarlo.

—Siéntate, por favor —pidió ofreciéndole una de las sillas del salón mientras dejaba sobre la encimera de madera el mantel con el que habían hecho un hatillo para transportar su almuerzo.

—No me apetece sentarme, me apetece dar un paseo, caminar hasta esos árboles que he visto ahí fuera.

—Es un pequeño bosque que hay dentro de la propiedad. Pero está más lejos de lo que parece, es una buena caminata.

—¿Tienes alguna otra cosa que hacer? —sugirió con una sonrisa.

—No, pero tengo una idea mejor, ¿puedes esperar diez minutos?

—Sí, claro. ¿Qué idea es esa?

—Espera aquí y lo verás.

Sean salió al exterior y realizó una llamada telefónica. Cuando regresó descubrió que Nikki había abierto los muebles de la cocina, comprobando que estaban vacíos o, lo que era peor, llenos de telarañas.

—No solo necesitas un toque femenino, también una buena dosis de insecticida. ¿A quién has llamado?

—No seas impaciente. Enseguida lo sabrás.

—Sabes que no puedo evitar la impaciencia, la llevo en los genes —se rio, maravillándole una vez más con su preciosa sonrisa. Joder, cuánto necesitaba besarla, cuánto dolía no hacerlo—. ¿Sabes? Esta cocina quedaría perfecta si colocas un estor en lugar de una cortina, y si cambias el infernillo por uno de gas, que ocupe menos espacio.

—Podrías ayudarme a reformarla.

—Claro, pídeme ayuda cuando comiences —aceptó de buena gana.

—Nikki.

—¿Qué?

—¿Eso que dijiste en la entrevista era cierto?

—¿A qué te refieres?

—Cuando dijiste que un día soñaste vivir en un lugar como este. Que podrías vivir lejos de la ciudad, de la modernidad, en un sitio así. Criando ganado, cultivando maíz y ordeñando vacas.

—Por supuesto que sí. Claro que podría hacerlo.

—No me refiero a que puedas hacerlo, de eso no me cabe duda, eres la mujer más tenaz que conozco. Junto a mi abuela Talulah, por supuesto —apuntilló provocándole la risa—. Me refiero a que disfrutases haciéndolo, a si no echarías en falta el ritmo de vida de la ciudad, tu trabajo, los lujos a los que, no te ofendas, estás acostumbrada.

—¿Si disfrutaría cambiando una vida llena de estrés por una en la que pudiese dormir mirando las estrellas por los agujeros del tejado? —bromeó apuntando con la nariz hacia el techo parcialmente roto del dormitorio—. Sean, me gusta mi trabajo, se me da bien a pesar de que nunca lo consideré una vocación, y sin embargo jamás creí que fuese lo más importante en mi vida. Por supuesto que podría ser feliz en lugar así, con la persona apropiada me marcharía al fin del mundo. Pero si además ese «fin del mundo» hubiese estado aquí y fuese tan natural, tan real y auténtico, lo habría hecho con los ojos cerrados.

Sean guardó silencio sintiéndose reconfortado. Aquella era la Nicole que recordaba. La que él perdió a propósito.

Dolía.

La noche anterior ambos se habían desprendido de sus máscaras y se mostraban desnudos de apariencias el uno para el otro.

—Aún hay un lugar para ti aquí. Porque siempre lo habrá en mi corazón. Te amo, Nicole Redcloud, como sé que jamás volveré a amar a otra mujer —afirmó dando el paso que los separaba.

—Yo también te quiero, Sean —dijo dando un paso hacia atrás—. Pero aún me siento demasiado confusa, mi cabeza me dice una cosa y mi corazón otra muy distinta. Tengo que hablar con William, tengo que aclarar mis sentimientos, cuando todo esto pase…

—Por supuesto. Toma el tiempo que necesites, te esperaré hasta que las montañas se conviertan en valles, hasta que el desierto se convierta en un vergel y regrese la Mujer Cría de Búfalo Blanco —los ojos de Nicole se empañaron de emoción al oír sus palabras.

—¿Me acabas de llamar «cría de Búfalo Blanco»? Pero qué cosas más bonitas me dices —bromeó. Sean echó a reír, dio un paso hacia ella y la abrazó, Nikki limpió sus lágrimas con los dedos reposando el rostro en su pecho.

—La Mujer Cría de Búfalo Blanco es, según las leyendas, la que nos entregó nuestros ritos más importantes, la que nos convirtió en quienes somos los *sioux*. Fue ella quien nos enseñó a venerar a Wakan Tanka. Es uno de los seres sagrados más importantes de nuestra cultura.

—Hay que ver lo que sabes, con lo bruto que pareces a veces —dijo muy seria cuando Sean alzó su barbilla buscando sus ojos, y luego se echó a reír.

—Me llamas bruto, ese también es un buen halago. Voy a tener que pedirle a esa lagartija que te muerda —aseguró con ironía indicando a su espalda.

—¡¿Qué lagartija?!

Nicole dio un grito y echó a correr hacia la puerta. Sean la siguió roto por la risa.

—Así que continúas teniendo miedo a los reptiles.

—Muy gracioso… Viene alguien —dijo señalando el horizonte. Sean miró en aquella dirección. Se acercaba un jinete seguido por otro caballo de cerca. Se trataba de un hombre de entorno a los sesenta años, de rasgos nativos, con la piel curtida por el sol bajo un sombrero de ala ancha y ropas ajadas por el trabajo en el campo.

—Es Waldo, el vecino.

—¿Y qué quiere?

—Ahora lo verás.

—Que sepas que ese aire misterioso no te va nada.

—Buenas tardes, Waldo.

—¡Qué alegría verte por aquí! —dijo este desmontando. Le estrechó la mano y miró a Nicole.

—Te presento a Nikki, ella es mi… esposa. Waldo Riverton es el dueño de la yeguada que linda con nuestra finca.

—Vaya, ya tenía ganas de conocerla, señora Redcloud. Su marido es un gran tipo.

—Lo sé.

—En serio, va a convertir este lugar en algo magnífico.

—*Vamos* —puntualizó Sean mirándola con ilusión. Ella guardó silencio—. El año en el que al fin nos instalemos, compraremos una parte de la potrada de Waldo para comenzar.

—Ya me encargaré yo de que sean los mejores. Bueno, por lo pronto aquí está la yegua de la que te hablé, buena para trabajar, para recorrer con ella la propiedad e incluso para pasear niños pequeños —aseguró guiñándole un ojo a ambos. Sean sonrió con dolor antes de mirarla y tomar las riendas en la mano.

—Gracias, Waldo. Nosotros la llevaremos de vuelta dentro de un rato.

—Gracias a ti por dejarte la piel por nuestro país, hijo —sentenció—. Señora Redcloud, ha sido un placer conocerla.

—Igualmente, señor Riverton.

Subiendo de nuevo al caballo se alejó a galope por donde había venido dejándoles a la preciosa yegua alazana.

—Es muy bonita, pero ¿para qué…?

—Querías dar un paseo hasta el bosque y he pensado que sería mucho más cómodo y bonito hacerlo a caballo.

Nicole le miró con ojos embelesados, la había dejado sin palabras.

Gran Oso le cedió las riendas, entró en la casa y recogió el hatillo. De un impulso subió al animal y, ofreciéndole la mano, la ayudó a montar delante suyo. La espalda de Nicole permanecía recta, tratando de tocarle lo menos posible, y él sujetó las riendas ante su vientre, evitando el roce para no violentarla.

—¿Estás cómoda así?

—Sí.

—¿Seguro?

—Sí.

—Vamos —dijo espoleando al caballo.

A medida que el animal comenzó a caminar hacia la arboleda, meciéndoles con su paso sosegado, Sean pudo sentir cómo Nikki relajaba su postura, dejándose ir hacia atrás hasta que, poco a poco, acabó apoyada contra su torso, reposando la cabellera rojiza en su cuello.

—¿Mejor así?

—Mucho mejor —dijo ella en un susurro cuando sus fuertes brazos la sostuvieron sin pudor por el vientre.

La brisa agitaba sus cabellos bajo los tibios rayos del sol. El terreno era bastante regular y el animal parecía atento a la necesidad de sus jinetes de un momento de paz.

—Me encanta tu olor.

—Aún utilizo el mismo perfume que me regalaste.

—Lo sé, lo reconocí en cuanto te saludé en el hospital.

—Fue duro verte allí de golpe, y sin embargo estaba convencida de que, si te enterabas, vendrías.

—Por supuesto.

—Aún no puedo creer que mi padre supiese que me habías mentido y no me contase nada, como tampoco pensé jamás que se acostaría con su secretaria o que pudiese llegar a mantener no sé qué relaciones con una empresa sin escrúpulos como Labocon.

—Yo tampoco creí nunca que llevaría tan mal saber que vas a casarte con otro. Me había convencido a mí mismo de que jamás volveríamos a estar juntos y resultaba de lo más lógico que tuvieses otra relación o incluso que te hubieses casado. Y sin embargo, fue como un puñetazo en el estómago. *Es* como un puñetazo en el estómago, cada vez que me detengo a pensarlo.

—Le debo mucho a William. Él ha estado ahí para mí a pesar de que le rechacé para estar contigo, y no solo cuando éramos adolescentes. Poco antes de que nos casásemos volvió a pedirme una oportunidad.

—¿Ah, sí? Eso no me lo habías contado.

—Ya le odiabas lo suficiente como para añadir más leña al fuego. Y para mí no significó nada más que una declaración casi infantil de sus sentimientos.

—¿Qué te dijo?

—Me pidió que tomásemos un café. Fue una semana antes de la visita que teníamos planeada aquí, a la reserva, para conocer a tu familia. Nunca olvidaré cuando vi a la abuela Talulah por primera vez, con sus trenzas blancas…

—Al grano —pidió, y ella no pudo contener una risita, le divertia su malestar.

—Quedamos en Barny's ese sitio tan bonito que hay junto al embarca…

—Sé dónde está Barny's. Al grano, Nikki.

—En fin, él me estaba esperando cuando llegué, estaba en uno de los sofás del fondo. Me senté a su lado y pedimos un café, entonces me dijo que no podía permitir que me casase sin hablarme de sus sentimientos.

—Vaya, no sabía que los gusanos rastreros tuviesen sentimientos.

—Por favor, Sean. Respétale, al menos en mi presencia.

—Estaba intentando evitar que nos casásemos, créeme que es difícil.

—Lo mismo estás haciendo tú ahora, ¿no es cierto? —Sean se tensó y apretó la mandíbula, incómodo.

—Espero no obtener el mismo resultado. ¿Qué te dijo?

—Me dijo que estaba enamorado de mí desde que éramos unos críos y que casarme contigo era el peor error que podría cometer en mi vida, ese tipo de cosas, un poco a la desesperada.

—¿Y qué le respondiste?

—Ya sabes cuál fue mi respuesta.

—Quiero saber tus palabras.

—No entiendo qué importancia pueden tener ahora… Le dije que era un buen amigo para mí, pero nada más. Que sentía que tuviese ese concepto de ti, pero que tenía muy claro que eras el hombre de mi vida.

—Y yo solito me encargué de que cambiases de opinión… —Nicole guardó silencio—. Pero volveré a hacerlo, volverás a creer que soy el hombre de tu vida —aseguró.

—Entonces intentó besarme.

—¿Qué?

—Intentó besarme. Le empujé hacia atrás y...

—El muy desgraciado.

—Fue un impulso... Después se disculpó.

—Ahora mismo siento *un impulso* de partirle el alma en dos.

—Muy lógico. Por algo que sucedió hace casi una década.

—Ocurrió hace una década, pero estabas a punto de convertirte en mi esposa.

—Él lo intentó, pero tú lo has hecho, me has besado, nos hemos besado.

—No es lo mismo.

—No, no lo es. Porque a él se lo impedí, y contigo... Contigo no he podido resistirme.

—Porque continúo siendo el hombre de tu vida. Me amas. Lo sé, me amas tanto como yo a ti. Y en cuanto te des cuenta, me encargaré de hacerte la mujer más feliz del planeta —sentenció, espoleando al caballo para que acelerase el paso. Nikki no podía rebatírselo, no podía.

El paseo los llevó hasta el pequeño bosque. Bajaron del animal y caminaron hasta la orilla del riachuelo que atravesaba la propiedad y discurría hasta el lago. El canto de los pájaros y el sonido del agua eran el único sonido a su derredor y conformaban una banda sonora maravillosa para el paisaje que los rodeaba. Los olmos blancos eran un pequeño pulmón en mitad de las extensiones de cultivo.

Sean permitió que el caballo bebiese agua del arroyo y después lo ató. Deshizo con cuidado el nudo del mantel y, colocando las provisiones a un lado en el suelo, lo extendió sobre la vegetación que crecía frondosa, resguardada del calor del exterior por las altas copas de los árboles.

—Sí que te ha gustado la infusión de mi abuela —sugirió con una sonrisa al ver el termo.

—No es que tenga demasiado buen sabor, pero, no sé, me resulta agradable.

—Yo prefiero el bizcocho.

—Por eso lo traje —añadió sentándose sobre el mantel. Sean se situó frente a ella y contempló la comida. No solo había traído la tisana y el bizcocho, también un recipiente de metal con huevos revueltos con salchichas y verduras. E incluso una botella de agua, además de los cubiertos.

—Menudo banquete, me voy a poner las botas.

—Espero que esté bueno.

—¿Por qué no iba a estarlo?

—Ya sabes que mis dotes de cocinera dejan bastante que desear.

—Estarás de broma, comparado con lo que suelo comer, tus platos son una delicia.

—William preferiría comer aceite de ricino.

—William es gilipollas. Perdón —corrigió alarmado. Nicole en cambio se echó a reír.

—Eres incorregible.

—Eso es cierto. Pero me amas igualmente —ella se echó a reír de nuevo.

—Y un poco prepotente.

—¿Solo un poco? Pierdo facultades —añadió con una sonrisa soñadora—. ¿Sabes? Creo que nunca te he dicho lo que pensé la primera vez que te vi.

—No recuerdo si lo has hecho. Dime, ¿qué pensaste? ¿Debería asustarme?

—Cuando te vi con aquel diminuto vestido negro que permitía contemplar esas piernas largas y torneadas, sentada a la barra, perdóname la franqueza, pero pensé que tenía que llevarme a la cama a aquella pelirroja como fuese.

—Muy romántico, sí señor —dijo Nicole con ironía entregándole un tenedor.

—Entiéndeme. Solo teníamos un par de noches libres y lo habitual era buscar una chica con la que pasar un buen rato, sin más pretensiones. Y tú me pareciste una auténtica preciosidad. Sin embargo, cuando comenzamos a hablar me sucedió algo que nunca antes me había pasado.

—¿Qué?

—El sexo pasó a un segundo plano. Dejó de importarme si nos acostábamos o no, porque lo que me preocupaba era cómo lograr volver a verte.

—Y lo conseguiste, conseguiste que volviésemos a vernos, lograste que me saltase mis propios principios y acudiese a tu encuentro.

—Sin embargo, después de que nos despidiésemos al día siguiente, después de hacer el amor por primera vez, me sentí muy angustiado.

—¿Angustiado? Creía que había sido maravilloso —dudó Nicole sin poder camuflar su pudor al hablar de ello.

—Y lo fue, fue perfecto. Precisamente por eso supe que ya no podría continuar con mi vida como si nada, algo había cambiado dentro de mí. Y estaba jodido, muy jodido, porque tú eras la hija de un millonario y todo mi patrimonio se reducía a mis propias manos y a lo que fuese capaz de conseguir con ellas.

—Más que suficiente, Sean —dijo acariciándole la mejilla, recabando en su mentón anguloso.

—Lo sé. Pero entonces temí que fuese un obstáculo insalvable.

—Lamento mucho que te sintieses así.

—Y sin embargo no podía resignarme, me aferré a ti, a lo que habías despertado en mi interior, a pesar de que nadie hubiese dado un centavo por lo nuestro. Pero me había enamorado y la opinión del resto del universo dejó de importar lo más mínimo. Junto a ti descubrí lo que es querer a otra persona por encima de todas las cosas —Nicole sonrió satisfecha con sus palabras, ella había sentido lo mismo, palabra por palabra—. Ahora, dime con sinceridad, ¿qué pensaste tú la primera vez que me viste?

—¿De verdad?

—Por supuesto.

—¿Estás seguro de que quieres saberlo?

—Ahora soy yo quien se asusta —añadió divertido, temiéndose lo peor.

—Casi podía leer un letrero de neón en tu frente que rezaba «Peligroso».

—Aún lo soy, nena —advirtió guiñándole un ojo, pagado de sí mismo.

—No eras para nada mi tipo, en absoluto, nunca había salido con alguien como tú. Tan alto, tan grande, tan descarado, tan... todo. Pero eras sexy como el demonio, con esa seguridad en ti mismo y esa seductora media sonrisa. Después de cruzar un par de palabras… no sé, me hiciste sentir a salvo. Supe que mientras estuviese contigo nada malo me sucedería. Me gustabas, y no porque fueses un marine, me habrías gustado igualmente aunque trabajases en un Walmart.

—No estás siendo totalmente sincera.

—¿Cómo que no? ¿Es que estás dentro de mi cabeza?

—Di la verdad, cuando me presenté ante ti, tu primer pensamiento fue: «este tipo tiene pinta de ser un dios del sexo». —Nicole comenzó a reír.

—Un dios del sexo que me dejó en la estacada esa misma noche.

—Eso es muy injusto. ¿Tenía razón o no la tenía?

—La tenías, lo reconozco. Pero tuve que ducharme con agua fría aquella noche.

—Mi pequeña depravada. Al menos reconoce que al día siguiente te compensé con creces —dijo con la voz enronquecida, terriblemente sensual.

—Sí, lo hiciste. —Un sofocante calor la invadió al rememorar el momento en el que perdió la virginidad.

—Y cada vez que tuvimos la oportunidad de vernos desde aquel día, una y otra vez…

—Creo que será mejor que cambiemos de tema, hace mucho calor, ¿no? —Sean sonrió complacido; dentro de su piel ardía.

Cuando terminaron de comer dejaron los platos a un lado y se tumbaron sobre el mantel, uno frente al otro, separados solo por el termo y la fuente del bizcocho de la abuela Talulah.

—Sean, dime una cosa.

—Lo que sea.

—¿Qué ha sido de tu vida estos cuatro años?

—Ya te he hablado de ello, cambié de equipo, ascendí…

—No me refiero a eso —admitió con pudor, mientras se servía un poco de infusión en la tapa del termo—. El primer y único hombre con el que he estado después de que rompiésemos fue William y fue… difícil. Quiero decir, por increíble que parezca, al principio sentía que estaba traicionándote. —No era una imagen precisamente agradable para traer a la mente en ese momento, pensó Sean, que tomó un pedazo de bizcocho y lo mordió tratando de bajar la rabia que le atenazaba con solo pensarlo—. ¿Ha habido alguien así en tu vida?

—En absoluto. No he mantenido la castidad, he estado con diferentes mujeres, pero han sido relaciones breves, un fin de semana, varios. Aunque a ninguna le prometí nada, tampoco ellas a mí.

—¿Por qué?

—¿Y tú me lo preguntas? Porque te pertenezco desde la noche que entré en ese bar, Nicole. Mi espíritu te pertenece como lo hace mi cuerpo y todo mi ser. Nunca otros cuerpos pudieron calmar la sed que siento de ti.

No pudo camuflar lo mucho que la había sobrecogido con sus palabras. Apuró de un sorbo su taza, sus mejillas se llenaron de rubor y sus ojos se empañaron, aunque se negó a llorar.

Al ver su reacción, Sean sintió cómo un calor asfixiante le ascendía desde el pecho y el corazón bombeaba con fuerza bajo el esternón. Se acercó a ella y la besó. Apretó los labios contra los suyos y saboreó las lejanas notas del té de su boca. Nikki cerró los ojos, dejándose arrastrar por su beso, respondiendo apasionada a los envites de su lengua ansiosa por explorar su interior.

Sean se subió a su cuerpo, tiró de sus muslos por encima de los vaqueros, y sus piernas le rodearon por la cintura. Le subió la camiseta y besó sus pechos por encima del sostén. La oyó jadear y regresó a su boca, llenándola de besos apasionados mientras ella se aferraba a su cuello.

Temía apresurarse, pero la deseaba tanto que dolía, su sexo enhiesto le presionaba en los pantalones, tuvo que ajustarlo con disimulo hacia arriba, acomodándolo sin dejar de besarla. Y se apretó contra su pubis, presionándola con él, bebiendo cada jadeo que escapaba de su boca, deleitándose con el rubor de sus mejillas, con el sabor de su piel. Pero entonces Nikki, como si despertase de algún tipo de sueño, abrió los ojos y le miró.

—No, no… Esto está mal, tengo que hablar con él.

—Ambos lo deseamos, Nikki. Déjame tenerte.

—No puedo hacerle esto, no puedo —aseguró revolviéndose bajo su cuerpo. Sean se apartó, echándose a un lado en el mantel, con un gran ejercicio de fuerza de voluntad. Sintió un pinchazo hondo en los testículos que parecían reclamarle que su tensión no fuera liberada—. Lo siento. Siento haber…

—No has hecho nada, he sido yo. He sentido un gran deseo de besarte y no me he contenido.

—No. Yo no te he rechazado, me cuesta resistir las ganas de echarme a tus brazos de nuevo. No sé qué me pasa.

—Yo tampoco. Pero no puedo decirte que lo sienta. Acabas de regalarme al menos diez años de vida.

Nicole rio y después comenzó a llorar.

—¿Qué pasa?

—Yo no soy así. No quiero engañarle, pero no puedo evitar sentir lo que siento cuando estoy contigo. No puedo hacerle lo que creía que tú me habías hecho a mí, porque sé cuánto duele. Necesito hablar con él cuanto antes y decirle lo confundida que estoy, lo que ha sucedido entre nosotros. Me siento una miserable. —Sean la abrazó, estrechándola contra su pecho.

—Chsss. No eres ninguna miserable, no quiero que te sientas así, la culpa ha sido mía, pero no volverá a suceder. Será mejor que regresemos a casa.

En cuanto abandonaron el cobijo de los árboles, el teléfono de Sean vibró, tenía una llamada perdida de su amigo Parkur. La sangre se le heló dentro de las venas. No podía ser nada bueno.

—Es sorprendente que no eche de menos el móvil, excepto para saber de los míos. Por lo demás, no añoro en absoluto estar pendiente de ese cacharro, de los mensajes, las llamadas, los correos electrónicos.

—También yo querría olvidarme de él de vez en cuando —sentenció mientras lo guardaba en el bolsillo. No iba a llamarle en su presencia, se temía lo peor.

Nicole condujo la camioneta siguiendo el paso del caballo hasta la propiedad contigua en la que se hallaba una gran yeguada, solo en uno de los vallados debía haber en torno a cien ejemplares. Sean devolvió el animal a su dueño y le estrechó la mano con familiaridad. Después regresó a la camioneta y ella le cedió el lugar del conductor.

Regresaron a casa de la abuela Talulah y, mientras Nicole subía a darse una ducha, Sean aprovechó para llamar por teléfono a Parkur.

—Dime.

—Malas noticias, Gran Oso.

—Suéltalo.

—Se confirman nuestras sospechas. Keylor Rodríguez ha fallecido de muerte violenta. —Aquella misma mañana le había comunicado su fallecimiento, pero entonces desconocía los detalles—. Murió quemado, al parecer con algún tipo de acelerador tipo gasolina. Quemaron su apartamento con él dentro. Su cuerpo está carbonizado.

—Mierda, así no habrá modo de realizarle ningún tipo de análisis.

—Es muy probable que ese fuese el objetivo. Aunque han intentado simular un robo, ese pobre desgraciado no tenía nada que robar.

—Espero que le diese tiempo de realizarse esa biopsia, de lo contrario no tendremos nada de nada.

—Lo desconozco. Si hay cualquier otra cosa que pueda hacer.

—Ya has hecho demasiado, Parkur. Que su familia esté segura es lo más importante en este momento. De todos modos, si sabes de algo más…

—Por descontado.

Cuando colgó se sintió embargado por una sensación de agotamiento. ¿Cómo podía, quien quiera que hubiese atacado a Jeff Howard, haber descubierto quién era Keylor Rodríguez y cómo encontrarlo?

Probablemente en el ordenador del propio Howard, un ordenador del que desconocía cuánta información poseía y de quién. A él aún le faltaban demasiadas piezas para componer el puzle y el asesino iba un paso por delante.

¿Tendría el viejo Howard alguna referencia a la reserva en el ordenador? No lo creía, en absoluto. No había motivo, jamás había puesto un pie allí y él y Nicole llevaban años separados.

La oyó descender los escalones y encendió la televisión, tratando de fingir normalidad, no quería preocuparla con lo que acababa de descubrir, pero ella no se lo iba a poner fácil.

—¿Qué te pasa?

—¿A mí?

—Sí. A ti. Te pasa algo.

—En absoluto —aseguró incorporándose del sofá como si lo hiciese de la cama de un faquir. Debía descubrir si Sandy había obtenido alguna información más—. Voy a aprovechar para cambiar el aceite a la camioneta.

—¿Ahora?

—Sí. No tengo otra cosa que hacer.

—Está bien —aceptó ella con tono de resignación haciendo a un lado el largo cabello húmedo tras la ducha.

En cuanto puso un pie en la calle, Sean llamó a su amigo *hacker*.

—Buenas noticias, colega. O, en realidad, malas.

—Suéltalo.

—Ese tío ha recibido quinientos mil dólares de Geonat, una empresa espejo de Labocon. Una empresa perteneciente al mismo grupo con la que desvían dinero a paraísos fiscales. Me ha costado la puta vida conseguir esa información, he seguido un rastro desde no sé cuántos cortafuegos. No duermo desde ayer.

—Joder, Sandy. Gracias, tío.

—Lo que sea por ti, amigo. No solo he conseguido eso, también un *e-mail* que justo acabo de reenviarte, échale un ojo. No tiene desperdicio. No sé quién es ese tipo, pero tiene menos escrúpulos que un vertedero.

—Si descubres cualquier otra cosa…

—Tranquilo.

—Te debo una muy gorda, tío.

—Ya lo sé y me la cobraré, no te quepa duda —aseguró entre risas.

Colgó y de inmediato desbloqueó su teléfono para meterse en su cuenta de correo desde el servidor de alta seguridad de la Marina, en el que Sandy tampoco habría tenido problema para entrar, pensó. Era un auténtico fenómeno el muy cabrón, además de un adicto a la cerveza de barril.

«Para: Majestad@geonat.com
De: WL@farmacare.com
Asunto: Información

No me jodas M., sabes que no es nada fácil. ¿Te crees que yo no tengo prisa? Me hace falta el dinero, joder. Pero no estoy tratando con cuatro gilipollas, ¿vale? Son desconfiados de cojones. Ella la primera.

No hay quien le saque el tema, y al viejo ni te cuento. Estoy tanteando a alguien que creo que puede servirnos porque está de lleno en el tema o creo que va a estarlo en breve. Gracias a esta persona he sabido que en febrero se inician los estudios en humanos. Con veinte o treinta mil dólares creo que podríamos lograr lo que necesitamos.

Y si no, a ver si se muere el viejo de los cojones y ella se hace con la presidencia, entonces creo que me hará un hueco a su lado y ya tendremos vía libre. Porque, mientras el viejo esté vivo, no me querrá cerca de la empresa, todavía odia a mi padre y debe estar muy contento de que nos estemos hundiendo en el fango el muy desgraciado.

Ya te cuento.

W.»

Maldito fuera. Hablaba de obtener información, de vender información, de traicionar a la mujer a la que había pedido o iba a pedir en matrimonio y deseaba o quizá incluso sugería la muerte de su padre.

Sabía cuánto le dolería a Nicole aquella noticia, pero tenía que saberlo. Tenía que mostrárselo, contarle ambas cosas, que Levine era un traidor y que Keylor había muerto. Demasiada información a la vez y probablemente muy dolorosa. Pero le había prometido no volver a mentirle e iba a cumplirlo.

Cuando regresó al interior de la vivienda, la observó, había encendido la pequeña radio de su abuela y canturreaba moviendo las caderas con suavidad, mientras picaba verduras en la encimera de la cocina.

«Parece feliz», se dijo Sean. Él podía hacerla feliz, muy feliz. Y se dejaría hasta el último aliento para conseguirlo.

Pero en ese momento debía contarle lo que había descubierto, aunque supiese que destrozaría aquella pequeña burbuja de felicidad.

Caminó hasta alcanzarla y se situó a su lado, Nicole le miró y le dedicó una sonrisa.

—¿Ya has terminado con la camioneta?

—Lo he dejado para mañana.

—Claro, es muy tarde para eso. Voy a hacer *pozole*, que creo que es lo único que podría cocinar con los ojos vendados, ¿te apetece?

—Me apetece cualquier cosa que prepares, más aún sabiendo que la haces para mí. —Ella sonrió complacida.

—Bueno, ya solo queda poner la olla al fuego.

—¿Quién te enseñó a preparar *pozole*? Nunca te lo he preguntado.

—Maritza, nuestra niñera, ella quería que aprendiese a cocinar la cocina de su país, de México, pero cuando mi madre descubrió que estaba enseñándome, la despidió. Porque ella pensaba que no era una actividad apropiada para unos niños. Óscar y yo la echamos mucho de menos.

—Recuerdo la primera vez que lo preparaste para mí, me sorprendió mucho, aunque no te lo dije. Estaba muy rico.

—Vaya, gracias. No tengo oportunidad de hacerlo muy a menudo. Will piensa que «es comida de pobres», pero a mí me gusta.

—Ven un momento y siéntate. Hay un par de cosas que necesito contarte.

—¿Qué sucede?

—Esta mañana mi amigo Parkur me informó de que Keylor Rodríguez ha fallecido.

—Oh, Dios santo.

—Sí. Y esta tarde ha confirmado algo que sospechábamos ambos: su cuerpo ha quedado tan malogrado que poco o nada podrá obtener de él el forense.

—¿Cómo ha sido?

—Ha muerto quemado.

—¿Quemado?

—Un incendio, en su apartamento.

—Es horrible.

—No creemos que se trate de un accidente. No después de lo que nos contó en el aparcamiento. Ha resultado demasiado fortuito para la empresa que la única persona que en este momento puede detener o retrasar la salida al mercado de ese medicamento haya fallecido sin dejar pruebas de lo que puede haber hecho en su cuerpo.

—No creerás que mi padre…

—No lo creo, pero a estas alturas desconfío de todo el mundo.

—¿Incluida yo?

—De ti, jamás.—Sus ojos se humedecieron ante semejante declaración—. Me inclino a pensar que se trata del mismo sicario que intentó acabar con la vida de tu padre. Puede que haya conseguido sus datos del portátil robado.

—Puede ser. Oh, Sean, no tengo ni la menor idea de lo que había en ese portátil… Pobre Keylor, pobrecillo.

—Ni siquiera sabemos si le dio tiempo a realizarse esas pruebas.

—O en qué clínica lo hizo, puede ser cualquiera… será como buscar una aguja en un pajar.

—¿Y quieres hacerlo?

—¿A qué te refieres?

—Esas pruebas quizá demuestren que tu padre, que la dirección de vuestra empresa, ha atentado contra la salud de…

—Si es así, necesito saberlo cuanto antes para poner en tratamiento al resto de personas del estudio, tengo que evitar que salga al mercado. Así se hunda la compañía y acabe vendiendo tomates en un supermercado. O incluso en la cárcel. Si somos responsables de todo ese daño, tendremos que afrontar las consecuencias, jamás podría volver a dormir con algo así en mi conciencia, sabiendo que lo he permitido —profirió con los ojos enrojecidos por unas lágrimas que se empeñaban en desbordarse—. Y debemos ayudar a la familia de Keylor, buscarlos donde quiera que estén y ayudarlos como es debido. No podría volver a mirarme a la cara en caso contrario, Sean.

—Lo sé. Es uno de los motivos por los que me enamoré de ti —sentenció—. Hay algo más.

—Dímelo, por favor.

—No quiero hacerte más daño.

—Cuéntamelo, Sean. Soy más dura de lo que parezco.

—Es sobre William. ¿Ha tratado de ponerse en contacto contigo en estos días?

—No. ¿¡Le ha sucedido algo!? —su inquietud casi le enfureció. Aquel desgraciado no merecía que le dedicase un solo minuto de preocupación.

—No, por desgracia —mascullló entre dientes—. Sandy, se ha metido en la cuenta de correo de Labocon y ha descubierto que se comunican con William mediante alguien llamado o apodado Majestad.

—¿Majestad?

—Al parecer cobró quinientos mil dólares por medio de él o ella.

—¿William? ¿De Labocon? ¿En qué concepto?

—Lo desconocemos. Pero deberías leer este *e-mail* que Sandy me ha reenviado a ver si tú entiendes a qué puede referirse —dijo entregándole el correo abierto en su teléfono móvil.

Nicole apagó el fuego y se sentó en una de las sillas de la mesa de la cocina para leer el correo electrónico que le mostraba.

Sus cejas se arrugaron y contrajeron, sus ojos se abrieron como platos, rebosantes de incredulidad, y Sean pudo leer en su rostro su profunda decepción.

Los ojos de Nikki se empañaron a medida que lo leía.

—Puede referirse al nuevo fármaco. Estoy casi segura... Maldito desgraciado, va a tener que tragarse todas y cada una de esas palabras —mordió entre dientes realizando un evidente esfuerzo por no romper a llorar. Sean se sentó frente a ella—. Me encantaría tenerle ante mí para poder abofetearle y sacar todo este dolor que me oprime.

—Lo siento. Siempre supe que era una serpiente, pero esto es demasiado incluso para él.

—¿Cómo puede ser cierto? —sollozó—. Es que... no puedo creer que haya estado fingiendo todo este tiempo que me quiere. Se ha burlado de mí, como de una idiota, faltando al respeto a mi padre... Y lo peor de todo, Sean, lo que más me duele es que una vez más no he sido capaz de detectar a un mentiroso al tenerle ante mí.

—No creo merecer esas palabras, Nikki.

—¿Es que no es cierto?

—Sí, lo es, pero me ofendes al compararme con ese gusano. Porque, además de que yo te amo con toda mi alma, mi cuerpo y mi ser, hay otra diferencia evidente y notoria entre ambos, y es que yo pretendía protegerte y ese... desgraciado, solo ha querido aprovecharse de ti.

—Tienes razón. Perdóname, no debí decir algo así —admitió arrepentida, acariciando su brazo sobre la mesa. Él acunó su mano con las suyas—. Lo siento, de veras.

—No tengo nada que perdonarte, Nikki. Ningún daño que puedas hacerme es comparable al que te hice yo.

—Pero no tenía derecho a hablarte de ese modo… ¿Cómo he podido estar tan ciega? ¿Creí que era sincero, que me quería, que era lo mejor a lo que podría aspirar después de que…?

—¿De qué?

—De que el único hombre al que he amado me rompiese el corazón.

—Mereces mucho más. No lo dudes nunca, mucho más que yo mismo. Pero, a pesar de que no merezca tu amor, soy tan egoísta como para pedirte que me permitas reparar el daño, que me permitas compensarte por todo el dolor que te causé. Déjame intentarlo…

—Necesito estar sola, Sean. Necesito digerir todo esto. Y no solo me refiero a la traición de William, sino a que hay un hombre que puede haber muerto por nuestra culpa. Esto es… demasiado. Perdóname, por favor —le pidió abandonando la cocina para marcharse escaleras arriba hacia su habitación.

No abandonó el dormitorio en el que parecía encerrada ni para cenar. Pasadas varias horas, Sean ascendió los escalones enmoquetados y la oyó sollozar en el interior. Se sentó fuera, en el suelo, junto a la puerta, y permaneció oyéndola, en silencio, acompañándola en la distancia hasta que el sueño le venció de madrugada.

28

Burbuja de cristal

Sintió cómo una mano le acariciaba el cabello y se lo retiraba del rostro provocándole cosquillas en la nariz. Fue consciente entonces de que se había dormido y espabiló de golpe, recuperando la postura recta.

—Has pasado toda la noche aquí, ¿verdad?

—No, me acerqué hace un…

—¿Recuerdas nuestro trato?

—Sí. He pasado toda la noche aquí, junto a tu puerta, como un idiota.

—No, como un idiota, no. En absoluto. Como alguien que merece la pena —afirmó arrodillada a su lado en el suelo.

—Por ti siempre merecerá la pena —aseguró mirándola a los ojos, a ese par de océanos en los que ansiaba verse reflejado por el resto de sus días. Nicole se aproximó y le besó en la mejilla. Deseó rodearla entre sus brazos y besarla, prometiéndole que jamás volvería a permitir que nadie la dañase. Pero tenía miedo a ir demasiado rápido y no deseaba propiciar un nuevo rechazo. Se levantó y le ofreció la mano para que se alzara—. ¿Estás bien?

—Todo lo bien que puedo estar después de darme cuenta de que he vivido una mentira estos dos últimos años y de que hay una especie de asesinos a sueldo tratando de matar, y matando, a mi alrededor.

—Espero que eso sea un: «sí, estoy mejor».

—Lo estoy —afirmó sin soltar su mano—. Ha sido una noche muy larga para pensar, para llorar, para darme cuenta de que quizá solo algo como esto podía obligarme a volver a tomar las riendas de mi vida.

—¿A qué te refieres?

—A que, en cuanto todo esto acabe, voy a luchar por llevar la vida que deseo, nada más.

—Y en esa vida deseada, ¿tiene este indio alguna oportunidad?

—Eso dependerá solo de él, de nadie más —aceptó con una sonrisa.

—No desaprovecharé la oportunidad, puedes estar segura. Voy a darme una ducha.

—Está bien, prepararé el desayuno.

Nicole descendió con pasos lentos la escalera hacia la planta inferior. Oyó cómo se cerraba la puerta del baño y suspiró. Le habría encantado que Sean la hubiese besado, que hubiese correspondido a su beso en la mejilla con uno en los labios, porque ella se sentía incapaz de dar el primer paso. Y se sentía una tonta por ello.

Debería haber aceptado sus besos, dejarse llevar por ellos en aquella misma cocina o en el bosque, entre los árboles, el día anterior. Pero la frenó el respeto a Will, a ese ser despreciable cuya máscara había sido incapaz de ver.

Y sin embargo no le creía capaz de promover el asesinato de su padre, no de algo así. Sí de unirse a ella para lograr hasta el último céntimo de su participación en la empresa, pero no de gestar un crimen semejante. Maldito desgraciado, ¿cómo pudo dejarse engañar de ese modo, cómo pudo él fingir amarla durante tanto tiempo? ¿O es que ese era su modo de cobrarse su anterior rechazo? La cabeza le iba a estallar.

Puso café al fuego y abrió el termo para comprobar si aún quedaba algo de la infusión de la abuela Talulah, pero por desgracia no era así.

Decidió armarse de valor y preparar tortillas, aprender a darles la vuelta había sido toda una odisea, pero en ese momento sentía que ya nada era demasiado para ella, así que se puso a batir huevos. Poco después alguien llamó a la puerta.

Todo el asunto del asesinato de Keylor Rodríguez la había removido y la asustó el mero sonido del golpear sobre la madera. Tomó un cuchillo grande del mueble y se dispuso a acercarse a mirar quien llamaba.

—¿Sean, Nikki? Soy Wam.

Resopló aliviada al oír la voz de su excuñado. Dejó el cuchillo y abrió la puerta.

—Buenos días, Wambdi.

—Buenos días.

—¿Quieres desayunar? Estoy preparando tortillas y el café está recién puesto.

—Sí, claro, no voy a decir que no a un buen desayuno —dijo este con una amplia sonrisa—. ¿Dónde está mi hermano?

—Dándose una ducha. ¿Necesitas algo?

—Sí, tengo que hablar con él.

—¿Puedo ayudarte mientras tanto? —sugirió vertiendo la mitad de la mezcla de huevo y jamón cocido en la sartén.

—No lo creo. Nuestra madre quiere que descarguemos las sillas para el *wacipi* de este fin de semana y necesito ayuda.

—¿El *wacipi*?

—El Pow Wow.

—Ah, no sabía que también se le llamaba así.

—Sí. Vengo a ver si me echa una mano. Ya está casi todo preparado, supongo que vendréis a la Gran Apertura, ¿verdad? Para un *wacipi* que le pilla aquí, Sean no debería perdérselo. Mi madre no se lo perdonaría.

—Tu madre está muy implicada, ¿verdad?

—Sí, ella ha sido ganadora en la modalidad «vestido de cascabeles» varios años seguidos, ahora ya no suele participar porque hace de jurado. Esta tarde es la primera Gran Apertura, en la que se presentan la mayoría de los participantes, y durante el sábado y el domingo será el concurso.

—¿Y dónde se realiza?

—En la Arena Ceremonial, en el distrito Lago Traverse. A una media hora de aquí. Tengo que dejar las sillas que llevo en el camión, son para la primera línea de público, los tamboreros y los cantantes.

—¿Cantantes?

—Bueno, no cantantes como en un concierto. Ellos cantan nuestras canciones nativas en grupo.

—Ah, claro. Lo recuerdo.

—Para los nativos significa mucho —dijo aunque sus ojos no acompañaban a la ilusión de sus palabras. Nikki supo de inmediato que le sucedía algo y ella necesitaba saber el qué.

—Me ha dicho Sean que trabajas conduciendo el autobús escolar.

—Sí, desde hace un año.

—Parece un buen trabajo.

—Pse. Sirve para traer dinero a casa.

—Vaya, y si no te gusta, ¿por qué no intentas otra cosa? Eres muy joven.

—Ya he intentado «otra cosa», y he estudiado como un loco para nada —sentenció con dolor.

—¿Qué has estudiado?

—Nada, déjalo. Son tonterías mías —aseguró encogiéndose de hombros.

Pero Nikki no era de las que lo dejaban estar. Le sirvió una taza de café y puso ante él la primera de las tortillas.

—Te advierto que las de tu hermano son mucho mejores.

—Es un gran cocinero. Es un gran *todo*, en realidad.

—Sí que lo es. Pero tú también —dijo al percibir cierta tristeza en el tono de su voz.

—Sí, claro. Él es el héroe de la comunidad, el gran tipo que hace que el mundo siga girando y yo… yo solo soy el conductor del autobús escolar.

—Wambdi, dime una cosa, ¿tienes algún problema con tu hermano que quieras contarme, o es solo que no te gusta tu trabajo?

—No tengo ningún problema con mi hermano, adoro a mi hermano. Él se preocupa por la familia, por nuestro bienestar. Pero no, no me gusta mi trabajo, yo… yo quiero alistarme en la aviación.

—¿Y por qué no lo haces?

—Lo hice. Aprobé el examen, me corté el pelo —dijo pasándose una mano por la cabellera pelada— y mi hermano no me permitió presentarme a las pruebas físicas. Estuve dos veces a punto de decírselo a mi padre, aún quiero hacerlo, pero Sean dice que lo mataré. Que él no podrá soportar tener dos hijos en el ejército.

—¿Eso te ha dicho?

—Dice que seré el responsable de su muerte o de la abuela. Por favor, no vayas a decirle nada de esto. No debería habértelo contado —le rogó al oír cómo se abría la puerta que comunicaba con el salón.

—Tranquilo.

—Buenos días, Wam, ¿no estarás intentando ligarte a mi chica? —bromeó Sean nada más cruzar el umbral. Se había recogido el cabello y aquella camisa vaquera le sentaba como un guante con el tono tostado de su piel.

—Lo he intentado, hermano, pero se resiste.

—Es lógico que prefiera quedarse con el Redcloud original.

—Sí, claro —chascó con fastidio—. He venido a pedirte ayuda para transportar unas sillas para la *wacipi*, ¿puedes acompañarme?

—No puedo dejar a Nikki sola.

—Yo iré con vosotros, no tengo otra cosa mejor que hacer.

—Está bien, entonces te ayudaré.

—Os espero en el camión. Gracias por el desayuno Nikki, estaba todo delicioso —dijo muy serio dando el último trago a su café, con el plato reluciente ante él, antes de abandonar la vivienda por la puerta de la cocina. Nicole se quedó mirándole en silencio.

—¿Qué he dicho? ¿He dicho algo malo?

—¿El Redcloud original? ¿Ese eres tú? ¿Estás llamándole *copia* de ti?

—¿Qué? ¿Pero qué narices…?

—Tienes que respetar más a tu hermano, ¿vale? Es una persona con su propia identidad y sus propios deseos y tienes que respetarlos.

—¿Pero qué bicho os ha picado? ¿Las tortillas llevan algún tipo de alucinógeno o qué?

—¿Las tortillas? Una vez más debes creer que tienes el don del conocimiento omnisciente y sabes exactamente qué es lo mejor para cada cual en cada momento.

—¿Qué demonios ha pasado aquí? Creí que estábamos bien.

—¿Bien? Por supuesto. En cuanto sueltes el bastón de mando con el que pareces creer gobernar el mundo.

—Pero ¿de qué estás hablando?

—Estoy hablando de tu hermano, de que dejes de chantajearle para que no elija su propio camino, que dejes de decirle a los que te quieren qué hacer con sus vidas, porque tú hiciste con la tuya lo que te dio la gana.

—Ese niñato me va a oír. Venir a calentarle la cabeza a *mi* mujer con sus tonterías… —dijo dirigiéndose a la puerta dispuesto a tener una conversación con su hermano pequeño, pero Nikki le impidió que la abriese, interponiéndose entre él y la salida, sujetando la puerta con su espalda—. Apártate.

—No. Vas a oírme te guste o no. Tu hermano es muy joven y necesita hacer su propia vida.

—Mi hermano no está preparado para *esa* vida. Wam tiene idealizada *esa* vida y no es para nada como él piensa. Le esperan kilómetros y kilómetros de polvo, barro y sangre. *Mucha* sangre. Verá morir a compañeros, a amigos que serán como hermanos, y esto le destrozará el corazón. Va a tener que matar, en ocasiones a sangre fría, a personas a las que no conoce de nada. —Aquellas palabras le helaron la piel, sintió un frío extraño. Sean jamás le había hablado de su trabajo, de sus misiones, de lo que debía hacer en ellas, porque parecía como si así pudiese tratar de mantenerla a salvo de todo aquello y ella había respetado su silencio.

—Imagino que será duro.

—No. No lo imaginas. No puedes siquiera imaginarlo. Vivirá experiencias que le cambiarán para siempre. ¿Sabes cuántos soldados pierden a sus familias porque estas ya no soportan tenerles a su lado? ¿Porque no soportan en lo que se han convertido? Muchos. Muchos pierden la vida, pero otros la cabeza, otros regresan mutilados…

—Sé que tú has sido capaz de hacerlo, de seguir adelante. Y él también podrá, estoy segura.

—Yo lo he conseguido, ¿a costa de qué, Nicole? A costa de perderte a ti. No quiero que él tenga que renunciar a una vida feliz cerca de los suyos.

—¿Y si su felicidad se encuentra precisamente ahí, en esa vida que él anhela? Si no se arriesga ahora, puede que pase toda su existencia lamentando no haber luchado por su sueño.

—Pero es un sueño irreal.

—Aunque así sea, creo que tiene derecho a intentarlo, igual que tú.

—No quiero perder a mi hermano —masculló apretando la mandíbula, mirándola con fijeza. Nikki alzó una mano y le acarició el hombro, inclinó el rostro hacia delante y lo apoyó en su pecho. Sean la rodeó con sus inmensos brazos.

—Lo sé. Sé que le quieres, pero eso no te da derecho a gobernar su vida. No puedes meterle en una burbuja de cristal para que desde allí vea pasar el mundo. Tiene derecho a intentarlo.

—Fue el número uno en el examen —dijo sin poder camuflar un profundo orgullo—. Fue hace seis meses. Por eso se cortó el pelo.

—¿Y qué pasó?

—Me llamó muy emocionado para decírmelo.

—¿Y?

—Le prohibí presentarse a las pruebas físicas. Nuestros padres no sabían nada, ellos pensaban que se presentaba a un test de acceso a la universidad.

—¿Se lo prohibiste? ¿Cómo pudiste?

—Porque va a destruir su vida.

—Quizá solo necesita un poco más de fe de su hermano mayor para no perder el rumbo. No tienes derecho a prohibirle nada, deberías apoyarle.

—Es muy fácil decirlo.

—No, no lo es. No es nada fácil y menos aún hacerlo, para mí no lo fue. Yo también pensé que mi hermano destruía su vida al oponerse a los deseos de mi padre. Él le amenazó con desheredarle si abandonaba la carrera de Farmacia. Óscar me pidió ayuda para decirle que la dejaba, que no le gustaba en absoluto y no pensaba dedicar su vida a ello, que se pasaría a Bellas Artes. Yo creía que estaba cometiendo un error, dejar atrás la seguridad de un empleo en una gran compañía por nada, por intentar buscarse la vida pintando cuadros. Así que nos reunimos en el salón de casa y mi hermano le contó sus planes.

—¿Y qué pasó?

—Mi padre montó en cólera, le acusó de inconsciente, de ser un descerebrado y le advirtió que si dejaba Farmacia no le pagaría otra carrera en la universidad. También le retiró la asignación mensual para sus gastos, con el fin de que no pudiese pagarse la matrícula en Bellas Artes.

—Por eso Óscar no trabaja en la empresa.

—Exacto. Comenzó a trabajar en una pizzería durante la semana y los fines de semana en una cafetería para pagar sus estudios. Y lo ha hecho, lo ha conseguido, se gradúa el año que viene.

—Estoy convencido de que su hermana le habrá ayudado en algo.

—Por supuesto, a escondidas, porque si no lo hubiese hecho, habría tenido que elegir entre comer y estudiar, y estoy convencida de que habría elegido estudiar. A principios de año realizó una exposición de pintura en una prestigiosa galería en San Clemente y tuvo bastante éxito. Incluso le ofrecieron empleo en una empresa de moda, pero lo rechazó para poder terminar la carrera. Ha demostrado una responsabilidad y entereza que jamás imaginé. Hoy por hoy me siento muy orgullosa de él.

Sean hizo un gesto con los labios, arrugándolos y enarcó una ceja. Nicole supo que al menos le dedicaría una reflexión a todo aquello.

29
Wacipi

Una vez en Pow Wow Grounds, los inundó la explosión de color que se gestaba alrededor del festival. Banderitas azules, blancas y rojas decoraban todo el recinto, además de la omnipresente bandera norteamericana y un millar de adornos nativos.

Había una multitud de personas en los alrededores, algunos comenzaban a probarse sus trajes de piel con coloridos estampados étnicos, otros acicalaban sus adornos de plumas para la cabeza.

En el exterior, embriagando el aire con su inconfundible aroma a comida, había caravanas con puestos de perritos, hamburguesas y tacos. Un poco más allá, se encontraba un aparcamiento, una gran zona de acampada y otra llena de caravanas colocadas en batería que se extendía hasta donde alcanzaba la vista.

Wambdi había permanecido en silencio todo el trayecto, Sean también, dejando a Nikki la incómoda tarea de romper el hielo y hablar todo el tiempo.

Aparcaron muy cerca de la *arena*, un recinto circular descubierto en la gran parte central, con un techado de listones de chapa y suelo de madera por toda la circunferencia, excepto por la zona de acceso. Mientras ellos comenzaban a descargar sillas, Nikki se fijó en la estructura central en la que unos grandes mástiles sostenían unos altavoces en todas direcciones. En el suelo había una especie de cilindros de acero clavados en el césped.

—Si no recuerdo mal, esos tubos son para las banderas, ¿verdad? —preguntó a Wambdi cuando este cogía una pila de sillas blancas que Sean se encargaba de bajar del camión.

—Las banderas van en los mástiles que están detrás. Esos son los soportes de los *eagle staffs*.

—Ah.

—¿Te acuerdas de lo que son?

—¿Una especie de insignias? Lo siento, hace mucho de mi primer y único Pow Wow —afirmó con pudor tomando otro grupo de sillas apiladas.

—El *eagle staff* tradicional es como un cayado de pastor envuelto en piel de nutria o piel de búfalo que en su extremo superior exhibe plumas de águila, principalmente plumas de la cola de un águila dorada, su portador es un a*kicita* de esa tribu. —Soltó las sillas bajo el techado y comenzó a repartirlas, Nikki hizo lo mismo—. ¿Y tampoco sabes qué es un *akicita*, ¿verdad? —Nicole asintió con una sonrisa—. *Akicita* es una palabra en lengua dakota que se utiliza para los guerreros o líderes que han ganado la distinción a través del servicio a la tribu. En los viejos tiempos, se utilizaba para describir a una figura… como una especie de policía entre las tribus de las llanuras. Hoy en día, se utiliza para designar a un miembro de honor de la sociedad. Un veterano del ejército, por ejemplo. En la Gran Entrada, el *eagle staff* se presenta siempre por delante de cualquier otra bandera y es más importante y significativo.

—¿Y quién lleva nuestro *eagle staff*?

—Scott Big Horn. Un veterano de Vietnam.

Adsila los vio desde lejos y caminó hacia ellos cuando entre todos habían terminado de descargar el camión.

—Qué bien que hayáis venido. Tomad, aquí tenéis un folleto del programa, los hemos hecho en la asociación —dijo orgullosa entregándoles un libreto formado por tres hojas dobladas y grapadas. Las imágenes eran a color y comenzaba por el saludo de los jefes tribales y la mención a los organizadores en la que aparecía la propia Adsila como presidenta de la asociación de mujeres nativas, continuaba por una relación de los ganadores del año anterior y terminaba con el programa de actividades previsto para los tres días.

—¡Cuánto trabajo! —dijo Nicole.

—Son miles de personas las que nos reunimos aquí durante tres días. Unos como participantes, otros como espectadores, pero todos compartiendo esta gran convivencia. Es mucho trabajo, pero ver las caras felices de todos merece la pena.

—¿Y la abuela? —preguntó Wambdi.

—*Até** la traerá en un rato. Estaba terminando de ponerse su vestido de cascabeles.

—¿Va a bailar? —preguntó Nikki sorprendida.

—No, ella bailó en el grupo de la Edad Dorada hasta el año pasado cuando la artrosis le impidió dar una vuelta completa. Pero nada ni nadie le impedirá estar sentada en la primera fila con su vestido sin perder detalle de los participantes —admitió con una sonrisa—. Almorzaremos todos aquí hoy, nos acompañareis, ¿verdad?

—Sí, por supuesto, ¿no, Sean? —aceptó Nicole.

—Estamos preparando una comida para los miembros de la asociación y los jefes de los distritos con pollo al horno, mazorquitas de maíz, arroz salvaje y pudin de pan frito con moras y helado.

—No sé si es buena idea, *iná*. Nikki estará cansada. —Sean no consideraba seguro pasar demasiado tiempo en un lugar tan expuesto, rodeado de una multitud de extraños.

—¿Yo? Me encuentro genial, me apetece mucho verlo —dijo Nicole con evidente ilusión.

—Oh, vamos hijo, me imagino cuánto deseas pasar tiempo a solas con tu mujer, pero seguro que podéis esperar un poco. Déjame presumir de nuera para una vez que tengo la oportunidad —pidió Adsila—. Quedaos al menos hasta que acabe la Gran Entrada.

—Son demasiadas horas…

—Podemos pasar por casa de tu abuela para que me arregle un poco y volver.

—No tienes que arreglarte, Nicole, así estás perfecta —aseguró su exsuegra con una sonrisa. Aquella mujer era adorable. Era luchadora, emprendedora, una madraza de sus hijos y un motor de cambios en la comunidad. Sean, sin duda, había heredado mucho de ella. También de su padre, seguro, pero al señor Redcloud le conocía menos.

—Me encantará.

—Pues ven conmigo, Nikki, voy a presentarte a Sharon, la esposa del jefe tribal de este distrito, quiere conocerte.

* Até: Papá.

Nicole la siguió ignorando las reticencias de Sean y descubrió una explanada en la que había cinco grandes tipis de suave piel curtida, decorados con imágenes de gacelas, caballos y bisontes, con una oquedad superior para la salida del fuego del hogar.

—¿Y esto?

—Es una recreación de un poblado tradicional, las tiendas están equipadas como las de nuestros ancestros, incluso las alfombras del interior, ven, que te lo muestro. —Nicole la siguió, pasando junto al vigilante, y Adsila levantó el pedazo de piel circular que tapaba la entrada al tipi. Pudo curiosear en el interior y contemplar el camastro de pieles de búfalo sobre la alfombra extendida por el suelo y el hogar en la parte central.

—Qué maravilla.

—Eran muy cálidas en invierno y frescas en verano. Así, tal y como las estás viendo. Solo que estas son de piel sintética.

—Son una preciosidad.

—Bueno, vamos a ver a Sharon o se impacientará.

Sean saludó al vigilante de los tipis con familiaridad antes de seguir el paso de ambas.

La reunión de mujeres la recibió con afecto, halagaron su cabellera rojiza y bromearon haciendo cábalas sobre el color del cabello de sus futuros vástagos. Por primera vez Nicole se sintió con fuerzas para enfrentar cualquier tema referido a un embarazo o a un niño. Y se descubrió a sí misma riendo mientras ayudaba a preparar el arroz salvaje. Todo ello bajo la atenta vigilancia de Sean, en la distancia.

A la hora de comer se reunieron todos en la carpa de la asociación. Nicole era escoltada por su exsuegra mientras esta le presentaba a los presentes, pero sus ojos no se apartaban de los de Sean, que se adentró por el extremo opuesto de la estancia. Se había recogido el largo cabello oscuro en una especie de moño bajo desmadejado, llevaba la camisa vaquera entreabierta y las sienes húmedas de sudor.

Conversaba con Wambdi de modo distendido mientras este le acercaba un refresco con mucho hielo. Entonces, como si él mismo hubiese percibido su mirada, sus ojos se cruzaron con los de ella en la distancia. Nicole le dedicó una sonrisa amplia y sin pudor, solo para él. Sean respondió del mismo modo y contempló cómo su Flor Roja era recibida con afecto en la sociedad nativa, cómo ella tenía un gesto amable y de escucha sincera para cada uno de los presentes.

—¿Es tu primer Pow Wow? —le preguntó una de las amigas de Adsila.

—Es el segundo. Aunque del primero hace tanto tiempo que es como si lo fuera. No será el último, de eso estoy segura —afirmó Nicole mirando a Sean a los ojos. Este, que se había acercado un poco, podía oírla y sonrió complacido.

—Claro. Estas tierras se meten en el corazón. Aunque no seas nativa, una vez que unes tu espíritu al de Wakan Tanka, no hay vuelta atrás.

—Lo sé.

—Adsila, Rusty me ha preguntado si empezamos a servir ya.

—Vamos a ver cómo está el arroz. Nikki, ahora te veo, no quiero que sirvan el arroz duro, que aquí la mayoría tiene ya las muelas flojas —bromeó.

—Tranquila.

Ambas mujeres se dirigieron hacia la zona de preparación de los alimentos y Nikki se dirigió hacia Sean, que parecía aguardarla con su vaso de cola en la mano. Wambdi se alejó con una sonrisa, sabiéndose de más.

—Así que no será tu último Pow Wow.

—No. No sé si Wakan Tanka se habrá metido en mi corazón, pero quien sí lo hizo fue uno de sus descendientes, hace muchos años ya. —Sean tiró de ella hacia sí y la besó despacio, con calma. Un beso de los que cierran los ojos para evitar que estallen en incandescencia.

Nicole respondió con calma, disfrutando del suave roce de sus labios, del cosquilleo chispeante de su lengua al enredarse con la suya mientras era sostenida con fuerza contra aquel cuerpo caliente con el que parecía querer fundirse.

Cuando sus bocas se separaron sus respiraciones eran un puro jadeo. Sus almas protestaron, algo chirrió en su interior y les pitaron los oídos, fue como si les hubiesen arrebatado el oxígeno con el que respirar.

Fueron conscientes entonces de que el silencio se había instaurado a su alrededor, que todos los miraban, incluida Adsila que los observaba con una gran sonrisa desde el lado opuesto de la carpa.

Varios conocidos de Sean comenzaron a aplaudir y a proferir los gritos típicos con los que cualquier sioux celebra cada ocasión: «Aaaaaye». Un centenar de «aaaaayes» resonaron por la carpa y todos se echaron a reír. Nicole, algo ruborizada, se dejó abrazar por su aún marido a ojos del Gran Espíritu.

Y supo que no necesitaba nada más. Volvía a sentirse en paz. Volvía a sentir que pertenecía a un sitio, aunque este estuviese a más de dos mil kilómetros de su hogar de nacimiento.

—Me da a mí que estos tortolitos pronto te darán nietos, Adsila —proclamó Red Shoes, otro de los jefes del consejo de la reserva.

—Ojalá sea así —bendijo Brian Redcloud a su espalda. Había entrado en la carpa acompañado de la abuela Talulah, engalanada con su indumentaria de brillantes cascabeles. El jefe dedicó una mirada a su hijo llena de toda intención, con la que le daba la enhorabuena por haber recuperado a la mujer de su vida.

La abuela Talulah caminó hasta ambos y los abrazó con energía.

—Gracias, Wakan Tanka, solo necesitas una ayudita más —masculló para sí mirando al techo, con una amplia sonrisa.

—¿A qué te refieres, abuela? —preguntó Sean desconcertado.

—¿Yo? A nada —rio para sí.

Después de la copiosa comida se reunieron en el recinto ceremonial. Sean saludó a viejos conocidos llegados desde todo el país mientras, junto a Wambdi y otros hombres, terminaban de colocar las sillas restantes en torno al gran tambor ceremonial.

—Qué bonito —admiró Nikki cuando alguno de los cantantes y percusionistas comenzaban a tomar posición.

—El tambor es medicinal para nuestro pueblo —proclamó Brian Redcloud a su espalda—. El tambor está conectado con la sanación y recuperación de nuestro ritmo interior. Cuando el ritmo externo nos recuerda la falta de sintonía que tenemos con nuestro ritmo interno, el sonido del tambor se torna insoportable. El tambor es capaz de tocar el alma del hombre para recordarle su origen y su misión. Cuando se tiene la fuerza necesaria para entrar en sintonía con el tambor, los ancestros nos muestran valiosas revelaciones sobre nuestro camino. Para un nativo cada persona es sagrada, como lo es el tambor y su sonido que nos acerca al Gran Espíritu.

—Siento que aún me queda tanto por aprender.

—Lo harás. Tienes el alma de un pájaro y los pájaros a veces tienen que volar muy alto para poder entender lo que sucede a ras de suelo. Me alegra que hayas regresado, Nicole, al lugar al que perteneces —afirmó con una sonrisa que desprendía una profunda ternura; y ella fue consciente de que él lo sabía todo, todo. Nikki apretó los labios conteniendo la emoción y el jefe Redcloud posó una mano en su hombro con cariño.

—Gracias.

Cerró los ojos cuando la melodía comenzó a sonar mientras probaban los micros. Sentía que ni en dos vidas aprendería lo suficiente sobre aquella maravillosa cultura. Los abrió y miró la alfombra multicolor conformada por los centenares de personas que comenzaban a acceder al recinto.

Según había visto en el programa, la Gran Entrada del viernes comenzaba a las siete de la tarde.

—Yo estaré en la caseta de locución acompañando al maestro de ceremonias —advirtió el jefe Redcloud a su mujer—. Mira, ahí viene tu hija —advirtió a Adsila al ver a Pequeña Estrella ataviada con ropajes tradicionales y caminando hacia ellos. Empujaba el carrito del bebé, seguida por su esposo que, vestido con el traje tradicional y la cara pintada de rojo, cargaba a su pequeña en brazos. Los tres componían una imagen de lo más curiosa.

—Trae aquí a mi preciosidad de nieta. ¡Pero qué guapa te han puesto! —dijo Adsila a Mike mientras Pequeña Estrella abrazaba afectuosa a Nicole para después arrojarse a los brazos de su hermano mayor.

—¿Mike también? —preguntó con una sonrisa Nicole, contemplando a aquel «nativo» de cabellos rubios y piel casi transparente.

—Que se oponga si tiene narices —respondió Estrella entre risas—. Trabajaba esta noche…

—Los hombres que trabajan de noche ponen en peligro el calor del hogar.

—Tranquila, abuela, en mi hogar se mantiene el calor durante el día —bromeó Estrella—. Pero al final ha podido cambiar el turno.

—Mucho calor, pero pocos biznietos —murmuró fastidiada Talulah desde su silla en primera fila.

—Me alegro de que hayáis venido —dijo Pequeña Estrella a Nikki entre risas.

—Yo me alegro de estar aquí. —Sean rodeó la cintura de Nikki y la abrazó desde atrás, estrechándola contra su pecho. Ella apoyó la cabeza en el torso de granito y sonrió, haciendo entender a Pequeña Estrella que habían arreglado sus diferencias.

—¡Joder! ¡No me lo puedo creer! —dijo y abrazó a ambos emocionada.

—¿Hay alguna noticia que deba saber? —preguntó Adsila.

—Todavía no, pero no tardará demasiado —murmuró Talulah en voz baja.

—¿Y vuestro hermano Cliff? —preguntó Adsila a su hija—. Dijo que vendría.

—Su mujer se ha lastimado el tobillo pateando un balón de cuero en La Casa de la Pradera.

—¿En la Casa de la Pradera? —dudó Nicole emocionada.

—¿No lo sabes? Trabaja en el hogar de los Ingalls.

—Estáis de broma, ¿verdad?

—No, no. Va en serio —aseveró Sean—. Cliff comenzó a trabajar como empleado de mantenimiento en La Casa de la Pradera, una especie de resort con museo incluido en el que se recuerda a los Ingalls, la familia famosa de la serie de televisión, y se recrea la vida de los colonos. Su esposa Christina trabaja allí como maestra, caracterizada con la ropa de la época.

—Es increíble.

—Pues es cierto.

—Pobre Christina, voy a llamarla ahora mismo —dijo Adsila preocupada.

—Mamá, al parecer no es nada grave. Ya están en casa, en el hospital solo le han recomendado reposo —trató de tranquilizarla Pequeña Estrella.

—Aun así voy a llamarlos ahora mismo —dijo haciéndose a un lado, entregando a la pequeña Talulah a su hija.

—Sean, ¿tú no deberías estar arreglándote? —preguntó Pequeña Estrella.

—¿Quién te ha dicho que voy a bailar?

—Yo lo digo —afirmó Talulah—. Porque no creo que, después de casi una década de la última vez que le vi bailar, mi nieto mayor me prive de verle honrar a nuestros ancestros.

—Abuela, yo...

—No hay abuela que valga. La vez anterior no insistí en que bailases porque era el primer Pow Wow de Nicole y dijiste que no te apetecía, no quise comportarme como una vieja entrometida y lo acepté. Pero este puede ser mi último *wacipi* y no quiero morir sin verte danzar para el Gran Espíritu —aseguró mirándole con ojos de cordero degollado. Sean enarcó una ceja, incrédulo—. Nikki me hará compañía, si es que no piensa bailar.

—¿Yo? No tengo ni idea. Prefiero observar.

—¿Ves? Ella se quedará conmigo.

—Ni siquiera llevo la ropa tradicional.

—Ni falta que te hace, tenemos la de Cliff —advirtió Pequeña Estrella.

—Por favor, me encantará verte —le rogó Nicole en voz baja.

—No quiero dejarte sola —susurró.

—Vamos, ¿qué va a sucederme aquí delante de tanta gente? Baila, hazlo por mí.

Sean resopló, rindiéndose a los deseos de las mujeres de su vida y pensando en lo extraño que se sentiría al vestir aquellas prendas después de tantos años.

—Está bien.

30
Techihhila

Por megafonía fue anunciado el inminente inicio del Pow Wow.

Todos los participantes se situaron detrás de la docena de *akicitas* que portaban sus flamantes *eagle staffs*. Todos ellos eran de edad avanzada, la suficiente como para lograr el respeto de su comunidad. Una suave brisa mecía las insignias bajo el sol del atardecer.

El maestro de ceremonias saludó a todos los presentes y dio gracias al Gran Espíritu, pidiendo a todos que honrasen al creador, a cada uno de ellos mismos y al círculo en el que iban a participar en el baile. «Recen conmigo», pidió y comenzó a recitar unas frases en dakota.

—Está dando gracias por la tierra, por el sol y por la hermandad de las naciones —le tradujo Talulah con una sonrisa. La madre de Sean regresó entonces tomando asiento junto a ellas.

El maestro saludó entonces a las autoridades de la comunidad y a todos los presentes.

«El Pow Wow es un tiempo de celebración, pero también de recuerdo, por eso en este momento recordamos a los que ya no están con nosotros», dijo antes de mencionar a los miembros de la comunidad que habían fallecido ese año.

Nicole vio cómo Adsila se limpiaba las lágrimas, emocionada, en mitad de aquel silencio sepulcral. Cuando rompieron los aplausos se atrevió a preguntarle.

—¿Ha sucedido algo? ¿La esposa de Cliff no está bien?

—Sí, sí está bien. Es solo que… uno de los mayores temores de mi vida es que mencionen a Sean en el *wacipi*. Son mis hijos quien deberán oír mi nombre algún día y no al contrario.

Los ojos de Nicole se empañaron al pensar que tampoco ella quería oír el nombre de ninguno de ellos, pero menos aún el de Sean quien, sin embargo, era el que más exponía su vida cada día en el campo de batalla.

Entonces, el maestro de ceremonias saludó a los asistentes y gritó: «¡A bailar!», pidiéndoles que honrasen a la Madre Tierra.

La música comenzó y los asistentes iniciaron el desfile exhibiendo su danza en el interior de gran círculo ceremonial. Sus ropajes tradicionales, con variopintos diseños y colorido, representaban a las distintas familias y tribus.

Un grupo de siete hombres cantaba en torno a un gran tambor de piel y comenzaron a desfilar los más de quinientos participantes.

Predominaban los hombres, aunque había varios grupos de mujeres, mayores y jóvenes, cuyos vestidos eran igual de coloridos, aunque quizá algo menos llamativos al carecer de plumas y no contar con tantos abalorios.

Ellas bailaban próximas al borde de la arena, de un modo más lento y elegante, de puntillas y con ambos pies juntos.

Nicole buscaba a Sean con los ojos, pero no le veía entre la multitud. Se fijó en un niño pequeño ataviado con un traje rojo y amarillo con una gran corona de plumas y un adorno similar en la espalda que danzaba entregado, con los ojos cerrados, entre los adultos.

Y entonces le vio.

Tan grande. Tan imponente, con aquella espalda de armario empotrado y aquellos brazos de leñador. Vestido como un auténtico guerrero *sioux*, con la larga melena suelta bajo el adorno de plumas, que le caía hacia la espalda, y el penacho de huesos, sobre el torso. Danzaba y cantaba, entregado, un paso por detrás de su hermana y su sobrina.

La única ocasión en la que le había visto así ataviado había sido el día de su boda; se le encogió el corazón al recordarlo.

Ajeno a su turbación, Sean la saludó con una sonrisa al pasar por su lado y regresó a la especie de trance, de conexión espiritual que parecía sentir bailando. Le contempló envuelto por la música, moviéndose con elegancia, entregado al baile de sus antepasados y entendió a las mujeres de los colonos que no pudieron evitar caer rendidas ante aquellos nativos de piel cetrina y largas cabelleras. Sin duda, ella tampoco habría sido capaz de hacerlo. Estaba enamorada hasta la médula de uno de ellos.

Le observó iniciar una segunda vuelta al círculo ceremonial. En esta ocasión caminaba cerca del exterior de la circunferencia y conversaba y reía con alguien. Era Luz del Alba, su vecina de la infancia ataviada con un vestido de largos flecos. Una punzada de celos la aguijoneó, sacudiéndola de pies a cabeza.

Sintió rabia.

Una profunda rabia por no ser ella quien danzase a su lado en su lugar.

La mirada de Luz no dejaba lugar a dudas de que sus sentimientos hacia Sean no eran los de una vieja amiga. Le oía embelesada, coqueteaba con él sin ningún pudor, estaba segura.

—Toma —dijo la abuela Talulah extrayendo de su bolso un tarro de cristal con tapa. Ella no podía apartar los ojos de Sean y Luz—. Te he traído un poco de infusión. Está un poco más concentrada.

—Estoy ya mejor, abuela, gracias de todos modos.

—Que te la tomes —exigió—. No contradigas a esta pobre vieja. Hay que cerrar el ciclo.

—¿Qué ciclo? —dudó posando sus ojos en ella.

—Tú tómatela y compláceme. A ver si crees que te voy a envenenar —sentenció al mismo tiempo que Nikki veía cómo Luz del Alba se hacía a un lado de la arena ceremonial cuando la música se hubo detenido y le pedía a Sean que la acompañase hacia una de las salidas laterales. Este pareció dudar un poco, pero siguió sus pasos.

—No, claro que no, abuela.

Nikki la obedeció por no sofocarla y bebió de un trago el contenido del pequeño tarro de cristal. Tenía razón, su sabor era mucho más fuerte. La música y los cánticos se habían detenido, pero Nicole sintió como si en sus oídos continuase sonando el tambor, con fuerza, como si la sacudiese desde el interior. Carraspeó arrepintiéndose de haber aceptado la tisana.

Sus ojos siguieron a Sean y Luz perderse entre los puestos de artesanía nativa mientras el resto de participantes caminaba en dirección a las banderas para colocarse tras los *eagle staffs*.

Nikki sintió que su garganta ardía, quemaba como si se hubiese tragado un pedazo de carbón prendido, también lo hacían sus labios, toda su boca, y una sed sofocante embargó sus sentidos. Pero no se trataba de una sed habitual, no habría agua suficiente en el mundo que pudiese apagarla.

Se levantó y caminó decidida hacia el lugar por el que los había visto alejarse.

Se movió entre la gente y alcanzó el puesto de bolsos y collares, miró a ambos lados, pero no los vio, caminó en dirección a los aparcamientos y entonces los oyó. Se detuvo junto a un coche y espió la conversación.

—¿Qué problema, Luz? No voy a alejarme más.

—Necesito que hablemos a solas.

—¿De qué?

Nikki los espiaba a través del hueco del retrovisor del vehículo mientras el fuego interior la consumía. Luz dio un paso hacia él y este hacia detrás.

—Sean, no me lo hagas más difícil.

—No sé de qué estás hablando, Luz.

—De que aún te quiero, Sean. Sigo enamorada de ti, después de todos estos años sigo esperando una oportunidad.

—Estoy casado, lo sabes.

Caminar hasta ella y arrancarle la cabellera al más puro estilo «nativo» le pareció una buena opción.

—No llevas anillo y ella tampoco —percibió.

—No necesito un anillo para recordar que la amo. Y te aseguro que la amo tanto que cuando muera mi recuerdo aún seguirá amándola.

—Yo… Lo siento. Ojalá algún día encuentre a alguien que me ame de ese modo.

—Ojalá, Luz. Ella es mi águila.

La mujer se marchó con los ojos llenos de lágrimas, perdiéndose entre los coches. Sean permaneció inmóvil un instante mientras se alejaba.

—¿Cómo he podido vivir sin ti todos estos años? —preguntó Nicole apareciendo desde detrás del vehículo. Sean se giró, en mitad de aquel aparcamiento en penumbras, y la miró.

—¿Se puede saber de dónde sales? ¿Qué has oído? —preguntó con una sonrisa.

—Todo.

—¿Y aun así no echas a correr? —Hizo un gesto de negación meciendo el rostro.

Nicole se arrojó a sus brazos y le besó, bebiendo de su boca el alivio para el fuego que la consumía por dentro.

Sean la sujetó con firmeza y volvió a besarla, subiéndola a su cuerpo. La apretó contra sí con fuerza y comenzó a caminar. Nikki tan solo podía saborear sus labios, asida a su cuello, acariciar su lengua que la penetraba y jugaba con la suya. Sus dientes chocaron y ambos se echaron a reír. Sin apartarse el uno de la boca del otro. Sean la posó en el suelo, sin dejar de besarla, junto a uno de los tipis, e hizo una señal al vigilante sin que ella lo viese, este se esfumó de inmediato con una sonrisa.

Sean alzó el pedazo de piel que cubría la entrada, ofreciéndole pasar al interior. Nicole caminó sobre las pieles que cubrían el suelo y le observó hacer lo mismo a través de la luz que se colaba por el extremo superior. Entonces él la agarró por la cintura y se miró en el brillo de sus ojos.

—No sabes cuántas veces he soñado con este momento —aseguró.

—Tantas como yo misma.

No existía una imagen más sensual que contemplar a su guerrero *sioux* así vestido, tenso, con la piel ardiendo por el deseo. Dio un paso hacia ella y volvió a besarla mientras oían de fondo cómo retumbaba el sonido de los tambores y los cánticos.

Sean deslizó ambas manos por su garganta, despacio, por sus hombros, hasta detenerse en sus pechos para después descender hasta sus nalgas que apretó contra su pubis. Ella le deshizo con cuidado del adorno de plumas de su cabello, liberándolo, dejándolo caer en el suelo, y él tiró de los bajos de su camiseta hasta sacársela por la cabeza, apoderándose de inmediato de sus senos por encima del sostén.

—Techihhila —mascculló besándolos. Aquella palabra la hizo estremecer. Volver atrás en el tiempo, a cuando estaban juntos, a cuando se amaban cada día, con ojos abiertos. Nadie había vuelto a pronunciar aquel «te quiero» que la hacía enloquecer de deseo.

—Techihhila —repitió ella.

Sean la invitó a tenderse sobre las pieles. Recorrió con besos llenos de dulzura su cuello mientras, habilidoso, se deshacía con una mano del sujetador.

Nikki se echó a reír al comprobar cómo se soltaban las presillas.

—Siempre se te han dado bien los sostenes —dijo con una sonrisa.

—Solo los tuyos —afirmó lanzándolo lejos y estrellándolo contra la piel de la pared del tipi. También se deshizo del adorno que cubría su propio pecho.

Se inclinó sobre ella y lamió el terciopelo de sus pezones enhiestos, de aquella porción de carne rosada y pálida que había añorado durante demasiado tiempo.

—Techihhila, mi Flor Roja.

Desabotonó su pantalón y tiró de él junto con las braguitas hasta sacárselos por las piernas e, inclinándose sobre su cuerpo, volvió a besarla. Nikki se asió a su cuello como si fuese el único apoyo que la sostuviese en este mundo. Y se dejó llevar por la fiebre que la embargaba. Le ayudó a deshacerse de los *leggings* de piel y del resto de ropa que cubría su cuerpo. Buscó su sexo en las penumbras del tipi y lo acarició. Lo sintió caliente, rudo y húmedo entre sus manos mientras él mordisqueaba su pezón derecho.

—Oh, nena, sí, joder —Sean gimió de puro placer ante sus mimos y descendió con besos suaves por entre sus senos, hasta alcanzar aquel pubis cuyo sabor llevaba anhelando demasiado tiempo.

Saboreó las mieles de su cuerpo haciéndola jadear, jugueteó con su lengua con el pequeño botón de su placer y después descendió hasta la entrada al paraíso, hundiéndola en la mágica oquedad suave y ardiente.

—No me hagas esperar más, por favor —pidió Nicole.

—No tengas prisa.

—Sabes que nunca tuve demasiada paciencia. Necesito al Gran Oso dentro de mí —sugirió divertida, alzándose sobre él, tumbándole sobre las pieles. Sean pareció complacido con que fuese ella quien tomase el control.

Se sentó sobre aquella enorme erección y le permitió adentrarse en su interior despacio, deleitándose con el brillo de sus ojos en aquella semioscuridad.

Se balanceó, ofreciéndole los pechos, estrellándolos contra sus labios para retirarlos después, mientras se mecía sobre él, sujetándose sobre sus muslos rudos, disfrutando del roce de cada milímetro de su piel en contacto con la suya.

Jadeó, acelerando el ritmo de sus movimientos, cabalgando sobre él, que asía sus nalgas con ambas manos mientras se estiraba para llenar su boca con aquellos pechos suaves y firmes.

—Oh, nena, no pares.

—No lo haré.

Sean trató de incorporarse, de tumbarla sobre su espalda, pero se lo impidió, sujetando sus manos hacia atrás, impidiéndole tomar el control y contrajo todos sus músculos, como si pretendiese retenerle en su interior para siempre.

El efecto fue enloquecedor. Sean se liberó de sus manos, asiéndola por las caderas, apretándola contra sí con firmeza, hundiéndose más profundo, convirtiéndose en un todo con su ser, provocando en Nicole que se desatase un orgasmo estremecedor desde el punto más íntimo de su placer.

Y Sean se dejó llevar, flotando en el aire al ritmo de sus jadeos y gemidos, liberando cada célula de su cuerpo, cada pequeña molécula de sí mismo en un estallido de placer sin igual, cosido a su maravilloso cuerpo.

Así, extenuados, casi doloridos, con sus piernas aún entrelazadas, empapados de sudor, se rindieron a los brazos del otro sobre las pieles.

Necesitaron varios minutos en silencio para recomponerse lo suficiente como para articular una palabra con la que romper la cómoda calma.

—Creo que acabo de morir y resucitar en el paraíso —dijo Nicole apoyando la cabeza en su pecho, jugando con el botón de su pezón derecho entre los dedos.

—Pues yo lo he sentido todo muy vivo, Nikki —bromeó con la voz aún enronquecida por el derroche de pasión.

—No vuelvas a alejarte de mí, nunca.

—No podría hacerlo. Aunque quisiese, no podría. Si supieras, si tan solo alcanzases a imaginar cuánta luz hay en tu risa, cuánta melodía en el timbre de tu voz, cuánta paz en tu respiración pausada… Si pudieses mirar a través de mis ojos, un solo instante, para verte tal y cómo te veo yo, entenderías la inmensidad de mi amor.

—No puedo ni quiero mirarme, solo tengo ojos para ti. Prométeme que mañana, amanecerás a mi lado.

—Por supuesto, te prometo que mañana será el primero de muchos amaneceres juntos.

31
Última oportunidad

El sol se coló por el hueco por el que antes las estrellas habían sido testigos de su pasión. Su caricia se encargó de despertar a Nicole, que abrió los ojos aún enredada entre los brazos de Sean y se encontró con su mirada firme.

—Buenos días —dijo Nikki espabilándose despacio.

—Mucho más que buenos.

—Quiero un despertar así el resto de mi vida —balbució con una sonrisa, acurrucándose aún más contra su cuerpo, enterrando el rostro en su pecho, besándolo justo sobre el esternón y acomodándose sobre él.

—Lo harás. Te lo prometo.

—Excepto cuando tengas una misión.

—No habrá más misiones —al oír aquellas palabras, Nikki se removió buscando sus ojos—. Lo dejo.

—¿Qué?

—Tengo algo de dinero ahorrado, lo suficiente para comprar animales y semillas y comenzar una nueva vida. Me he dado cuenta de que tenéis razón, tú, mi hermana, mi padre… Debo comenzar a vivir mi propia vida.

—Oh, Sean, no puedo creerlo, ¿hablas en serio?

—Más en serio de lo que lo he hecho nunca. Si de algo me han servido estos años separados ha sido para darme cuenta de que no soy feliz lejos de ti. Te necesito tanto como respirar. No puedo ni quiero pasar un solo día más sin estar contigo. —Los ojos de Nicole brillaban de emoción—. Tengo que hablar con mi equipo, con mi superior, tengo que explicarles mis motivos. No será fácil, aunque estoy convencido de que me entenderán…

—No te imaginas lo feliz que me haces —dijo tomando una de sus enormes manos entre las suyas, besándola.

—¿Qué sucede? —preguntó al comprobar cómo su expresión de júbilo cambiaba hacia una sobria seriedad.

—Que yo no puedo dejar a mi padre solo en este momento.

—No te pido que lo hagas, jamás me atrevería a pedírtelo.

—Lo daría todo por empezar de nuevo, ahora, aquí, contigo, pero mi padre me necesita. La compañía también, sobre todo si es cierto el tema de la experimentación irregular. Aunque puedo venir a verte cada fin de semana, hasta que mi padre se recupere…

—Tómate el tiempo que necesites. Nikki, yo estaré aquí, esperándote. No voy a volver a marcharme, no voy a desaparecer. Estaré aquí preparando nuestro hogar para cuando regreses.

—Nunca creí oír estas palabras de tus labios, Sean.

—Siento que es mi última oportunidad para ser feliz y no puedo dejarla escapar.

—No lo haremos. Cuando todo esto termine, no habrá nada ni nadie que me impida estar contigo, ni siquiera tú mismo.

—Te amo, Nicole Howard-Redcloud de California.

—Y yo a ti, Sean Redcloud de Dakota del Sur —repitió tumbándose sobre su pecho, besándole en la clavícula, para continuar con el cuello—. Deberíamos ponernos algo de ropa encima —sugirió con picardía—. ¿Qué nos espera hoy?

—Sexo, sexo y más sexo… Espero no asustarla, señorita.

—En absoluto, siento una profunda necesidad, justo aquí —apuntó indicando hacia la parte baja de su ombligo.

El campo estaba despejado cuando abandonaron el tipi, Sean salió primero y ella le siguió de la mano. Entre arrumacos, besos y abrazos atravesaron el círculo ceremonial, la entrada al campo de celebración y los aparcamientos.

La zona de acampada despertaba despacio tras la larga noche de celebración, la caravana de tortitas Betty's acababa de abrir.

—¿Te apetece un café con tortitas?

—Me encantará.

Sean llevaba el adorno de plumas y la pechera sujetos en la mano y Nicole se había peinado el cabello con los dedos. Estaban todo lo aceptables que una noche de pasión, seguida de una mañana enfebrecida, les había permitido.

—¿Qué van a tomar los tortolitos? —preguntó la propia Betty llamando su atención e interrumpiendo sus besos en la fila.

—Un café solo y una tortita con chocolate.

—Un café con leche y un crepe con beicon, tengo que reponer fuerzas —le susurró en el oído. Nikki se echó a reír y se abrazó a él. Se sentía feliz, tanto que la asustaba.

Tomaron el desayuno en una de las mesas de plástico que había alrededor de la caravana, lamiendo sirope de los labios del otro. Ella sentada en sus muslos y sostenida por su abrazo de oso.

Después subieron a la camioneta y recorrieron los escasos treinta kilómetros que los separaban de la casa de la abuela. Vieron en el exterior la motocicleta de Wambdi aparcada junto a la cerca de madera de la entrada.

—Algo se trae entre manos —aseguró Sean estacionando junto a la escalinata que daba acceso al porche cubierto.

—¿Quién?

—Mi abuela. Aún no sé qué, pero me da que vamos a descubrirlo muy pronto.

La mujer salió por la puerta principal para recibirlos, con una amplia sonrisa, seguida de su nieto menor, que permaneció apoyado en el quicio de la puerta. Sean descendió del vehículo, seguido de Nikki, que buscó su mano, entrelazando sus dedos. La miró y volvió a sentir esa sensación, esa paz, el sentimiento de estar en casa que tanto tiempo llevaba añorando. Y juntos caminaron hacia ella.

—Buenos días, abuela —la saludó Nikki.

—Buenos días, pareja.

—¿Ha sucedido algo? —preguntó Sean sin demasiada convicción al alcanzarla, Talulah los abrazó a ambos, juntos.

—Decídmelo vosotros. ¿Ha sucedido algo? ¿Algo ha cambiado? —sugirió con una gran sonrisa.

—No, nada especial, ¿qué tendría que cambiar? —pregunto Sean, porque a sus ojos ellos ya eran una pareja enamorada antes de aquella mágica noche que acababan de compartir.

—Tu dura cabezota —protestó fingiendo decepción—. No pasa nada, solo quiero enseñarle una cosa a Nikki, algo que quiero que sea para ella —pidió cogiéndola de la mano y llevándola hacia el interior de la vivienda.

—Tenemos que hablar —advirtió Sean a su hermano en cuanto ambas mujeres pasaron al interior de la casa y se quedaron a solas.

—La abuela me ha obligado a traerla, ya sabes cómo es… —apuntó Wambdi temiendo una regañina. Claro que Sean sabía cómo era su abuela, incansable, inagotable, capaz de lograr lo que se proponía e incluso de tirarle de la oreja para conseguirlo.

—Lo sé, quiero que hablemos de otra cosa.

Nikki siguió a la anciana por las escaleras, ascendía los peldaños despacio, meciéndose levemente, con cuidado de no pisar la larga falda de su vestido gris. De vez en cuando miraba hacia atrás, como para asegurarse de que la seguía, la miraba y sonreía achicando los ojos castaños, lo que desplegaba un abanico de arruguitas en su piel tostada.

Cruzaron ante la puerta del dormitorio en el que Nicole había pasado la noche anterior, llorando. Talulah continuó hasta el final del pasillo, junto al baño, hasta la que había sido su antigua habitación. Nicole lo recordó, tan solo había estado en ella una sola vez cuando, en una de sus escasas visitas a la reserva, la abuela había enfermado de gastroenteritis y Sean la llevó a verla.

La decoración era antigua y rústica, la cómoda estaba repleta de marcos de fotos, de una alcayata en la pared colgaban multitud de colgantes y collares que la fascinaron entonces igual que lo hicieron la primera vez.

—Siéntate un momento, Nikki —pidió, ofreciéndole la cama cubierta por un artesanal edredón de *patchwork*. En la pared, sobre el cabecero de madera había un pequeño telar multicolor con un bonito estampado tribal con el dibujo de un bisonte en el centro. Del techo colgaba un pequeño atrapasueños. Nicole la obedeció, se acomodó sobre el lecho y la mujer, agachándose ante la cómoda, abrió uno de los cajones, del que extrajo una pequeña caja de madera. Caminó hasta ella y tomó asiento a su lado—. Mira —dijo abriendo la caja y mostrándole la punta de una flecha de piedra en la que había incrustada una bala—. Este es el único recuerdo que me queda de mi bisabuelo. Él era lakota y fue asesinado en Wounded Knee.

—Me suena el nombre de ese lugar. Hubo una masacre, ¿verdad?

—Fue una de las mayores masacres cometidas contra los nativos. Hombres, mujeres y niños fueron tiroteados indiscriminadamente. De las trescientas personas que asesinaron, doscientas fueron mujeres y niños.

—Qué horror.

—Mi abuelo fue uno de los pocos supervivientes, tenía seis años. La noche anterior a la masacre su padre le regaló esta punta de flecha —dijo mostrándosela—. Mi bisabuelo, Pequeño Zorro, desconfiaba de las intenciones del Séptimo de Caballería, quien decía que iba a escoltarles hacia la reserva de Pine Ridge. Por ello había advertido a mi abuelo, Satinka, de que a la mínima ocasión huyese. Ellos pertenecían a la tribu de Pie Grande, llevaban días caminando sobre la nieve, muertos de frío y hambre, tratados peor que animales. En el amanecer del 29 de diciembre de 1890, el coronel Forsyth ordenó que los nativos entregaran sus armas, pero treinta y ocho rifles no le parecieron suficientes, así que ordenó registrar sus tiendas. Según mi abuelo, un indio llamado Coyote Negro rehusó entregar su rifle, porque era el único medio que poseía para alimentar a su familia. Uno de los soldados trató de arrebatárselo y hubo un forcejeo, hay quien dice que Coyote Negro era sordo y no le entendía. Al parecer el arma se disparó y los soldados abrieron fuego contra el pueblo. Mi abuelo echó a correr hacia un arroyo helado seguido de otros niños, los disparos duraron mucho rato y después, los soldados buscaron supervivientes para matarlos también. Él se escondió entre la maleza helada, con su amigo Pájaro Azul pegado a su cuerpo. Pájaro Azul lloraba, había visto a su hermana pequeña caer muerta al suelo desde los brazos de su madre malherida. Mi abuelo le pedía que se callase, porque su llanto los descubriría, y así fue, un soldado los descubrió y disparó a ambos. Mi abuelo fingió haber muerto, cuando en realidad la punta de flecha le había salvado. Durante el resto de sus días recordaría los ojos sin vida de Pájaro Azul al desplomarse sobre él. Los horrores con los que se encontraron sus ojos de niño cuando los soldados del Séptimo de Caballería se marcharon forjaron su carácter para siempre. Nunca le oí reír, a pesar de que estoy convencida de que en algún momento fue feliz.

—Lo siento muchísimo.

—Murió a los noventa años, convertido en un abuelo tan gruñón como cariñoso. Él entregó a mi padre esto, y mi padre se lo entregó a mi marido, el legado de un guerrero, iba a legarlo a mi nieto Sean a mi muerte, pero ahora sé que otro guerrero lo necesita —dijo entregándosela. Nicole la miró con curiosidad.

—¿Quién?

—El que se gesta dentro de ti.

—¿Qué? Abuela, ¿qué insinúa?

—Estás embarazada, Nikki.

—No, no lo estoy. Es imposible.

—Lo estás.

—Le digo que no.

—Lo estás, créeme. Tendrás un niño en primavera. Te he visto, dándole el pecho, sentada en una mecedora en el porche de una preciosa casa de madera. —Así que esa era la famosa revelación de la que le había hablado.

—¿Cómo que me ha visto? Abuela, es imposible, llevo una T de cobre —era cierto, llevaba dos años con ella puesta. Talulah le dedicó una mirada condescendiente.

—¿Crees que un pedacito de metal puede contener la llegada del gran guerrero que nacerá de ti? Sé que has perdido un hijo.

—¿Qué? ¿Cómo…? —preguntó mirando por instinto hacia la salida, como si buscase a la única persona que podía saber aquello.

—No, no ha sido Sean quien me lo ha dicho.

—¿Entonces?

—Sé cosas. A veces las veo en mis sueños, otras solo las sé. Sé que el espíritu de tu pequeñín está esperando una nueva oportunidad para nacer. No te preocupes porque nacerá sano y fuerte, como lo fueron mi abuelo y mi padre, como lo es el suyo, como lo eres tú.

—Yo no…

—Por eso os he ayudado a darle esa oportunidad. —Al oír aquellas palabras la mirada perdida de Nikki se centró en la mujer de nuevo—. ¿Por qué crees que te hacía tanto bien mi infusión?

—¿Era afrodisíaca?

—¡No! ¡Claro que no! Si supiese hacer esas cosas, sería rica —rio divertida—. Solo ayuda a vencer las barreras que la mente pone al espíritu. Si te hizo acudir a Sean, fue porque lo deseabas; si tu deseo hubiese sido pastel de chocolate, habrías ido a una pastelería y no a los brazos de mi nieto —bromeó.

—¿Cómo puede saber esas cosas? —preguntó perpleja. Ella sonrió de oreja a oreja.

—Tengo conexión directa con el Gran Espíritu —bromeó, guiñándole un ojo. Se incorporó y caminó hasta la puerta—. Vosotros os guiais por lo que ven vuestros ojos. Yo, por lo que ve mi corazón. No suele equivocarse. Guarda la punta de flecha muy cerca del tuyo, hasta que nazca mi bisnieto. Nos veremos en el Pow Wow. Descansa.

Y sin decir nada más abandonó la habitación. Nicole apretó la punta de flecha contra su pecho y lloró.

¿Podía ser verdad? ¿Podían ser ciertas las palabras de la abuela Talulah?

Era imposible que estuviese embarazada y menos aún que ella lo supiese tan pronto.

Un bebé.

Un bebé que llevase la sangre indígena de Sean corriendo por sus venas. Que tuviese su piel tostada y su nariz recta, en el que pudiese reconocer su sonrisa… Hubo un tiempo en el que tan solo deseó eso, poder acunar un bebé con ojos de tormenta entre sus brazos.

Enjugó sus lágrimas al oír los pasos de Sean subir la escalera mientras de fondo se escuchaba arrancar la motocicleta de Wambdi.

Decidió que, aunque probablemente su intención fuese buena, no podía detenerse a dar una oportunidad a aquellas palabras, porque le dolía demasiado pensarlas. Guardaría la punta de flecha y se la devolvería cuando el tiempo la convenciese de que se equivocaba.

—¿Sucede algo? —preguntó Sean al alcanzarla. Ella escondió la punta en el sostén, cerca del corazón, no se sentía con fuerzas de explicarle a Sean todo aquello. Le había visto llorar amargamente cuando supo de la pérdida de su hijo y no quería traer de nuevo aquellos momentos a su mente. Quería verle con aquella media sonrisa con la que la miraba desde el umbral.

—No, tu abuela me ha mostrado un juego de sábanas precioso, dice que será un legado para nosotros —dijo recomponiéndose, se levantó y caminó hasta él, abrazándole.

Sean la besó en el pelo, no la creía, nunca supo mentir bien. Pero esperaría a que estuviese preparada para contarle aquello que la abuela Talulah, siempre con sus misterios a cuestas, le hubiese contado, porque viniendo de ella no podía ser nada malo.

—Nikki, hay algo de lo que tengo que hablarte.

—Cuéntame.

—He recibido un email de la clínica en la que Keylor Rodríguez se realizó la biopsia. Tenemos los resultados: insuficiencia pancreática autoinmune. ¿Significa algo?

—Sean, esto es terrible. Déjame ver el informe.

Nikki lo leyó con calma de principio a fin y después volvió a releerlo. Ella no era patóloga y había muchas cosas que no entendía, pero había aprendido mucho de células pancreáticas durante el estudio del Dánaex y aquellas lesiones en el páncreas de Keylor Rodríguez le decían que había motivos para sospechar que su supuesto medicamento *revolucionario* lo había dañado.

—Debo avisar cuanto antes a las personas que han participado en el ensayo para comenzar a realizarles pruebas y buscar un tratamiento antes de que los efectos secundarios terminen por dañar su páncreas como hicieron con el de Keylor.

—Lo haremos, en cuanto descubra quién ha orquestado el intento de asesinato de tu padre. El proceso de deterioro ha durado dos años en el caso de Keylor, probablemente unos días más no signifiquen nada en el resultado final y, sin embargo, sí que pueden serlo todo para atrapar a esos desgraciados. Acabo de reenviar el *e-mail* a los federales, ellos se encargarán de la investigación.

—¿Y mientras? ¿Nos quedamos de brazos cruzados?

—Se me ocurren unas cuantas cosas que podríamos hacer mientras, bueno, en realidad es la misma cosa solo que en posturas distintas —bromeó tratando de sacarle una sonrisa, pero Nicole estaba demasiado preocupada.

—Sean, ese *e-mail* ratifica que quizá hemos puesto en riesgo a las casi cien personas que participaron en el ensayo, ¿sabes el cargo de conciencia que es eso?

—No puedes sentirte culpable de algo que no sabías, de algo en lo que has participado de modo inconsciente.

—Aún así, Sean. Debemos atender a esas personas, poner todo lo que está en nuestras manos para reparar lo que hemos hecho. ¿Tú crees que mi padre sabía todo esto? ¿Que permitió que siguiese adelante a pesar de saber que estaba jugando con la vida de un centenar de personas?

—No lo sé.

—Sean, es horrible —dijo abrazándole—. Mi padre..., ayer ni siquiera miré el teléfono.

Alarmada, fue a la habitación contigua, en la que había dormido el día anterior y buscó su móvil.

Óscar: «Papá está bien, evoluciona favorablemente, como suelen decirnos los médicos. Nosotros también estamos bien, mamá incluso ha regresado al trabajo, así que tranquila. La policía nos tiene muy controlados, no me puedo tirar ni un pedo sin que se enteren».

Aquel comentario la hizo reír.

—Dice mi hermano que mi padre está mejor y que la policía los sigue muy de cerca.

—Me ha llamado mi amigo Parkur. Al parecer la policía ha intentado hablar con tu padre sobre lo ocurrido, pero dice no acordarse de nada. No sabemos si es cierto o es una estrategia. Hay que descubrir quién dio la orden de atacarle, solo entonces estaréis a salvo.

—Qué locura. Casi no puedo creerlo.

—Tranquila, está más cerca de lo que piensas. Voy abajo, aprovecharé para hacer un par de llamadas sobre los resultados de Keylor Rodríguez.

—Enseguida bajo también.

Sean descendió las escaleras mientras ella preparaba su ropa para darse una ducha. Al moverse con el teléfono en la mano este recibió cobertura y le apareció el aviso de varias llamadas perdidas. Quince llamadas perdidas desde un mismo número: William.

Ese maldito desgraciado se había pasado el día anterior llamándola. Ese traidor. No le creía capaz de ser cómplice del intento de asesinato de su padre, pero en cierto modo era responsable porque por su culpa habían tratado de matarle.

Debía advertir a su hermano Óscar, así que le escribió un mensaje diciéndole que también ella estaba bien y que, aunque no podía explicarle por qué, si William aparecía, no debían permitir que se acercase a ellos.

Envió el mensaje y el teléfono comenzó a sonar. «Gina» pudo leer en la pantalla. Su compañera de trabajo en el laboratorio, su subdirectora de la unidad de ensayos y su amiga, debía estar muy preocupada.

—Hola, Gina.

—Gracias a Dios, Nikki, ¿dónde estás? ¿Qué narices está pasando?

—No puedo hablar.

—¿Cómo que no puedes hablar?

—Gina, estoy bien. Escúchame, ya te lo explicaré con calma cuando regrese, pero ahora necesito que me localices a todos los participantes del ensayo con Dánaex.

—¿Y eso para qué?

—No hagas preguntas, Gina. Por favor.

—Nikki estoy asustada, no sé qué ha pasado, ¿por qué has desaparecido, por qué la policía se asoma por aquí un día sí y el otro también...? No sé qué sucede, pero tiene que ser algo muy gordo porque no es propio de ti largarte y dejarnos en la estacada. —Se sentía culpable por ello, su amiga estaba aguantando todo el chaparrón mientras ella se hallaba escondida.

—Sí, tienes razón, está pasando algo muy gordo. Ahora sé con seguridad que han intentado asesinar a mi padre y la policía piensa que también podrían intentar matarme a mí, por eso me he marchado.

—Oh, Dios santo, Nikki. ¿Estás bien?

—Sí, tranquila.

—¿Y por qué intentarían matarte?

—No sé exactamente por qué, pero sí que está relacionado con Labocon.

—¿Con Labocon? ¿Y eso cómo lo sabes?

—Lo sé. Gina, hay que ponerse en contacto con todas las personas del estudio del Dánaex. En cuanto regrese los citaremos, tengo que hablar con ellos.

—¿Con todos?

—Con todos. Hay un problema con el medicamento.

—¿Un problema? ¿Qué problema Nikki? Les hemos realizado muchas pruebas y todo está perfecto.

—Y anula la rueda de prensa de la semana que viene y la entrevista con *Buenos Días, California*.

—¿De qué va todo esto Nikki?

—Gina, hay que parar todo lo relacionado al Dánaex. ¿Recuerdas a Keylor Rodríguez? —El silencio se hizo al otro lado del aparato—. ¿Lo recuerdas? Estuvo trabajando varios años en tu laboratorio.

—Ah, sí, lo recuerdo. ¿Qué le pasa?

—Utilizó el Dánaex consigo mismo sin permiso. Le ha destruido el páncreas.

—Eso no puede ser cierto.

—Tengo los resultados de una biopsia que se le realizó poco antes de morir. —De nuevo el silencio.

—¿Está muerto?¿Es que estabais en contacto?

—Keylor acudió a mí en busca de ayuda y yo solo le ofrecí dudas. Ahora está muerto…

—Si no recuerdo mal, Keylor era un puto pirado, Nikki. Quizá tomó otras sustancias…

—¿Le conocías tan bien como para afirmar eso?

—Te diría que le conocía lo suficiente como para no creer una sola palabra de su boca.

—De todos modos los resultados de la biopsia crean serias sospechas de que el Dánaex puede haber acabado con su páncreas. En cuanto regrese vamos a preparar un comunicado de prensa y a afrontar esto.

—Te estás precipitando. Hacer eso es un suicidio.

—En cuanto llegue te llamo y hablamos con calma. ¿Vale?

—No, no vale. No sé dónde estás, estoy preocupada por ti, necesito saber que estás bien… —requirió con la voz temblorosa. Nikki dudó, su corazón palpitó deprisa, quería calmar a su amiga.

—Gina, estoy bien, de verdad. Estoy con mi exmarido y su familia.

—¿Estás bien?

—Sí, sí. Estoy bien.

—¿Y William? ¿Sabe él dónde estás?

—No. Y no le digas nada.

—¿Por qué? ¿Qué está pasando?

—No preguntes más, Gina. De verdad, ya no puedo decirte nada más. Tengo que colgar. Estoy bien, no te preocupes.

—Está bien. Nikki cuídate, por favor, y regresa pronto para explicarme todo lo del Dánaex.

—Lo haré. Cuídate, Gina.

—Tú también.

Se metió en la ducha y abrió el grifo, la conversación con su amiga la había dejado tocada. Acababa de incumplir una promesa que había hecho a Sean, no había revelado exactamente su ubicación, pero Gina ahora sabía dónde se encontraba. Por suerte, era de fiar. Ella estaba preocupada por su bienestar, tanto como ella misma lo estaría en caso contrario.

Se enjabonó el cabello despacio mientras su mente huía hacia unos senderos mucho más complacientes, dando vueltas a la cabeza sobre lo que había sucedido aquella noche, sin poder evitar que una sonrisa acudiese a sus labios con naturalidad. Recordar el modo en el que Sean la había amado, la forma en la que la había tocado, la pasión y la dulzura que desprendía en cada movimiento… la hizo estremecer.

Le amaba. Ahora sabía que no había dejado de hacerlo un solo instante, quizá se debiese a esa parte de sí misma que, en su interior, le había impedido terminar de creerse su historia de traición a lo largo de los años que habían pasado separados.

Había aprendido a vivir sin él, una vida monótona y sobria… En realidad había aprendido a *sobrevivir* sin él. Porque no podía llamar vivir a lo que había hecho los últimos cuatro años.

Se había dejado arrastrar por la corriente, a la deriva, cumpliendo las expectativas de todos quienes la rodeaban, de su padre, de su madre, de William... Pero al fin sentía que todo volvía a cobrar sentido. Durante los últimos años su vida había sido gris, y ahora Sean, su abuela Talulah y el resto de la familia Redcloud, aquellas tierras de paisajes espectaculares, incluido su pequeño rincón en Green Rock, le habían devuelto todos los colores del arcoíris.

Ahora que había vuelto a sentir mariposas deseaba aferrarse a ellas con uñas y dientes. Quería volver a ser feliz y estaba segura de que lo haría a su lado, porque Sean era su halcón, su compañero de vida, quien volaría a su lado por el resto de sus días.

Compartir el dolor con él había aliviado el peso que sentía en su corazón desde que perdió a su bebé, sus lágrimas aún le dolían en lo más profundo de su alma y, a pesar de ello, sentía que ahora no estaba sola en el recuerdo del peor momento de su vida.

Ambos merecían una nueva oportunidad de ser felices. Y los planes de futuro de Sean eran perfectos para conseguirlo.

Trataría de hallar el modo de evitar en la medida de lo posible el daño causado por el Dánaex, así gastase hasta el último céntimo de la empresa en lograrlo. Y buscaría a la familia de Keylor Rodríguez y se encargaría de que no volviese a faltarles nada por el resto de sus días.

Y después, cuando todo acabase, se retiraría a aquella pequeña granja junto al que aún era su esposo en su corazón y a los ojos del Gran Espíritu y disfrutaría de toda la paz que le ofrecían aquellas tierras. Cultivaría tomates, patatas, trigo... pero sobre todo cultivaría su amor. Rio para sí con los ojos cerrados, metiendo la cabeza bajo el agua para enjuagarla.

Oyó entonces cómo la puerta del baño se abría y dio un respingo. Abrió los ojos, pero la cortina azul le impedía ver más allá del plástico.

—Soy yo —masculló Sean, al otro lado—. He pensado que quizá querrías un poco de compañía —dijo descorriéndola de golpe, mostrándose ante ella en su exuberante desnudez.

—Por supuesto —accedió haciéndose a un lado en la bañera.

Sean se introdujo bajo la alcachofa y el agua recorrió su largo cabello oscuro y su torso moreno. Cerró los ojos disfrutando del contacto con el agua.

—Así que necesitabas una ducha fría —aseguró él con picardía abriéndolos cuando las gotitas empapaban sus voluptuosos labios y su mentón recto.

—Creo que aún la necesito.

—No necesitas una ducha fría, sino un poco de esto —afirmó tomando su mano y llevándola hasta su sexo que, aun relajado, resultaba de lo más tentador. Ella lo acogió en su mano, acariciándolo, Sean echó la cabeza hacia atrás y en su cuello despuntó la sensual nuez de Adán. Nikki descubrió entonces una cicatriz blanquecina allí, hacia un lateral, sus ojos descendieron por los hombros hasta el vientre y, por debajo de este, a un lado de la erección que entre sus manos comenzaba a manifestarse de modo más que evidente, bajo su cadera derecha, había una gran cicatriz hasta la rodilla. Cicatriz que en las penumbras del tipi no había podido percibir la noche anterior.

—¿Cómo te hiciste esa herida del cuello? —preguntó ascendiendo ambas manos por sus caderas hasta su vientre.

—¿Qué más da ahora? —dijo mirándola enfebrecido por el deseo que resplandecía tras sus ojos de tormenta.

—¿Cómo te la hiciste? —Sean la besó y cualquier otro pensamiento se esfumó de su mente como una pompa de jabón. Se rindió a sus caricias, a sus besos, al roce sofocante de su sexo en el vientre, abriéndose paso hacia su interior mientras su boca la devoraba como un oso hambriento. Su Oso.

La aprisionó contra la pared bebiendo de ella cada gota de placer, cada suspiro, cada jadeo, hasta dejarse llevar por completo en su interior.

Después de la agotadora ducha común, Sean fue al dormitorio y comenzó a vestirse. Nikki le siguió envuelta en una toalla de algodón y le contempló mientras cubría su cuerpo, sin perder detalle de las heridas que había visto en él.

—Esa mirada me hace sospechar que aún no has tenido suficiente y lo cierto es que me extraña, me tengo por muy complaciente —sugirió con suficiencia. Ella sonrió.

—Eres un engreído.

—Soy *tu* engreído, solo tuyo —aseguró caminando hasta ella sin camiseta y la besó en los labios saboreándolos.

—Responde a mi pregunta, ¿cómo te hiciste esas heridas?

—Esta —apuntó a su cuello con el dedo índice—, fue un disparo de un francotirador en Kabul, por suerte no tenía tan buena puntería y uno de mis compañeros le metió una bala en los sesos —dijo como si hablase del tiempo. Nikki sintió que se le aceleraba el corazón.

—¿Y por qué hizo eso? ¿Por qué a ti?

—Es la guerra, Nikki. Debí ser su blanco más fácil, imagino. No fue para tanto.

—¿Y lo de la pierna?

—Una granada, pero fue de refilón, la cicatriz es tan grande porque estuvieron un buen rato buscando metralla. —Ella se estremeció al oír cómo le quitaba importancia.

—En todo este tiempo no he dejado de pensar en ti, en si estarías a salvo. Un miedo visceral me sobrecogía cada vez que veía en las noticias que un grupo de marines había sido atacado o había caído en combate, aunque sabía que en vuestro caso ni siquiera aparecería en las noticias. No quiero ni siquiera pensar lo duros que han tenido que ser estos años para ti.

—Lo han sido, pero no por las heridas que ves, sino por las que no puedes ver. Mi cuerpo sanaba cada vez que resultaba herido, pero mi corazón, no —afirmó asiendo sus manos y posándolas sobre su pecho—. Cuando fui herido en el cuello, mientras taponaba la hemorragia con mis manos, sentí miedo. El mayor que he sentido en toda mi vida, el miedo a la certeza de que no volvería a verte.

Nikki contuvo el llanto que humedecía sus ojos mientras le oía. Hablaba con la mirada perdida.

—No pensé en nadie más, solo en ti, en si lamentarías mi muerte.

—Oh, Sean, por supuesto que sí. Aunque me esforzaba en odiarte, jamás lo logré. No pude, no puedo evitar quererte y sé que lo haré hasta el último de mis días, nada ni nadie puede cambiar eso.

—Tenía incluso una carta para ti. Para que te la entregasen si caía.

—¿Una carta?

—Parkur la tiene en su poder —dijo mirándola sin poder camuflar el pudor que sentía al hablar de aquello.

—¿Y qué dice esa nota?

—La escribí tantas veces que la recuerdo de memoria.

—Dímelo, por favor —Sean enarcó una de sus cejas morenas lleno de dudas.

—Resulta un poco raro…

—Por favor.

—Está bien, dice así: «Querida Nikki, si estás leyendo esta carta significa que me he marchado para siempre, mi amor. Sí, mi amor, mi gran amor. Porque eres la única mujer a la que he amado en toda mi vida. No he sido el mejor marido, ni siquiera el mejor hombre, pero he tratado de mantenerte a salvo. Ojalá puedas perdonarme algún día por haberte engañado, porque nunca te traicioné, fue una mentira cuyo doloroso peso he debido cargar sobre mis espaldas. Por encima de todas las cosas solo espero que seas feliz y que, si nos vemos al otro lado algún día, puedas perdonarme» —recitó de memoria mientras las lágrimas recorrían las mejillas de la mujer a la que amaba más que a sí mismo—. Eh, vamos, tontorrona, no llores.

—Te amo, Sean. Cada segundo que paso a tu lado lo hago más y más. Estoy completamente enamorada de ti.

—Pues estás de suerte, porque estoy libre —bromeó. Nikki se echó a sus brazos y lo besó infinitas veces con frenesí.

32
Majestad

—¿Qué es el Juego del Mocasín? —preguntó leyendo el programa del día para el *wacipi.*

—Es un juego que proviene de una larga tradición…

—Como no podía ser de otro modo —aceptó ella con una sonrisa.

—Así es, somos gente de tradiciones. ¿Quieres oírlo o no?

—Claro.

—Pues bien, cuentan que se originó tras un encuentro inesperado entre una tribu dakota y una chippewa, tribus enemigas, que pretendían cazar en el mismo lugar. Los jefes se sentaron y discutieron un método para decidir con honor quién obtendría el derecho a cazar en aquellas tierras sin tener que matarse unos a otros. Ambos decidieron un juego que a su juicio sería honorable —relataba con el brazo apoyado en el marco de la ventana de la camioneta, con el largo cabello suelto y la vista fija en la carretera, que a cada tanto tropezaba con sus ojos—. Los cazadores de ambas tribus tomaron sus mocasines, los pusieron uno al lado del otro en el suelo y escondieron un pequeño objeto bajo ellos. El oponente tenía que adivinar dónde estaba escondido. Sus flechas fueron utilizadas como puntos ganados en el juego y el arco fue usado como el indicador para señalar o tocar los mocasines del oponente. Todas las flechas se colocaron en el centro del área de juego. Aquel que obtuviese todas las flechas sería considerado el ganador.

—¿Y quién ganó?

—El dakota, por supuesto —declaró orgulloso, provocándole la sonrisa—. La moraleja es que después de haber jugado juntos, los guerreros de ambas tribus se habían conocido y en cierto modo dejaron de ser «enemigos», porque fueron capaces de comprenderse los unos a los otros.

—Un mensaje precioso y muy cierto. ¿Y continuáis jugando igual?

—Continúan, yo hace años que me retiré porque tengo menos don adivinatorio que un vidente de teletienda. Hoy día se utilizan almohadillas en lugar de mocasines y una vara en lugar del arco para levantarlas y descubrir el objeto escondido. Para el equipo ganador el premio puede ser cualquier cosa, desde dinero hasta caballos, según con quien te enfrentes.

—Yo suelo tener buena intuición en los juegos de azar. Si te decides a participar, te ayudaré.

—Será un placer. La abuela estuvo hablando contigo arriba, ¿verdad? —Nikki pensó que Sean lo dejaría correr, pero al parecer no sería así.

—Sí.

—¿De algo en especial?

—Me ha contado la historia de su abuelo y me ha entregado un regalo que guarda para nuestro primer hijo.

—¿Te ha hablado de Wounded Knee?

—Sí. Y de lo fuerte que fue su abuelo a pesar de ser solo un niño.

—Y el regalo es una punta de flecha con una bala incrustada.

—Sí, me ha pedido que la guarde junto a mi corazón, ¿cómo lo sabes, es que la has visto?

—Sí, claro, a escondidas. Ella nos la mostró una vez cuando éramos pequeños y nos contó la historia. Mis hermanos y yo registrábamos el cajón en el que la guardaba para poder tocarla, porque creíamos que era mágica. Pensábamos que se la entregaría a mi padre, pero este me dijo que no, que la abuela la guardaba para un «guerrero rojo» con el que había soñado cuando era niña. Así que imagino que pensará que ese «guerrero rojo» nacerá de ti.

—Vaya. No quisiera decepcionarla, pero ni siquiera sé si podré volver a…

—Son las creencias de una anciana a la que adoro, pero que confía más en las leyendas que en la ciencia —afirmó acariciándole la mejilla con los dedos, infundiéndole fuerzas.

—Serán creencias, pero la infusión que tu abuela ha estado dándome ha hecho que vaya a buscarte como una loba en celo.

—¡Bendita infusión! —rio mirándola de reojo.

—No te rías de mí. ¿Tú lo sabías?

—Yo sabía que tramaba algo, pero desconocía el qué.

—No te creo.

—Créeme. Pensé que tu arrebato era un acto de caridad hacia mi situación —sugirió entre risas.

—¿Qué situación?

—Como si no lo supieses. Llevaba tanto tiempo empalmado que no sé cómo aún me llegaba algo de sangre al cerebro. Desde que volví a verte, mi *amigo* cobró vida propia.

—Se te notaba algo desesperado, eso es cierto —bromeó, posando una mano en su pierna.

—Más arriba, por favor.

—Eres un pervertido.

—Me haré a un lado en la carretera.

—No podemos estar todo el día como animales.

—Voy a tener que pedirle a mi abuela la receta, creo que se te está pasando el efecto —sugirió divertido.

Nikki se quedó mirándole, aferrado al volante y con la mirada perdida en la carretera, sin poder evitar pensar en lo afortunada que se sentía de que él la amase tanto como ella a él, a pesar del tiempo que habían pasado separados. Tiempo en el que él podría haber conocido a alguien que la suplantase en su corazón y, sin embargo, no había sido así. Sean la descubrió contemplándole ensimismada y le guiñó un ojo.

—No te pregunto en qué piensas porque lo sé.

—Ah, ¿sí? ¿Y en qué pienso?

—En que soy irresistible —bromeó y Nikki se echó a reír de nuevo.

—Has dado en el clavo.

—No, ahora en serio, ¿a qué estás dándole vueltas en esa cabecita tuya?

—En lo natural que me resulta amarte, tanto como respirar, te quiero y eso me hace feliz.

—A mí también me hace feliz, mucho.

—Todo este tiempo estuve temiendo que hubieses rehecho tu vida, que continuases con la mujer con la que me habías engañado, que tuvieses hijos con ella…

—Jamás me plantearía tener hijos con alguien que no seas tú. Me gustan los críos, lo sabes, me encantaría tener varios cuando llegue el momento, pero solo contigo.

—No sé si podré tenerlos, después de lo que pasó.

—No será un problema, Nikki. Teniéndote a mi lado, nada lo será —aseguró posando una mano sobre la suya con dulzura—. Bueno, ¿estás preparada para el espectáculo de hoy?

—Lo cierto es que no. ¿También bailas hoy?

—No me atrevo a bailar, a no ser que me prometas que volverás a asaltarme después —apuntó con una sonrisa.

—Siempre y cuando Luz no trate de seducirte de nuevo…

—Pobrecilla, sentí compasión por ella.

—Yo no.

—No es mala persona, te lo aseguro.

—Por mí como si le cae un meteorito.

—Bueno, cambiemos de tema. Hoy en la Gran Entrada desfilará mi padre junto con todos los jefes de tribu de los distintos distritos de la reserva y los veteranos de guerra. Después comienza el concurso.

—Y tu hermana, ¿bailará?

—Como bien sabes, ayer no pude despedirme de ella, o sea que no lo sé —Nikki se mordió el labio inferior abochornada—. Pero me imagino que vendrá esta tarde.

—Y Wambdi, ¿él no participa?

—Hoy sí. Tiene mucho que celebrar.

—¿Qué tiene que celebrar?

—El apoyo de su hermano mayor.

—¿Cómo?

—He hablado con él en el garaje, le he dicho que si de verdad quiere presentarse a esas pruebas, cuenta con mi aprobación.

—Oh, Sean, no sabes cuánto me alegro.

—Me has ayudado a darme cuenta de que no puedo protegerle alejándole de la vida que desea vivir.

La cola de vehículos estacionados casi alcanzaba la carretera, los aparcamientos estaban llenos y el bullicio de gente podía oírse desde el camino.

—Quizá no sea una buena idea asistir hoy, no cabe un alfiler —advirtió Sean contrito.

—¿Por qué no? Me muero de ganas de verlo.

—No es seguro. Lo mejor será que dé la vuelta y regresemos.

—Sean por favor, ¿qué va a pasarme aquí? Nadie sabe dónde estamos, si estoy segura en un lugar del mundo es aquí, por eso me trajiste, ¿no es cierto?

—No sé, Nikki.

—Desconecta un poco, vamos a relajarnos, a pasarlo bien, por favor —pidió suplicante, arrancándole una sonrisa.

—Está bien. Será mejor que aparquemos aquí y vayamos caminando —advirtió Sean estacionando en batería en una de las largas hileras de turismos.

Bajaron de la camioneta, el sol del mediodía apretaba con energía sobre sus cabezas.

—Es impresionante, qué cantidad de gente.

—Más de cuatrocientos participantes, según me dijo mi madre ayer. Y hasta la una pueden continuar inscribiéndose para los concursos de hoy. Es el día grande del *wacipi*.

—¿Crees que tendremos la oportunidad de hacer una visita a *nuestro* tipi? —sugirió sorprendiéndole.

—Déjalo en mis manos.

Recorrieron el camino entre la gente, muchos ataviados con los atuendos propios de sus respectivas tribus y de su estilo de danza, otros meros visitantes dispuestos a disfrutar del espectáculo.

Sean en cambio estaba en absoluta tensión, había demasiados extraños a su alrededor a los que controlar.

Cuando ya divisaban a Adsila y al jefe Redcloud en la distancia, el móvil de Sean comenzó a sonar. Al ver que se trataba de Parker hizo un gesto a Nicole con el mentón para que continuase caminando hacia ellos mientras él se detenía para hablar.

—Hola, Parkur.

—Tengo novedades sobre el tipo del *e-mail* que me reenviaste.

—Dime, ¿qué has descubierto?

—*Majestad* es como llamaban en la universidad a Roland Nendoz, es el hijo pequeño de Frank Nendoz, un sueco dueño de una de las multinacionales farmacéuticas más grandes que existen, que no es otra que Labocon. He movido cielo y tierra para descubrir eso, al parecer le llamaban así por sus aires de señorito rancio de la vieja Europa y a él le encantaba. Roland vive en los Estados Unidos desde hace años. En Minneapolis.

—¿Y qué pasa con él?

—Al parecer es un vividor que se dedica a gastar el dinero de su padre. Eso lo he descubierto a través de sus redes sociales y de mis contactos en la CIA. Tiene varias detenciones por conducir ebrio, por falta de respeto a la autoridad y delitos por el estilo. Sus hermanos Friz y Hannah llevan la dirección de la empresa junto con su padre; él, al parecer, se mantiene relegado en un segundo plano dedicado a vivir la vida.

—¿Y cómo pudo conocerle Levine? ¿Cómo contactaría con él?

—Se conocen, de hecho el propio Nendoz tiene en una de sus redes sociales una imagen de hace como ocho años en la que aparecen juntos de borrachera. He investigado y coincidieron en un máster universitario de economía hace ese tiempo aproximado.

—¿Crees que por eso Levine acudió a él?

—Creo que Levine descubrió lo que estaba investigando Nicole y por eso trató de negociar con Nendoz.

—Pero si ese tal Nendoz se dedica a vivir la vida, ¿por qué estaría interesado en involucrarse en algo así?

—Quizá su padre le haya cortado el grifo, quizá vio la oportunidad de su vida en ese medicamento… Lo importante es que ya sabemos con quien negociaba Levine dentro de la empresa. Ahora toca investigar al tipo en cuestión, vamos a averiguar hasta su talla de suspensorio.

—Gracias, Parkur.

—Deja de darme las gracias, eres un hermano para mí y lo sabes. ¿Cómo está Nikki? —Sean alzó la vista para mirarla. Conversaba distendidamente con su madre con una amplia sonrisa.

—Bien, ella está bien. Su padre mejora día a día y eso hace que esté más tranquila.

—También te llamaba por eso, Gran Oso.

—¿Por qué? ¿Qué pasa?

—Jeff Howard ha tenido una recaída y está peor. No es que su vida corra peligro, pero al parecer ha cogido una infección hospitalaria.

—Joder, ¿estás seguro?

—Es lo que me ha contado uno de los agentes hace unos minutos. ¿Vas a decírselo?

—Hablaré primero con Óscar para saber de primera mano sobre su estado. Ella nada puede hacer por él, salvo preocuparse.

—Y tú, ¿cómo estás? ¿Cómo llevas tenerla tan cerca?

—Volvemos a estar juntos.

—¿Qué? Joder, ¡menuda alegría me das! ¿Le has contado la verdad?

—Lo hice y me perdonó. Así de generosa es la mujer de mi vida.

—Me alegro muchísimo, tío. Bueno, te dejo que tengo que poner la mesa, hoy Julia llega más tarde del trabajo y tengo a mis dos leones solo para mí. —Sean sonrió al pensar en los hijos de su amigo, Candela y Brandon, dos preciosidades que hablaban un *spanglish* de lo más divertido. Algo así era el *summum* de la felicidad a sus ojos, esperaba tenerlo algún día. Un día que ahora que había decidido dejarlo esperaba que no fuese demasiado lejano—. En cuanto averigüe algo más de ese tipo, te llamo.

—Gra…

—Deja de darme las gracias, joder. Y ven a visitarnos.

—Lo haré, lo haremos. Cuando todo esto termine. —Tenía que hablar con Parkur, contarle la decisión que había tomado, cara a cara.

Sean se reunió con su familia y juntos se dirigieron a la arena para presenciar la Gran Entrada en la que participaban todos los jefes del consejo de la reserva, incluido su padre como jefe de Wild Horse, seguidos del desfile de veteranos y el inicio del concurso propiamente dicho.

Sean y Nikki se sentaron juntos, en la segunda fila, y oyeron atentos el inicio del espectáculo, con las manos entrelazadas mientras el director de la ceremonia presentaba a los participantes. Sean la sintió aferrada a él mirándole con un amor que traspasaba el aire.

—¿Quién te ha llamado? ¿Tiene algo que ver conmigo?

—¿Te parece si cuando termine la Gran Entrada damos un paseo y te lo explico?

—Sí, claro.

Aguardaron hasta que terminaron las presentaciones y el desfile y, cuando comenzó el concurso, fueron a comprar un par de tacos y bebidas en uno de los puestos ambulantes y tomaron asiento sobre el césped bajo uno de los árboles.

—¿Te dice algo el nombre de Roland Nendoz? —preguntó entregándole uno de los tacos y un refresco.

—Nendoz es el apellido del propietario de Labocon. Roland Nendoz es su hijo pequeño.

—¿Le conoces?

—Conozco su fama. Es un crápula, por lo que tengo entendido. La oveja negra de su familia. ¿Tiene algo que ver con lo que ha pasado?

—Al parecer es la persona con la que se comunicaba William. Son amigos o algo parecido.

—Yo nunca los he visto juntos, pero ya no sé qué creer. ¿Piensas que ese tal Roland es el responsable de lo que le han hecho a mi padre y del asesinato de Keylor Rodríguez?

—No lo sé. Pero me parece más que razonable. Quizás tu padre se arrepintió de hacer negocio con ellos, después de hablar con Keylor. Puede que su conciencia, al pensar en la cantidad de personas a las que iba a destrozarle la vida, pudiera más y por ello decidieron acabar con él. Tiene sentido, ¿no crees?

—Pero algo no encaja, Sean. ¿De qué le sirve a una empresa tan grande como Labocon, que ingresa millones de dólares cada día, hacerse con un medicamento que a la larga les costará muchísimas indemnizaciones?

—Yo tampoco logro entenderlo.

—Y William… de verdad, lo suyo no tiene nombre.

—He recibido un *mail* de Sandy durante la Gran Entrada.

—¿Y qué te ha dicho tu chica Travolta?

—La empresa de Levine está hundida, en unos meses tendrán que hacer frente a la quiebra. La pérdida es tan grande que tendrán que tirar de su patrimonio personal, claro que eso no incluye la cuenta secreta de William en Panamá, en la que han ido ingresándole dinero por la información ofrecida sobre vuestra empresa.

—Ese maldito desgraciado, ¿cómo he podido estar tan ciega? Llegué a creerme que me quería.

—Creo que Levine te quiere, pero se quiere más a sí mismo y debía asegurar su supervivencia.

—Ojalá le tuviese delante para arañarle la cara desde abajo hacia arriba —proclamó decidida antes de dar un mordisco a su taco. Sean se echó a reír divertido.

—No conocía esa faceta tuya tan salvaje. Al menos… fuera de la cama.

—Qué tonto eres. Si alguno de los dos es un salvaje eres tú, me das hasta miedo cuando me miras con esa mirada de león en celo.

—La que tú me provocas, nena —dijo acercándose para besarla; se relamió la salsa de los labios—. Y no soy un león, soy un oso ¿recuerdas? —Nikki se echó a reír.

—Un osito, de peluche. —Él enarcó una ceja, no podía creer que lo dijese en serio.

—Nena, en qué quedamos, ¿soy un salvaje o un peluche?

—Un peluche en la cama y un salvaje fuera de ella —dijo muerta de la risa.

—Te estás ganando unos buenos azotes en el trasero y no me va a costar nada dártelos. Llamarme peluche…

Después de comer regresaron a la arena y compartieron la tarde con la abuela Talulah, Adsila, Pequeña Estrella y su hija. Wambdi fue a buscar a su hermano para que le ayudase a vestirse y, cuando Sean regresaba, le vio conversar con un tipo alto al que no le veía la cara, con el que parecía tener bastante confianza, y se unió a ellos Luz del Alba ataviada con su traje de cascabeles y su deslumbrante sonrisa. Parecía tener mucha confianza con ambos, bromeaba y conversaba con ellos, probablemente también le conocería de su infancia. Aquella mujer carecía de dignidad, pensó Nikki. La había rechazado y sin embargo no parecía dispuesta a rendirse. Sean caminó hasta las gradas y tomó asiento a su lado cuando comenzaba a anochecer.

—¿Todo bien? —le preguntó Nicole.

—Sí, claro. Ahora es cuando baila Wambdi, lo hará genial, estoy seguro.

—¿Y con tus amigos, bien también?

—Sí, por supuesto… ¿por qué lo preguntas?

—No, no, por nada.

—Estaba con James. Nos ha invitado a cenar a su autocaravana —afirmó cogiendo su mano y entrelazando los dedos dispuesto a no dejar de tocarla un solo instante, como si temiese que se desvaneciera al no hacerlo—. ¿Te apetece ir?

—¡Claro! ¿Y la señorita *Buenapersona*?

—Bien. Ha actuado como si no me hubiese dicho nada.

—Pero lo hizo.

—Nikki, no es que tratase de violarme. Me declaró sus sentimientos y yo la rechacé, no voy a repudiarla por ello, sigue siendo una amiga.

—De acuerdo —aceptó sin demasiada convicción.

—En cuanto Wambdi termine su danza, nos despedimos de mi madre y mi hermana y nos marchamos. James me dijo que ha estacionado en la primera línea del aparcamiento de caravanas.

Siguiendo las indicaciones del jefe de policía Akona llegaron hasta una autocaravana de una decena de metros de envergadura en cuyo exterior había dispuesta una barbacoa que funcionaba a pleno rendimiento. A cargo de ella estaba el propio James, que acudió a recibirles. Una hilera de bombillas mejoraba la iluminación por focos del recinto. Una mujer con un bebé en brazos y un niño de unos cuatro años estaban sentados a una mesa portátil en la que había servida ensalada y un par de platos con sándwiches y salchichas.

—¡Pero cómo me alegro de que hayáis venido! —dijo al alcanzarles estrechando a Sean en un abrazo.

—Hola, James. ¡Cuánto tiempo! —dijo Nikki.

—Con el trabajo de este marido tuyo es casi imposible verse. Yo, ya ves, al final decidí volver a mis raíces y dejar la Marina para no perderme ni un minuto de estas preciosidades —dijo acercándose a su familia—. Ella es mi esposa, Kendra, creo que no habíais coincidido, y los pequeños son James junior y Sol. Kendra, a Sean ya le conoces, aunque hace mucho que no nos veíamos; ella es su mujer, Nikki.

—Un placer.

—¿Qué os apetece beber? —preguntó el anfitrión.

—Yo quiero una cerveza —pidió Nikki tomando asiento junto a Kendra y a la pequeña bebé regordeta de ojos rasgados que tenía en brazos.

—Yo, una cola.

—Bienvenido a casa, mi abstemio favorito —bromeó Akona.

—¿Cómo es que te has traído la caravana? —le preguntó Sean.

—Para un Pow Wow que me toca libre no quiero perderme ni un minuto. Ven a ayudarme con las hamburguesas —pidió y ambos se retiraron hacia la barbacoa.

—Qué ojos más bonitos tienen tus hijos —dijo Nikki rompiendo el hielo y era cierto, ambos tenían los ojos negros como grafitos y ligeramente rasgados.

—Gracias. Tienen los ojos de su padre —afirmó Kendra, lo que hizo que se fijase en el color de su iris, era verde, muy claro.

—¿Cuánto tiempo tiene la pequeña?

—Ocho meses. Aún estoy dándole el pecho, es una tragona. ¿Vosotros no tenéis hijos? —aquel tema empezaba a ser demasiado recurrente para un día.

—No.

—Bueno, ya llegarán…

—Sean me ha dicho que James es el jefe de policía.

—Sí. En cuanto dejó la Marina se incorporó como policía.

—No debe ser una profesión sencilla.

—Es maravillosa en comparación con la Marina. Antes apenas nos veíamos; se perdió los primeros meses de vida de su hijo casi al completo. Wild Horse es una zona muy tranquila. En general en la reserva, a excepción del entorno de los casinos, suele haber pocos conflictos. Además, James conoce a todo el mundo y sabe de qué pie cojea cada uno.

—Es una gran ventaja. Sean dice que también va a dejarlo, pero yo no termino de creérmelo.

—Espero que sea así, por los dos. Sé lo complicado que es mantener una relación en la distancia. James siempre me dice que no sabe a qué está esperando Sean, que ya ha cumplido con creces con su deber. Ellos se distanciaron un poco después de que tomaran rumbos distintos, pero mi marido aprecia mucho al tuyo, lo quiere como a un hermano.

—Espero no llegar demasiado tarde —dijo alguien a su espalda interrumpiendo su conversación. Una voz femenina. Nikki se giró y vio a Luz del Alba de pie, tras ella, con una botella de vino en las manos.

Kendra se levantó con una sonrisa y acudió a su encuentro, también James, mientras a Nikki se le evaporaba la sangre de las venas. Sean acudió a su lado.

—No me dijiste que *ella* vendría.

—Te doy mi palabra de que no lo sabía.

—Qué alegría verte, Luz —la saludó Kendra. Luz tomó a la pequeña Sol en brazos y la besó, también al pequeño James en la cabeza, y entonces se dirigió hacia ellos.

—Buenas noches —dijo la mujer midiéndose con Nicole, mirándola a los ojos con fijeza.

—Buenas noches —le devolvió el saludo.

—Sean, corre que se nos queman las salchichas —le llamó Akona.

—Voy a dar el pecho a Sol, enseguida salgo, chicas —advirtió Kendra, abriendo la puerta de la autocaravana y pasando al interior, dejándolas solas, una junto a la otra, con el pequeño James degustando salchichas junto a la mesa plegable.

—He oído hablar mucho de ti. —Nikki no podía distinguir sus intenciones, su sonrisa era tan indestructible como falsa.

—¿Sí?

—Adsila habla maravillas de ti, y la abuela Talulah también —Nikki asintió. No le apetecía una conversación banal, no con aquella mujer—. Dicen que tienes una empresa farmacéutica.

—La empresa pertenece mi padre, yo solo soy miembro de la junta directiva.

—No entiendo cómo Sean ha podido adaptarse a vivir en California, somos gente de interior, de las grandes planicies. —Nikki la miró de reojo un instante y buscó a Sean con la mirada, conversaba con Akona, sin quitarle la vista de encima.

—Sean pasa mucho tiempo fuera de casa, de todos modos adora el mar y el clima de San Clemente.

—Es un hombre tan fuerte…

—Sí, lo es.

—Es decidido, valiente y generoso. Yo le conozco bien. Nos hemos criado juntos —afirmó mirándola muy seria—. Me alegro mucho de haber podido volver a verle después de tantos años.

—Muchas gracias por tus buenas palabras hacia mi marido.

—Fuimos novios, ¿sabes?

«Y ahí llega la que ha aceptado bien la negativa».

—No creo que a un par de polvos pueda llamársele noviazgo.

«¿Quieres guerra? Pues la vas a tener».

—Fuimos novios casi un año. ¿No te lo ha dicho?

—Quizá lo haya olvidado.

—No creo que lo haya olvidado, dicen que el primer amor nunca se olvida. —Aquellas últimas palabras le hicieron apretar la mandíbula de rabia. No entendía qué pretendía aquella mujer. ¿Así pretendía reconquistarle, poniéndola furiosa? ¿O solo pretendía que se enfadasen?

—Mi primer amor fue Sean, mi primer y único amor, como yo fui su primer amor *de verdad*. Y sí, es cierto, el primer amor nunca se olvida. —Mientras terminaba de decir aquellas palabras fijó su mirada en un lejano punto detrás de ella, una imagen desconcertante la sacudió.

Era Gina, la vio un instante entre la gente que cruzaba arriba y abajo hacia la arena ceremonial, en la zona del aparcamiento de los turismos, entre dos coches, alumbrada tenuemente por los altos focos. ¿Qué hacía ella allí?

Sin pensarlo dos veces comenzó a caminar hacia los coches, dejando a Luz del Alba con la réplica a sus palabras en la boca. Vio cómo Gina caminaba hacia atrás por entre los vehículos estacionados, mirando en todas direcciones como si buscase a alguien, y echó a correr hacia ella, alejándose de la autocaravana.

Gina había desaparecido de su campo de visión, la buscó en todas direcciones. Por un momento incluso pensó que se habría equivocado, que la habría confundido con otra persona. Se disponía a regresar sobre sus pasos… y de repente, todo se volvió negro.

33
Debilidades

La cabeza le dolía, sentía un dolor lacerante desde la nuca hasta casi la mitad del cráneo. Comenzó a tomar conciencia de su propio cuerpo, abrió los ojos, no podía ver nada, todo era oscuridad en su derredor. En la boca tenía algo encajado entre los dientes que le provocaba una gran tirantez.

Trató de moverse, pero sus manos estaban atadas a la espalda, tampoco podía sacudir sus pies, que estaban unidos por los tobillos por algún tipo de brida. Estaba tumbada sobre algo en movimiento, un vehículo probablemente.

Trató de gritar, pero el trapo de su boca se lo impedía. Estaba completamente a oscuras y solo percibía los lejanos destellos de unas luces de frenado, y supo que se hallaba en un maletero.

No podía calcular el tiempo transcurrido hasta que el vehículo se detuvo, pero le pareció eterno. Oyó una puerta abrirse y cerrarse, otra también, más tiempo en silencio, pasos firmes y el clic del maletero del coche al levantarse.

Alguien tiró de ella con fuerza y la arrojó al suelo, golpeándose en los codos y la cadera. Era un tipo alto y grande como una montaña, al que no había visto en su vida.

Este le cortó la brida de los pies y Nikki trató de gritar, pero solo logró gemir con aquel trapo en la boca. La obligó a ponerse en pie.

Trató de zafarse, de echar a correr, pero el tipo la agarró del pelo y la echó al suelo, cayó de frente y se golpeó en la barbilla y en la mejilla derecha al aterrizar sobre la gravilla.

Estaban en una especie de parque o de finca, a su alrededor había árboles de altas copas y gruesos troncos, muchos, decenas. Aquel matón volvió a tirar de ella obligándola a levantarse de nuevo y la forzó a volverse y caminar por un sendero de grava hasta la parte posterior de un edificio.

Parecía una construcción en obras, el hormigón estaba sin revestir en la parte inferior, aunque la primera planta parecía terminada. La luz que los iluminaba lo suficiente para ver dónde pisaban procedía de un gran ventanal a través del cual veía algunos muebles, quizá de un salón.

Descendieron una rampa asfaltada hacia el semisótano, acababa en una puerta de garaje corredera de metal abierta lo suficiente como para el paso de una persona.

Su mente no dejaba de martillearla, tratando de hacerse a la situación. ¿Quién la había secuestrado? ¿Con qué intención? Estaba convencida de que estaba relacionado con lo acontecido a su padre, pero, ¿cómo podían haberla encontrado?

Una vez dentro del garaje, el matón la arrojó al suelo, rebotó contra una pared y gimió dolorida. Estaba a oscuras hasta que él accionó la luz. Una luz halógena la deslumbró y le dificultó fijar la mirada, pero pudo ver cómo el tipo cerraba la puerta del garaje y se acercaba a ella.

—Nadie te oirá si gritas, excepto yo que estaré tras esa puerta, y no te va a gustar que vuelva —la advirtió con un marcado acento europeo—. ¿Quieres que te quite el trapo?

Nikki asintió, le dolía mucho la mandíbula, y la herida de sus labios. El tipo le retiró el trapo y se alejó por una puerta que había a su derecha.

El dolor en la mandíbula le resultó insoportable, como si le hubiesen sacado la articulación de sus encajes naturales; sintió la necesidad de acariciar su mentón con las manos, pero estaban atadas.

Oyó entonces un gemido. Miró a su izquierda y descubrió a una joven rubia tirada en el suelo de hormigón con las manos atadas la espalda, como ella. La habitación era amplia y, a excepción de ambas, estaba vacía. La mujer, tendida en el suelo a su izquierda, gemía con el rostro vuelto hacia el otro lado. Una voz que se le antojó familiar.

—¿Estás bien? —sugirió en voz baja. La joven alzó el rostro y la miró—. ¡Gina! Oh, Dios mío, Gina, creí que habías sido una alucinación.

—¡Nikki! —Rompió a llorar esta al reconocerla.

—¿Estás bien? ¿Te han hecho algo?

—Estoy bien. ¿Y tú?

—Estoy bien —dijo, tomando consciencia de cómo le goteaba sangre de la barbilla en el pecho, debía haberse producido un corte contra el suelo—¿Quiénes son, Gina? ¿Qué hacemos aquí?

—Lo siento muchísimo, Nikki —dijo esta entre lágrimas, mirándola con sus ojos enrojecidos—. Ellos… ellos vinieron a mi casa y me obligaron a decirles dónde estabas… Iban a matarme…

—¿Qué quieren, Gina? ¿Quiénes son?

—Te quieren a ti, Nikki. Quieren algo de ti. No sé quiénes son —Lloraba—. Pero tienes que hacer lo que te digan o nos matarán. Tienes que hacer lo que te digan.

—Pero ¿qué quieren? ¿Dinero?

—Quieren la técnica de cultivo de los anticuerpos monoclonales atípicos. Pero yo no la sé, sabes que el señor Howard guarda con celo toda la información sobre el Dánaex —sollozó. Claro que lo sabía, su padre nunca permitía que un equipo de investigación manejase todas las variables, encargaba una parte a cada equipo en los distintos estados y él era el único encargado de unir los resultados. Él y su hija Nicole, su mano derecha.

—Son de Labocon, ¿verdad?

—No lo sé.

—Ellos han matado a Keylor, ahora ya no tengo ninguna duda.

—Tienes que darles lo que piden, Nikki, tienes que darles toda la información, tú sí sabes en qué delegación realizan el cultivo, ¿verdad? —Gina abrió mucho los ojos al preguntarle. Nikki la miró con desconfianza, su ropa estaba limpia, sus pantalones blancos inmaculados, su blusa béis impoluta. Ella llevaba mucho menos tiempo en sus manos y tenía una brecha en la nuca, otra en el mentón y la camiseta hecha pedazos y sucia de los empujones y malos modos con los que había sido tratada—. En la central no está, ¿verdad? Seguro que está escondida en alguna de las delegaciones…

—¿Han registrado el laboratorio de San Clemente?

—No lo sé. No tengo ni idea… —Lloraba—. Tienes que contarles todo lo que sabes Nikki, nos van a matar.

—No puedo, Gina. Si lo hago, morirá mucha gente.

—No morirán… no sabemos si el Dánaex produjo los daños en el páncreas de Keylor.

—Sí lo sé, ahora estoy más segura que nunca. Además está el resultado de su biopsia.

—¿Lo tienes? ¿Tienes el resultado en tu poder?

—Gina, tenemos que ver el modo de salir de aquí o de pedir ayuda. —Apuntó indicando con la nariz hacia una ventana alta en el lateral sobre la cabeza de su amiga, a través de la cual solo se podía vislumbrar la noche cerrada. Justo en la esquina vio una cámara de seguridad redonda, incrustada en el techo de escayola, estaban siendo vigiladas.

—No hay salida más que por esa puerta de garaje y está protegida. Tienes que decirles todo…

—¿Has estado aquí antes? ¿Cómo sabes que está protegida?

Gina miró al suelo, en ese momento el grandullón que las había llevado hasta allí abrió la puerta lateral de golpe, dejándola abierta. En su mano portaba un cuchillo de grandes dimensiones. Caminó hasta Gina, que comenzó a gritar, y la levantó del suelo con rudeza.

Gina lloraba y gemía cuando le tiró del pelo hacia atrás, mechones de cabello se pegaban a su rostro con las lágrimas, y miró a Nicole con sus ojos verdes que rezumaban una profunda oscuridad. Le colocó el arma blanca en la garganta.

—Ha llegado el momento de hablar, ¿dónde está el suero? —preguntó con voz ronca. Nikki descendió la mirada, Gina clamaba por su respuesta, aterrorizada, con aquella hoja afilada en su garganta.

—No lo sé.

—Vamos, zorra, lo sabes. Dime dónde está el suero o le corto la garganta. —Su amiga lloraba, sin apenas moverse, convulsionando levemente en hipidos de terror.

—No lo sé.

—¡¡Voy a rebanarle la garganta!! —Gina le rogaba con la mirada que contase lo que sabía. El tipo movió la mano, apretándola contra su cuello. Iba a hacerlo, iba a matarla.

—Está conservado en nitrógeno líquido, en una caja fuerte.

—¿Dónde?

—No lo sé.

—¡Dilo, hija de puta! Dónde, o la mato.

—¡No lo sé! —mintió.

Automáticamente el tipo liberó a Gina. Nicole respiró aliviada y fue entonces cuando la mirada de esta le dijo que algo no iba bien. El tipo utilizó el cuchillo para cortar las bridas de sus muñecas y Gina caminó directa hacia ella, abofeteándola con toda su alma. Sintió un dolor y un calor ardiente en su mejilla.

—Ibas a dejar que me matase, maldita hija de puta. Gracias, Louis —dijo al matón palmeándole el hombro con familiaridad.

—¿Qué? ¿Qué significa esto, Gina?

—La buena de Nicole Howard iba a permitir que matasen a su querida amiga por no revelar dónde está el suero del Dánaex. Nadie podría creerlo, ¿sabes por qué? Porque Nicole Howard es una buena samaritana que dona el diez por ciento de sus beneficios a obras de caridad.

—¿Te has vuelto loca? ¿Estás con ellos?

—No estoy con ellos. Yo *soy* ellos.

—¿Cómo? ¿Por qué? ¿Por qué haces esto?

—Porque sabía que serías tan cabezota como tu propio padre y tenía que presionarte. ¡Joder! Quería echarse atrás por culpa de ese desgraciado de Keylor. No podíamos permitirlo. Por qué tuvo que vivir el viejo, ¿eh? Si hubiese muerto en ese preciso momento, todo habría sido más fácil.

—Desgraciada, tú enviaste a que matasen a mi padre, ¿fuiste tú?

—No te canses querida. No fui yo quien ordenó su muerte, no tengo tanto poder. Puede que la sugiriese… pero ordenarla, no —afirmó divertida con su dolor. Nikki trató de ponerse de pie, pero era muy difícil con las manos atadas. Gina se rio de sus intentos—. Piénsalo, tú habrías estado afligida llorando su muerte fortuita y William y yo habríamos hablado contigo en nombre de Labocon, y te habríamos realizado una propuesta que no podrías rechazar por el Dánaex. Pero no, tuvo que vivir y tuvo que advertirte.

—Yo jamás habría firmado con Labocon.

—Ya sé que no firmarías con Labocon, estúpida. Por eso lo teníamos todo preparado para hacerte una oferta desde Geonat, otra empresa que no podrías relacionar con ellos, imbécil.

—Jamás vendería un descubrimiento de nuestra empresa a unos desalmados que solo piensan en el dinero, me da igual si se trata de Labocon, Geonat o como se llamen. ¿Cómo has podido traicionarnos así, Gina? No me puedo creer que te hayas vendido de ese modo por dinero.

—Por dinero, sí señor. Ese que tú y tu padre obtenéis a montones cada día mientras quienes investigamos ganamos un mísero sueldo. ¿En serio creías que estaba contenta como subdirectora de la unidad de ensayos? Por favor, Nikki, tengo gastos, lujos que no caen de los árboles; no seas tan ingenua.

—Ha sido Roland Nendoz, ¿verdad? Él contactó contigo.

—El señor Nendoz ha sido muy generoso conmigo. Es cierto. Aunque he de decir en mi favor que yo le he sido de mucha ayuda —reveló con una gran sonrisa cínica. Apenas podía reconocer en el rostro de aquella mujer las expresiones de quien consideraba su amiga.

—No lo puedo creer… Gina… ¿Cómo has podido?

—No es nada personal, Nikki. Tengo gustos caros. Me gusta disfrutar de la vida y con la limosna con la que me pagáis es muy difícil.

—No lo entiendo, de verdad que no lo entiendo…

—No tienes nada que entender, pesada. Salvo una cosa, ahora vas a firmar un documento mediante el cual vendes el Dánaex, su fórmula y todo, todo lo que tenga que ver con la producción, a Labocon.

—¿Y si no lo hago?

—Si no lo haces, lo de tu padre no será nada en comparación con lo que les sucederá a tu madre y tu hermano —sentenció alguien a su espalda, alguien que acababa de entrar en la habitación.

—Señor —masculló Gina. El gigantón asintió con la cabeza a modo de saludo.

—Roland Nendoz —balbució Nikki llena de rabia contemplándole. Tenía más o menos su edad, en torno a los treinta años, era alto, delgado, con el cabello castaño y una cuidada barba de varios días, de ojos hundidos y nariz afilada. Vestido con un traje de marca gris y expresión de cansancio.

—*Majestad*, para los amigos. —Aquel tipo rebosaba petulancia con cada movimiento, cada mirada—. Encantado de conocerla al fin, señorita Howard. Louis, libera sus ataduras y tráela a la habitación contigua, tengo una conversación pendiente con la señorita. Perdone los modales de mi guardaespaldas, puede llegar a ser un poco bruto, pero es muy efectivo.

El gorila cortó con el cuchillo las bridas de sus muñecas y la levantó del suelo con una sola mano como si pesase menos que una pluma. Se sentía dolorida, notó la tirantez de la sangre seca en su cuello y el entumecimiento en sus piernas. Recorrieron un largo pasillo en obras, con los ladrillos desnudos. Sintió el filo metálico de algo en su costado izquierdo.

—Si gritas, te dispararé —la amenazó el tal Louis por la espalda. Supo que era eso lo que sentía contra la piel, el cañón de su arma.

Siguió los pasos de Roland hasta una habitación contigua. También parecía en obras, aunque el suelo no era de hormigón sino de losetas, las paredes estaban pintadas de color blanco y había varias estanterías sucias amontonadas en el fondo, repletas de latas de pintura, rasquetas, varios cubos…

—Siéntese, por favor —pidió Roland haciendo lo propio en una de las dos sillas situadas a ambos lados de una mesa de metal, sobre la que había varios documentos. La iluminación provenía de un gran foco de pie apuntado hacia una pared—. Léalo —ordenó.

Nikki se inclinó hacia delante para poder leerlo con las manos atadas a la espalda. Se trataba de un contrato firmado a nombre de su padre, en el que vendia los derechos del Dánaex a Roland Nendoz, afirmando haber realizado todas las pruebas y controles pertinentes sin que hubiese una sola evidencia de efectos perjudiciales en la salud. Asi eximía de ese modo a Roland Nendoz de sus responsabilidades jurídicas en caso de producirse estos.

Muy inteligente, Nendoz.

Ahora podía entender su insistencia en comprar el Dánaex a pesar de saber el daño que ocasionaría. Se haría de oro durante dos años, y luego no tendría ninguna consecuencia.

—Esta no es la firma de mi padre —sentenció—. No sé a quién pretendéis engañar, pero esta no es su firma y podré demostrarlo ante los tribunales. —Roland miró a Gina, que los había seguido hasta la habitación, como si pretendiese decirle que ya sabía que aquella falsificación no funcionaría.

—A ver, señorita Howard. Tenemos un problema. Yo personalmente acordé con su padre la venta del Dánaex por una suma muy sustancial. Pero en el último momento su padre decidió que no se haría efectiva.

—Aún no entiendo por qué mi padre aceptó vender el Dánaex, cuando el proyecto siempre había sido explotar el medicamento por parte de nuestro laboratorio.

—Por una sencilla razón llamada noventa millones de dólares. Dinero inmediato, mucho, señorita Howard, una suma escandalosa que aún está en pie. Su padre perdió mucho dinero cuando tuvo que repetir el estudio para resolver el problema del Dánaex con los animales de gran tamaño, según tengo entendido.

—Sí, pero vamos recuperándonos mes a mes.

—Una suma como esta reflotaría la empresa por completo y os permitiría lanzar nuevas investigaciones.

—Supongo que tiene conocimiento de que ha habido un caso en el que el Dánaex ha producido efectos adversos, letales, y será consciente de que debemos realizar una investigación más profunda —dijo tratando de sonar con la mayor profesionalidad posible, como si se encontrasen en un despacho debatiendo, en lugar de secuestrada en un sótano en alguna parte. Los hombros le dolían muchísimo, y también las muñecas.

—Lo sé y no me preocupa lo más mínimo. Ahora que su padre se encuentra enfermo, será usted la encargada de firmar estos documentos. Van a su nombre, ¿lo ve? —afirmó mostrándoselos, era cierto.

—No puedo firmarlos y responsabilizarme del daño producido a todas las personas que tomen el Dánaex, eso sería…

—Me parece que aún no ha entendido todos los factores que influyen en esta negociación, señorita.

Roland hizo un gesto a su gorila y este sacó del bolsillo de su americana un sobre y se lo entregó. Gina permanecía de pie a su lado observándolos.

—Si no firma ese documento, será la responsable del daño infligido a su familia, que no será poco —aseguró mostrándole las fotografías que contenía el sobre. Era instantáneas de su madre, sentada en la sala de espera del hospital, de su hermano saliendo de este, incluso de su propio padre tumbado en la cama de la UCI. Nikki no podía dar crédito a lo que veía, ¿cómo podía no haberlos descubierto la policía? Se suponía que los protegían en todo momento—. Mi paciencia se agota. Su padre me prometió el Dánaex y va a cumplir su promesa, así sea, según parece, lo último que haga.

—¡Maldito desgraciado! —gritó abalanzándose contra él, Roland se incorporó con velocidad y el grandullón la sostuvo, impidiendo que le alcanzase. Nikki comenzó a patalear y a gritar. Roland estiró los bajos de su chaqueta mientras Louis le estampaba la cabeza contra la mesa de metal, dos veces y la mantenía presionada sobre esta con fuerza. Otro guardaespaldas se asomó a la puerta, aunque desapareció enseguida al ver que la situación estaba controlada.

Nikki se relamió la sangre que empapaba sus labios, el impacto contra la mesa le había provocado un corte con sus propios dientes y un regusto metálico invadió su boca y todo su ser. Estaba agotada, a punto de rendirse.

—Su padre me prometió el Dánaex, le repito. Nadie le coaccionó, hicimos una oferta y él la aceptó. Sabía que Labocon lo distribuiría y le daría la cobertura que necesita.

—¿Entonces, por qué yo no sé nada? ¿Por qué llevaron las negociaciones en secreto?

—Por tu culpa, estúpida —intervino Gina—. Por tu jodida culpa, tu padre sabía que para ti mencionar a Labocon era como hablar del diablo.

—Y no me equivocaba. —Un músculo palpitó en el mentón de Nendoz, trataba de controlar la rabia que sentía hacia ella.

—Quizá necesite un poco de tranquilidad para decidirse. Regresaré en unas horas, o quizá en un par de días, tiene hasta entonces para pensar qué es más importante, la vida de unos desconocidos o la de su propia familia —proclamó y salió de la habitación con paso decidido. Louis la empujó dejándola caer en la silla con brusquedad y la ató a la misma antes de seguir los pasos de su jefe.

Nikki rompió a llorar. Le dolían las heridas, la cabeza; había sentido su cerebro rebotar dentro del cráneo con violencia; los brazos y las muñecas los tenia fijados sin piedad en el metal, pero más aún le dolía el alma.

¿De verdad su padre había pensado que un ser tan despreciable como Roland Nendoz aceptaría un no por respuesta, sin más? Debería haberla advertido de sus negociaciones, de su rechazo a estas... Pero ni siquiera un hombre curtido en los negocios como él parecía haber sido consciente de con quién se las veía.

—No seas tonta —pidió Gina en la distancia. Se habían quedado solas en la habitación—. Va a conseguir lo que pretende, quieras o no. Así tenga que contratar al mayor falsificador para reproducir tu firma, así tenga que quitarte también a ti de en medio y poner patas arriba todas las sedes de la empresa. ¿Por qué te obcecas tanto? Firma ese jodido documento y entrégale el Dánaex.

—¿Cómo duermes por las noches, Gina? —preguntó con un hilo de voz.

—Sobre un lecho de ciento veinte mil dólares.

—¿Cómo puede ser que no pienses en todas esas personas a las que dañará el Dánaex? Todas esas personas que pueden morir en un par de años o quizá menos.

—No podrán demostrar que ha sido el Dánaex y, para cuando lo hagan, Roland ya habrá conseguido su objetivo. Además, solo será vuestra responsabilidad, a él no le afecta. Nikki, de veras, firma el documento, coge el dinero... Son casi cien millones de dólares.

—Eso me convertiría en cómplice de todas y cada una de esas muertes.

—¡Ya lo eres! Al menos de las cien personas que lo han tomado en los ensayos.

—¡Yo no sabía lo que le había sucedido a Keylor! Vosotros le habéis eliminado, ¿verdad? Vosotros le matasteis para que no hubiese pruebas del daño producido por el Dánaex.

—Keylor era un desgraciado. Él decidió arriesgarse a tomarlo cuando aún no se habían iniciado los experimentos con humanos, el único responsable de su muerte es él mismo.

—Pero vosotros le matasteis.

—No podemos permitirnos ese tipo de escándalo en este momento, podría arruinarlo todo.

—¡No lo entiendo! ¿Qué diferencia hay entre este momento y dentro de un par de años? Ellos ya son los reyes del mercado para el tratamiento de los diabéticos con *Diabetis*. ¿Para qué quiere Roland un medicamento que acabará siendo un fracaso?.

—¿Sabes cuáles son los ingresos anuales de Labocon? —sugirió acercándose a ella—. Cincuenta mil millones de dólares. Cincuenta mil millones, *al año* —recalcó—. Ellos son los *reyes* del tratamiento de la diabetes tipo 2, el Dánaex y su respuesta ante la tipo 1 les dará el dominio absoluto del mercado. Cuando comiencen a llegar las demandas, Roland será miembro de pleno derecho de la junta directiva, tendrá el lugar que merece junto a su padre y sus hermanos. Y el Dánaex será solo un medicamento fallido más, un error que a pesar de que Roland tomó todas las precauciones debidas salió mal…

—¿Todo esto es por un sillón en la junta de directiva de Labocon? —Gina apretó los labios como si acabase de tomar consciencia de que había hablado de más—. ¿Para que el hijo díscolo se asegure un sillón de oro que no ha merecido en todos estos años? ¿Y todas las vidas que dañará, Gina? ¿Todas las personas a las que hará daño?

—Cincuenta mil millones, Nikki. Al año —repitió con absoluta frialdad, de pie ante ella—. Tú eliges si las vidas de esos desconocidos valen más que la de tu hermano o las de tus padres. Si antes de que Roland regrese no has firmado ese documento, tu hermano será tiroteado desde un coche en la puerta de su casa. Parecerá un ajuste de cuentas, los hombres de Nendoz se han encargado de esconder en su casa un paquete con cinco kilos de heroína. Todo el mundo sabe lo del pequeño problema de drogas que tuvo en la universidad, a nadie le extrañará que haya recaído. Y solo será el primero, no sería de extrañar que tu madre tomara una sobredosis de su medicación para dormir al recibir la noticia. —Gina conocía demasiado bien las debilidades de su familia, ella misma se las había contado a lo largo de aquellos años creyéndola su amiga. Como cuando detuvieron a Óscar en la universidad al hallar un gramo de cocaína en su mochila, que él perjuraba que no era suyo sino de su compañero de habitación. Ella le había creído, de hecho nunca más se había relacionado con drogas, pero la policía, no.

—¡Malnacida! ¡Ojalá pagues con sangre todos y cada uno de los centavos que has recibido.

34
Imperdonable

La llamaba a viva voz, gritó su nombre en la oscuridad del aparcamiento. La buscó entre los coches, se tiró al suelo para mirar bajo estos, frenético, corriendo arriba y abajo entre los vehículos estacionados, fuera de sí.

Tenían que habérsela llevado, joder, no cabía otra explicación. Se había despistado un momento, solo un momento, lo suficiente para llamar a Óscar y preguntar por la salud de Jeff. Entonces el pañuelo que Akona llevaba atado en la muñeca comenzó a arder y tuvieron que apagarlo, lo que le distrajo.

Había descubierto que era cierto, el estado de Jefferson se había agravado por una infección. Iba a decírselo a Nikki cuando se dio cuenta de que se había esfumado. Luz le dijo que había caminado hacia el aparcamiento con premura, pero que el pequeño James la llamó y no se dio cuenta de hacia dónde se había dirigido.

Tenían que haberla cogido. Nikki nunca se habría marchado del recinto sin avisarle, era imposible.

Su corazón se rompió en dos, sintió cómo la ansiedad le trepaba por la garganta como una boa constrictor, decidida a asfixiarle. Le costaba respirar, le costaba pensar. Gritó su nombre, con toda su alma, en medio de aquella oscuridad.

La había cagado. La había cagado hasta el fondo.

No tendría que haberse dejado convencer para llevarla al Pow Wow, tendrían que haberse quedado encerrados en casa. Él era un SEAL, joder, siempre estaba alerta, jamás cometería un error como aquel en ninguna de sus misiones, y sin embargo, allí en su hogar, con sus amigos, después de pasar unos días maravillosos juntos se había relajado y había cometido un error imperdonable.

¿Cómo podía haber sido tan estúpido de perderla de vista?

Trató de calmarse y comenzó a correr en dirección a su camioneta.

¿Quién la tendría en su poder?

¿Dónde la habrían llevado?

¿Por dónde empezar?

Supo que tan solo tenía una alternativa. Una única carta que jugar con la que tener la oportunidad de ser lo suficientemente rápido como para rescatarla. No sabía qué podían querer de Nicole, pero seguro que en cuanto lo consiguiesen ella ya no les servirá de nada.

Se dirigió hasta la casa de la abuela Talulah a toda velocidad y tomó el teléfono móvil de Nicole.

Probó con la fecha de su cumpleaños para desbloquearlo.

Nada.

La fecha en la que se conocieron.

Nada.

Solo quedaba una oportunidad. Habían pasado cuatro años separados. Podía ser el día del cumpleaños del idiota de William, o el de la fecha prevista de su boda.

Aunque… era cierto que habían pasado cuatro años separados pero, si Nicole pudiese elegir una sola cifra especial…

La fecha de su boda en la reserva.

Bingo.

—Sandy, busca la ubicación exacta de este número de teléfono. Dime si está en los Estados Unidos —pidió a su amigo y deletreó los números. Tras unos minutos eternos…

—¿Qué pasa, tío?—preguntó el aludido mientras tecleaba.

—La tienen, Sandy. Tienen a mi mujer.

—Joder. La encontraremos, todo saldrá bien… Lo está. Está en Estados Unidos. Espera dos minutos más y por mis ancestros que te daré la dirección. —Cada segundo que transcurría parecía eterno—. Lo tengo. Hotel Four Seasons en Mankato, Minnesota.

—Gracias.

35
Respuesta equivocada

William Levine se asomó por el gran ventanal que ofrecía vistas a la piscina del lujoso hotel en el que llevaba cuatro días recluido. Se sentía inquieto y no podía pegar ojo.

Abrió el balcón y salió al exterior, cerró los ojos, complacido con la brisa nocturna que se coló por entre la camisa blanca abierta, agitándola.

Miró hacia su teléfono móvil, permanecía sobre el escritorio. Acababa de recibir una llamada que había terminado de inquietarle.

«No abre la boca, estás a punto de quedarte sin tu preciosa prometida», había dicho Gina. Su voz no mostraba la menor piedad, la menor preocupación por el bienestar de Nicole. Se suponía que en algún momento habían sido amigas, quizá él tuviese algo de culpa en su resentimiento.

Su intento de buscar una salida al problema que no afectase a Nicole había sido en vano. No había viajado a Europa, no era cierto, se había desplazado hasta Minneapolis, al cuartel general de Nendoz, la nueva vivienda de lujo que estaba construyéndose, y le había pedido por su antigua amistad que la dejase al margen de todo aquello. Pero Majestad no atendía a razones. Estaba dispuesto a todo por conseguir la información del Dánaex que necesitaba.

Si tan solo ese estúpido viejo hubiese seguido adelante con la venta, nada de aquello habría sucedido.

Cómo le odiaba, se había tenido que tragar la bilis para soportar su presencia altanera y orgullosa aquellos años para poder estar cerca de Nicole. Siempre mirándole con desprecio, desafiante. El muy desgraciado salió beneficiado de la división de la empresa que compartía con su progenitor, Philip Levine, dejándoles en la estacada. Y todo porque descubrió que Philip había «adornado» el balance de beneficios, a su favor. Howard había continuado ascendiendo y enriqueciéndose mientras la empresa de Levine pasaba sus horas más bajas.

Cuando supo que estaba grave, tras la *intervención* del matón de Majestad, deseó su muerte con cada célula de su ser. Pero no, el jodido viejo seguía con vida.

Roland ya le había vendido a su padre, Frank Nendoz, que estaba a punto de cerrar un trato multimillonario que reportaría a la empresa unos beneficios históricos. Este se mantenía escéptico hasta que Roland le mostró los primeros resultados del estudio en humanos, enviados por el propio Howard. Frank Nendoz prometió a su hijo que, si lograba cerrar ese trato, le convertiría en miembro de pleno derecho de la junta directiva de Labocon. Y Majestad estaba dispuesto a todo por conseguirlo.

Pero entonces Jeff Howard telefoneó a Roland y le dijo que habían surgido complicaciones por no sabía qué problema con los resultados en humanos a largo plazo. Que había aparecido el caso de un paciente afectado por los efectos secundarios.

Roland no quería problemas, Roland solo quería que firmase aquel jodido contrato. Jeff se negó, necesitaba tiempo para realizar más estudios.

Nendoz exigió una reunión a Howard, urgente. Howard le ofreció su despacho, él mismo se encargaría de que el encuentro fuese privado, nadie sabría de aquella reunión hasta que todo estuviese aclarado. Al viejo le preocupaba demasiado que su hija se enterase de que estaba dispuesto a establecer relaciones comerciales con Labocon.

Lógico, conociendo el desprecio de Nicole por ellos.

Pero no fue Nendoz quien acudió a esta reunión, sino Louis, uno de sus matones, que recogió la llave que Howard dejó escondida justo a la entrada de su aparcamiento privado después de desconectar las cámaras. Y el resultado de dicha reunión fue un estudiado coma hipoglucémico.

Nendoz ya sabía que Jeff no iba firmar nada, así que decidió jugar otra baza, la de la hija deshecha que da todas las claves a su persona de confianza. Y su futuro marido y su amiga la convencerían de qué era lo más conveniente para la empresa.

Louis se llevó el ordenador para tratar de averiguar quién era ese paciente que podía poner en peligro las aspiraciones de su jefe, y cómo localizarle.

Su nombre no fue difícil de obtener, Gina le conocía, el modo de localizarle era otro cantar.

Recordar todo aquello trajo un gusto amargo a su garganta. William se sirvió dos dedos de whisky.

Él no sabía que Nendoz iba a ordenar el asesinato de Howard, por lo que cuando fue consciente de hasta dónde estaba dispuesto a llegar partió de inmediato a reunirse con él, pues sabía que la siguiente en la lista para lograr llevar a cabo sus planes era Nicole.

Ella sería su oportunidad de firmar aquel contrato, pues durante la enfermedad de su padre quedaría a cargo de todas las decisiones importantes.

Por todo ello no se opuso con mayor vehemencia a que ese salvaje de su exmarido quedase a su cuidado. Y después supo por su futura suegra que se la había llevado lejos, pero no fue capaz de sonsacarle dónde.

Nendoz no atendía a razones, le había echado del despacho, le había amenazado con liquidarlo si abría la boca y sabía que era capaz, muy capaz.

Pero Majestad había sido más listo que él y no sabía de qué modo había logrado encontrarla. Temía que le hiciese daño, aunque le había prometido que tan solo la asustaría para obtener la información que ansiaba. Sin embargo, él conocía a Majestad y sabía que Nicole corría peligro en sus manos. No quería que la dañase, a pesar de que estaba seguro de que le había traicionado con aquel puto indio. Pero si acudía a la policía, estaría acusándose a sí mismo de un delito muy grave y William Levine no podía arriesgarse a acabar en la cárcel.

Se frotó la frente con la palma de la mano, apartando el cabello rubio y tratando de aclarar sus pensamientos.

Alguien llamó a la puerta, cerró el balcón y se dispuso a abrirla, abotonando su camisa.

—¿Quién es? —preguntó mientras caminaba hasta ella.

—Servicio de habitaciones. —Oyó decir al otro lado.

—¿Servicio de habitaciones? Yo no he pedido nada... —Dudó abriéndola y entonces alguien le tiró al suelo cayéndole encima como una tromba.

William trató de forcejear, pero no tenía nada que hacer con el mastodonte que acababa de tumbarle. Recibió un puñetazo en el oído derecho que le provocó un pitido intenso y aún en el suelo sintió el frío cañón de un arma de fuego en la garganta.

—Maldito indio —alcanzó a balbucear.

—Escúchame bien, desgraciado. No tienes ni idea de las ganas que tengo de hacerme un collar con tus tripas, así que dame solo un motivo y lo haré.

—¿Qué quieres?

—No me importa en absoluto en qué mierda andes metido con Labocon, pero tienen a Nikki y vas a ayudarme a encontrarla o te mato aquí mismo. ¿Dónde está?

—¿Quién?

—Respuesta equivocada —dijo golpeándole con su semiautomática en la sien, provocándole una brecha que comenzó a sangrar—. ¿Dónde la tienen?

—No lo sé.

Sean apretó tan fuerte la pistola en su garganta que su rostro comenzó a ponerse rojo, y sin apartarla de su piel retiró el seguro.

—¡No! ¡No! Te lo diré.

36
Pequeño Guerrero

Pronto amanecería y aquel tipo podía regresar en cualquier momento. Gina se había marchado después de contarle que matarían a su hermano y a su madre si no lo hacía.

Solo tenía que contarles dónde se encontraban el dosier y el suero del Dánaex y firmar aquel documento. Pero si lo hacía, las consecuencias podrían ser irreversibles para demasiada gente. Y si no lo hacía, matarían a su familia. Lloró desconsolada atada a aquella silla hasta que no le quedaron lágrimas.

Aunque lo hiciese, aunque les revelase la ubicación del dosier que contenía toda la información sobre el medicamento y el suero de cultivo, ambos protegidos con altas medidas de seguridad en la pequeña sede de la empresa en Wisconsin, estaba segura de que ella jamás abandonaría aquella habitación. Aparecería muerta varios días después o quizá ni siquiera aparecería, pues si no terminaban con ella, podría denunciarles por haberla obligado a entregárselo. Y tendría además un ingreso en su cuenta corriente de noventa millones de dólares que la inculparía como cómplice en caso de que la policía lograse demostrar que Roland Nendoz era el responsable del ataque a su padre.

Pensó en Sean. Debía estar como loco buscándola. Debía estar levantando piedra sobre piedra en el recinto del *wacipi*. Pero jamás daría con ella oculta en aquella especie de casa en construcción en quién sabía dónde.

La decisión se limitaba a elegir entre la vida de su familia o las de cientos de personas. Si callaba, si no revelaba a nadie dónde se encontraba el suero, los matarían. Y si hablaba, ellos vivirían, pero cientos o quizá miles de personas sufrirían unos efectos terribles e incluso la muerte.

En aquella habitación, con las ventanas casi a ras del techo, ni siquiera podría orientarse o buscar un modo de escapar. Aún no sabía cuál sería su respuesta cuando aquel tipo regresase.

«¿Qué haría Sean en mi lugar?», se preguntó, tomando conciencia de que era la persona cuya integridad más admiraba.

Sonrió con dolor al pensar en que, si moría, al menos habría pasado a su lado los días más felices de los últimos tiempos.

Perderla le haría mucho daño, muchísimo, pero lo superaría, era un superviviente.

No podía ni quería imaginar que asesinasen a su hermano y a su madre. Pero la policía los vigilaba. No sería sencillo atacarles… Y sin embargo, habían tomado aquellas fotografías sin que los detectasen, a saber si poseían personal implicado en el hospital. Nada le aseguraba que no lo hiciesen.

La cabeza le iba a estallar. No podía tomar esa decisión. No podía ni quería hacerlo.

Y además, estaban las palabras de la abuela Talulah. Ella le había asegurado que estaba embarazada y ella quería creer que era cierto, que había una vida gestándose en su interior, que ese pequeño *guerrero* del que le había hablado era real, y quería verlo nacer y crecer.

El agotamiento comenzó a hacer mella en su capacidad para permanecer despierta. No podía entregar el Dánaex a Roland Nendoz, no podía convertirse en partícipe de la muerte de tantas personas, así le costase la vida a sus seres más queridos y a ella misma.

37

Uno solo

—¿Qué pasa Gran Oso? ¿Ya te has cansado de las vacaciones *cabronazo*? —preguntó adormilado. Eran las tres de la mañana.

—Halcón, te necesito en Minneapolis en poco más de una hora, trae todas las armas que tengas.

—Enseguida, sargento. —Ni un ápice de duda en la voz.

—No es una misión oficial, es un asunto personal.

—Tus asuntos son mis asuntos, hermano.

Esperaba aquella respuesta, pero no por ello le hizo sentir menos reconfortado. Sabía que cualquiera de los miembros de su equipo responderían del mismo modo a su llamada, pero Halcón vivía en St. Cloud, un pueblo a una hora de distancia de Minneapolis, donde se encontraban Roland Nendoz y Gina Moritz en una vivienda en construcción en Golden Valley.

Contaba con la posición obtenida vía satélite por Sandy de los números de teléfono que William Levine le había proporcionado. Ubicación obtenida de modo ilegal, así como los datos de la finca, propiedad de una empresa perteneciente a Nendoz.

Levine le había revelado un nombre que ya sabía, Roland Nendoz, y otro que le había sorprendido, Georgina Moritz. Recordaba a aquella mujer de su encontronazo en las oficinas de BioMedics, y parecía tener una buena relación con Nicole. Quizá fuese todo una estrategia.

Iba a descubrirlo muy pronto, y la estrangularía con sus propias manos si había osado tocarle uno solo de sus cabellos rojizos.

38
Noventa millones

Amanecía en la propiedad de Golden Valley en la que Roland Nendoz pretendía crear su remanso de paz. Un lugar apartado rodeado de una importante vegetación que le concedería la suficiente intimidad para sus excesos, sus fiestas desenfrenadas y las orgías de sexo, droga y alcohol para las que parecía haber nacido.

Nikki no podía ver el sol, pero su luz comenzaba a colarse por la ventana dc aquel semisótano sucio con olor a humedad. Un nuevo día nacía, quizá su último día. Sin duda, estaba en una vivienda en obras en mitad de alguna parte, muy alejada de la reserva y de cualquiera que pudiese ayudarla.

Oyó ruido en el exterior, unos pasos que se acercaban a la ventana, vislumbró unos pies enfundados en unas botas a través del cristal. Parecían un par de botas de montaña, pero la diferencia de luz entre el exterior y las luces halógenas que iluminaban la habitación le impidieron ver con claridad. Hasta que quien fuera hincó una rodilla en el suelo y se asomó por la ventana.

El corazón estuvo a punto de salírsele del pecho al reconocer el rostro anguloso y tostado de Sean. Ahogó el grito que acudió a su garganta y trató de ponerse en pie, pero la silla metálica colgaba de sus brazos, entorpeciéndola y volvió a sentarse; podría caer, hacer ruido y alertar a sus captores.

La mirada del hombre al que amaba se iluminó al verla, apretó los labios conteniendo la emoción que sentía y le hizo un gesto de que guardase silencio.

Nikki rompió a llorar sin hacer apenas ruido. Había venido a salvarla, no podía imaginar cómo, pero la había encontrado y había acudido a su rescate.

Sintió miedo, sus captores estaban armados y parecían auténticos profesionales. Debía calmarse, Sean también lo era. Ella había visto al menos a dos matones, eso sin contar a Nendoz ni a Gina, pero desconocía si habría aún más.

Oyó cómo se abría la puerta y Sean desapareció de la ventana. Gina entró en la habitación, con los ojos enrojecidos, las pupilas dilatadas y una sonrisa casi demente, como si hubiese consumido algún tipo de excitante, con la blusa de seda beis a medio colocar. El gorila de cabellos oscuros permaneció de pie junto a la puerta abierta.

—¿Te lo has pensado ya suficiente? —preguntó apoyándose con ambas palmas sobre la mesa metálica; se le veía un chupetón nada discreto en el lateral derecho del cuello—. Cuando Roland venga no tendrás más tiempo.

—Ayúdame a escapar Gina y te daré lo que quieras. No sé qué te ha prometido, pero igualo su oferta, por favor, ayúdame —le susurró. Esta comenzó a reírse a carcajadas, parecía drogada. El tipo de la puerta las miró de reojo.

—¿A que no te imaginabas que fue tu prometido quien te metió en este lío? Fue él quien contactó conmigo, nos acostábamos, ¿sabes? Nos acostábamos hasta que te regaló ese jodido anillo y le dijiste que sí. Se sorprendió de que aceptases casarte con él. Incluso yo lo hice. Porque sabía, sé, que no le quieres.

—Tú no sabes nada.

—Sé que William ha sido tu «clavo que saca otro clavo». Solo que el otro clavo nunca salió del todo, ¿verdad? ¿Por qué narices tuviste que decirle que sí?

—¿Así que todo esto es una venganza personal hacia mí? ¿Por esa venganza has permitido que intenten matar a mi padre? Yo confiaba en ti, te di un puesto importante.

—Eres una zorra manipuladora, tanto como tu padre. Me nombraste una mierda, ¿qué clase de subdirectora de ensayos no sabe cuál es la técnica utilizada para obtener los anticuerpos monoclonales atípicos?

—Sabes que tan solo mi padre y yo tenemos acceso a esa información, es confidencial precisamente por eso, porque alguien podría venderla. Pero tú has ido aún más allá, mucho más allá. Una cosa es que nos traiciones como empleada, o a mí como amiga, y otra que seas cómplice de asesinato.

—¿Asesinato? ¿Te refieres a Keylor? Ese imbécil ya estaba muerto, era como uno de esos muertos vivientes —se burló—, solo le echaron una mano para acabar con su agonía. Gracias al ordenador de tu padre, por cierto. En él tenía todos sus datos de contacto.

—No sé cómo puedes decirlo tan tranquila.

—Oh, claro, mejor voy a ponerme a llorar por ese inútil. El mundo es de los fuertes y Keylor no lo era. Como tampoco lo es tu William. El muy idiota no tenía cojones para vender los documentos que había descubierto fisgoneando en tu ordenador. Estaba al borde de la quiebra y no tenía cojones, prefería ir a suplicar créditos y a llorar a las multinacionales. Fui yo quien le animé a contactar con Nendoz cuando me habló de cuánto valdría la información sobre el Dánaex, después de follar, claro. Era cuando más hablábamos —reveló con una amplia sonrisa—. Pero tranquila, desde que te entregó ese jodido anillo que ni siquiera llevas, no hemos vuelto a acostarnos.

—Qué gran consuelo.

—Tu padre estaba dispuesto a vender el Dánaex, cuando Roland contactó con él en nombre de Labocon. Cien millones de dólares dan para follar con muchas secretarias, cariño —dijo con una mirada que rezumaba una profunda maldad. Nikki descendió la mirada ruborizada, al parecer también sabía lo de su padre con Amanda—. Pero entonces reapareció Keylor, al que yo había despedido por saltarse las normas del laboratorio.

—¿Tú le despediste?

—Por supuesto, no tenía derecho a probar el Dánaex.

—Él pensaba que fue mi padre.

—Fui yo, como responsable del laboratorio, en nombre de tu padre, por supuesto —sugirió enarcando una ceja, haciéndola saber que él lo desconocía.

—¿Le echaste sin realizarle una sola prueba, sin interesarte por qué le sucedería?

—Me importaba una mierda qué le sucedería, debíamos continuar con el estudio. Pero aunque ese imbécil tenía prohibido el acceso…

—¿Tú se lo prohibiste?

—Por supuesto. ¿Ves como eres gilipollas? Ni siquiera sabes lo que sucede en la empresa. Ese imbécil envió los anónimos y a pesar de todo logró hablar con Jeff, debió ser fuera, le interceptaría en alguna cafetería o Dios sabe dónde. Y el gilipollas de tu padre me citó en su despacho para interrogarme si lo que Keylor decía era cierto, para reprobarme que le hubiese despedido en su nombre y sin su consentimiento. Desde ese momento supe que todo se había ido a la mierda. Al jodido Jeff Howard le entró la duda.

—No hables así de mi padre. Lo que se jodió fueron los planes de Roland de entrar en la junta directiva, ¿no es cierto?

—Es la primera vez que se le presenta esta oportunidad, la primera oportunidad que le ofrecen su padre y sus hermanos de demostrar su valía y no la va a dejar escapar.

—¿Su valía? ¿Esa es su valía, asesinar y pasar por encima de todo por lograr un sillón?

—Roland es capaz de todo por conseguir lo que se propone. Cuando le conocí me di cuenta de que tu prometido solo es un pobre desgraciado sin aspiraciones.

—Por supuesto, seguro que lo que más te gustó de Roland fue su personalidad.

—Roland hará lo necesario para conseguir lo que quiere. Y quiere formar parte de la junta directiva de Labocon y que su padre le entregue de una vez lo que le pertenece por derecho.

—La vida de Keylor era mucho más valiosa que los miles de millones de dólares que pueda conseguir.

—Keylor ya estaba muerto y él lo sabía. Pero podría haber aceptado el dinero que le ofrecí cuando fui a verle y al menos habría muerto entre comodidades.

—¿Le mataste tú?

—Yo no, yo traté de convencerle de que cerrase el pico. Pero no estaba dispuesto. Fue Louis quien le eliminó, era necesario.

—Eres una zorra sin corazón.

—¿Y tú? ¿Qué eres tú? Una estúpida niña rica a la que todo le ha venido regalado, una gilipollas que ha sido incapaz de superar que su puto indio la dejase y que, cuando este reaparece para echar un polvo, se le vuelven a mojar las bragas.

—No sabes nada, crees que sabes algo y no sabes nada.

—¡Firma los putos papeles! —clamó fuera de sí—. Y dinos la puta técnica de cultivo.

—No puedo hacerlo.

—Maldita hija de perra —gritó tirándole del cabello y zarandeándola. Nikki apretó los dientes, las heridas le dolían horrores.

—¡Suéltala! —ordenó Nendoz entrando en la habitación seguido de Louis—. La señorita Howard-Redcloud tiene que responder a mi pregunta.

Gina le obedeció, soltando los mechones de su pelo. Roland se situó ante ella, con la chaqueta azul impoluta y su elegante corbata de seda.

—¿Y bien? Su vida y la de los suyos a cambio de una firma y la información que necesito. Por cierto, ya están los noventa millones de dólares ingresados en su cuenta.

—No.

—¿No?

—No. No voy a ser cómplice de esto. No puedo…

Roland sacó su teléfono móvil del bolsillo y marcó un número.

—Matadlos —ordenó.

—¡No! ¡¡Noooooo!!

—Matadlos a los dos, y al viejo, también, por supuesto —apuntó.

—¡¡Por favor, no!! ¡Firmaré! —Sean estaba a punto de entrar, sucediese lo que sucediese tras ese momento debía procurar que su hermano y su madre estuviesen a salvo.

—Espera —ordenó a su interlocutor—. Sitúate y aguarda mi llamada. —Colgó—. Esto no es un juego. O firmas o mueren.

—Firmaré —insistió entre lágrimas.

Nendoz hizo un gesto a Louis para que liberase sus ataduras. El otro gorila estaba de pie junto a la puerta, ante él Gina, expectante.

Las muñecas le ardían, estaban heridas por el roce de las bridas de plástico, también los hombros, sintió un dolor profundo y lacerante cuando al fin pudo moverlos hacia delante.

—¡Firma, hija de puta! —insistió Gina.

—Tengo las manos dormidas —protestó moviendo los dedos. Se arrimó a la mesa y tomó el elegante bolígrafo con cuerpo de madera.

Se oyó un ruido sordo en el exterior, proveniente de la planta superior, un golpe seco, rotundo.

—¿Qué es eso? —preguntó Gina.

—Sube a ver qué sucede, Joe —ordenó Nendoz y el grandullón moreno desapareció por el pasillo a toda velocidad—. ¿Cuál es la técnica de cultivo? ¿Qué habéis modificado? —preguntó agarrándola del cuello, nervioso, dispuesto a estrangularla.

—Durante la producción del hibridoma probamos un nuevo medio de crecimiento celular —dijo con un hilo de voz, tratando de arrancar las manos que oprimían su garganta.

—No tengo ni puta idea de lo que está hablando —dijo Nendoz demostrando sus conocimientos en materia científica y la soltó con absoluto desprecio.

—Pero yo sí —intervino Gina.—¿Qué modificasteis en el medio?

—La composición, las atmósferas de presión, y logramos una separación de las líneas celulares que buscábamos.

Hubo un nuevo golpe, como si hubiese caído una columna en la primera planta.

—Firma el jodido documento —ordenó Nendoz sacando un arma semiautomática que guardaba bajo la americana. Se oyó un disparo en la planta superior y Louis salió corriendo hacia allí.

—¿Dónde está el dosier del cultivo? ¿Y el suero? ¿Dónde lo habéis producido? —inquirió Gina.

—En Wisconsin.

—¿En ese pequeño laboratorio de mierda? —Gina conocía la mayoría de sedes de la empresa, en más de una ocasión la había acompañado a visitarlas.

—Tiene todo lo necesario.

—¡Vámonos! —gritó Nendoz tirando de ella, agarrando los papeles y apuntándola con la pistola. Pero entonces se toparon con dos hombres que accedían por el final del pasillo, dos tipos grandes y armados hasta los dientes. Gran Oso y Halcón. Retrocedieron de inmediato hacia la habitación, cerrando la puerta—. ¿Quiénes son? ¡Diles que se larguen o te vuelo la tapa de los sesos!

—¡Es ese maldito indio! —gritó Gina furiosa—. Es su marido, al otro no lo conozco.

Su marido, sí, pero no solo eso, era el hombre al que amaba, la única persona en la que confiaba, su halcón. Acompañado de alguien a quien no conocía, pero que suponía uno de sus compañeros.

Roland tomó una navaja oxidada que había sobre uno de los botes de pintura, que debía haber sido utilizada por los obreros y la arrojó a los pies de Gina. Su antigua compañera de laboratorio la tomó y caminando hasta ella se la colocó al cuello, apretándola contra la piel, mientras el hijo de uno de los hombres más poderosos del mundo apuntaba hacia la puerta con su arma.

—¡Dejadnos salir y la liberaremos! —gritó Roland justo antes de que la puerta estallase de una patada. Disparó, pero el tipo que la había abierto se retiró lo suficientemente rápido.

—¡Suéltala y no os pasará nada! —ordenó Gran Oso. Su voz grave destilaba una profunda ira.

—Dejadnos salir y la liberaremos en el exterior. Lo juro.

—¿Es que tu palabra vale algo, hijo de puta? —preguntó con una calma pasmosa desde el otro lado de la pared—. Suéltala y viviréis. De otro modo no saldréis con vida de esa habitación

Nendoz hizo un gesto a Gina para que le entregase a Nikki y le apuntó en la sien con la pistola.

—Dejadnos salir o le esparzo los sesos por el cuarto —insistió, desbloqueando la seguridad del arma—. Dejad las pistolas en el suelo y os juro que saldremos y la liberaré.

Sean no se fiaba de aquel tipo en absoluto, ni siquiera sabía si había obtenido de Nikki la información que ansiaba, la información que aún la haría valiosa a sus ojos. Pero no podía arriesgarse a que a aquel desgraciado se le disparase el arma, aun de modo no intencionado, y acabase con ella. Había oído el *clic* del seguro, lo cual le decía que no podía perder un segundo más. Hizo un gesto a Halcón y ambos bajaron las armas a la vez.

—Está bien, tío. Deja de apuntarla, mira las armas, están en el suelo —dijo asomando por el umbral, posándolas despacio. En el momento en el que Roland apartó el cañón de su semiautomática de la sien de Nicole para apuntarles, Sean le lanzó su fiel cuchillo Sog que había colocado en la manga de su camiseta a la altura de la muñeca, clavándoselo en mitad de la sien.

El tipo cayó hacia detrás en el acto. Pero entonces fue la mujer, que permanecía inmóvil un paso por detrás de este, la que sacó un arma blanca que ocultaba a su espalda y la apuñaló en el cuello antes de que recuperasen sus armas y Sean le disparase justo entre los ojos.

Nikki se desplomó, mirándole con los ojos muy abiertos mientras la sangre comenzaba a fluir a borbotones de su garganta.

Ambos corrieron hacia ella. Halcón se sacó por la cabeza la camiseta y presionó con esta la herida mientras sus ojos permanecían fijos en los de Sean.

—Mantén la presión, con fuerza y no se te ocurra mover el cuchillo —le ordenó antes de echar a correr hacia el vehículo donde tenían su bolso de emergencia.

Sean comprobó con horror que la herida era profunda, casi la totalidad de la hoja se hallaba incrustada en su carne a la mitad del cuello.

Nikki trató de hablar, sin dejar de mirarle, pero la sangre continuaba saliendo a borbotones de la herida.

—No digas nada, cariño. No te muevas, vas a salir de esta, te lo prometo, vas a salir de esta —le pidió con los ojos anegados de lágrimas. Nikki no podía morir, si ella moría, nada tendría sentido. Si ella moría, utilizaría aquella misma navaja para clavarla en su corazón.

Él no querría vivir en un mundo en el que no existiese Nicole. En el que no pudiese iluminarle con su sonrisa, en el que no volviese a oír el tono suave de su voz…

—No hables, pequeña. No te muevas, vas a ponerte bien.

¿Por qué tardaba tanto Halcón?

Había demasiada sangre, comenzaba a empapar la camiseta, a mojar sus manos que la sujetaban contra la herida.

No podía perderla, no ahora que al fin la había recuperado.

Nicole cerró los ojos, su cuerpo comenzó a ponerse laxo mientras la sostenía con fuerza rogando a Wakan Tanka que le llevase en su lugar.

—No me dejes, por favor. Lucha, Nikki, lucha. No puedo vivir sin ti. No quiero vivir sin ti.

Epílogo

Sean despertó sobresaltado, llorando como un niño pequeño, con el corazón latiéndole acelerado. Hacía justo un año que Nicole se había desvanecido entre sus brazos haciéndole sentir el ser más desgraciado del mundo. Un año desde que su corazón se había detenido dejándole desahuciado, vacío, muerto en vida. Desde que había entendido que su vida jamás sería la misma a partir de aquel momento.

Su teléfono móvil comenzó a sonar, era Halcón, para él la fecha tampoco había pasado desapercibida.

—¿Qué tal estás, tío?

—Jodido, pero se me pasará. Este puto día pasará.

—Ya. ¿Dónde estás?

—En casa de Parkur, me he quedado dormido leyendo un libro en la terraza.

—Eres un tío culto, tú ¿eh? —bromeó su amigo. Le debía tanto, pero tanto a aquel tipo.

—Gracias por llamar, colega.

—No seas moñas, tío. Eres Gran Oso, el indestructible.

—Ya no.

—Te echamos de menos en el Team, ¿no te animas a volver? —sugirió, aunque ya conocía la respuesta.

—No, le hice una promesa y voy a cumplirla.

—¿No echas de menos la acción?

—Tengo mucha en la granja, hace dos semanas parieron la mayoría de las yeguas. —Oyó la risa franca al otro lado del aparato.

—No me refería a ese tipo de acción. Bueno, te dejo, solo quería asegurarme de que estabas bien.

—Lo estoy.

—He quedado y paso el fin de semana fuera.

—¿Con una chica? ¿En serio hay alguna ingenua que haya picado?

—He quedado con un pibón que me va a ayudar a olvidarme de todo durante los próximos dos días. Aún conservo mi *sex appeal*, colega. Saludos a la familia.

—Igualmente, tío. Pásalo bien.

Habían hablado tan solo dos días antes, al regreso de Halcón de Jordania, pero Sean estaba convencido de que él volvería a llamarle ese preciso día. Y no se había equivocado.

Dejó el libro en la mesa que había junto a la tumbona de madera en la que estaba tendido y sintió cómo alguien se acercaba por su espalda.

«Al fin te has despertado, Oso Dormilón», dijo ella alcanzándole.

Estaba preciosa, vestida con un largo traje blanco que hacía resplandecer su cabello pelirrojo. Los mechones le caían sobre los hombros, en los brazos sostenía a su pequeñín, al que acababa de dar el pecho.

«Ten a tu hijo que voy a darme una ducha», pidió.

Sean tiró de ella, provocando que se agachase para besarle y entonces sus ojos se fijaron en la gruesa cicatriz en su cuello. La besó y acogió a su bebé regordete que dormía a pierna suelta en sus brazos. El pequeñín protestó un poco al acomodarse al duro torso de su padre, pero volvió a dormirse enseguida.

«Hoy hace un año», dijo Nikki con tristeza.

—Me ha llamado Halcón, envía saludos para todos. Nunca podré estarle suficientemente agradecido.

«Ni yo a ti, a ambos. Por salvarme.»

—Te amo, Nikki. Cada día que pasa, lo hago más y más —dijo mirándola embelesado.

«No tanto como yo a ti». Siempre respondía lo mismo, Sean sonrió, complacido con sus palabras. «¿Estás triste?, ¿has llorado verdad?».

—He vuelto a soñar con ello. Hoy es un día complicado, pero mañana estaré mucho mejor.

«Ha pasado un año, Sean, debes dejar de darle vueltas».

—Podría haberlo perdido todo aquel día, Nikki, a ti y a este pequeñín que aún ni siquiera sabía que venía en camino.

«Pero no nos perdiste a ninguno de los dos. Nos protegiste a ambos, nos salvaste a ambos», dijo acariciándole el hombro. Sean no pudo evitar que sus ojos volviesen a empañarse.

«Pero no pude evitar que te dañasen, que te arrancasen esa preciosa voz para siempre», le respondió también en lenguaje de signos.

«Perdí mi voz, pero os tengo a vosotros. Tengo la vida que siempre deseé, contigo, a mi lado. Volvería a entregarla una y mil veces a cambio de teneros conmigo. Además, ya he aprendido a decir tacos, puedo hablar como cualquier norteamericano», bromeó arrancándole una sonrisa.

Sean tiró de su mano con cuidado, forzándola a sentarse en su regazo sobre la hamaca.

«Ten cuidado, vamos a romperla».

—Parece bastante resistente, podríamos comprobarlo esta noche —sugirió pícaro haciéndola reír, una risa silenciosa, pero igual de bella.

«Me ha escrito tu abuela Talulah, quería saber cómo está el pequeño Satinka y cómo estás también tú. Le he dicho que bien, que tanto el padre como el hijo no paran de dar guerra».

La discapacidad de Nicole había forzado a la abuela a aprender a enviar mensajes de texto, en ocasiones con significados muy alejados del mensaje original por obra y gracia del corrector de su *tablet*.

—¿Eso le has dicho? —se sorprendió mirando a su pequeñín que dormía tranquilo sobre su pecho. Le acarició la cabecita con la nariz, su aroma a bebé calmó de un plumazo toda su desazón interior. Satinka, el pequeño guerrero rojo.

Nikki había querido llamarle como su antepasado, uno de los pocos supervivientes de la matanza de Wounded Knee. De hecho llevaba en su carrito de bebé la punta de flecha con una bala incrustada, como amuleto de buena suerte. Ella misma estaba convencida de que, de algún modo inexplicable, aquella punta de flecha que llevaba junto al corazón durante el ataque, como la abuela Talulah le había pedido, la había ayudado a sobrevivir.

Satinka, un *sioux* de cabellos rojizos y ojos plateados, un guerrero destinado a cambiar el mundo, según Talulah.

«Tranquilo, no le he dicho eso». Sonrió. «Le he dicho que estás bien. Aunque yo no estoy tan segura de ello».

—Tú eres mi medicina, Nikki, tú y Satinka me habéis ayudado a sanar. —La brisa del mar le revolvió el largo cabello, su aspecto tan rudo, tan grande, contrastaba demasiado con su expresión dulce, mientras sostenía a su pequeñín en brazos—. Cuando tu corazón se paró creí que mi mundo había acabado.

«Vosotros lo hicisteis latir de nuevo. Mírame, tócame, siénteme, estoy viva, estoy aquí contigo. Mira a tu hijo, ese que ha venido a este mundo a pesar de que llevase puesta una T de cobre. Era el destino, nuestro destino era estar juntos y que este pequeñín naciese. Y ahora nuestra obligación es ser felices, hacer todo lo que esté en nuestra mano para conseguirlo».

—Lo soy, de verdad. Es solo hoy.

«Solo hoy. Mañana volverás solo a ser feliz, prométello».

«Prometido».

La admiraba, admiraba su entereza, su fortaleza interior. Él siempre había sido el tipo duro que esperaban que fuese, el tipo que peleaba con los matones del colegio que se metían con sus hermanos, el más duro entre los duros en la Marina, el más fiero entre los SEAL. Y sin embargo, había sentido que todo acababa cuando el corazón de la mujer a la que amaba se había parado en aquel oscuro sótano mientras Halcón acudía en su ayuda para socorrerla. Su corazón se paró y Sean inició las maniobras de reanimación, Halcón le colocó una vía y entre ambos continuaron con la reanimación. El paramédico había avisado por teléfono al cercano hospital de Minneapolis en el que trabajó antes de ingresar en la US Navy. A pesar de la rápida actuación fueron unos minutos eternos para él.

Nikki en cambio se había mantenido fuerte en todo momento, se había recuperado de sus lesiones y se mantuvo inquebrantable cuando los médicos le dijeron que jamás podría volver a hablar.

Estaba viva y solo le preocupaba que su hijo se gestase sano y fuerte en su interior. La feliz noticia ayudó a calmar el dolor de Sean, ella ya lo sabía, desde que se lo había contado la abuela Talulah y durante el tiempo que estuvo en el hospital ese había sido su mayor temor, perderlo.

Después de casi un mes en el hospital, fue dada de alta. Casi al mismo tiempo que su propio padre.

El reencuentro con él fue duro.

Nikki no podía evitar culparle en parte de todo lo sucedido. Jamás debió aceptar una negociación con Labocon, jamás debió mantenerla al margen de sus intenciones.

Jefferson Howard, aún convaleciente, suplicó a su hija que le perdonase. Los daños irreparables que ella había sufrido le impedirían olvidar su error, pesarían en su conciencia por el resto de sus días como penitencia por haber antepuesto la ambición a sus propias convicciones morales, las que le habían guiado toda su vida.

Le juró que desconocía por completo la situación de Keylor Rodríguez hasta que este le había abordado a la salida de un establecimiento y le había hablado de su enfermedad. Él no le conocía personalmente pues, al contrario de su hija, apenas se relacionaba con los empleados más allá de los responsables de los laboratorios. No le creyó en un principio, pero habló con Gina, que había sido su superior en el laboratorio y esta le dijo que no era cierto, que Keylor era un drogadicto y por ese motivo ella le había despedido. Aun así decidió investigarlo, pero antes de llegar al fondo del asunto había sido atacado.

Al salir del hospital, él mismo se encargó de que la familia de Keylor fuese debidamente indemnizada, aportando para ello su propio patrimonio personal.

Nikki le perdonó por sus heridas físicas y mentales, porque no se sentía con fuerzas de guardar ese rencor en su corazón y porque quiso creer que, aunque fuese demasiado tarde, su padre había tratado de subsanar su error.

No así su esposa Susan que, cuando tuvo conocimiento de su infidelidad, le abandonó. No era la primera, la señora Howard había sospechado durante demasiado tiempo que su marido no le era fiel, pero sí sería la última.

Jefferson debió afrontar con dolor el escándalo del Dánaex, la herida mortal a BioMedics y a su propio matrimonio.

Mantuvo a Nicole al margen, se lo debía, y luchó por reflotar la empresa, pero la investigación hizo inviable su continuidad; las demandas fueron millonarias por parte de los participantes en el estudio en humanos y acabó siendo absorbida en pérdidas por otra multinacional que al menos garantizó la continuidad de sus empleados, incluido él mismo, que pasó de ser un alto ejecutivo a poco menos que un asesor.

Gracias a los documentos hallados en la vivienda de Nendoz por la policía podrían demostrar la implicación de Labocon en el caso. Sus legiones de abogados se encargarían de tratar de hacer valer que Roland Nendoz se había movido al margen de la empresa, acusándole del asesinato de Keylor Rodríguez y tratando de que, con él, hubiese muerto cualquier responsabilidad por parte de Labocon.

Pero lo más importante para Nicole fue que todo el dinero requisado a Nendoz y todo el reclamado a su propia empresa sería destinado para atender a las víctimas del Dánaex e investigar el modo de detener la toxicidad del medicamento. Los estudios eran de lo más esperanzadores al respecto.

William Levine fue condenado a una multa millonaria por espionaje industrial y fue detenido en un aeropuerto tratando de abandonar los Estados Unidos para huir como el despreciable cobarde que era.

«No te imaginas lo feliz que me hace volver a ver ese anillo en tu dedo», dijo Sean refiriéndose a su anillo de compromiso, una joya conformada por cuatro plumas entrelazadas, forjada por su propia gente.

«Tú no te imaginas cuánto me costó quitármelo y lo vulnerable que me sentía sin él», confesó emocionada sentada en su regazo.

«Suerte que no lo tiraste».

«¿Tirarlo? Jamás pensé hacerlo. Lo abrazaba y besaba por las noches. Este anillo era lo único que me quedaba de ti».

«No sabes cuánto te amo, mi amor».

«Sí, lo sé. Tanto como yo a ti», respondió con una sonrisa. «Bueno, voy a darme esa ducha», advirtió Nikki incorporándose y se retiró al interior de la vivienda. Sean oyó cómo la saludaba alguien en el interior, alguien que caminó hasta el porche y tomó asiento a su lado en la hamaca contigua.

—Qué bonitos están cuando duermen, ¿verdad? —dijo Parker, sosteniendo a su pequeño Brandon en brazos. Lo dejó en el suelo y el niño echó a correr hacia la escalinata de dos peldaños que descendía hasta la blanca arena de la playa que se extendía ante ellos.

—Ellos son la pureza, la esperanza de este mundo.

—No me saques la vena filosófica, sioux —dijo su amigo haciéndole reír.

—Pero es cierto, gracias a ellos hay esperanza de que el mundo sea un lugar mejor.

—¿Echas de menos la vida en activo?

—En absoluto. He servido a mi país con honor, me he dejado mucha sangre por defender aquello en lo que creo, pero siento que ahora estoy donde debo estar, me siento en paz.

—No sabes cuánto me alegra oírte decir eso. Y lo de formar parte del Consejo Tribal, ¿has decidido ya si aceptas la propuesta de tu padre?

—Sí. Le sustituiré en el Consejo.

—Vaya. Enhorabuena, jefe Redcloud.

—No tan rápido, mi padre aún es un hombre fuerte. Le he dicho que cuente conmigo, me prepararé y lo asumiré llegado el momento, pero por ahora voy a dedicar todas mis energías a disfrutar de mi familia, en exclusiva.

—Te lo mereces, lo merecéis los tres. Serás un gran jefe, estoy seguro de ello. ¿Y Nicole? ¿Cómo está? ¿Cómo lleva el cambio de vida?

—Nikki es feliz, muy feliz, a pesar de todo lo que ha pasado. Me lo demuestra cada día. Cada minuto que compartimos los tres juntos lo convierte en especial. Ver cómo Satinka mama de su pecho es como regresar a los orígenes, en pleno contacto con la madre tierra.

—Sé lo que sientes, el amor por los hijos es algo que no alcanzan a explicar las palabras.

—Papá, ¿no has visto que Brandon venía hacia la playa? —le regañó Candela, su preciosa hija, trayéndole de vuelta. Parker sonrió, le había visto, claro que le había visto, también a ella jugando con sus amigas en la arena bajo la supervisión de su esposa.

—Perdona, cariño, no me he dado cuenta —mintió guiñándole un ojo a su amigo.

—Papá, *you know* que Brandon no para quieto y *mom* y yo estamos haciéndole trenzas a mis *friends. I need* un poco de vida social, ¿sabes? —dijo muy seria con los brazos en jarras. Gran Oso contuvo la risa, a duras penas lo logró su padre.

—Lo siento, *sweety*, no volverá a suceder —le respondió sin poder evitar una amplia sonrisa. Candy hizo un mohín con los labios, era una niña preciosa, alegre y muy inteligente. Llevaba el cabello por la cintura, a medio trenzar, y tenía los mismos ojos turquesa que su padre. Nada en su expresión ni en sus gestos haría sospechar el calvario que había pasado cuando era mucho más pequeña. La vida de ambos hombres y sus familias no había sido sencilla. Candela regresó a la reunión en la playa con su madre y sus amigas.

—Yo creía que eso de que los hijos se rebelaban era como a los dieciséis.

—Pues no, es como a los tres, ¿no ves a Brandon que también está pidiendo su independencia? —preguntó sosteniéndolo en sus brazos. El pequeño rubio pataleó e hizo una pedorreta—. Aprovecha ahora que es así de pequeño, en cuanto ponga los pies en el suelo no habrá quien lo pare.

—Lo haré —dijo Sean besando con dulzura la sien de su pequeñín que seguía soñando sobre su pecho—. Quiero agradeceros a ti y a Julia que hayáis aprendido el lenguaje de signos, Nikki se comunica muy bien deletreando con los labios para hacerse entender, pero así es mucho más sencillo.

—Fue idea de Candy, ella aprendió con videotutoriales de Youtube y nos ha ido enseñando. Es un hacha para los idiomas, incluido el de signos. No tienes nada que agradecer, nos ha enriquecido mucho aprenderlo, aunque aún está en proceso. ¿Cómo se decía: «me apetece una birra, quieres otra»?

Sean se echó a reír e hizo los signos con cuidado de no despertar a su bebé.

Aquella noche, mientras el pequeño Satinka dormía saciado en su cuna, ambos se tumbaron sobre el lecho, Nikki se acurrucó entre sus brazos. Estaba agotada pero inmensamente feliz, se sentía plena, llena de dicha.

El suyo había sido un embarazo aterrador, no por las complicaciones, que no las hubo, a excepción de la difícil extracción del dispositivo intrauterino, sino por el miedo a volver a perderlo, a que en una de las ecografías le dijese que todo había acabado… Pero no había sido así, al fin tenía a su bebé consigo, Satinka los había colmado de felicidad.

Era un niño sano y fuerte que crecía por encima de todos los percentiles. Oír su llanto en el parto fue uno de los momentos más felices de toda su vida. Su pequeñín, al que jamás podría llamar a viva voz, cuyo nombre jamás podría pronunciar, sería el niño más feliz del mundo. Ella le llamaría con sus dedos y, posándolos sobre su diminuto corazón le diría «te quiero», abrazándole y besándole cada minuto de cada día. Como lo hacía con su padre, el hombre al que amaba, el único al que había amado, y con el que ansiaba envejecer en su pequeña granja perdida en Dakota del Sur.

«¿En qué piensas?», le preguntó Sean al contemplar su mirada perdida. La luz de la luna se colaba por las grandes cristaleras de la habitación, el mar se mecía a lo lejos, arrastrando la espuma con grandes olas hasta la orilla.

«En nosotros. En nuestra vida».

«¿Eres feliz?».

«Mucho. ¿Cómo podría no serlo? Apenas llevamos dos días en casa de Julia y Austin y ya echo de menos Green Rock. A pesar de que son encantadores y sus pequeños son maravillosos, echo de menos nuestra casa».

«Si quieres mañana mismo regresamos», sugirió Sean. Nikki se rio, peinando su largo cabello negro hacia atrás con los dedos. Tenía tantas ganas de volver como él; añoraba su pequeño rincón, el hogar que habían creado con tanto mimo y esfuerzo. Pero habían acordado permanecer una semana en Gulf Shores y le parecía descortés marcharse antes.

«Nos iremos el sábado. Estate tranquilo que los empleados se las apañarán muy bien sin ti, Don Imprescindible».

Producían ganado bovino, cereal en grandes cantidades y su yeguada de purasangres llevaba camino de convertirse en legendaria.

«No me considero imprescindible, sino necesario», proclamó haciéndola reír de nuevo, una risa silenciosa, pero que hablaba a gritos de su felicidad.

«¿Has sabido algo de Wambdi?».

«No puede llamar por teléfono, es lo normal durante el periodo de instrucción, pero sé que está bien. Me he encargado de averiguarlo».

«Utilizando a tus contactos, ¿eh?».

«Tengo amigos hasta en el infierno», reveló muy serio. La sonrisa se había esfumado de sus labios, posó una mano en su vientre y la deslizó en sentido ascendente hasta el esternón, apoderándose de su pecho derecho. Nikki se estremeció de deseo, desde que nació el pequeño Satinka las ocasiones de amarse se habían visto demasiado espaciadas a su parecer. «Pero ahora necesito el cielo que solo tú puedes darme».

Nikki le besó en los labios, bebiendo de su boca, mordiendo su mentón y subiéndose a horcajadas a su cuerpo. Y Sean se dispuso a saborear el cielo que solo ella podía ofrecerle, ese que derretía el acero que había creído tener bajo la piel todos aquellos años, dejándole a su merced, extasiado, enfebrecido.

La observó dormir relajada en la cama, Satinka había protestado un poco en su cunita y él se había levantado, le había cambiado el pañal y le había dado un poco de manzanilla, tratando de ofrecerle un poco más de descanso a su mujer. El pequeño había vuelto a coger el sueño de inmediato al sentirse limpio y entre los brazos de su padre.

Sean miró a ambos, ellos eran la fuente desde la que manaba su felicidad, el amor que sentía por ellos lo haría todo posible. No habría miedo, no habría desesperanza mientras los tuviese consigo. Juntos criarían a Satinka en Green Rock y envejecerían mirando el cielo estrellado sobre las lejanas montañas, juntos por siempre, hasta que sol dejase de ascender por el horizonte cada mañana, él continuaría amándola.

FIN

Agradecimientos

Acero bajo la piel es una novela escrita con mucho amor, es una novela que se gestó mientras escribía *Corazones de Acero* cuando el personaje de Gran Oso comenzó a crecer y crecer y hacerse un hueco propio en mi corazón. Supe que tenía que contaros su historia y espero que os haya gustado. Mi primer agradecimiento va para vosotr@s, mis Caperucitas y Lobos, mis lectores, gracias por estar ahí, al otro lado de las letras, gracias por compartir esta pasión tan bonita que es la literatura.

En segundo lugar, tengo que agradecer a todo el equipo de Titania por su dedicación y su pasión por su trabajo. Trabajar con tan grandes profesionales es el mejor aliciente para mejorar cada día. Y muy especialmente a mi editora, Esther Sanz. Eres la caña, preciosa.

Por supuesto, no puedo olvidar a mi familia, a mi marido Antonio y a mis pequeños grandes hombres Hugo y Eric, por apoyarme a continuar con este sueño maravilloso que es escribir, os amo.

Al Rincón Romántico, porque siempre lo sentiré mi ciberhogar, gracias por el cariño que siempre recibo en ese Rinconcito taaan grande.

A Susana, Rocío y Cristina por ser unas Caperus capitanas tan estupendas. Sois geniales chicas, gracias por estar ahí, al pie del cañón.

A l@s bloggers literari@s y *booktubers*, por compartir vuestras impresiones de mis libros en las redes sociales, por currároslo tanto y tan bonito. Me maravilláis, os lo digo en serio, gracias por tanto cariño.

Y por último, pero no por ello menos importante, a Ángel Macho, por inspirarme para el personaje de Sean que no es poco ;).

Nos vemos en @marijosetirado o en www.mariajosetirado.com